MORD AUF BLACKBURN HALL

DETEKTIVIN MIT STIL, BUCH 2

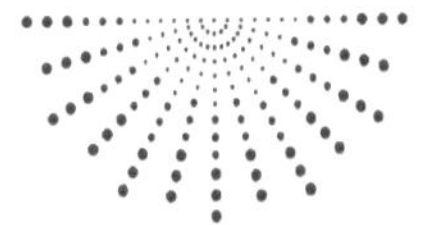

SARA ROSETT

Übersetzt von

ANNA DRAGO

MORD AUF BLACKBURN HALL

Buch 2 der *Detektivin mit Stil-* Serie

Publiziert von McGuffin Ink

ISBN: 978-1-950054-51-0

Copyright © 2022 Sara Rosett

Cover Design: Llewellen Designs

Editing: Historical Editorial

Übersetzung: Anna Drago

Deutsches Lektorat: Katrin Dolle

Kartenillustration von Hanna Sandvig: bookcoverbakery.com

Melden Sie sich für Updates von Sara an: SaraRosett.com/signup

Alle Rechte vorbehalten.

Ohne Einschränkung der oben vorbehaltenen Urheberrechte darf kein Teil dieses Werkes ohne ausdrückliche schriftliche Genehmigung des Autors und Herausgebers in irgendeiner Weise oder Form verwendet, gespeichert, übertragen oder reproduziert werden.

Dies ist ein fiktionales Werk, und Namen, Charaktere, Ereignisse und Orte sind Produkte der Fantasie der Autorin oder werden fiktiv verwendet. Jede Ähnlichkeit mit lebenden oder verstorbenen Personen, Ereignissen und Orten ist zufällig.

DANKSAGUNG

Vielen Dank an Jim Honderich, der mir geholfen hat, das Thema Golf richtig zu behandeln, und an T.C. Milton, Korrekturleserin extraordinaire.

Ein großes Dankeschön an meine Patreon-Unterstützerinnen:
Carol S. Bisig
Margaret Hulse
Carolyn Schrader Connie Hartquist Jacobs

Ich danke euch so sehr! Ich darf mich als Autorin glücklich schätzen, so wunderbare LeserInnen zu haben.

KARTE

Dr. Finch's Surgery: Dr. Finchs Praxis
Rosewood Hills Golf Course: Rosewood Hills Golfplatz
Dr. Finch's Residence: Dr. Finchs Haus
Clubhouse: Clubhaus
Police Station: Polizei Wache
To London: Nach London
Green: Grun
To Sidlingham: Nach Sidlingham
Path: Pfad
River: Fluss

N
W
E
S
ROSEWOOD HILLS
GOLF COURSE
DR. FINCH'S
SURGERY
DR. FINCH'S
RESIDENCE
CLUBHOUSE
POLICE
STATION
TO LONDON
GREEN
THE CROWN
HADSWORTH

TO SIDLINGHAM
EAST BANK COTTAGE
PATH
RIVER
BLACKBURN HALL
THE Village of Hadsworth
& Blackburn Hall

KAPITEL EINS

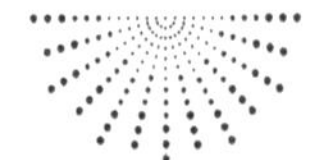

Madame LaFoy deutete auf den Stuhl gegenüber dem Schreibtisch in dem kleinen Büro im hinteren Teil ihres Hutgeschäfts. „Bitte nehmen Sie Platz, Miss Belgrave."

Ich setzte mich auf die Kante eines pfirsichfarben gepolsterten Stuhls und verschränkte die Hände auf meinem Schoß, während Madame LaFoy meinen Hut kritisch betrachtete. Ich hatte mein Bestes getan, meinen Glockenhut mit zwei Federn und einem neuen Band aufzufrischen, doch ihre Mundwinkel senkten sich. Sie bemühte sich nicht, einen Seufzer zu unterdrücken, als sie ihre Aufmerksamkeit auf ihren Schreibtisch richtete, wo sie in den Büchern, Stofffetzen, Bändern und Blumen suchte. Sie zog einen Brief unter einer Pfauenfeder hervor. Sie überflog die zerknitterten Seiten. „Gwen Stone hat Ihnen ein Empfehlungsschreiben gegeben." Ihre Aufmerksamkeit wanderte von dem Brief zu meinem Gesicht. „Eine Verwandte?"

Ich rutschte auf dem Stuhl herum. „Ja." Ich hatte gehofft, dass diese Tatsache angesichts der verschiedenen Nachnamen übersehen würde. Für den Einstieg in die Arbeitswelt auf familiäre Bindungen zu setzen, schien mir ein wenig schmutzig, doch es war extrem schwer, eine Stelle zu bekommen. Ich hatte meinen Stolz herunterschlucken und meine Cousine um eine Referenz bitten müssen.

Madame LaFoy nickte. „Ich sehe die Ähnlichkeit."

Das ist neu, dachte ich, schwieg aber. Meine große, elegante Cousine Gwen hatte dunkle Augen und blondes Haar. Ich war kleiner, hatte dunkelblaue Augen und kinnlanges, braunes Haar. Ganz zu schweigen von den Unterschieden in unserem Temperament. Ich war gerne in Bewegung, während Gwen ruhig und ausgeglichen war.

„Etwas an Ihrer Knochenstruktur", murmelte Madame LaFoy und fügte dann hinzu: „Miss Gwen Stone hat einen ausgezeichneten Geschmack und ist eine gute Kundin." Sie ließ den Brief auf den Schreibtisch fallen. „Sie verstehen, dass die Position für ein Hutmodell ist?"

„Ja."

„Und Sie könnten ... die Anforderungen der Position erfüllen, Miss Belgrave?"

Töchter des Adels, selbst des verarmten Adels, sollten nicht arbeiten. Madame LaFoy hatte vielleicht gehofft, dass sie mit meiner Anstellung einige Kunden aus meiner Schicht anziehen würde. Leider waren jedoch auch viele meiner Freundinnen in Situationen wie meiner gelandet und fanden sich unter den *neuen Armen* wieder, wie uns die Zeitungen nannten.

Madame LaFoy sagte: „Höchstwahrscheinlich werden einige meiner Kundinnen Freundinnen von Ihnen oder Ihrer Cousine sein. Es könnte peinlich sein –"

„Das wird kein Problem", sagte ich. „Ich werde sehr professionell sein."

Madame runzelte die Stirn. „Haben Sie irgendwelche Erfahrung?"

Ich lächelte. Diese Frage hatte mich in meinen vorherigen Vorstellungsgesprächen immer wieder ins Straucheln gebracht. Ausnahmsweise konnte ich diesmal mit ja antworten. „Ja, ich habe mein ganzes Leben lang Hüte getragen."

Madame LaFoys Stirnrunzeln vertiefte sich. „Haben Sie Erfahrung mit der Arbeit in einem Geschäft?"

Madame LaFoy war also nicht von der unbeschwerten Sorte, die über kleine Witze lachte. Ich kontrollierte meine Miene schnell und sah sie mit ernstem Ausdruck um. „Nun, nein, aber ich lerne schnell."

Die Abwärtskrümmung der Lippen von Madame LaFoy wurde deutlicher.

Ich saß aufrechter. „Ich kann anfangen, sobald Sie möchten. Sogar schon morgen." Es war Freitagnachmittag, und ich wusste, dass das Hutgeschäft am Samstag geöffnet hatte. Ich bezweifelte, dass Madame heute noch weitere Vorstellungsgespräche hatte. Wenn sie wirklich jemanden brauchte, würde sie es vielleicht mit mir riskieren, wenn ich sofort anfangen könnte. Madame LaFoy stand auf, und die Seide ihres Rocks flüsterte um ihre Waden, als sie zur Bürotür ging. „Ich gebe Ihnen eine Woche Probezeit, beginnend morgen früh. Pünktlich um acht. Keine Sekunde später."

Meine Absätze versanken im Teppich, als ich zur Tür ging und mich an pfirsichfarbenen Sofas und Beistelltischen mit frischen Rosen vorbeischlängelte. Ich konnte es kaum fassen, dass es so weit gekommen war, dass ich mich erneut um Stellen bewarb. Nach dem, was auf Archly Manor passiert war, war ich mir so sicher gewesen, dass ich auf einem guten Weg war.

Ich hatte eine Anstellung angenommen und erfolgreich abgeschlossen. Ich war die Erste, die zugab, dass der Weg bis zum Schluss einige ungewöhnliche Kurven genommen hatte – Haarnadelkurven, um genau zu sein. Aber ich hatte es geschafft. Und ich war auch bezahlt worden. Ich war mit genug Geld nach London zurückgekehrt, um die Miete für mein winziges Zimmer zu bezahlen und sogar meinen fahrbaren Untersatz, einen herzallerliebsten kleinen Morris Cowley, reparieren zu lassen und ihn am Rande von Belgravia, nicht weit von meiner Unterkunft entfernt, unterzustellen.

Doch mein Geld schwand in rasantem Tempo. Meine Optionen waren, entweder mich wieder auf Stellensuche zu begeben, oder mit meinem Vater und Sonia auf Tate House zu leben. Ich würde lieber für jede snobistische Matrone der feinen Gesellschaft in London Hüte präsentieren, als unter der Fuchtel meiner neuen Stiefmutter zu leben.

Ich trat aus dem Laden in die anhaltende Sommerhitze und machte mich auf den Weg über Mayfair zum Savoy, wo ich mit Jasper Rimington zum Tee verabredet war. Er hatte mir gestern eine Nachricht geschickt. Er war nach einer Reise wieder in London und wollte wissen, wie mein neues Projekt lief. Jasper war ein alter Freund der Familie. Wir hatten uns jahrelang nicht gesehen, doch vor ein paar Monaten hatten wir uns zufällig getroffen. Es war vor dem Vorfall auf Archly Manor, und meine finanzielle Situation war ziemlich düster gewesen. Jasper hatte es sofort bemerkt und Tee vorgeschlagen, den ich dringend gebraucht hatte.

Mein Kontostand war nicht mehr so betrüblich wie damals, doch Tee im Savoy wollte ich nicht ablehnen. Ich dachte nicht einmal an die Extravaganz, ein Taxi zu rufen. Ich ging zu Fuß.

Jasper räkelte sich auf einem Sessel in der opulenten Lobby und sah adrett und ein wenig gelangweilt aus, als er den Blick seiner grauen Augen durch den Raum schweifen ließ, ein Buch locker in der Hand. Als er mich entdeckte, klemmte er sich das Buch unter den Arm, kam auf mich zu und zog die Aufmerksamkeit zweier Frauen auf sich, die durch die Lobby schlenderten. Jasper bemerkte es nicht. „Hallo, altes Mädchen." Er nahm seinen Hut ab und entblößte sein blondes Haar. Er war wählerisch in Bezug auf seine Kleidung und achtete auf jeden Saum, doch diese Aufmerksamkeit für Mode umfasste nicht sein welliges blondes Haar.

„Hallo Jasper. Haarwasser aufgegeben?"

„Ein aussichtsloser Kampf. Ich habe vor den Locken kapituliert."

„Ich bin sicher, die Damen sind begeistert." Ich hatte mehr als eine Debütantin über Jaspers Haare schwärmen gehört.

Ein Hauch von Grinsen umspielte seine Mundwinkel. „Das weiß ich nicht. Grigsby ist es jedoch höchst peinlich. Blickt drein, als würde ich ihn jedes Mal, wenn ich meine Räume verlasse, persönlich mit einem Säbel durchbohren."

„Dein Kammerdiener hat ziemlich ausgeprägte Meinungen." Er missbilligte mich und machte sich nicht die Mühe, es zu verbergen. „Ich kann nicht sagen, dass ich ihm zustimme." Ich neigte den Kopf. „Es steht Dir." Ich hakte mich bei ihm unter. "Es ist schön, dich zu sehen."

„Du hast diese alte Visage vermisst?"

„In der Tat. Ich freue mich, dass du wieder in der Stadt bist. Wo bist du nochmal gewesen?"

Er wedelte mit seinem Gehstock, als wir uns auf den Weg zum Restaurant machten. „Hier und da. Zu langweilig, um es zu erzählen."

„Wirklich? Ich hätte Bebe Ravenna für eher unterhaltsam gehalten." Ich hatte vor ein paar Wochen in der Untergrundbahn einer Frau über die Schulter gespäht und Jaspers Bild in der Zeitung gesehen. Die schlanke blonde Schauspielerin war über seinen Arm drapiert gewesen.

Jasper winkte träge ab. „Ich habe sie auf einer Party kennengelernt, zu der ich eingeladen war, um genug männliche Gäste zu haben, mehr nicht."

Ich zweifelte nicht am Wahrheitsgehalt seiner Aussage. Nachdem so viele junge Männer im Ersten Weltkrieg gefallen waren, fiel es den Gastgeberinnen schwer, ihre Tische und Tanzflächen gleichmäßig zu füllen. „Nun, Miss Ravenna sah sehr erfreut aus, dich an ihrer Seite zu haben."

„Sie war eine angenehme Gesellschaft", sagte Jasper beiläufig. „Doch ich bin sicher, meine Aktivitäten sind nicht so aufregend wie das, was du getan hast."

„Kaum."

Als wir uns gesetzt hatten und unser Tee serviert worden war, sagte Jasper: „Jetzt bring meine Blase nicht zum Platzen. Während meines langweiligen Aufenthalts auf dem Kontinent habe ich viele ermüdende Zugfahrten erlebt, bei denen ich mir vorgestellt habe, dass du die großartigsten Abenteuer erlebst. Ich weigere mich zu glauben, dass du ein ruhiges Leben führst. Hast du noch mehr verirrte Mörder gefunden?"

„Nichts ist so aufregend. Ganz und gar nicht."

„Keine Aufträge aus deiner Zeitungsanzeige?"

„Ein paar. Bisher kamen die Anfragen von älteren Damen mit vermissten Haustieren."

„Haustiere?"

„In den letzten vierzehn Tagen habe ich einen Mops, eine Katze und einen ziemlich aufgeregten Chihuahua gefunden."

„Sind nicht alle Chihuahuas aufgeregt?"

„Meine Erfahrung ist begrenzt. Dieser war es auf jeden Fall."

Jasper stellte seine Teetasse ab. „Also, nicht das, was du erwartet hast?"

„Überhaupt nicht. Ich habe beschlossen, dass ich eine Grenze ziehen und weitere Tierfälle ablehnen muss. Sonst werde ich als Tierdetektivin bekannt. Ja, ich weiß, es ist amüsant, doch es ist überhaupt nicht das, was ich mir erhofft hatte."

„Natürlich. Es tut mir leid, dass ich gelacht habe, aber du musst zugeben, dass dem ein gewisser Witz innewohnt."

„Ich bin sicher, dass ich es amüsant finden werde – in vielen Jahren. Ich bin mittlerweile erwerbstätig."

Jasper hielt inne, die Teetasse auf halbem Weg zu seinem Mund. „Du hast eine feste Anstellung gefunden?"

„Du musst nicht so schockiert klingen", sagte ich.

„Das ist nichts gegen dich, altes Mädchen. Es gibt nur so wenige Stellen."

„Dessen bin ich mir bewusst. Ich habe Glück, eine Stelle gefunden zu haben", sagte ich. „Ich arbeite eine Woche zur Probe in LaFoys Hutladen."

„Mayfair. Eine gute Adresse."

Natürlich kennt Jasper die besten Hutläden Londons, dachte ich, während ich meinen Pfirsich Melba genoss.

„Du hast also nichts sonst in Aussicht?", fragte Jasper.

Ich schüttelte den Kopf. „Ich musste Mrs. Forsyth sagen, dass es wirklich keine Hoffnung gibt, ihren Sittich aufzuspüren. Er ist letzte Woche aus ihrem Wohnzimmerfenster geflogen."

Jasper räusperte sich. „Ich kann mir vorstellen, dass das ein unmöglicher Fall wäre."

„Ganz und gar. Und da dies die einzige andere Option ist, die ich hatte –"

„Also der Hutladen. Ich verstehe." Jasper wandte für einen Moment den Blick ab, während er mit den Fingern auf den Tisch trommelte, dann holte er eine Karte aus seiner Westentasche. „Wenn du keine Zukunft in der Hutbranche anstrebst, solltest du mit Vernon telefonieren." Jasper legte die Karte auf den Tisch vor mich. „Er hat Ärger."

Vernon Hightower, Besitzer, war unter den Worten *Hightower Books* abgedruckt. Ich strich mit dem Finger über die geprägten Buchstaben. „Du meine Güte. Du hast feine Freunde." Ausgaben von Romanen von Hightower Books gab es in Buchständen in ganz London. „Ist das die Quelle deiner entsetzlichen Geschichten?"

„Teilweise. Apropos ..." Jasper griff nach dem gebundenen Buch, das er bei sich hatte. Als wir uns gesetzt hatten, hatte er es auf die Sitzfläche eines der leeren Stühle an unserem Tisch gelegt. „Ich habe versprochen, meine Kriminalbibliothek mit dir zu teilen. Dieses hier ist nicht von Hightower Books, doch ich denke, es wird dir gefallen."

Ich las den Titel laut vor: „*Der geheime Widersacher*. Der Umschlag ist ... interessant." Er zeigte einen Bären in einem Anzug, der eine Theatermaske mit dem Gesicht eines Mannes senkte. „Bist du sicher, dass das ein Krimi ist?"

Jasper lachte. „Ja. Krimi und Abenteuer und eine Liebesgeschichte."

Ich strich mit der Hand über den Umschlag. „Wenn das nur mein Leben wäre, anstatt das eines Hutladenmädchens, das arbeitet, um über die Runden zu kommen."

Jasper zog seine Augenbrauen hoch, während er seinen Kopf zur Visitenkarte neigte. „Dann ruf Vernon an."

Ich legte das Buch neben mein Gedeck. „Was ist sein Problem?"

„Das muss er dir erzählen. Hightower hat es im Club erwähnt – nur grob umrissen und natürlich in strengster Vertraulichkeit. Eine heikle Angelegenheit. Mir liegt es nicht, aber du könntest es interessant finden. Das ist alles, was ich dazu sagen kann. Ich habe den Vorschlag gemacht, dass du dich seines Problems annimmst."

„Dein Mr. Hightower hört sich interessant an, aber ich habe eine Anstellung." Jasper beharrte nicht auf dem Thema, und wir wandten uns anderen Dingen zu.

Jasper und ich hatten einen schönen Tee. Wir verabschiedeten uns an der Tür des Savoy, er ging in seinen Club und ich in mein Zimmer bei Mrs. Gutler. Auf meinem Weg kam ich an einer Telefonzelle vorbei, und meine Schritte wurden langsamer. Ich hatte die Visitenkarte und das Buch in meiner Handtasche verstaut, bevor ich das Savoy verließ.

Während des Tees mit Jasper hatte ich die Idee, Mr. Hightower anzurufen, verworfen, doch vielleicht sollte ich ihn kontaktieren. Schließlich hatte Madame LaFoy mir nur eine Woche Probezeit gewährt. Wenn sie nicht zufrieden war, könnte ich nächste Woche wieder auf Arbeitssuche sein. Es konnte nicht schaden, Mr. Hightower anzurufen.

Ich machte eine Kehrtwende und ging zurück. Ich rief Hightower Books an und wurde zur Sekretärin von Vernon Hightower durchgestellt, die mich nur ungern mit ihrem Arbeitgeber sprechen lassen wollte, bis ich Jaspers Namen erwähnte.

Ein paar Sekunden später ertönte eine sanfte männliche Stimme in der Leitung. „Sie sind eine Freundin von Jasper Rimington?" Der Akzent war nicht so poliert oder exakt wie der eines Mannes aus der High Society, doch es war auch kein grober Arbeiterakzent.

„Ja. Mr. Rimington hat mich nicht in Details eingeweiht. Er sagte nur, ich solle Sie wegen einer heiklen Angelegenheit kontaktieren, wie er es formulierte. Er ist überzeugt, ich könnte Ihnen helfen."

„Wie war noch einmal Ihr Name?"

„Olive Belgrave."

Ein paar Sekunden herrschte Schweigen. „Kommen Sie morgen früh hierher. Acht Uhr."

Ich zögerte. Wollte ich im Hutladen arbeiten – eine feste Anstellung bei mickrigem Gehalt, aber dennoch Gehalt – oder wollte ich etwas anderes riskieren, von dem ich absolut nichts wusste?

„Sind Sie noch da?"

„Danke, Sir." Ich schloss meine Finger fester um die Hörmuschel. „Ich werde da sein."

Ich beendete den Anruf und bat, mit LaFoys Hutladen verbunden zu werden. Madame nahm den Anruf selbst an.

Ich schluckte, dann stürzte ich mich ins Gespräch: „Olive Belgrave, Madame. Es hat sich etwas ergeben. Es tut mir sehr leid, aber ich kann morgen früh nicht kommen."

Madame LaFoy schaffte es, die Eisigkeit einer Winterbrise in ihre Stimme zu legen. „Ich verstehe."

„Wie gesagt tut es mir sehr leid. Vielleicht ist Montag –"

„Nein, Montag kommt nicht in Frage. Ich freue mich, Sie in

Zukunft als Kundin, doch nicht als Bewerberin um eine Anstellung zu empfangen. Auf Wiedersehen, Miss Belgrave."

Mit pochendem Herzen legte ich den Hörer auf. Nun, das war getan. Entweder würde ich mich in ein neues Abenteuer stürzen, oder ich hatte eine glänzende Zukunft als Hundedetektivin.

KAPITEL ZWEI

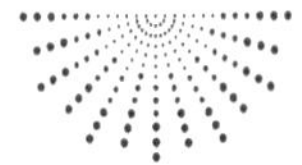

Um halb neun an diesem Abend schob ich mich in das Gedränge eines Stadthauses in Mayfair, auf der Suche nach meiner Freundin aus dem Mädchenpensionat, Gigi, besser bekannt als Lady Gina Alton. Es war ihr Geburtstag, und Gigi veranstaltete eine kleine Gesellschaft. Ich war froh, dass ich teilnehmen konnte. Sonst hätte ich mich den ganzen Abend gefragt, ob meine Entscheidung, Madame LaFoy abzusagen, die richtige gewesen war.

Ich war vom Savoy zurückgekehrt und hatte mein Tageskleid ausgezogen und eines der abgelegten Abendkleider meiner Cousine Gwen angezogen, ein ärmelloses schwarzes Kleid mit V-Ausschnitt, das in einer geraden Linie bis zu meinen Waden fiel. Die schlichte Linienführung des Kleides betonte die schöne Stickerei, die sich wie eine silberne Explosion über den Stoff ausbreitete.

Ich tanzte mit Monty Park, einem Mann, der auf Archly Manor gewesen war. Bisher war es mir gelungen, einem anderen der Gäste dieser Party auszuweichen, einem Mann, den ich als Tug kannte. Er neigte dazu, zu viel zu trinken und zu freundlich zu werden. In einem Raum wurde getanzt, in einem anderen Karten gespielt, und in einem dritten wurde eine Auswahl an Speisen in Buffetform präsentiert. Ich starrte auf die Tische, die mit Lachs, Löffelbiskuits, winzigen glasierten Kuchen und Blätterteigpasteten beladen waren.

Schade, dass Gigis Party auf den gleichen Tag fiel wie mein Tee mit Jasper im Savoy. Wäre die Party an einem anderen Tag gewesen, hätte ich mir bei zwei verschiedenen Gelegenheiten köstliches Essen gönnen können. Normalerweise nahm ich abends aus Spargründen Hefebrötchen und schwachen Tee zu mir. Der Anblick all des köstlichen Essens ließ mich wünschen, ich hätte eine größere Handtasche mitgebracht. Der Lachs kam natürlich nicht in Frage, doch die Löffelbiskuits waren durchaus möglich. Wenn ich ein paar davon in meine Handtasche stecken könnte, würden sie morgen für eine dekadente Teestunde sorgen.

„Olive! Es ist schon ewig her, seit ich dich das letzte Mal gesehen habe."

„Hallo Gigi. Alles Gute zum Geburtstag!"

„Danke! Ich bin so froh, dich zu sehen." Gigis mitternachtsschwarzes Haar war zu einem Eton-Crop geschnitten. Hinten kurz wie bei einem Jungenschnitt, streiften die Seiten kaum ihre Ohrenspitzen. Bei jemand anderem hätte die Frisur vielleicht jungenhaft wirken können, doch mit ihren langen Wimpern und zarten Zügen strahlte sie Weiblichkeit aus. Eine Zigarette glühte am Ende einer Zigarettenspitze, die gegen den Rand des Cocktails geklemmt war, den sie hielt. Sie war noch kleiner als ich und stellte sich auf ihre Zehenspitzen, um hinter mich zu blicken. Der Fransensaum ihres Kleides wippte, während sie sich bewegte. „Ist Gwen mitgekommen?"

„Nein, sie und Violet und meine Tante machen Urlaub in Südfrankreich."

„Und kein Wunder. Nach dem, was auf Archly Manor passiert ist." Ihre scharlachroten Lippen verzogen sich zu einem Lächeln. „Skandalös ... aber auch so spannend!"

„Klingt so, nicht wahr?" Das galt insbesondere für die Artikel, die unmittelbar nach der Festnahme des Schuldigen geschrieben worden waren. Einige der Geschichten waren so weit von der Wahrheit entfernt, dass ich einer anderen Schulfreundin, Essie Matthews, ein Interview gegeben hatte. Essie war Gesellschaftsreporterin für *The Ballyhoo*, und ich erwartete, sie heute Abend zu sehen. „Ist Essie hier?"

Gigi wedelte träge mit der Hand, schwappte ihren Cocktail und ließ eine Rauchspur zwischen uns aufsteigen. „Irgendwo."

Ich wich vor dem Rauch zurück. Ich hatte schon immer Probleme mit Asthma gehabt. Als ich jünger war, war es viel schlimmer gewesen. Als ich älter wurde, hatten sich die Anfälle reduziert, doch ich hatte festgestellt, dass das direkte Einatmen von Zigarettenrauch einen meiner Anfälle auslösen konnte. Bisher hatten die hohen Decken der Räume des Stadthauses zusammen mit den offenen Fenstern und Türen die Luft frisch gehalten.

Gigis Blick, der über meine Schulter geschweift war, blieb an etwas hängen. „Oh, ich muss weiter. Da ist Daphne, und ich habe sie seit einer Ewigkeit nicht mehr gesehen."

Gigi huschte davon, und ich entfernte mich vom Essen und beschloss, den Tisch unmittelbar bevor ich ging zu plündern.

Ich traf Monty im Flur, und er fragte: „Möchten Sie wieder tanzen?"

„Ja, das wäre nett."

Das Stadthaus hatte keinen Ballsaal, doch die Möbel waren aus einem der großen Salons entfernt und der Teppich aufgerollt worden. Die Musiker spielten die ersten Akkorde eines Foxtrotts, und Monty streckte den Arm aus. „Es scheint, als würde jeder mit mir über das reden wollen, was auf Archly Manor passiert ist."

Ich trat in seine Arme. „Ich kenne das Gefühl."

„Ich hätte nicht gedacht, dass es mich zu einer solchen Berühmtheit machen würde." Er manövrierte uns nach links und wich einem wild tanzenden Pärchen geschickt aus, das auf uns zukam. „Ich habe seit Wochen nicht zu Hause gegessen, aber die Fragen finde ich langweilig. Ich habe es am Anfang genossen. Doch ein Mann kann dieselben Fragen auch nicht unendlich oft beantworten, vor allem wenn es zum gefühlt hundertsten Mal ‚Wie ist es, einen Mörder zu kennen?' ist."

„Ich stimme Ihnen voll und ganz zu, doch ich denke, Ihre Popularität hängt direkt mit kuppelnden Müttern zusammen."

Monty lachte. „Das ist es nicht. Ich bin nicht einmal ein zweiter Sohn. Der dritte, wissen Sie? Kaum eine Chance auf das Familienanwesen, vom Geld ganz zu schweigen. Nein, sie wollen mich nicht für ihre Töchter. Sie brauchen mich nur, um die Stühle zu füllen."

Es war eine Schande, dass junge Frauen für Dinnerpartys nicht so gefragt waren. Während ich die Fragen lieber vermeiden würde, wäre es schön, ab und zu ein gutes Abendessen zu haben.

Monty zog meine Hand an seine Brust, als ein weiteres Paar vorbei wirbelte. „Zwischenzeitlich verweise ich sie auf Ihr Interview. Übrigens gut gemacht."

„Danke. Essie hat es gut gemacht. Da es ein Thema ist, das Sie und ich leid sind, sprechen wir über etwas anderes. Was sind Ihre Pläne für den Herbst?"

„Ob ich auf die Jagd gehe, meinen Sie?" Monty schüttelte den Kopf. „Nein, liegt mir nicht. Ich habe einen kleinen Golfurlaub geplant. Ich reise in ein paar Tagen ab, um einige der besten Plätze zu besuchen. Golfen Sie?"

„Nein, ich habe es nie versucht."

„Dann sollten Sie es tun. Es ist ein lustiges Spiel."

Als der Tanz zu Ende war, stieß ein Paar neben uns Monty an. Sie drehten sich um, um sich zu entschuldigen, und die junge Frau quietschte und legte ihre Hand auf Montys Arm. „Monty! Ich habe Sie nicht gesehen, seit Sie zum Abendessen da waren. Wo haben Sie sich versteckt? Wir müssen einfach tanzen." Sie blickte zu ihrem ehemaligen Partner zurück. „Es macht Ihnen nichts aus, oder?"

Der andere Mann ging mit einer anmutigen Verbeugung. Monty warf mir einen Blick zu, von dem ich mir vorstellen konnte, dass ihn ein Ertrinkender einem vorbeifahrenden Schiff zuwerfen würde. „Olive?"

„Oh, ich kann das Wiedersehen doch nicht trüben, und ich wollte sowieso frische Luft schnappen gehen. Viel Spaß." Ich zwinkerte ihm zu, dann ging ich. Vielleicht hatte es also doch einen Nachteil, die Stühle bei Dinnerpartys zu füllen.

Ich schob mich am Rand der Tanzfläche durch die Menge. Der Raum war zwischenzeitlich überfüllt und stickig. Eine Rauchwolke hing jetzt über allem, und ich ging zu den Fenstern, da sich meine Brust zusammenzog. Als ich mich einem der Fenster näherte, zog ein Mann, der an mir vorbeiging, seine Zigarette aus dem Mund und blies mir eine Rauchwolke direkt ins Gesicht.

Das Gewicht, das auf meine Brust drückte, nahm zu. Ich wedelte den Rauch weg und ging auf die Tür zum Garten zu, die offen stand. *Langsam. Atme langsam und gleichmäßig*, redete ich mir zu, als ich in gleichmäßigem Tempo aus dem Raum ging. Hektische Bewegungen machten es nur noch schlimmer, obwohl es mich reizte, zu sprinten, um an die frische Luft zu kommen. Ich erreichte die Tür und ging zum Rand der Treppe, die zu einem Garten mit einem hoch aufragenden Kastanienbaum führte, der die Sterne verdunkelte.

Ich lehnte mich an die Kühle einer der Steinsäulen, die die Treppe einrahmten und das darüber gelegene Stockwerk des Stadthauses stützten. Ich konzentrierte mich darauf, langsam ein- und auszuatmen. Nach ein paar Augenblicken kehrten der Lärm und die Lichter der Gesellschaft, die in den Hintergrund getreten waren, als ich mich ganz auf meine Atmung konzentriert hatte, wieder in mein Bewusstsein zurück. Das Band um meine Brust lockerte sich, und ich atmete ein paarmal tief durch, ohne Schmerzen.

„Olive?"

Essie Matthews stand neben mir. Ihre immer rosigen Wangen waren jetzt knallrot. „Geht es dir gut?"

„Ja, es geht." Ich wusste, dass es mir jetzt gut gehen würde, doch ich sollte nicht zurück ins Haus gehen, sonst könnte ich einen weiteren Schub haben.

Essie fächerte sich mit der Hand frische Luft zu und bauschte ihren kurzen braunen Bob auf. „Es ist so eng da drin. Ich konnte es auch nicht mehr ertragen." Sie griff in ihre Handtasche. „Und ich muss einfach unbedingt eine Zigarette haben."

Sie holte eine Zigarette und ein Feuerzeug hervor. Die Flamme tanzte, sie holte tief Luft, dann atmete sie in Richtung Garten aus. Sie verzog das Gesicht und betrachtete das Ende der Zigarette. Obwohl sie von mir weg atmete, trat ich immer noch einen Schritt zurück. Sie bemerkte meine Bewegung. „Tut mir leid. Ich habe vergessen, dass du sie nicht verträgst." Essie hatte mich während der Schulzeit ein paarmal um Atem ringen sehen, insbesondere auf der Skipiste. „Aber keine Sorge", fuhr sie fort. „Das sind Asthmazigaretten." Sie hielt mir die Zigarette entgegen. „Willst du versuchen?"

„Danke, aber nein." Ich hatte von Asthmazigaretten gehört und einmal den Arzt in Nether Woodsmoor danach gefragt. „Kann mir nicht vorstellen, wie die helfen könnten" hatte Dr. Miller gesagt. „Nach allem, was ich gesehen habe, reizt Rauch. Er beruhigt nicht. Vermutlich schaden die mehr, als dass sie nützen." Da Dr. Miller schlimmer an Asthma litt als ich, hatte ich seinen Rat befolgt und sowohl normale als auch Asthmazigaretten vermieden.

Essie zog stirnrunzelnd an der Zigarette. „Überhaupt nicht wie eine echte Zigarette." Sie wedelte damit, und die rote Spitze hüpfte in der Dunkelheit. „Bist du dir sicher? Es ist eine neue Marke, die bald auf den Markt kommen wird. Einer der Reporter der Zeitung hat eine Geschichte dazu geschrieben und mir ein paar gegeben." Mit der Zigarette zwischen zwei Fingern öffnete Essie ihre Handtasche und wühlte mit ihrer freien Hand herum. Sie zog ein kleines Päckchen heraus und drückte es mir in die Hand. „Hier. Du kannst den Rest haben. Die sind nicht stark genug für mich."

Ich hob das Päckchen zum Licht der offenen Tür. „Breathe Easy", lautete die größte Zeile. „Zur Linderung von Asthmaanfällen. Eine einzigartige Kräutermischung. Wirksam zur Behandlung von Asthma und Heuschnupfen sowie bei Halskrankheiten. Nicht empfohlen für Kinder unter sechs Jahren."

Ich hielt ihr die Schachtel entgegen und spürte, wie sich die verbliebenen Zigaretten darin bewegten. „Ich werde sie nicht benutzen."

Sie schob meine Hand zurück. „Behalte sie. Du könntest deine Meinung ändern."

Essie gehörte zu den entschlossenen Menschen, die sich nur schwer von ihren Entscheidungen abbringen ließen. Am einfachsten wäre es, sie aufzubewahren und später wegzuwerfen. Ich steckte die Zigaretten in meine Handtasche. Essie drückte ihre Zigarette an der Balustrade aus und musterte dann die Menge an der Tür. „Ich muss jemanden finden, der eine echte Zigarette hat."

Sie machte zwei Schritte von mir weg und wirbelte dann herum. „Wenn du noch mehr spannende Geschichten hast, lass es mich wissen. Ich bin sofort da."

„Natürlich." Essie war in Gedanken nie weit von ihrer Gesellschaftskolumne entfernt.

Sie eilte davon. „George, du hast immer Zigaretten. Könnte ich eine haben?"

Ich verließ die Party nach einem Umweg zum Buffet und schaffte es, ein paar Löffelbiskuits und zwei Stück Kuchen in meiner Handtasche hinauszuschmuggeln.

Zum Frühstück sollte man keinen Kuchen essen. Ich versuchte, das leicht seekranke Gefühl zu ignorieren, als der Aufzug mich in die oberste Etage des Gebäudes brachte, in dem sich Hightower Books befand.

Ich hatte vorgehabt, den gestohlenen Kuchen für den Tee aufzuheben, doch seine Verlockung war zu stark. Ich hatte ein Stück gegessen, bevor ich mich zu meinem Termin mit Mr. Hightower aufmachte. Jetzt wünschte ich, ich hätte mehr Selbstbeherrschung. So früh am Morgen war ich eine solche Explosion von Dekadenz nicht gewohnt, und es hatte mir den Magen sauer gemacht.

Ich krümmte meine Finger in meinen Handschuhen, die sich zu eng anfühlten. Es konnte nicht sein, dass ich nervös war. Auf der Suche nach einer Anstellung war ich durch die ganze Stadt gewandert und hatte mich mit allen möglichen Leuten getroffen. Wenn Mr. Hightower mich abweisen würde, wäre das nichts Neues. Ich musste mich nur wieder bei Bekleidungsgeschäften bewerben, während ich nach vermissten Haustieren suchte.

Ich nahm an, dass ich warten müsste, was mir Zeit gegeben hätte, die Schmetterlinge in meinem Bauch zu bändigen, doch ich wurde sofort in Mr. Hightowers Büro geführt. Ich hatte wohl erwartet, dass sein Büro einem Anwaltsbüro ähneln würde – ein geräumiges Zimmer, ein schwerer Schreibtisch mit viel poliertem Holz und Regalen voller ledergebundener Bücher. Doch Mr. Hightowers Büro erinnerte mich an das unordentliche, mit Büchern vollgepackte Arbeitszimmer meines Vaters, wo ich mich oft mit einem Buch oder einem Notizbuch auf dem Teppich vor dem Feuer ausgebreitet hatte, während Vater seinen Kommentar schrieb.

Mr. Hightowers Büro war ein kleiner Raum, kaum größer als sein ramponierter Schreibtisch. Mit den Büchern hatte ich allerdings Recht. Sie waren überall, in und auf den Regalen aufgetürmt, stapelten sich in den Ecken des Zimmers auf dem Teppich und balancierten auf der Ecke von Mr. Hightowers Schreibtisch. Die Bücher waren jedoch keine ledergebundenen Texte. Reihe um Reihe populärer Belletristik mit dem Hightower Books-Logo eines steinernen Turms füllten die Regale. Die bunten Farben erzeugten einen Regenbogeneffekt und verliehen dem Raum eine fröhliche Atmosphäre. Mein Magen beruhigte sich. In dem mit Büchern vollgestopften Zimmer fühlte ich mich wie zu Hause.

Mr. Hightower kam um den Schreibtisch herum, und ich schüttelte ihm die Hand. „Freut mich, Sie kennenzulernen", sagte er und wies auf den Stuhl vor seinem Schreibtisch. Er war ungefähr fünfzig, nahm ich an, mit einem dunklen horizontalen Strich buschiger Brauen und einem fliehenden Haaransatz zu beiden Seiten seiner Geheimratsecken.

Ich nahm Platz, und er kehrte zu seinem Stuhl zurück, der quietschte, als er sich darauf fallen ließ. Er verschränkte die Hände auf einem Stapel maschinengeschriebener Seiten. Das Papier knitterte unter seinen Manschetten. „Also, Miss Belgrave, erzählen Sie mir von sich."

„Möchten Sie die kurze oder die lange Version?"

„Sagen wir die Kurzgeschichte, nicht den Roman."

„Sehr gut. Ich bin in Nether Woodsmoor aufgewachsen, einem kleinen Dorf in Derbyshire, wo mein Vater Pfarrer war, bevor er eine Erbschaft machte, die es ihm erlaubte, sich zurückzuziehen und an einem Kommentar zu arbeiten. Ich besuchte ein Internat und war ein Jahr in der Schweiz in einem Mädchenpensionat. Meine Mutter – sie war Amerikanerin – ist gestorben, als ich jünger war. Sie hat einen Fonds für meine Ausbildung eingerichtet. Ihr Wunsch war es, dass ich an ihre Alma Mater, eine Universität in den Vereinigten Staaten, zurückkehre, und dort wie sie einen Abschluss mache. Ich bin letztes Jahr nach Amerika gegangen, wurde aber nach Hause gerufen, als mein Vater krank wurde. Zum Glück hat er sich erholt, aber ich habe mich entschlossen, zu bleiben."

Es war nicht meine Entscheidung, in England zu bleiben, doch ich wollte Mr. Hightower nicht von meinem Schock erzählen, als ich herausgefunden hatte, dass mein Vater seine Krankenschwester geheiratet hatte, und dass er alle Mittel für meine Ausbildung verloren hatte, als er das Geld in eine zweifelhafte Unternehmung investiert hatte. Mir wurde klar, dass ich meine Hände in meinem Schoß geballt hatte. Ich entspannte meine Finger und strich meinen Rock glatt. „Doch das interessiert Sie nicht wirklich. Ich kann mir vorstellen, dass die Ereignisse auf Archly Manor der Grund sind, warum ich hier bin."

„Ja, das ist der Grund, warum ich mit Ihnen sprechen wollte. Mr. Rimington hat mir davon erzählt. Er sagte auch, dass Sie so hartnäckig sind wie ein Terrier, der eine Ratte jagt."

„Nun, ja, das stimmt, nehme ich an. Obwohl ich nicht sicher bin, ob das ein schmeichelhafter Vergleich ist."

Er lachte. „Und er sagte, Sie haben Sinn für Humor und die Fähigkeit, äußerst diskret zu sein."

„Ja, das hört sich besser an."

Mr. Hightower starrte mich einen Moment lang an, dann griff er nach einer Brille und setzte sie auf. „Miss Belgrave, ich sehe vielleicht nicht so aus, doch ich bin neige zum Spielen. Ich bin mir sicher, dass ich für Sie das Bild eines besonnenen Stadtmenschen abgebe, doch ich liebe es, ein Risiko einzugehen. Nicht mit Wetten auf Pferde oder Kartenspielen, im Geschäft. Als Verleger muss man das Risiko mögen. Mein Erfolg beruht auf Gefühl. Und ich habe das Gefühl, dass Sie mir helfen können. Ich würde Sie gerne beauftragen. Sind Sie interessiert?"

Ein Prickeln der Aufregung raste über meine Haut. Das war so viel besser, als Hüte zu präsentieren. „Ja. Ausgesprochen."

„Gut. Ich werde einige Informationen mit Ihnen teilen. Wenn diese Informationen die Wände dieses Büros verlassen würden, würde das bei Hightower Books erhebliche Bestürzung verursachen. Es ist eine heikle Situation. Habe ich Ihr feierliches Versprechen, dass Sie diese Informationen für sich behalten werden?"

„Ja. Ich werde sie niemandem gegenüber erwähnen."

„Exzellent." Ein Lächeln huschte über Mr. Hightowers

Gesicht. „Da Sie die Tochter eines Pfarrers sind, weiß ich, dass ich Ihrem Wort vertrauen kann." Er zog einen Ordner unter den Stapeln getippter Seiten hervor und holte ein Foto aus der Akte. „Das ist Ronnie Mayhew. Unsere Leser kennen ihn als R. W. May, einen unserer beliebtesten Autoren. Er ist verschwunden, und ich möchte, dass Sie ihn finden."

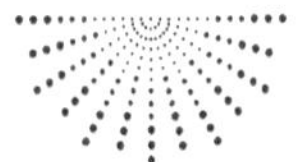

KAPITEL DREI

Ich betrachtete das Foto, das mir Mr. Hightower über den Schreibtisch reichte. Es war ein Studioportrait eines Mannes mit lockigem Haar und Vollbart. Mit seinem üppigen Haar und dem wallenden Bart ähnelte er den Illustrationen von Moses in den Religionsbüchern meines Vaters.

R. W. May posierte steif auf einem Stuhl, einen Arm neben einem Bücherstapel auf einem Tisch neben sich, das bärtige Kinn in seine Hand gestützt. Das Bild selbst war dunkel, was es aussehen ließ wie eine Daguerreotypie aus dem letzten Jahrhundert. „Wenn Mr. Mayhew – oder ist es Mr. May …?"

„Mr. Mayhew ist derjenige, nach dem Sie suchen werden, also verwenden wir diesen Namen. Das ist er für mich."

Meine Aufregung versandete. Ich war nicht die Richtige für Mr. Hightower. Er brauchte keine diskrete Ermittlung. Er brauchte jemanden, der offizieller war als ich. „Wenn Mr. Mayhew vermisst wird, ist das eine Sache für die Polizei, nicht für mich." Ich gab das Foto zurück.

„Hier kommt die Delikatheit der Situation ins Spiel. Hören Sie sich an, was Sie zu sagen haben, dann können Sie immer noch ablehnen, wenn Sie möchten."

Wieder entbrannte Interesse. „Klingt vernünftig."

Mr. Hightower legte das Foto in die Mappe zurück, dann hob er einen Stapel von vier Büchern neben den Papiertürmen auf. Er kam um den Schreibtisch herum und reichte sie mir, während er sich neben mir auf den zweiten Besucherstuhl setzte. „Sehen Sie sich die an."

Der Umschlag des ersten Buches zeigte eine junge Brünette mit roten Lippen in einem leuchtendroten, ärmellosen Kleid. Ein Perlenstrang wehte zur Seite, während sie eine Kerze hochhob und um die Ecke eines dunklen Tunnels spähte. „Oh, das kenne ich. *Das Geheimnis von Newberry Close*. Die Lady Eileen Krimiserie. Meine Tante hat es gelesen, und es hat ihr sehr gefallen." Der nächste Titel auf dem Stapel war *Intrige im Scotch Express* und zeigte einen Zug, der durch die Landschaft raste. Das dritte hatte den Titel *Mord auf Castle Colfax*. Der Einband war abstrakter. Eine weibliche Hand schwebte über einer Pistole vor einem leuchtend roten Hintergrund. „Ich muss zugeben, dass ich kein Kenner von Kriminalromanen bin. Mr. Rimington sagte mir, dass sie ein wunderbarer Zeitvertreib sind."

„Ich kann sie nur empfehlen", sagte Mr. Hightower. „Aber natürlich würde ich das tun." Er deutete auf die Bücherregale, die alle Wände seines Büros einnahmen.

Ich drehte die Bücher in meinen Händen und überflog die Rücken sowie die vorderen und hinteren Klappen. Viele Bücher hatten auf den Rücken Fotos des Autors, doch diese hatten nur Text, keine Bilder. „Sie haben das Bild von Mr. Mayhew nicht für diese Bücher benutzt."

„Nein, eine Marketingentscheidung." Mr. Hightower griff über seinen Schreibtisch nach der Mappe. Er nahm das Foto heraus, betrachtete es einen Moment und klopfte es dann gegen die Stuhllehne. „Als wir Mr. Mayhew als Autor angenommen haben, wurden alle Vereinbarungen per Post getroffen. Ich habe ihn nicht persönlich kennengelernt. Als die Verträge unterschrieben waren und wir das erste Manuskript für den Druck vorbereitet haben, baten wir um ein Foto." Mr. Hightower hielt das Foto hoch. „Mayhew hat dieses hier geschickt. Die Werbeabteilung war entsetzt."

„Wieso? Mr. Mayhew sieht respektabel aus."

„Und genau das ist das Problem. Da Sie keines von Mr. Mayhews Büchern gelesen haben, können Sie es nicht wissen, doch die Bücher handeln von Lady Eileen und ihrem Freundeskreis, lebenslustige junge Leute, die aufregende und interessante Dinge tun, wie zum Beispiel in Mord und Mysterien verwickelt zu werden."

„Ja, das kann ich an den Bucheinbänden erkennen. Das Foto des Autors passt also nicht zum Ton der Bücher?"

Mr. Hightower wies mit dem Foto auf mich. „Genau. Ich hatte einen Instinkt bei Ihnen, und das beweist, dass ich Recht hatte. Wir waren der Annahme, wir hätten ein Buch von einem der lebenslustigen jungen Leute gekauft. Es stellte sich heraus, dass wir ein Buch von einem Mann mittleren Alters gekauft hatten, der mit der *Stimme* eines dieser jungen Menschen schreiben konnte. Wir sagten Mr. Mayhew, dass auf seinen Buchumschlägen nicht genug Platz für sein Foto war. Er hat es nach dem ersten Buch nie wieder erwähnt, und wir haben es auch nicht mehr zur Sprache gebracht. Sie fragen sich wahrscheinlich, warum ich Ihnen von seinem Foto erzähle?"

„Nein, Sie erzählen eine faszinierende Geschichte. Ich bin wie gebannt, und ich bin sicher, dass diese Geschichte eine Handlung hat."

„Ja, das war nur die Vorgeschichte. Jetzt kommen wir zu einem Wendepunkt. Mr. Mayhew hat seine Deadline verpasst. Das Manuskript für sein nächstes Buch, *Mord auf dem neunten Grün*, ist noch nicht eingetroffen."

„Ich dachte, Autoren reichen ihre Manuskripte andauernd zu spät ein?"

„Oh ja, das tun sie. Ständiges Problem." Mr. Hightower rückte seine Krawatte zurecht. „Alle, außer Mr. Mayhew. Er hat noch nie eine Deadline verpasst. Niemals. Tatsächlich kamen seine Manuskripte immer vor der Deadline an. In diesem Fall ist sie jedoch vor zwei Wochen abgelaufen. Ich habe letzte Woche einen Brief von ihm bekommen. Er entschuldigte sich für die Verzögerung und sagte, ich würde das Manuskript bis Freitag vergangener Woche bekommen. Das Manuskript ist immer noch nicht angekommen." Mr. Hightower trommelte mit den Fingern auf die Mappe.

Nach einigen Sekunden des Schweigens fragte ich: „Und Sie haben ihn kontaktiert?" Es war eine offensichtliche Frage, doch Mr. Hightowers Wortfluss schien versiegt zu sein.

„Das ist das Problem. Ich habe keine Möglichkeit, mit Mr. Mayhew in Kontakt zu treten."

„Sicher haben Sie doch eine Postanschrift?"

„Seine Korrespondenz wird über seinen Anwalt abgewickelt. Ich habe ihn kontaktiert. Leider ist dieser Anwalt schwer gestürzt. Er hat einen Schlag auf den Kopf erlitten und war einige Tage bewusstlos. Er ist zwischenzeitlich wieder zu sich gekommen, doch er ist nicht mehr der Alte. Er ist immer noch verwirrt und vergesslich. Kurz gesagt, er ist nicht in der Verfassung, sein Büro zu führen oder Fragen zu beantworten. Er erholt sich, muss es aber langsam angehen – vorerst völlige Ruhe zu Hause. Sein Arzt hat ihm verboten, in seine Kanzlei zurückzukehren. Ich habe mich mit seiner Sekretärin in Verbindung gesetzt, die die Akten durchgesehen hat, doch sie hat keine Erwähnung eines Mr. Mayhew gefunden."

„Aber Sie haben eine Korrespondenz vom Anwalt bezüglich Mr. Mayhew?"

Mr. Hightower räusperte sich. „Nicht in rechtlichen Angelegenheiten. Mr. Mayhew hat einen Vertrag über fünf Bücher unterzeichnet und einen anderen Anwalt beauftragt, diese Verhandlungen zu führen. Kurz nach der Unterzeichnung erhielt ich einen Brief von Mr. Mayhew, in dem er darum bat, die gesamte Korrespondenz an seinen neuen Anwalt in Hadsworth zu senden, doch seitdem ist nichts passiert, was dessen Dienste bedurfte. Der Anwalt schickt uns die Manuskripte und leitet unsere Korrespondenz an Mr. Mayhew weiter."

„Also ist er im Wesentlichen eine Poststelle."

„Korrekt."

„Erscheint merkwürdig."

„Was Mr. Mayhew sehr treffend beschreibt. Er ist ein merkwürdiger Mann. Von Anfang an bestand Mr. Mayhew auf dieser Art der Geschäftsabwicklung. Ich habe versucht, ihn nach London zu locken, habe ihm angeboten, ihn zum Abendessen und einer Aufführung einzuladen, ihn im Büro vorzustellen, doch er lehnt immer ab. Er ist sehr privat. Tatsächlich" – Mr. Hightower beugte sich vor – „würde es mich nicht wundern, wenn Mr. Mayhew eine Art der Vereinbarung mit dem Anwalt hätte, seine Angelegenheiten inoffiziell abzuwickeln. Ich glaube, deshalb kann die Sekretärin keine Aufzeichnungen über Mr. Mayhew als Mandanten finden."

„Sie haben also keine andere Möglichkeit, Ihren Autor zu kontaktieren, als per Post über diesen Anwalt?"

„Das ist richtig, aber ich habe eine Ahnung, wo Mr. Mayhew sein könnte", sagte Mr. Hightower. „Mr. Mayhew und ich haben über den Anwalt einen kleinen persönlichen Briefwechsel geführt. Weihnachtskarten, solche Dinge. In einem Jahr erwähnte Mr. Mayhew, dass ungewöhnlich viel Schnee gefallen war. Ein großer Sturm hatte zu Weihnachten in Kent unerwartet mehrere Zentimeter Schnee gebracht, und ich erinnere mich, dass ich damals dachte, Mr. Mayhew müsse in Kent leben. Die Kanzlei des Anwalts befindet sich in Hadsworth, einem kleinen Dorf in Kent. Ich kann mir nicht vorstellen, dass Mr. Mayhew weit reisen würde, um einen Anwalt zu beauftragen, nur um die Übergabe seines Manuskripts an mich zu erledigen und unsere Schecks entgegenzunehmen. Jetzt würde ich selbst nach Kent reisen und mich in Hadsworth umsehen, doch ich fürchte, ich würde damit Aufsehen erregen." Er warf einen Blick zu seiner geschlossenen Bürotür. „Was ich Ihnen bisher nicht über Mr. Mayhew erzählt habe, ist … nun, die Bücher von Mr. Mayhew sind in den letzten drei Jahren zum Rückgrat des Verlags geworden. Der Erfolg von *Das Geheimnis von Newberry Close* war … phänomenal. Wir haben so etwas noch nie gesehen. Wir haben Auflage um Auflage gedruckt. Selbst jetzt verkauft es sich immer noch in einem stetigen Tempo – einem zügigen, stetigen Tempo. Die anderen R. W. May-Bücher verkaufen sich genauso gut. Unser Unternehmen ist für seinen zukünftigen Erfolg von Mr. Mayhew abhängig."

„Sie haben also Angst, dass, wenn bekannt wird, dass sein Manuskript zu spät kommt, oder dass es – ähm – vielleicht nicht kommt …"

„Ja. Ich will hier niemanden beunruhigen, doch ich muss etwas tun."

Mr. Hightower mochte zwar Eigentümer des Verlags sein, doch er war selbst ein ausgezeichneter Geschichtenerzähler. Er hatte mein Interesse geweckt, und es reizte mich, in das Geheimnis einzutauchen, doch ich konnte nicht guten Gewissens weitermachen, egal wie faszinierend ich die Situation fand. Ich zwang die Worte aus meinem Mund. „Ich denke immer noch, das ist Sache der Polizei."

„Das *ist* mein nächster Schritt, wenn Hadsworth nicht klappt", sagte er schnell. „Ich möchte, dass Sie ... die Situation verstehen, könnte man sagen. Ich kann es nicht selbst tun – es würde im ganzen Büro die Alarmglocken läuten lassen, und auch bei unseren Investoren, wenn das bekannt würde. Wenn ich einen Privatdetektiv anheuere, würde er in Hadsworth sicher auffallen. Es ist ein kleines Dorf, und ein Fremder, der im örtlichen Gasthaus wohnt und Fragen über einen Mann namens Mayhew stellt, würde sicherlich auffallen. Doch das ist nicht das, was ich vorschlage."

Er legte die Mappe auf den Schreibtisch und nahm einen Brief, der auf dickem cremefarbenem Briefpapier geschrieben war. „Lady Holt aus Blackburn Hall, das sich in der Nähe der Ortschaft Hadsworth befindet, hat mich gedrängt, einen Etikette-Leitfaden zu veröffentlichen. Sie schreibt eine Kolumne für *The Express* über die angemessene Nutzung von Besteck oder wie man Einladungen korrekt adressiert. Sie denkt, ihr Leitfaden wäre ein Bestseller."

Mr. Hightowers Tonfall deutete darauf hin, dass er glaubte, dass diese Art von Büchern eher an den Regalen kleben bleiben würden, als herauszufliegen. Er warf den Brief auf den Schreibtisch und lehnte sich in seinem Stuhl zurück, seinen Blick mit einer eindeutig fragenden Miene auf mich gerichtet. „Wenn eine junge Frau Ihres Standes und Status in meinem Namen Blackburn Hall besuchen würde, um das Manuskript von Lady Holt zu prüfen, wäre dies mit einem Minimum an Aufwand möglich. Ich kann für Sie arrangieren, dass Sie für ein paar Tage auf Blackburn Hall bleiben, in denen Sie diskret recherchieren und herausfinden können, ob Mayhew in Hadsworth lebt und was mit seinem Manuskript passiert ist. Wenn das Original in der Kanzlei seines Anwalts verloren geht – nun, Mayhew scheint ein vorsichtiger Kerl zu sein. Ich nehme an, er hat seine eigene Kopie des Manuskripts."

„Sie wollen also, dass ich herausfinde, ob Mr. Mayhew in Hadsworth lebt. Und falls er dort wohnt, soll ich herausfinden, was mit dem Manuskript passiert ist."

„Genau."

Mr. Hightowers Annahmen über Hadsworth klangen, als ob sie richtig wären, doch was, wenn sie es nicht waren? „Was ist, wenn ich keine Spur von Mr. Mayhew finden kann?"

„Dann haben Sie einen gut bezahlten Urlaub auf dem Land gemacht."

„Und was wäre, wenn Mr. Mayhew in Hadsworth gelebt hat, jedoch … weg ist, wenn ich dort ankomme?"

Mr. Hightower sagte: „Meine Güte, Sie wollen alle Möglichkeiten abdecken, nicht wahr?"

„Ich muss genau wissen, was Sie von mir erwarten."

„Das ist nur recht und billig. Gut, wenn Mr. Mayhew dort gelebt hat, sich jedoch aus dem Staub gemacht hat, versuchen Sie herauszufinden, wohin er verschwunden ist. Ich nehme an, er wurde unerwartet weggerufen – das hoffe ich jedenfalls. Wenn Sie keinen Hinweis auf den Verbleib von Mr. Mayhew finden können, *werde* ich die Polizei kontaktieren." Er wischte sich mit der Hand über die Stirn. „Und dann bricht hier bei Hightower Books die Hölle los."

Ein kurzes Klopfen, dann ging die Tür auf, und als sich ein Mann hereinbeugte, fiel ihm eine Strähne seines dunklen Haares über die Stirn. „Vernon, ich muss mit Ihnen über – tut mir leid, ich wusste nicht, dass Sie Besuch haben."

Mr. Hightower stand auf und nahm einen maschinengeschriebenen Stapel Seiten von seinem Schreibtisch. „Ich nehme an, Sie wollen das Brittenham-Manuskript." Er ging durch das Zimmer und reichte es dem Mann. „Das hat viel Arbeit nötig."

„Das hatte ich befürchtet." Der jüngere Mann blickte von mir zu Mr. Hightower und wartete offensichtlich auf eine Vorstellung. Ich packte die Armlehnen meines Stuhls, um aufzustehen, aber bevor ich mich bewegen konnte, drückte Mr. Hightower das Manuskript in die Hände des jungen Mannes. „Ich werde gleich mit Ihnen darüber reden." Er schloss die Tür und zwang den Mann, einen Schritt zurückzutreten.

Mr. Hightower nahm wieder neben mir Platz. „Mein leitender Lektor Busby. Leland Busby. Er hat keine Ahnung von Mr. Mayhews Manuskript. Ich habe Mr. Busby vertröstet und ihm gesagt, dass es unterwegs ist." Mr. Hightower beugte sich vor, die Hände auf den Knien. „Ich zahle Ihnen vierzig Pfund, damit Sie nach Blackburn Hall gehen und ein paar diskrete Nachforschungen anstellen. Zwanzig Pfund jetzt und zwanzig Pfund, wenn Sie zurück sind. Sie melden sich direkt bei mir. Bei niemandem sonst im Büro."

Mutter hatte mir beigebracht, dass eine Lady nicht mit offenem Mund starrt, und ich schaffte es zu verhindern, dass mir mein Mund offen stehenblieb, doch nur knapp. Vierzig Pfund waren äußerst großzügig. Und noch dazu ein Ausflug zu einem Anwesen auf dem Land? Ich brauchte keinen Moment, um darüber nachzudenken. „Das kann ich tun." Ich stand auf, wir schüttelten uns die Hände, dann wollte ich ihm den Stapel mit R.W. Mays Büchern reichen.

Mr. Hightower winkte ab. „Behalten Sie sie. Wir haben das eine oder andere Exemplar übrig. Ein bisschen leichte Lektüre für Sie. Vielleicht stoßen Sie auf etwas, das Ihnen hilft, Mr. Mayhew zu finden."

KAPITEL VIER

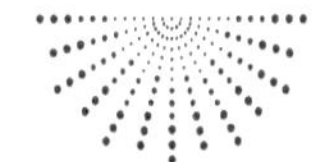

Zwei Tage später reiste ich nach Blackburn Hall ab, nachdem Mr. Hightower die Arrangements mit Lady Holt getroffen hatte, was mir Zeit gab, das erste R.W. May-Buch zu lesen. Ich hatte das Buch am Tag vor meiner Abreise mit in den Park genommen, um ein paar Kapitel zu lesen. Meine kleine Tasche war gepackt, und ich hatte meiner Vermieterin Mrs. Gutler mitgeteilt, dass ich die Stadt für ein paar Tage für einen Besuch auf Blackburn Hall verlassen würde. Für den Rest des Tages hatte ich nichts anderes zu tun, also nahm ich das erste Buch, *Das Geheimnis von Newberry Close*, und fuhr nach Kensington Gardens. Im Park war es viel kühler als in meinem stickigen Zimmer.

Ich setzte mich auf eine Bank im Schatten und schlug das Buch auf. Zwischen dem Einband und der ersten Seite lag ein zu Dritteln gefaltetes Blatt Papier. Der maschinengeschriebene Brief war vor drei Jahren datiert und an Mr. Hightower adressiert. Er enthielt eine Liste möglicher Titel, und die Unterschrift am Ende war R. W. Mayhew. Es war interessant zu sehen, dass Mr. Mayhew *Tod im Zug* vorgeschlagen hatte, doch jemand – vermutlich Mr. Hightower oder ein Assistent – hatte die Worte durchgestrichen und *Intrige im Scotch Express* darüber geschrieben, was ein viel besserer Titel war.

Ich faltete das Papier wieder. Da die Liste nur drei Titel

enthielt und diese Bücher bereits erschienen waren, dachte ich nicht, dass ich den Brief überstürzt an Mr. Hightower zurückschicken musste. Ich wandte mich dem ersten Kapitel zu und begann zu lesen. Der clevere Krimi drehte sich um die mutige Lady Eileen und ihren treuen – und besessenen – Chauffeur. Ich war so in die Geschichte vertieft, dass ich mich stundenlang nicht bewegte. Auf dem Nachhauseweg kaufte ich mir ein paar Brötchen, kehrte zum Lesen zurück und beendete den Roman noch am selben Abend im Bett.

Das Buch hatte mir solchen Spaß bereitet, dass ich es zusammen mit den anderen R. W. May-Büchern und meinem Koffer im Morris Cowley verstaute, um sie nach Blackburn Hall mitzunehmen. Aufenthalte auf dem Land konnten entweder herrlich lustig oder schrecklich langweilig sein. Wenn sich Blackburn Hall als letzteres erweisen sollte, hätte ich zumindest etwas zum Zeitvertreib dabei.

Es war ein wunderschöner Spätsommertag, als ich aus London herausfuhr. In der Nacht hatte es stark geregnet, doch der Tag war klar, und die Landschaft glitzerte in grünem Glanz, ein letzter Hauch satter Farben vor den düsteren Herbsttönen. Die Ortschaft Hadsworth lag in der hügeligen Landschaft von Kent, wo dicht bewaldete Hügel von Flecken smaragdgrüner Felder durchzogen waren.

Als ich mich dem Dorf näherte, reduzierte ich meine Geschwindigkeit. Häuser, Geschäfte, eine Kirche und ein offensichtlich florierender Pub in einem Fachwerkhaus, *The Crown*, säumten die Straße. Ein paar kleinere Gassen kreuzten die Hauptstraße wie Schraffuren, doch sie reichten nicht weit von der Hauptstraße weg. Als ich das Ende von Hadsworth erreichte, bremste ich noch weiter ab, als eine Gruppe von Männern zu viert mit geschulterten Golftaschen die Straße überquerte. Der Mann an der Spitze hob die Hand an seine Schiebermütze. Ich wedelte mit den Fingern über dem Lenkrad, dann ließ ich den Wagen rollen, als sie an einem großen Schild mit der Aufschrift *Rosewood Hills Golfplatz* einbogen.

Den Anweisungen von Mr. Hightower folgend, verließ ich das Dorf, überquerte eine kleine Steinbrücke und hielt Ausschau nach den Toren, die den Eingang zur Blackburn Hall markierten.

Ich entdeckte sie, bog ab und fuhr durch einen dichten Kastanienhain.

Der Weg führte zwischen den Bäumen hervor, und gab den Blick frei auf Blackburn Hall, ein gut proportioniertes rotes Backsteingebäude aus dem 17. Jahrhundert, das auf einer Lichtung am Hang eines sanften Hügels stand. Ein Fluss säumte die linke Seite des Hauses, und jenseits des glitzernden Wasserlaufs waren die breiten Fairways des Golfplatzes durch die Bäume zu sehen. Vor dem Haus erstreckte sich ein Garten im französischen Stil, dessen rechteckige Linien die eckige Form des Hauses widerspiegelten.

Blackburn Hall war nicht nach dem gleichen Muster gebaut wie die großen Anwesen Parkview Hall und Archly Manor. Morgen und Morgen Parkland umgeben diese Häuser. Blackburn Hall – sowohl das Haus als auch das Anwesen – war von kleinerem Maßstab, da das Haus näher an der Hauptstraße lag, doch es war ein charmantes Haus mit seinem geometrischen Garten und dem Flussufer daneben.

Der Weg gabelte sich vor mir. Ein Zweig führte zur Haustür, und der andere verschwand an der Seite des Hauses. Ich zögerte, den Fuß auf der Bremse. Welchen Status hatte die Abgesandte eines Verlegers? War ich ein Gast, der zur Haustür ging, oder war ich der Dienstbote, der nach hinten ging?

Unter einem palladianischen Glasbogen öffnete sich die Haustür und eine große Frau kam heraus. Sie stand an der Tür, die Hände in die Taille gestemmt. Am Schnitt ihres Kleides konnte ich erkennen, dass sie eine Lady war. Doch selbst wenn ich ihren Status nicht an ihrer Kleidung hätte erkennen können, hätte ihre stockgerade Haltung es verraten. Sie hatte die beste Haltung von allen, die ich seit meinem Schulabschluss gesehen hatte.

Das musste Lady Holt sein. Ein Anflug von Nervosität flatterte durch mich. Ich war im Begriff, diese Frau hinters Licht zu führen. Ich bezweifelte, dass Mr. Hightower wirklich daran interessiert war, ihr Buch zu veröffentlichen. Mein Besuch, um es „anzusehen" war eine List, um mich hier unterzubringen, eine Tatsache, über die ich mir nachzudenken bisher nicht gestattet hatte.

Ich holte tief Luft, setzte mein bestes Lächeln auf und ließ den Wagen auf dem Weg weiter rollen, der mich zum Platz vor der Haustür führte. Ich stellte den Motor ab und hörte in der Ferne das leise Plätschern des Flusses. Lady Holt kam mir mit ausgestreckter Hand über den Kies entgegen. „Miss Belgrave, es ist mir eine Freude, Sie kennenzulernen. Ich bin Lady Holt. Willkommen auf Blackburn Hall!"

Der moderne Stil ihres Säulenkleides mit geraden Linien passte zu Lady Holt, die aussah, als wäre sie Ende dreißig oder Anfang vierzig. Ihr blondes Haar war auf beiden Seiten ihres schmalen Gesichts grau gesträhnt. Tatsächlich war alles an ihr lang und gerade, stellte ich fest, als ich ihr die Hand schüttelte. Ihre schlanken Finger waren kalt, doch ihr Griff war stark. „Danke für Ihre Gastfreundschaft", sagte ich. „Es ist eine Freude, hier zu sein."

Sie gestikulierte mit ihrem langen Arm, als sie sich der Tür zuwandte. „Kommen Sie, ich bin sicher, Sie sind müde von Ihrer Reise."

„Nein, überhaupt nicht. Es war nur eine kurze Autofahrt von London", sagte ich, als wir den Parkettboden der Diele überquerten, die zum Obergeschoss hin offen war. Der hoch aufragende Raum war mit dunkler Eiche getäfelt, und an der rechten Seite schwang sich eine Eichentreppe mit aufwendigen Schnitzereien am Geländer und den Stäben.

„Ausgezeichnet. Dann möchten Sie mich vielleicht in den Salon begleiten? Wir können Tee trinken, und Sie können sich meinen Etikette-Leitfaden ansehen."

„Oh – ich denke, das können wir tun." Ich war mir nicht sicher, ob es eine gute Idee war, sich das Manuskript sofort anzusehen. Ich hatte gehofft, die Recherche etwas in die Länge zu ziehen, um mir Zeit zu geben, mich nach Mr. Mayhew zu erkundigen, doch ich konnte sie schlecht abweisen. Vielleicht hätte ich sagen sollen, dass ich müde war und mich für ein paar Stunden in mein Zimmer zurückziehen wollte, doch auch das hätte nichts gebracht. Ich konnte kaum nach jemandem suchen, während ich mich angeblich in meinem Zimmer ausruhte.

Auf Lady Holts Stirn erschien eine Falte. „Es sei denn –"
„Nein, es ist in Ordnung. Ich würde es gerne sehen." Ich reichte

meine Handschuhe, Handtasche und Hut einem wartenden Diener und folgte Lady Holt in einen blassgrün und gold möblierten Salon, der sich nach dem schweren, dunklen Eicheneingang leicht und offen anfühlte. Eine Fenstertür am anderen Ende des Raumes stand offen, und der Duft von Rosen und frisch geschnittenem Gras wehte mit der sanften Brise herein.

„Kommen Sie, Miss Belgrave. Darf ich Ihnen meine Schwester Serena Shires vorstellen?"

Eine Frau, die ungefähr sechs oder sieben Jahre jünger aussah als Lady Holt, kam durch den Raum und nickte zur Begrüßung. „Ich würde Ihnen die Hand reichen, doch meine sind verschmiert. Wenn ich gewusst hätte, dass wir Gäste haben, hätte ich mich frischgemacht." Ihre Figur war rundlicher als die ihrer Schwester, und in ihren widerspenstigen braunen Locken, die kurz und dunkel waren und ihr Gesicht umsprangen, zeigte sich noch kein Grau. Im Gegensatz zu Lady Holts modischem Kleid trug Serena einen Baumwollkittel über ihrem schlichten Kleid. Der Kittel war mit dunklen Flecken beschmiert, die wie Erde aussahen.

„Ich habe es dir heute Morgen gesagt." Lady Holts knappe Worte schienen keine Wirkung auf Serena zu haben.

„Ich habe es vergessen", sagte sie leichthin und drehte sich zu mir um. „Tut mir leid. Ich neige dazu, mich in meiner Arbeit zu verlieren." Serena und ich tauschten Grüße aus – ohne Händedruck.

Ein Stirnrunzeln verunzierte das schlanke Gesicht von Lady Holt. „Und du hast dich noch nicht einmal umgezogen, Serena." Lady Holt blickte zum Schreibtisch an der Seite des Zimmers. „Ich hoffe, du hast mein Manuskript nicht ruiniert."

„Ich weiß es besser, als deinem Manuskript zu nahe zu kommen. Ich bin kurz vorbeigekommen, um nach der Notiz zu suchen, die ich gestern Abend nach dem Abendessen gemacht habe." Zu mir sagte sie: „Ich finde Ideen kommen mir immer zu den ungünstigsten Zeiten. Wenn ich sie nicht aufschreibe, sind sie verloren. Ich habe sie auf einen Zettel geschrieben. Vielleicht habe ich ihn doch nach oben gebracht."

„Ich habe nichts gesehen", sagte Lady Holt. „Du hättest es in ein Notizbuch schreiben sollen."

„Du hast wie immer Recht, Maria." Serena sah mich von der Seite an. „Meine Schwester irrt sich nie. Das Leben läuft so viel reibungsloser, wenn man ihr zustimmt."

„Serena! Was soll unser Besuch denken? Ich muss mich entschuldigen, Miss Belgrave. Meine Schwester ist unbändig."

Ein kleines Schmunzeln hatte Serenas Mundwinkel umspielt und nun lächelte sie voll. „Maria ist verärgert, dass ich ihre Etikette-Regeln nicht befolge – obwohl ich niemanden kenne, der sie wortwörtlich befolgt. Und ich kann mir nicht vorstellen, dass heutzutage jemand ein Etikette-Buch braucht."

Lady Holts Mund wurde zu einer langen geraden Linie, als sie ihre Lippen zusammenpresste. Sie erinnerte mich an jemanden, den ich kannte, doch ich konnte sie nicht zuordnen. Lady Holt atmete durch die Nase ein. „Du weißt, wie viele Briefe ich bekomme. Die Leute schreiben mir andauernd, um Feinheiten des richtigen Benimm zu klären." Lady Holt deutete auf einen großen Stapel Umschläge neben dem Manuskript auf dem Schreibtisch. „Die sind in den letzten Tagen angekommen." Sie wandte ihre Aufmerksamkeit von ihrer Schwester auf mich. „Ich freue mich, dass Mr. Hightower endlich die Notwendigkeit eines modernen Etikette-Leitfadens erkannt hat. Es ist erfreulich, dass Hightower Books meinen Leitfaden veröffentlichen wird. Die Zeiten ändern sich, doch bestimmte Dinge" – Lady Holt warf Serena einen Blick zu – „wie gute Manieren kommen nie aus der Mode. Sie stimmen mir sicher zu, Miss Belgrave."

Ich hatte keine starke Meinung über die Notwendigkeit eines modernen Etikette-Leitfadens, doch das wollte ich nicht zugeben. Ich war hier in der Rolle einer Verlagsassistentin und hatte eine Rolle zu spielen. „Ja, Mr. Hightower interessiert sich für die Möglichkeit." Ich betonte das letzte Wort, da Lady Holt zu glauben schien, dass Mr. Hightower bereits beschlossen hatte, ihren Leitfaden zu veröffentlichen.

Meine subtile Betonung des Wortes bemerkte sie jedoch nicht. „Na, dann lassen Sie uns Tee trinken. Danach kann ich Ihnen das Manuskript zeigen, und Serena kann sich wieder ihren Vergnügungen zuwenden." Lady Holt setzte sich, wobei ihre gerade Wirbelsäule die Stuhllehne nicht berührte, und begann, unseren Tee einzuschenken.

Serena sagte: „Meiner Arbeit, meinst du."

Ich fragte: „Woran arbeiten Sie, Miss Shires?"

„Serena, bitte." Sie warf ihrer Schwester einen Blick zu. „Formalitäten verkomplizieren die Dinge in einem absurden Ausmaß. Mein Motto ist *alles so einfach wie möglich halten.*" Sie lehnte sich mit ihrer Teetasse auf einem Stuhl zurück. „Ich forsche nach Verfallsgeschwindigkeiten."

Mit dieser Antwort hatte ich überhaupt nicht gerechnet. „Wie interessant."

„Im Moment arbeite ich mit Stoffen. Ich habe eine Studie über Baumwolle, Trikot, Flanell, Leinen, Wolle und Seide abgeschlossen. Ich bin zu einem neuen Satz übergegangen – Samt, Tweed, Canvas, Chintz, Leder und Filz – um auch deren Verfallsgeschwindigkeit zu ermitteln."

„Und wie machen Sie das?"

„Du, wenn es dich nicht stört. Ich vergrabe Stoffmuster und beobachte die Veränderungen. Ich habe einen temperatur- und feuchtigkeitskontrollierten Behälter dafür. Du musst in mein Arbeitszimmer kommen und es dir ansehen. Ich habe eine Forschungsarbeit über die erste Testrunde vorgelegt –"

„Wirklich, Serena", unterbrach Lady Holt. „Ich bin sicher, Miss Belgrave ist nur höflich. Deine Forschung ist kein geeignetes Thema für eine allgemeine Unterhaltung."

„Verfall gehört zum Leben."

Lady Holt schauderte. „Serena, bitte."

Es war eine Schande, dass Mr. Hightower mich geschickt hatte, um Lady Holts Etikette-Buch zu lesen. Ihre Schwester schien eine viel interessantere Persönlichkeit zu sein. Vielleicht könnten Serenas Studien ein interessantes Thema für ein Buch sein.

Ich schüttelte mich im Geiste. Ich war nicht wirklich eine Verlagsassistentin. Das Ganze war eine Fassade. Ich musste meine Begeisterung für meinen imaginären Job zügeln.

Serena griff nach einem Sandwich. „Wenn ich über meine Arbeit sprechen muss, wäre Maria lieber, wenn ich über meine anderen Interessen sprechen würde."

Ich rührte meinen Tee um. „Du arbeitest noch an etwas anderem?"

Lady Holt sagte: „Die Frage ist, woran sie nicht arbeitet?"

Serena wedelte mit ihrem Sandwich. „Ich beschäftige mich mit allen möglichen Dingen." Sie lehnte sich bequem in ihrem Stuhl zurück, ein Lächeln im Gesicht. „Mich interessiert alles. Heute Morgen habe ich mit einer neuen Art von Stift gearbeitet." Sie legte das Sandwich auf ihre Untertasse und wackelte mit ihren fleckigen Fingern. „Einem, der nicht nachgefüllt werden müsste. Es ist die Schreibspitze, die mir noch Probleme bereitet. Ich habe es mit einem Stückchen Schwamm versucht, doch der war unpraktisch." Ihr Blick wanderte zur Decke. „Vielleicht würde Stoff besser funktionieren. Keine Baumwolle –" Sie sah mich wieder an. „Es muss saugfähig, aber in der Lage sein, den Tintenfluss zu kontrollieren, etwas, worauf ich noch nicht gekommen bin. Und dann ist da noch das Staubsauger-Experiment. Ich will einen leiseren machen. Sie machen viel zu viel Lärm."

„Redet hier jemand über mich?" Ein stämmiger, breitschultriger junger Mann kam durch die offene Tür herein. Er hatte blondes Haar, ein gebräuntes Gesicht, und sein Mund war dieselbe schmale Linie wie der von Lady Holt. „Hallo, Mutter", sagte er und nickte dann Serena zu. „Tante Serena."

Er drehte sich zu mir um, als Lady Holt begann: „Miss Belgrave, das ist mein Sohn –"

„Zippy!" Endlich erinnerte ich mich, an wen mich Lady Holts dünner Mund erinnerte – an den ehrenwerten Edward Brown, bekannt als Zippy. Lady Holts Lippen wurden praktisch bis zur Nichtexistenz dünner. Ich änderte schnell meinen Gruß zur angemessenen Form. „Mr. Brown, meine ich. Es ist eine Freude, Sie wiederzusehen."

Zippy und ich hatten als Debütanten ein paar Tänze geteilt, doch er war ein Bekannter, kein enger Freund. Ich erinnerte mich, dass ein paar Freunde ihn aufzogen und fragten, warum er seine ganze Zeit in London verbringt, wo Hadsworth nur eine kurze Autofahrt entfernt war. „Ich mag die Londoner Luft, mein Alter", war seine Antwort gewesen. Abgesehen von der Tatsache, dass er Golf liebte, war das das Einzige, woran ich mich bei ihm erinnerte.

Als sie mich jetzt ansah, war Lady Holts Gesichtsausdruck

nicht mehr so freundlich und einladend wie zuvor. Man brauchte kein Genie zu sein, um zu erkennen, dass sie weniger erfreut war, dass ihr Sohn mich kannte und dass ich ihn bei seinem Spitznamen genannt hatte. Ich hatte das Gefühl, dass ich erklären sollte, dass Zippy ein Bekannter war und ich keine Ambitionen mit ihm hatte, die mit mir in weißer Seide und ihm in einem Cutaway endeten. Bevor ich etwas sagen konnte, meinte Zippy: „Unsinn. Du musst mich weiterhin Zippy nennen. Jeder tut das."

„Edward, Miss Belgrave ist von Hightower Books. Sie ist hier, um meinen Etikette-Guide anzusehen."

Zippy, der mir zur Begrüßung die Hand schütteln wollte, hielt sie ein paar Augenblicke zu lange. „Wunderbar, dich hier zu sehen."

Lady Holt kniff die Augen zusammen, während sie sich auf unsere verbundenen Hände konzentrierte.

Ich zog meine Hand zurück. „Freut mich auch."

Lady Holt griff nach der Teekanne, doch Zippy sagte: „Mach dir keine Mühe, Mutter. Ich kann nicht bleiben. Ich treffe mich mit Tommy auf eine Runde Golf."

„Du kommst nicht zu spät zum Abendessen, oder? Wir sind heute Abend eine kleine Gesellschaft."

„Nein, natürlich nicht. Ich muss los." Er gab seiner Mutter einen kurzen Kuss auf die Wange, nahm ein Sandwich vom Teetablett und sagte zu mir: „Tut mir leid, ich kann nicht bleiben, um zu plaudern, aber wir werden uns sicher später sehen."

Lady Holts Blick folgte Zippy, als er den Raum verließ, dann sagte sie zu mir: „Ich habe für heute Abend eine kleine Dinnerparty geplant. Ich dachte, es würde Ihnen vielleicht gefallen, ein paar der Familien aus dem Ort zu treffen."

Sie war um mehrere Grad abgekühlt, und ich stellte mir vor, sie wünschte sich, sie könnte diese Einladungen zurücknehmen und das Abendessen absagen. Ich bin sicher, sie wollte nichts tun, um mich und Zippy dazu zu bringen, Zeit miteinander zu verbringen. Sie hätte sich keine Sorgen machen müssen. Zippy hatte nicht die leiseste Sehnsucht in meinem Herzen geweckt, und ich wusste aus den kurzen Gesprächen, die ich mit ihm geführt hatte, dass seine erste Liebe der Sport war. Leider schien Lady Holt das nicht zu wissen.

Wir tranken unseren Tee aus, und Serenas entspannter Redefluss glättete Lady Holts Temperatursturz. Ihr Blick wanderte immer wieder zum Schreibtisch und dem Papierstapel. Nachdem ich das Wetter und meine Anreise von London besprochen hatte, stellte ich meine Teetasse ab. „Vielleicht möchten Sie, dass ich mir das Manuskript jetzt ansehe?"

Lady Holt entfaltete ihre kantige Gestalt und stand auf. „Ja, ich habe es für Sie vorbereitet."

Serena schwang ihre Beine, von dort, wo sie sie auf das Kissen gelegt hatte, und ging zur Tür. „Ich überlasse euch eurer Arbeit."

Lady Holt zog den Schreibtischstuhl für mich hervor und schob ein schmales, in hellbraunes Leder gebundenes Buch beiseite. Sie wandte sich dem Inhaltsverzeichnis im Manuskript zu. „Wie Sie sehen, habe ich es so arrangiert, dass der erste Abschnitt Einführungen enthält, dann gehe ich auf Einladungen ein und so weiter. Bevor Sie beginnen, muss ich Ihnen etwas Besonderes zeigen." Sie blätterte durch mehrere Seiten zu einem Blatt mit einer Illustration. Sie zeigte einen Mann, der die Hand einer Frau hielt, die über eine Wasserpfütze stieg. „Ich habe eine Reihe von Zeichnungen in Auftrag gegeben, um einige der kniffligsten Punkte zu veranschaulichen", sagte Lady Holt. „Sie geben dem Ganzen einen neuen Aspekt, finden Sie nicht? Ich kenne keinen anderen Etikette-Leitfaden mit Illustrationen."

„Ich kann nicht sagen, dass ich bisher davon gehört habe." Doch andererseits war mein Studium von Etikette-Büchern zum Glück recht beschränkt gewesen.

„Diese Illustration zeigt, dass ein Mann zuerst über die Pfütze treten, dann seine Hand ausstrecken und die Hand der Frau halten sollte – niemals ihren Arm – während er den Regenschirm über der Frau hält. Sie ist vor dem Regen geschützt und kann sich problemlos über das Wasser bewegen."

„Ja, das sehe ich." Warum sie nicht ihren eigenen Regenschirm halten und selbst über die Pfütze steigen konnte, verstand ich allerdings nicht.

Ich verkniff mir diese Worte, als Lady Holt fortfuhr: „Das ist die erste von mehreren Illustrationen." Sie blickte auf die Uhr auf dem Kaminsims. „Ich habe den Rest gestern an Anna geschickt, damit sie die Bildunterschriften dazu tippen kann. Sie hat mir versichert, dass sie sie vor dem Tee zu mir zurückbringen würde."

„Keine Eile. Ich fange ja gerade erst an, das Manuskript zu lesen. Sie können mir die Illustrationen später zeigen."

Lady Holt runzelte die Stirn. „Ich nehme an, das müssen wir wohl. Obwohl ich mir wünschte, Sie könnten es mit den Illustrationen lesen. Sie sind eine so aufschlussreiche Ergänzung. Ich rufe Dr. Finch an."

„Dr. Finch?"

„Annas Vater. Sie hat einen Schreibkurs gemacht und –"

„Hier bin ich." Eine Frau mit kastanienbraunem Haar und ein paar Sommersprossen auf Nase und Wangen kam herein. Sie nahm ihre Baskenmütze ab und sagte: „Ich habe Bower gesagt, dass es nicht nötig ist, mich anzukündigen. Ich wusste, dass Sie darauf warten." Ihre langen Ketten aus Hornperlen klapperten beim Gehen gegen die Knöpfe ihres Kleides.

Sie hielt Lady Holt eine Mappe entgegen. „Die Verspätung tut mir leid. Ich musste Papa auf der Russell Farm absetzen. Einer der Jungs hat sich einen Arm gebrochen, und Papa wollte so schnell wie möglich dorthin."

Lady Holt schlug die Mappe auf und blätterte darin. „Verständlich, nehme ich an."

Die junge Frau, die Anfang zwanzig sein musste, wandte sich mir zu. „Und Sie müssen vom Verlag sein?"

Lady Holt war so vertieft in die Seiten, dass sie nicht bemerkte, dass sie eine Chance verpasst hatte, uns vorzustellen. Für jemanden, der ein Etikette-Experte war, war sie sicherlich nachlässig, wenn es um die Durchführung einer angemessenen Vorstellung ging. „Ja, bin ich." Ich streckte meine Hand aus. „Miss Belgrave."

„Ich bin Anna Finch. Wenn Ihr Verlag jemals etwas getippt braucht, stehe ich zur Verfügung. Ich kann schnell nach London kommen."

„Ich werde es sie wissen lassen. Haben Sie eine Karte?"

Anna tastete über die Taschen ihres Kleides. „Nein. Wie unprofessionell von mir."

„Schon gut. Ich werde noch ein oder zwei Tage hier sein,

bevor ich nach London zurückkehre." Aus dem Augenwinkel warf ich Lady Holt einen Blick zu. Sie widersprach mir nicht. Mr. Hightower hatte arrangiert, dass ich drei Tage bleiben würde, doch bei dem Tempo, mit dem Lady Holt vorging, schien es, als würde sie mich am liebsten morgen nach London zurückschicken, am besten mit dem Manuskript im Gepäck und meiner Empfehlung. „Sie können sie mir später bringen. Ich werde sie Mr. Hightower geben, sobald ich zurück bin."

„Danke. Ich weiß das zu schätzen. Ich habe in London für ein Versicherungsbüro gearbeitet, doch sie haben ihr Personal reduziert, und ich konnte nichts anderes finden." Anna beugte sich zu mir herunter und senkte ihre Stimme. „Ich brenne darauf, nach London zurückzukehren. Hadsworth ist furchtbar langweilig."

„Ich dachte, der Golfplatz würde eine Menge Besucher hierherbringen. Es ist nah genug an London, dass Leute für eine Runde Golf hierherfahren können."

„Ach, Golf." Sie schwenkte ihre Baskenmütze. „Lassen Sie uns nicht über Golf reden. Ich bin Golf leid. Das ist alles, worüber alle reden wollen, und ich habe überhaupt keine Begabung dafür. Und glauben Sie mir, ich habe es versucht."

Lady Holt klappte die Mappe zu. „Ich lasse die hier bei Ihnen, Miss Belgrave." Lady Holt legte die Illustrationen mit der Ehrfurcht auf den Schreibtisch, mit der jemand ein wertvolles mittelalterliches Manuskript behandeln würde. „Anna, kommen Sie mit mir. Ich stelle Ihnen einen Scheck aus."

Anna folgte Lady Holt, drehte sich dann um und kam ein paar Schritte zurück. „Es war mir eine Freude, Sie kennenzulernen, Miss Belgrave. Vielleicht sehen wir uns wieder, bevor Sie Hadsworth verlassen."

„Ich hoffe es", antwortete ich, bevor Anna hinter Lady Holt durch die Tür verschwand. Ich senkte den Blick auf das dicke Manuskript und seufzte. Anna schien eine junge Frau zu sein, die eine Freundin suchte. Sie war vielleicht eine gute Kandidatin, um sie nach Mayhew zu fragen, doch Lady Holt war hartnäckig in Bezug auf ihr Manuskript. Ich blätterte zur letzten Seite und stieß einen noch tieferen Seufzer aus. Vierhundertfünfzig Seiten. Ich wusste, wie ich den Rest meines Nachmittags verbringen würde.

KAPITEL FÜNF

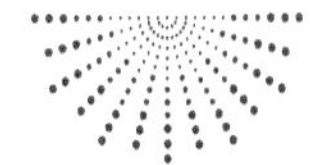

Ich hatte gehofft, das Etikette-Buch überfliegen und dann aus dem Haus schlüpfen und im Ort ein paar Fragen über Mr. Mayhew stellen zu können, doch Lady Holt beschäftigte mich den ganzen Nachmittag. Als der Ankleidegong ertönte, hatte ich über hundert Seiten gelesen, dreißig Illustrationen bewundert und Lady Holts Bedenken hinsichtlich der Veröffentlichung des Buches diskutiert – oder besser gesagt gehört. Ich hatte mein Bestes getan, um ihre Fragen zu beantworten. Leider musste ich ihr mitteilen, dass die meisten ihrer Bedenken aufgegriffen werden mussten, nachdem das Buch offiziell zur Veröffentlichung angenommen wurde. Sie schien die Tatsache nicht zu begreifen, dass Hightower Books sich noch nicht entschieden hatte, das Buch zu veröffentlichen. Für sie war die Veröffentlichung ein *fait accompli*.

Ich ging hinauf, um mich anzuziehen, und die Angst nagte an mir. Vielleicht sollte ich Mr. Hightower anrufen und ihm mitteilen, dass er in seinem Frühlingskalender einen Platz für ein Etikette-Buch schaffen musste. Lady Holt war eine ausgesprochen dominante Persönlichkeit. Ich war mir sicher, dass sie ihr Buch entweder bei Hightower Books oder einem anderen Verlag veröffentlichen würde.

Ich hatte es geschafft, genau eine Frage zu stellen, und versucht, mich nach Mr. Mayhew zu erkundigen, doch Lady Holt ließ sich nicht ablenken. Ich hatte gefragt, ob es noch andere Autoren in Hadsworth gab – vielleicht tauschten sie Manuskripte aus oder diskutierten über ihre Schriften? Lady Holt sah mich an, als ob ich im Delirium wäre. „Nein, ich bin die Einzige mit literarischen Interessen."

Das Dienstmädchen Janet, ein zierliches Ding mit dünnem braunem Haar und engstehenden Augen, half mir in das ärmellose rosa Kleid mit tiefem V-Ausschnitt und diagonalen Rüschen über dem Rock. Es war ein weiteres Geschenk meiner Cousine Gwen, die einen ausgezeichneten Geschmack hatte. Obwohl sie einige Zentimeter größer war als ich, passten mir die meisten ihrer Kleider mit einer kleinen Änderung am Saum. Gott sei Dank war ich kleiner als sie. Wenn ich größer als Gwen gewesen wäre, hätte mir keines ihrer schönen Kleider gepasst – nun, ich hätte sie wohl tragen können, aber sie wären knielang gewesen, und das wäre skandalös kurz gewesen. Die Säume waren bis über den Knöchel gestiegen, doch alles, was kürzer als wadenlang war, war *risqué*. Ein bisschen Puder, ein wenig Lippenstift und ein bisschen Mascara, und ich war fertig. Lady Holt würde es wahrscheinlich nicht gutheißen, doch ich trug das Make-up mit leichter Hand auf und fand es eher schmeichelhaft als grell.

Morgen würde ich Hadsworth besuchen. Sicherlich würde Lady Holt nicht darauf bestehen, sich den ganzen Tag auf ihr Manuskript zu konzentrieren. Ich sollte den Ort besuchen können. Doch im Moment würde ich mich auf das konzentrieren, was ich hier in Blackburn Hall herausfinden konnte.

Ich ging hinunter zum Abendessen, entschlossen, das Gespräch auf Mr. Mayhew zu lenken. Ich betrat den Salon, und Lady Holt stellte mich Lord Holt vor. Nachdem ich ihn kennengelernt hatte, wusste ich, dass Zippy seine breitschultrige Statur von seinem Vater geerbt hatte, doch Lord Holt trug etwas mehr Gewicht um die Mitte als sein Sohn. Lord Holt hatte eine dröhnende Stimme, einen dicken weißen Schnurrbart und eine tiefe Liebe zum Golf. „Konnte mein Glück nicht fassen, als sie den Platz vor ein paar Jahren eröffnet haben", sagte er, während wir an unseren Cocktails nippten.

Ich fragte: „Golfen Sie oft?"

„Verpassen Sie keinen Tag auf dem Platz."

„Ein Bekannter von mir lebt in der Gegend, glaube ich, ein Mr. Mayhew. Haben Sie ihn auf dem Platz kennengelernt?"

„Mayhew? Klingt bekannt, kann ihn aber nicht einordnen." Auf ein Zeichen von Lady Holt hin entschuldigte sich Lord Holt und ging zu seiner Frau.

Ich war froh zu sehen, dass Anna und ihr Vater zu den Gästen gehörten. Dr. Finch hatte auch kastanienbraunes Haar, doch viel weniger davon als seine Tochter. Er wirkte auf eine sanfte Art freundlich, hatte jedoch nicht die aufgeschlossene Persönlichkeit von Anna. Sie unterhielt sich mit Serena, und ich zog zu ihnen. Zippy kam herein, und Anna versteifte sich wie ein Jagdhund, der seine Beute wittert. Zippy begrüßte uns drei, wünschte Serena, Anna und mir kurz „Guten Abend", dann ging er, um sich mit seinem Vater zu unterhalten.

Serena sprach wieder über die Schwierigkeiten, einen leisen Staubsauger herzustellen, doch ich konnte sehen, dass Anna nur halb zuhörte, da ihr Blick Zippys Weg durch den Raum verfolgte. Ich konnte Gesprächsfetzen von Zippy und Lord Holt hören, als sie über die Verlegung eines Bunkers am neunten Loch des Platzes diskutierten, etwas, das Anna meiner Einschätzung nach überhaupt nicht interessierte, doch sie schaffte es nicht, Serena nach Zippys Ankunft ihre volle Aufmerksamkeit zu schenken.

Dr. Finch schloss sich unserer Gruppe an und reichte Serena einen frischen Cocktail. „Danke, Robert", sagte sie. „Ich habe gehört, Don ist wieder in seinem Büro?"

„Ich habe ihm erlaubt, jeden Tag ein paar Stunden zu arbeiten", sagte Dr. Finch.

„Ich bin sicher, Emily ist dankbar", sagte Serena. „Letzte Woche war sie mit ihrer Weisheit am Ende. Don ist ein schrecklicher Patient. Selbst in der kurzen Zeit, die wir sie kennen, kann ich sehen, dass er von Natur aus aufbrausend ist. Ich will mir nicht vorstellen, wie viel gereizter er ans Bett gefesselt ist."

Serena drehte sich zu mir um. „Unser Anwalt im Ort ist die Treppe heruntergefallen."

„Wie schrecklich." Es musste der von Mr. Hightower erwähnte Anwalt sein, der als Mittelsmann für Mr. Mayhew fungierte. Ich war froh zu hören, dass er sich erholte. Er würde morgen meine erste Station in Hadsworth sein. Ich hoffte, ihn während seiner verkürzten Sprechzeiten treffen zu können.

Bower, der Butler, verkündete, dass das Abendessen serviert sei. Als sich die Damen in den Salon zurückzogen und die Herren im Speisezimmer zurückließen, wusste ich genau, warum Zippy so viel Zeit in London und so wenig in Blackburn Hall verbrachte. Lady Holt kontrollierte die Unterhaltung am Esstisch so, wie ich mir einen General vorstellte, der einen militärischen Feldzug anführte. Ich war nicht in der Lage gewesen, eine Frage zu Mr. Mayhew zu stellen, während wir aßen.

Im Salon schlug Lady Holt Bridge vor, doch Serena winkte ab. „Nein, das haben wir gestern Abend gespielt. Lass uns etwas anderes tun."

Ich ging durch den Raum zu einem Tisch, der mit Puzzleteilen bedeckt war, und setzte mich neben Anna. Wenn Lady Holt auf Bridge bestand, wollte ich nicht ihr Partner sein. Ich stellte mir vor, dass sie mit großem Siegeswillen spielen und Fehler nicht verzeihen würde. Serena hielt daran fest, nicht Bridge spielen zu wollen und las stattdessen eine wissenschaftliche Zeitschrift, also legte Lady Holt Patiencen, während Anna und ich nach und nach die Stücke einer Almwiese zusammensetzten.

Ich setzte ein grünes Stück mit weißen Blumen ein. „Wie haben Sie sich entschieden, Schreibkraft zu werden, Miss Finch?"

„Oh, nennen Sie mich bitte Anna. Vielleicht können wir „du" sagen? Das wäre so nett. Alle dachten, ich würde Krankenschwester werden, um Papa zu helfen, doch ich kann den Anblick von Blut nicht ertragen. Ich werde bei einem einzigen Tropfen sofort ohnmächtig. Ich bin ziemlich nutzlos. Die Ausbildung zur Schreibkraft war eine Möglichkeit, Papa zu helfen und gleichzeitig ein wenig Erfahrung bei der Arbeit für ihn zu sammeln. Schließlich bin ich nach London gezogen, doch als meine Stelle bei der Versicherungsgesellschaft gestrichen wurde, konnte ich keine andere Anstellung finden. Leider geht es dabei mehr um Verbindungen als um Qualifikationen."

„Das ist auch meine Erfahrung." Ich hatte für Tante Caroline gearbeitet, als ich nirgendwo anders Arbeit finden konnte, und ich war nur in Blackburn Hall, weil Jasper die Verbindung zu Mr. Hightower hergestellt hatte.

„Wenigstens habe ich hier ein bisschen Arbeit gefunden, um mich zu beschäftigen", sagte Anna.

„Du arbeitest also immer noch für deinen Vater?"

Anna nickte. „Da ist auch noch das Fraueninstitut. Sie haben Kleinigkeiten, die sie getippt haben müssen – Protokolle und dergleichen. Ich bin so viel schneller als Henrietta." Sie strahlte. „Genauer auch. Und ich habe meine eigene Schreibmaschine. Die im Institut brauche ich nicht. Dann ist da noch der Golfplatz. Gelegentlich brauchen sie in der Hochsaison zusätzliche Hilfe. Doch Mr. Mayhew beschäftigt mich die meiste Zeit."

Ich widerstand dem Drang, mich ganz zu ihr umzudrehen, und trank einen Schluck Kaffee. „Mr. Mayhew? Was tust du für ihn?"

„Ich tippe seine Manuskripte."

„Er ist Schriftsteller? Lady Holt sagte, es gäbe keine anderen Schriftsteller im Dorf."

Anna ließ ein Puzzleteil fallen, und Röte stieg in ihre Wangen. „Sicher weißt du … nicht wahr? Ich meine –" Sie senkte ihre Stimme, als sie sich bückte, um das Puzzleteil vom Boden aufzuheben. „Du bist bei Hightower Books. Ich nahm an, du wusstest, dass Mr. Mayhew …" Ihre Stimme wurde zu einem Flüstern. „Dass er R. W. May ist."

„Ja. Das war mir bewusst."

„Oh gut." Sie seufzte und strich sich das Haar aus dem Gesicht.

Ich konnte mein Glück nicht fassen, dass mir Mayhews Name während eines Gesprächs nach dem Abendessen in den Schoß gefallen war. Konnte es wirklich so einfach sein? „Ich kenne sonst niemanden hier in Hadsworth, der weiß, dass Mr. Mayhew Romane schreibt."

„Niemand weiß, dass er der Romanautor R. W. May ist. Jeder im Dorf weiß, dass er irgendetwas schreibt. Jeder denkt, er schreibt technische Handbücher, und sie denken, ich tippe sie."

„Du musst ihn oft sehen."

„Nicht wirklich. Niemand sieht ihn jemals. Wegen seiner … na ja … Sie wissen schon."

„Nein, tue ich nicht. Ich bin neu bei Hightower Books." Eine wahre Aussage, wenn es je eine gegeben hat.

„Das habe ich gar nicht gemerkt." Anna sah sich im Zimmer um. „Es ist kein großes Geheimnis, also wird es wohl nicht schaden, es dir zu sagen. Er trägt eine Gesichtsprothese."

„Oh, ich verstehe." Viele Männer waren mit Gesichtsverzerrungen aus dem Ersten Weltkrieg zurückgekehrt, und speziell angefertigte Masken verdeckten ihre Verletzungen. „Ich kann verstehen, warum er vielleicht für sich bleiben möchte", sagte ich, doch meine Gedanken rasten. Das Foto, das Mr. Hightower mir von Mr. Mayhew gezeigt hatte, war ein Mann ohne jegliche Entstellung oder Verletzung. Ich hatte Veteranen auf den Straßen Londons in ihren Gesichtsprothesen gesehen, die ziemlich natürlich aussahen. Sie waren aus Metall und passend zum Hautton bemalt, doch normalerweise konnte man die Kanten dort sehen, wo die Prothese endete. Der Mann auf dem Foto hatte keine getragen.

„Er bleibt meistens in seinem Häuschen", sagte Anna.

„Wo ist das?"

„East Bank Cottage, in der Nähe des Flusses, der Blackburn Hall vom Golfplatz trennt." Sie zeigte vage in die Richtung des Golfplatzes. „Es war eine alte Arbeiterhütte. Lady Holt hat sie umbauen und modernisieren lassen. Sie hat sogar Stromkabel von Blackburn Hall verlegen lassen. Sie hatte geplant, es an Feriengäste zu vermieten – Golfer, denke ich. Doch dann hat Mr. Mayhew es übernommen. Das war vor einigen Jahren."

„Aber du *hast* ihn kennengelernt?"

„Ich arbeite für ihn, aber ich rede nicht mit ihm."

„Ich verstehe nicht."

Sie versuchte, ein Stück in das Puzzle einzupassen, dann nahm sie es weg.

„Er hinterlässt mir seine handgeschriebenen Manuskripte vor seinem Cottage in einem Korb neben der Tür, und ich tippe sie ab. Ich werfe sie kapitelweise durch den Postschlitz in der Tür. Wenn er Änderungen hat, lässt er sie für mich im Korb. Ich tippe alles noch einmal ein und gebe es wieder ab."

„Interessantes System. Sicherlich hast du ihn gelegentlich unterwegs gesehen?"

„Nur ein paarmal, und das aus der Ferne. Abends geht er gerne spazieren. Manchmal sehe ich ihn auf den Wegen rund um das Dorf, doch normalerweise ist er ein gutes Stück entfernt. Ich weiß nur, dass er es ist, weil er immer eine Krawatte in leuchtenden Farben und ein passendes Einstecktuch trägt. Seine Tweeds harmonieren mit dem Wald, aber dieses leuchtende Violett oder Gelb sticht ins Auge."

„Ich habe gehört, dass er bald ein neues Buch herausbringen wird." Ich beugte mich vor und tat mein Bestes, um jemanden nachzuahmen, der nach Insiderinformationen fischt. „Weißt du, wie es ausgeht?"

Anna ließ das Puzzleteil fallen und nahm ein neues. „Tut mir leid, aber ich darf über so etwas nicht reden. Alles streng geheim, weißt du."

„Schade, dass er so ein Einsiedler ist. Ich würde gerne einen Schriftsteller kennenlernen, insbesondere einen, den wir bei Hightower Books veröffentlichen."

„Ich glaube nicht, dass das möglich wäre, selbst wenn er hier wäre." Sie hob eine Schulter. „Aber es ist egal. Er ist weg."

„Weg?"

„Im Urlaub."

„Das muss schön sein." Ich versuchte, Wehmut in meinen Ton zu legen, obwohl sich mein Ausflug nach Blackburn Hall sicherlich wie ein Urlaub anfühlte. „Ist er ans Meer gefahren?"

„Ich habe nicht die geringste Ahnung. Es war ein bisschen unerwartet, glaube ich." Eine Falte bildete sich zwischen ihren Augen. „Er hatte nichts davon erwähnt. Er hat mir letzte Woche einen Zettel mit Anweisungen geschickt, wie ich weitermachen soll."

Serena warf ihr wissenschaftliches Journal auf einen Beistelltisch und kam durch den Raum zu uns. Anna machte ihr auf dem Sofa Platz. „Ich wollte dich schon fragen, ob es Fortschritte bei deinem Flüsterstaubsauger gibt?" Anna sagte zu mir: „Serena ist unglaublich intelligent. Sie wird einen leisen Staubsauger erfinden."

„Noch nicht, ich habe es noch nicht geschafft. Mein letzter Versuch ist kläglich gescheitert", sagte Serena. „Es fällt mir so schwer, mich zu konzentrieren, wenn es laut ist. Ich denke, die

Menschen sind in einer friedlichen, stillen Umgebung viel produktiver." Sie schob ein paar Puzzleteile herum. „Spielst du Golf, Olive?"

„Nein, ich habe es noch nie versucht. Ich wüsste nicht, wie ich anfangen soll."

„Oh, du musst mit mir eine Runde spielen. Es ist nicht so schwierig. Ich kann dir die Grundlagen zeigen."

Anna stieß ein scharfes Lachen aus. „Nicht schwierig? Lass dich von Serena nicht täuschen, Olive. Golf ist eine der frustrierendsten Freizeitbeschäftigungen."

Serena sagte: „Hör nicht auf sie. Du wirst es lieben, da bin ich mir sicher. Wir sind morgen schon zu viert, aber was ist mit ... lass mich sehen ... ich habe am Freitag eine Abschlagzeit. Willst du mit mir gehen?"

„Ich bin am Freitag vielleicht nicht mehr hier", sagte ich.

„Ich bin sicher, Maria wird dich hier gefangen halten, bis Mr. Hightower zustimmt, ihr Buch zu veröffentlichen", sagte sie mit einem Schmunzeln. „Lass uns einfach für Freitagmorgen planen."

Da kamen die Männer zu uns, und Zippy schlug ein Scharadenspiel vor, das es mir unmöglich machte, weitere Fragen über Mayhew zu stellen. Nachdem sich alle für den Abend zurückgezogen hatten, ging ich nach oben, zog eine Reithose und festes Schuhwerk an, dazu eine Bluse und eine Strickjacke. Ich hatte nicht gewusst, welche Aktivitäten in Blackburn Hall auf der Tagesordnung stehen würden. Ich hatte für jede Aktivität, auch fürs Reiten, angemessene Kleidung mitgebracht. Sich angemessen zu kleiden war ein Zeichen guter Kinderstube, und ich wollte Lady Holt nicht auf dem falschen Fuß erwischen, indem ich um Kleiderleihe bitten musste, falls Reiten geplant war.

Ich hatte jedoch nicht vor, an diesem Abend zu reiten. Ich wollte mir die Hütte ansehen. Ich erwartete nicht, dass Mayhew plötzlich zurückgekehrt war, doch ich wollte East Bank Cottage ausfindig machen und sehen, was für ein Haus es war. Und wenn ich einen Weg hinein sehen sollte ... nun, dann könnte ich mich für ein paar Augenblicke hinein schleichen und nach einer Notiz oder einer weggeworfenen Karte oder einem Zugfahrplan suchen. Alle Informationen, die ich fand, würde ich an Mr. Hightower weitergeben.

Ich hatte keine Taschenlampe mitgebracht, doch ich hoffte, dass es eine im Schrank unter der Treppe neben dem Telefontisch in der Diele geben könnte. Die Tür des Schranks war vertäfelt und fügte sich nahtlos in das Muster der Eichentäfelung an der Wand unter der Treppe ein. Wenn die Tür nicht offen gewesen wäre, als ich zum Abendessen hinuntergegangen war, hätte ich nicht gewusst, dass dort ein Schrank war. Ein Diener hatte einen Satz Golfschläger weggeräumt. Es sah aus wie ein Schrank, in dem allerlei Kleinkram wie Sportausrüstung, Stiefel, Regenschirme und vielleicht eine Taschenlampe gelagert wurden.

Der Flur war dunkel und menschenleer. Ich ging die Treppe hinunter und tastete mich an der Wand neben dem Telefontisch und einem strategisch platzierten, bequemen Stuhl daneben entlang, bis ich eine Kerbe in der Eichenleiste fand. Sie gab nach und die Tür öffnete sich. Ein Mischmasch aus Tennis-, Croquet- und Golfschlägern lehnte neben Stiefeln, Regenschirmen und ein paar Kisten an der Innenwand entlang. Auf einem Regal fand ich eine Sammlung von Fäustlingen und Schals sowie eine Taschenlampe. Das Licht war beim Einschalten etwas schwach, doch ich würde sie nicht lange brauchen.

Ich ließ die Taschenlampe in meine Tasche fallen und schlüpfte dann durch eine der Fenstertüren des Wohnzimmers hinaus. Ich hatte die Terrasse halb überquert, als ich innehielt. Das Licht im Salon brannte noch, und ich nahm an, dass ein Teil der Familie noch wach war, doch ich wollte nicht aus dem Haus ausgesperrt werden, wenn alle schlafen gingen, bevor ich zurückkam.

Ich fand ein flaches Stück Rinde im Garten, kehrte zum Haus zurück und klemmte es in die Falle der Tür gegen das Schließblech, damit die Tür sich schloss, aber nicht verriegelte, ein praktischer Trick, den ich im Mädchenpensionat gelernt hatte. Essie Matthews hatte eine Münze benutzt, als sie mir gezeigt hatte, wie wir sicherstellen konnten, dass die Tür nicht hinter uns verriegelte, wenn wir uns nachts rausgeschlichen hatten, doch da ich nicht daran gedacht hatte, Wechselgeld mitzubringen, musste die Rinde ausreichen.

Ich ging durch die skulptierten Hecken und runden Blumenbeete zu dem geschwungenen Pfad, der dem Fluss folgte. Auf der anderen Seite des sich schnell bewegenden Wassers war der Golfplatz eine schwarze Weite. Über mir pfiff der Wind durch die Bäume. Abgesehen vom Rauschen des Wassers und dem Ruf einer Eule war die Nacht unglaublich still, bis in der Ferne Donner grollte. Ich ging schneller.

Ich verließ den Lichtschein von Blackburn Hall und bewegte mich in die dichte Schwärze der Landschaft, wo ich die Taschenlampe einschalten musste. Der Weg führte durch einen Baumgürtel in der Nähe des Flusses und war breit und leicht zu folgen, abgesehen von einem kleinen zerfallenen Teil in der Nähe eines hoch aufragenden Kastanienbaums am Ufer des Flusses. Ein Teil der Erde um ihn herum war in einer Kaskade in den Fluss gestürzt, der mehrere Meter unterhalb des Pfades floss. Als ich weiterging, führte der Weg vom Fluss weg, und der Boden stieg stetig an. Ich ging weiter, bis ich ein paar Meter vom Weg entfernt ein quadratisches Gebäude entdeckte. An einem Tor war ein Schild mit der Aufschrift *East Bank Cottage* angebracht.

Das Gebäude war vollkommen dunkel und sah verlassen aus. Die Scharniere bewegten sich lautlos, als ich das Tor öffnete und hindurch trat. Ich schaltete die Taschenlampe aus und ging vorsichtig den Weg zum Cottage weiter. Meine Augen hatten sich an die Nacht gewöhnt, und ich konnte Vorhänge an den Fenstern erkennen, doch um den Stoff herum war keine Spur von Licht zu sehen. Die Luft bewegte sich, und ein stärkerer Windstoß fegte durch das Unterholz, schwer vom Regenduft. Donner grollte wieder, diesmal näher.

Ich beeilte mich, zurück zum Pfad zu kommen und kehrte nach Blackburn Hall zurück. Ich wollte nicht von einem Regenguss erfasst werden und nasse Fußspuren auf der Treppe hinterlassen, wenn ich in mein Zimmer zurückkehrte. Zumindest hatte ich East Bank Cottage ausfindig gemacht. Ich würde am nächsten Tag früh aufstehen und einen Morgenspaziergang machen, bevor Lady Holt mich dazu nötigen konnte, den Rest des Manuskripts zu lesen.

KAPITEL SECHS

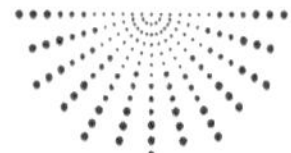

Ich wickelte meine Strickjacke fester um die Taille, als ich am nächsten Morgen den Weg zum East Bank Cottage entlangging. Ich wünschte, ich hätte einen Mantel mit nach Hadsworth genommen. In der Nacht war ein Sturm durchgezogen, und die Luft war merklich abgekühlt, eine Erinnerung daran, dass der Herbst nicht mehr weit war.

Das ferne Geräusch von Golfschlägern, die Bälle schlugen, wehte von der anderen Seite des Flusses herüber, zusammen mit gelegentlichen Gesprächsfetzen und Gelächter. In der Nacht war Regen gefallen, begleitet von Donner und Wind, und hatte gegen die Fensterscheiben getrommelt. An diesem Morgen huschten zerlumpte Wolkenfetzen über den Himmel, und Wind peitschte durch die Wipfel der Äste. Der Pfad war schlammig, und der vom Regen angeschwollene Fluss stürzte über die Felsen und erfüllte die Luft mit seinem Rauschen.

Der Pfad bog ab, und ich blieb stehen. Die Erde, die den Weg entlang des Flussbettes gebildet hatte, war abgerutscht und hatte den großen Kastanienbaum, den ich letzte Nacht gesehen hatte, mitgenommen. Der riesige Baum war in den Fluss gestürzt. Wasser gurgelte über die Blätter und wirbelte zwischen den Barrieren der Zweige herum. Die Wurzeln des Baumes hatten einen Teil des Ufers ausgemacht, das abgerutscht war, doch jetzt waren die Wurzeln freigelegt und ragten hoch über meinem Kopf in die Luft. Schlamm klebte an den knorrigen Wurzeln, und Wasser tropfte von den fast haarfeinen Verzweigungen. Ich machte einen großen Bogen um den umgestürzten Baum, ging vorsichtig über die rutschigen, nassen Blätter des Waldbodens und tastete mich bei jedem Schritt vorwärts.

Als ich aus dem Wäldchen auf offenes Gelände trat, wurde der Boden fester, und ich kehrte zurück auf den Pfad, der sich vom Fluss weg wand und den Hügel hinauf kroch. Ich verließ den Pfad am East Bank Cottage und ging durch das Tor.

Das Cottage sah genauso still und verlassen aus wie letzte Nacht. Die Vorhänge waren nach wie vor geschlossen, und aus dem Schornstein stieg kein Rauch auf. Es sah sicherlich nicht so aus, als wäre jemand zu Hause, und Anna hatte gesagt, Mr. Mayhew sei im Urlaub, doch nachdem ich letzte Nacht nach Blackburn Hall zurückgekehrt war, hatte ich wach im Bett gelegen und dem Regen gelauscht, der gegen die Fenster trommelte.

War Anna sicher, dass Mayhew Hadsworth verlassen hatte? Vielleicht hatte er vorgehabt zu gehen, hatte Anna von seiner Abreise benachrichtigt, doch dann war etwas passiert ... und niemand hatte mitbekommen, dass er nicht wirklich wegge-gangen war. Hatte er jemanden, der kam, um das Cottage zu putzen oder Essen zu liefern? Hatte Mayhew sie auch kontaktiert und ihnen gesagt, dass er gehen würde? Wenn ja, dann hätte seit letzter Woche niemand mehr das Cottage besucht.

Natürlich könnte Mayhew sich auf der Veranda eines Hotels am Meer sonnen oder einen Pfad im Lake District entlang wandern, doch Mr. Hightower hatte gesagt, Mayhew sei gewis-senhaft und versäume keine Fristen. Mr. Hightower hatte das Manuskript nicht bekommen. Mayhew klang nicht nach der Art Mensch, die diese Art von Verpflichtung ignorieren würde. Je mehr ich darüber nachdachte, desto mehr hatte ich das Gefühl, einen Blick in die Hütte werfen zu müssen, um sicherzugehen, dass nichts im Argen war.

Doch jetzt, als ich mich im strahlenden Sonnenschein East Bank Cottage näherte, schwand meine Entschlossenheit. Es sah so idyllisch und ruhig aus. Das Tageslicht hob Details hervor, die im Dunkeln kaum zu sehen gewesen waren. Blumen und Efeu hingen aus Blumenkästen zu beiden Seiten der Haustür, und im unteren Drittel der Tür war ein Briefschlitz aus glänzendem Messing. Wasser tropfte aus den Blumenkästen und hinterließ schlammige Spuren an der steinernen Außenseite. Der Korb, den Anna beschrieben hatte, stand neben der Haustür, durch einen kleinen Dachvorsprung vor dem Regen geschützt. Er war leer.

Ich näherte mich der Tür und klopfte an. Als nach ein paar Augenblicken keine Antwort kam, überlegte ich, zurück nach Blackburn Hall zu gehen. Ich könnte Mr. Hightower anrufen, ihm mitteilen, dass Mayhew nicht hier war, und den Rest meiner vierzig Pfund abholen.

Ich trat von der Tür zurück. Nein, es half nichts. Ich konnte nicht weggehen. Ich musste sicher sein, dass das Cottage wirklich leer war, dann würde ich Mr. Hightower kontaktieren. Ich kniete nieder und klappte den Briefschlitz auf. Alles, was ich sehen konnte, war mehr vom selben Metall. Auf der anderen Seite des Briefschlitzes musste es eine Haube gebe, um zu verhindern, dass jemand genau das tat, was ich gerade versuchte – direkt ins Haus zu spähen.

Ich ging einmal um die Hütte. Kräuter und Gemüse wuchsen in einem kleinen Garten auf der Rückseite. Die Pflanzen im Küchengarten waren lang und dürr, und zwischen den ordentlichen Gemüsereihen spross Unkraut durch die Erde. Ich hatte gehofft, einer der Vorhänge würde ein paar Zentimeter offenstehen, damit ich hineinsehen konnte, doch alle Vorhänge waren zugezogen, und als ich den Griff an der Hintertür herunterdrückte, rührte er sich nicht.

Ich wollte nicht nach Blackburn Hall zurückgehen, ohne zumindest einen Blick hineinzuwerfen, doch Einbruch war eine Grenze, die ich nicht überschreiten wollte. Das konnte ich nicht. Die Ausbildung meines Vaters hatte mir bestimmte Regeln vermittelt, die ich einfach nicht brechen konnte. Ein Fenster einzuschlagen stand also außer Frage, doch ich konnte nach einem Schlüssel suchen.

Ich kehrte zur Haustür zurück und hob die Matte hoch, doch darunter war nichts. Ich tastete mit den Fingern oberhalb des Türrahmens entlang und dann an den Rändern der Blumenkästen. Nichts. Ich schüttelte die Feuchtigkeit von meinen Händen und fuhr dann mit den Fingern über den Fensterrahmen. Am Ende eines der Fenster fühlte ich etwas Kaltes und Flaches. Ich zog den Schlüssel vom Sims herunter und steckte ihn mit pochendem Herzen ins Schloss.

Ich drückte die Tür auf, doch sie stieß gegen etwas, sodass sie sich nur ein paar Zentimeter öffnete. Ich drückte dagegen, und die Tür schwang auf. Ich spähte hinein. Auf dem Teppich auf der anderen Seite der Tür lag ein Haufen großer Umschläge. Ich steckte den Schlüssel ein, schloss die Tür hinter mir und nahm einen Umschlag. Er war versiegelt und hatte keine Adresse, nur eine handschriftliche Notiz in kantigen Großbuchstaben mit dem Datum von letzter Woche und den Worten *Kapitel Sieben*. Das mussten die von Anna getippten Kapitel sein.

Ich legte ihn dorthin zurück, wo ich ihn gefunden hatte, und betrachtete den offenen Raum, der das gesamte Erdgeschoss des Cottages ausmachte. Es war dämmrig und stickig in dem kleinen Raum, und der beißende Geruch von Asche hing in der Luft. Ich wünschte, eines der Fenster öffnen und die kühle Luft hereinlassen zu können.

Ein einzelner gepolsterter Sessel stand vor dem Kamin neben einem Beistelltisch mit einer Lampe. Auf der gegenüberliegenden Seite des Raumes stand ein Schreibtisch vor einem der Fenster, die auf den Weg zum Cottage hinausblicken würden, wären die Vorhänge nicht zugezogen gewesen. Im hinteren Teil des Raumes bildeten eine Spüle, eine Kommode, ein elektrischer Herd und ein runder Holztisch die Küche. Die Rundung einer gusseisernen Wanne war durch eine halboffene Tür zu sehen.

Eine Leiter in der Mitte des Raumes verschwand in einer Öffnung in der Decke. Ich ging ein paar Tritte die Leiter hinauf. Der Dachboden war in ein Schlafzimmer umgewandelt worden, das mit einem ordentlich gemachten Einzelbett und einer Kommode mit Spiegelaufsatz möbliert war. Ein Satz Türen, wahrscheinlich ein Einbauschrank, waren an der anderen Wand des schrägen Raumes zu sehen.

Als ich die Leiter hinunterkletterte, überkam mich ein Gefühl der Erleichterung. Ich hatte es nicht einmal denken wollen, doch ich hatte befürchtet, Mayhew entweder bewusstlos auf dem Boden liegend oder vielleicht schrecklich krank und handlungsunfähig vorzufinden, doch das Cottage war leer. Ich stand einen Moment lang da, die Hände in die Hüften gestemmt. Ich war im Haus, und Mayhew war nichts Schreckliches zugestoßen. Also konnte ich mich genauso gut umsehen und nach einer Spur von Mayhews Reise suchen – oder vielleicht einer Ausfertigung des Manuskripts.

Ich ging zum Schreibtisch und zog den Vorhang ein paar Zentimeter auf, um etwas natürliches Licht hereinzulassen. In der Mitte stand eine tragbare Remington-Schreibmaschine. Daneben lag ein Stapel leeres Schreibpapier und ein Monatskalender, der bis auf eine Notiz in geschwungener Handschrift am letzten Freitag leer war, *Buch fällig!* Der Eintrag war eingekreist, und ein Ausrufezeichen am Ende der Buchstaben lief in die Quadrate darüber und darunter über.

Abgesehen von ein paar Bleistiften war der Rest des Schreibtischs leer. Ich griff nach der obersten Schreibtischschublade und hielt dann angesichts eines Anflugs von Schuldgefühlen inne. Ich fühlte mich wie ein Spion. Wer war ich, Mr. Mayhews Schreibtisch zu durchsuchen? Ich ballte meine Hand zu einer Faust und erinnerte mich daran, was Mr. Hightower gesagt hatte. Das Wohl der Mitarbeiter von Hightower Books lag in Mr. Mayhews Händen. Wenn ich einen Hinweis darauf finden könnte, wohin Mayhew gegangen war, könnte Mr. Hightower die Suche fortsetzen, anstatt über eine Bilanz mit roten Zahlen nachzudenken, die letzten Endes Entlassungen bei Hightower Books bedeuten würde. Ich hasste es, mir vorzustellen, dass jemand seine Anstellung verlieren könnte, und ich wollte diesen Auftrag erfolgreich ausführen, damit Mr. Hightower mich weiterempfehlen würde.

Ich schüttelte beide Hände aus, lockerte meine Schultern und zog dann behutsam die oberste Schublade des Schreibtisches heraus, die Stifte und noch mehr Papier enthielt. Nun, so viel zum Schnüffler – nichts hier, weswegen man sich Sorgen machen müsste. Die nächste Schublade enthielt einen Stapel leerer Umschläge und einen Stapel maschinengeschriebener Manuskriptseiten. Ich durchforstete sie. Sie waren getippte Notizen zu einer Geschichte mit Handlungssträngen, Charakteren und Hinweisen. Der Rest der Schubladen enthielt Akten und Mappen, die mit Dingen wie *Ideen*, *Revisionen*, *Verträge* und

Recherche beschriftet waren. Die Recherchemappe war vollge-stopft mit Zeitungsausschnitten und nahm den meisten Platz in der Schublade ein. Der Mülleimer unter dem Schreibtisch war leer.

Ich wandte mich vom Schreibtisch ab und betrachtete den Rest des Zimmers. Meine Augen hatten sich an das schwache Licht gewöhnt, und ich bemerkte ein paar Details, die mir auf den ersten Blick nicht aufgefallen waren. Über der Armlehne am Kamin hing eine Decke, unter der eine Buchecke hervorragte. Ich zupfte die Decke zurück und neigte den Kopf, um den Titel des Buches zu lesen, das geöffnet mit den Seiten nach unten lag. Es war das gleiche Buch, das Jasper mir gegeben hatte, *Der geheime Widersacher*. Eine Brille mit geöffneten Bügeln lag auf dem Buch, als hätte Mayhew sie abgenommen und hingelegt, um gleich zurückzukehren und ein weiteres Kapitel zu lesen.

Ein ungutes Gefühl prickelte entlang meiner Wirbelsäule. Ich legte die Decke wieder zurück und nahm den fauligen Geruch eines vertrockneten Blumenarrangements in einer Vase auf dem Beistelltisch wahr, während der Wind in den Kamin pfiff. Auf dieser Seite des Raumes war es viel kühler.

Ich bückte mich am Kamin und atmete den beißenden Geruch von Asche ein, als ich den Abzug schloss. Ich trat einen Schritt zurück, doch das vertraute Band um meine Brust wurde enger. *Langsam. Atme langsam.* Mit der Hand auf meiner Brust saugte ich die Luft durch meine Nase ein und atmete durch meinen Mund aus, bis das Druckgefühl auf meiner Brust nachließ.

Ich ging in die Küche, beunruhigt und nervös. In der Spüle lag kein schmutziges Geschirr, doch ein Teller, ein Glas und Besteck standen auf einem Handtuch. Ein halber Laib Brot lag im Brotkasten. Er war hart wie ein Ziegelstein. Ich schloss den Brot-kasten und ging zurück in den Hauptraum. Mein Unbehagen wurde stärker.

Das war nicht die Hütte von jemandem, der in den Urlaub verreist war. Es fühlte sich an, als ob jemand kurz gegangen wäre und jeden Moment zurückkehren würde. Ich hatte auch keine Information gefunden, die darauf hinweisen könnte, wohin Mr. Mayhew gefahren war – keine notierten Zugzeiten, Karten, Reiseführer für Wanderurlaube oder andere Reisebücher. Natürlich hätte etwas passiert sein können, das zu Mr. Mayhews unerwarteter Abreise geführt hatte. Vielleicht hatte er nicht viel Zeit gehabt, sich auf die Abreise vorzubereiten – doch würde er gehen, seine Brille vergessen und den Kaminabzug offen lassen? Und was war mit dem Brot in der Küche? Bestimmt würde er es zusammen mit den Blumen wegwerfen, die innerhalb weniger Tage anfangen würden zu stinken?

Eine Sorge, die ich nicht in Worte fassen wollte, brachte mich dazu, die Leiter hinaufzuklettern und mich im Schlafzimmer umzusehen. Ich spähte in den Kleiderschrank, in dem ich eine staubfreie Stelle auf dem Boden fand. Ein Koffer hätte perfekt dorthin gepasst. Hemden, schwere Anzüge und ein Mantel füllten den Schrank nur teilweise.

Die oberste Schublade der Kommode war nicht geschlossen. In der Lücke von fünf Zentimetern erwartete ich, Socken, Krawatten und Unterhemden zu sehen, doch stattdessen stolperte mein Herz angesichts eines halben Gesichts, das zu mir empor starrte. Im nächsten Augenblick wurde mir bewusst, dass es sich um eine Gesichtsprothese handelte, die so lebensecht bemalt war, dass es aussah, als wären Wangenknochen, Nase und Kinn in die Schublade geworfen worden. Ich presste meine Hand auf meine Brust und spürte meinen Herzschlag. Ich ermahnte mich, nicht albern zu sein. Es war nur eine Gesichtsprothese. Kein Grund zu erschrecken wie ein Kind, das eine gruselige Geschichte hörte.

Die Maske war darauf ausgelegt, die Nase, die rechte Wangenseite und das Kinn zu bedecken. Eine an der Nase montierte Brille würde die Prothese an Ort und Stelle halten. Die Prothese sah benutzt aus. Kratzer verunzierten den Lack, und die Farbe war teilweise verblasst. Der Rest der Schublade war mit Krawatten und Einstecktüchern gefüllt, die ordentlich gefaltet und in einem Regenbogen leuchtender Farben von kühlem Violett bis zu warmem Orangerot angeordnet waren.

Trotz meiner entschlossenen Ermahnung, mich zu beruhigen, schob ich mit zitternden Fingern die Schublade zu. Das war nicht gut – überhaupt nicht gut. Warum sollte Mayhew seine Prothese zurücklassen? Sicher, er könnte es leid sein, sie zu tragen. Oder war er vielleicht auf dem Weg nach Hause und trug sie nicht bei seiner Familie? Doch selbst wenn dem so wäre, hätte er sie nicht für die Reise gewollt?

Ich spähte in die nächste Schublade, die Socken, mehr Krawatten und ein paar Kragen enthielt. Die unterste Schublade klemmte, also zog ich fester daran. Sie flog auf, und ein Bündel pastellfarbenen Stoffs blähte sich auf. Die Schublade war vollgestopft. Mayhew muss den Stoff nach unten gedrückt haben, um die Schublade schließen zu können. Ich strich mit der Hand über weiche Seide und Satin und steifere Baumwolle. „Wie seltsam", murmelte ich. Ich konnte nicht widerstehen, den Stoff zu untersuchen, der über den Rand der Schublade floss. Ich schüttelte ein Seidenkleid im Stil von vor etwa zehn Jahren mit betonter Taille und weitem Rock aus.

Ich ließ es über meinen Arm fallen und zog das nächste heraus. Es war ein Baumwollkleid, ebenfalls in einem veralteten Stil. Die schlichten Linien und die winzige Taille würden einem jungen Mädchen gut stehen. Eine Baumwollbluse, ein Büstenhalter und Strümpfe lagen auf zwei Paaren zierlicher Schuhe auf der Seite. Ich faltete alles wieder zusammen und drückte es herunter, damit ich die Schublade schließen konnte. Vielleicht gehörten sie einer Schwester oder einer weiblichen Verwandten? Doch warum hatte Mr. Mayhew dann die Kleider in seinem Schlafzimmer?

Ich stieg die Leiter hinunter und sah mich im Zimmer um. Der einzige Ort, an dem ich nicht nachgesehen hatte, war das Badezimmer, und da ich überall nachgesehen hatte, konnte ich auch dort hineinschauen. Es war offensichtlich beim Umbau des Cottages hinzugefügt worden, denn alles darin – angefangen bei der Kommode, über die Badewanne und den verspiegelten Medizinschrank über dem Waschbecken – war neu. An einem Haken hing ein rosa Seidenmorgenmantel. Hinter der Spiegeltür enthielt der Medizinschrank Aspirin, Zahnpulver, eine Zahnbürste und eine vertraute rechteckige Schachtel. Ich drehte sie um, damit ich das Etikett lesen konnte. *Smiths Damenbinden, die beste Innovation für Damen. Komfortabel, bequem und ein Muss für die Gesundheit.*

Ich stand ein paar lange Augenblicke da, starrte auf die Schachtel und öffnete sie dann. Eine Damenbinde war noch darin. Die kleine Uhr auf dem Kaminsims schlug, und ich hätte fast die Schachtel fallen lassen.

Frühstück – Frühstück auf Blackburn Hall und Lady Holt und ihr Manuskript. Ich musste zurück.

Ich stellte die Schachtel wieder zurück und eilte zur Haustür. Nachdem ich sie abgeschlossen hatte, legte ich den Schlüssel zurück auf den Fensterrahmen und rannte dann beinahe den Weg zurück nach Blackburn Hall, mein Kopf schwirrend vor kreisenden Gedanken. Alles, was ich über Mayhew zu wissen glaubte, war auf den Kopf gestellt worden. Es sah nicht so aus, als wäre er auf Reisen gegangen, und doch war es so – einige seiner Kleider und sein Koffer waren weg, doch es gab keinen Hinweis auf sein Ziel, und die Hütte sah aus, als wäre jemand nur kurz weg.

Und dann war da noch die erstaunliche Tatsache, dass Mayhew in Wirklichkeit eine Frau war.

Was sollte ich mit diesen Informationen tun? So wie Anna letzte Nacht nach dem Abendessen über Mayhew gesprochen hatte, schien er – oder sie? – ganz Hadsworth zum Narren gehalten zu haben. Könnte ich mich möglicherweise irren? Ich glaubte nicht. Das Innere des Cottages hatte mehrere feminine Spuren – die Blumen, die gerafften Vorhänge, der rosa Seidenmorgenmantel, das Fehlen eines Rasierers ... und dann war da noch die Schachtel im Medizinschrank, der unbestreitbare Beweis für weibliches Leben in der Hütte. Meine Wangen wurden heiß. Ich konnte mir nicht vorstellen, wie ich mit jemandem über so etwas sprechen sollte.

Als ich mich dem Fluss näherte, hörte ich das Geräusch abrutschender Kieselsteine, die die Böschung zum Fluss hinabrollten, und ich blieb im Schatten der Kiefern stehen. Serena kletterte das Flussufer hinauf und trat auf den Pfad. Schwer atmend stemmte sie die Hände auf die Knie. Sie trug Golfkleidung, einen Pullover, einen Faltenrock und gemusterte Strümpfe. Sowohl ihre Strümpfe als auch ihre Schuhe waren mit Schlamm bedeckt, und der Saum ihres Rocks war durchnässt.

„Serena –"

Sie richtete sich abrupt auf, presste die Hand auf die Brust und sah sich um. Ich trat ins Sonnenlicht.

„Oh, Olive – ich habe nicht erwartet, dass jemand auf dem Weg ist." Ihr Teint war blassgrau.

„Tut mir leid, dass ich dich erschreckt habe", sagte ich. „Geht es dir gut?" Serena fuhr sich mit der Hand durchs Haar. „Geht gleich wieder ..." Sie holte noch einmal Luft. „Ein bisschen schockierend, wenn man einen findet, aber trotzdem faszinierend."

„Was findet?"

„Einen Leichnam." Sie gestikulierte zum Ufer. „Unten am Fluss, da, wo der Baum umgestürzt ist."

„Oh nein. Ist jemand in den Fluss gefallen?" Es schien nicht sehr tief zu sein, doch ich dachte, dass, wenn jemand bei all dem Regen gestürzt war und sich verletzt hätte, er vielleicht nicht in der Lage gewesen war, aus dem reißenden Wasser zu klettern.

Serena schüttelte den Kopf. „Nein, das ist nicht passiert."

Ein Schrei hallte durch die Bäume. Serena und ich drehten uns um. Auf der anderen Seite des Flusses standen zwei Frauen, ebenfalls in Golfkleidung, auf einer kleinen Lichtung am Ufer des Flusses, ihre Aufmerksamkeit auf uns gerichtet. Eine von ihnen hob ihre Hände an den Mund. „Sollen wir auch rüberkommen?"

Serena schüttelte übertrieben den Kopf und schrie: „Nein, zu spät."

Die andere Frau rief etwas über das Clubhaus zurück, und die beiden gingen mit einer zusätzlichen Tasche voller Schläger, von denen ich annahm, dass sie Serena gehörten, davon. Sie drehte sich wieder zu mir um. „Ich habe über das Putting Green geschlagen und meinen Ball am Flussufer gesucht, als ich auf dieser Seite etwas Rotes gesehen habe, was zu dieser Jahreszeit seltsam ist."

„Ich verstehe, dass diese Farbe deine Aufmerksamkeit auf sich ziehen musste." Das Ufer war noch nicht in herbstliche Braun-, Gold- und Rottöne getaucht. Die Blätter, Tannennadeln und Grasstreifen zwischen den Bäumen waren sattgrün, während das Unterholz um die Bäume von gedämpftem Braun waren, demselben Farbton wie die Baumstämme.

Serena holte tief Luft, bevor sie fortfuhr. „Es war Stoff – eine Männerkrawatte. Schlammig, doch die leuchtende Farbe war deutlich zu sehen. Dann bemerkte ich etwas im Schatten und konnte erkennen, dass es sich um einen Umriss handelte – die Gestalt einer Person am Flussufer zwischen den Wurzeln des umgestürzten Baumes. Ich habe ausgezeichnete Fernsicht und hoffte, dass ich mich irrte, doch ich entschied, dass ich besser auf diese Seite kommen sollte, um absolut sicher zu sein. Ich hatte mich nicht geirrt. Ich dachte, es wäre ein Mann. Die Kleider –" Sie fuhr sich wieder mit der Hand durchs Haar. „Es ergibt keinen Sinn …" Sie verstummte, doch ich konnte sie immer noch hören, als sie sagte: „… die Figur war weiblich." Sie wiederholte lauter. „Auf jeden Fall weiblich."

Mein Magen zog sich zusammen, und mein Herz begann zu pochen. „Eine Frau in Männerkleidung?"

Serenas Arm sank an ihre Seite. Ihr Blick war auf mich gerichtet. „Woher wusstest du das?"

„Eine Ahnung."

KAPITEL SIEBEN

Ich ging so nah, wie ich es wagte, an den Rand, wo der Erdrutsch ins Flussbett fiel. Erdklumpen unter dem Grassaum am Rand brachen ab, rollten den steilen Abhang hinunter und landeten auf dem Haufen aus feuchter Erde, Steinen und Baumwurzeln. Der Leichnam hing in dem Erdhügel, der einst den Baum umgeben hatte und nach dem Fall des Baumes hochgehoben worden war.

Die durchweichte Tweedjacke und die dunkle Hose klebten an einem kurvigen Körper. Der Regen musste den Schlamm aus dem Stoff gespült haben. Die rote Krawatte lenkte meinen Blick auf das von mir abgewandte Gesicht. Schon von weitem konnte ich eine Einkerbung an der Schläfe erkennen. Ich wandte den Blick ab. Sie erinnerte mich an den schwammigen dunklen Fleck auf einem Apfel, der anfing, zu verfaulen. Eine quadratische Form, halb im Schlamm vergraben, in einiger Entfernung, war ein Lederkoffer. Etwas glitzerte in der Sonne. Ich trat näher und holte scharf Luft. Neben dem Koffer war ein Gesicht halb vergraben, nein – kein Gesicht – eine Maske. Es war eine Gesichtsprothese, ein Jochbein, eine Nase und ein Kinn mit einer an der Nase befestigten Brille, deren leere Linsen das Sonnenlicht reflektierten. Mayhew musste zwei Prothesen gehabt haben. Die andere, die ältere, zerkratzte, lag in der Kommodenschublade im East Bank Cottage.

Ich schluckte schwer und trat zurück. „Wir sollten zurück nach Blackburn Hall gehen und die Polizei kontaktieren."

Serena wandte ihren Blick von der Leiche ab. „Oh ja. Ja, natürlich", sagte sie. Nachdem ich mich abgewandt hatte, verweilte sie ein paar Augenblicke und starrte die Leiche an, doch als sie sich mir anschloss, legte sie ein zügiges Tempo vor. „Dieser Bereich des Flussufers war schwach", murmelte sie eher zu sich selbst als zu mir, dachte ich.

„So?", fragte ich.

Sie zuckte zusammen und sah mich an, als hätte sie vergessen, dass ich neben ihr ging. „Ja. Ich habe letzte Woche bemerkt, dass ein Stück der Böschung in der Nähe des Baumes abgerutscht war."

Den Rest des Weges zurück nach Blackburn Hall gingen wir schweigend zu Fuß. Ich dachte angestrengt nach und überlegte, was ich der Polizei sagen würde. Serena ging durch den Garten hinter dem Haus. „Lass uns durch den Salon gehen. Ist kürzer so." Sie klingelte nach Bower und wies ihn an, die Polizei zu kontaktieren, dann ging sie hinauf, um sich umzuziehen.

Ich setzte mich auf eine Stuhlkante und konzentrierte mich auf meine gefalteten Hände. Ich wollte nicht an die Leiche denken, wie lange sie in der kalten Erde begraben gewesen war oder wie sie dorthin gekommen war, doch ich konnte meine Vorstellungskraft nicht zügeln und hatte, bis Serena zurückkehrte, mehrere schreckliche Szenarien durchgespielt. Sie setzte sich nicht, sondern ging vor der Fenstertür auf und ab, die Hände in die Hüften gestemmt. „Es muss Mayhew sein."

„Könnte es jemand anderes aus dem Ort sein?"

Sie schüttelte den Kopf. „Nein, unmöglich. Niemand ist weg, und alle Diener von Blackburn Hall sind auch da." Sie blieb stehen und lächelte kurz. „Wir leben abgeschieden hier, und wir wissen, wer wann kommt und geht."

„Das kann ich mir vorstellen. Ich bin in einem kleinen Dorf aufgewachsen. Anna hat gestern Abend Mr. Mayhew erwähnt", sagte ich. „Sie sagte, er sei für sich geblieben. Ist er oft in den Ort gegangen?"

„Nein. Er hat sich Essen liefern lassen. Mrs. Henley ist einmal in der Woche zum Putzen zu ihm gegangen, doch sie hat mir erzählt, dass er immer einen langen Spaziergang gemacht hat, wenn sie da war."

Bower betrat den Raum. „Inspector Calder ist hier. Er ist zum Fluss hinuntergegangen, sagt aber, dass er in Kürze bei Ihnen sein wird."

Serena öffnete eine Emailleschatulle auf dem Beistelltisch und holte eine Zigarette heraus. „Bringen Sie ihn hierher, sobald er zurückkommt."

„Sehr wohl." Bower schloss die Tür.

Serena sagte: „Ich werde versuchen, so viel wie möglich aus Calder herauszubekommen. Das sollte nicht schwer sein. Er ist eine Quasselstrippe."

Wenige Minuten später eskortierte Bower Calder und einen begleitenden Constable in den Raum. Nachdem ich vorgestellt worden war, stellte mir Calder ein paar Fragen zu meinem Spaziergang an diesem Morgen und wandte sich dann Serena zu. Calder hatte nicht gesagt, dass er mit Serena allein sprechen wollte, also war ich auf die andere Seite des Raums gegangen, außerhalb seines Blickfelds.

Calder rutschte auf dem zarten Stuhl, der mit gestreifter Seide bezogen war, herum. Sein Gesicht war flach, abgesehen von seinen hervorstehenden Augen, eine Kombination, die mich an einen Mops erinnerte, den ich vor ein paar Wochen für eine Lady aus der feinen Gesellschaft wiedergefunden hatte. Nach seiner ersten Fragerunde kehrte Calder zu dem Zeitpunkt zurück, als Serena die Leiche gefunden hatte. „Warum haben Sie die Leiche untersucht, Miss Shires?"

Serena zog an ihrer Zigarette und blies dann eine Rauchwolke in Richtung des Kronleuchters. Ich machte einen Schritt weg von dem sich ausbreitenden Dunst.

„Das habe ich Ihnen doch schon gesagt", sagte Serena. „Ich entdeckte etwas, das wie eine Gestalt aussah – eine Leiche – und bin hinübergegangen, um nachzusehen."

Calder blinzelte mit seinen hervortretenden Augen. „Nein, ich meinte, warum haben Sie die Gestalt selbst angesehen? Was hat Sie dazu bewogen, sie eingehender zu untersuchen?"

Serena klopfte die Asche ihrer Zigarette in den Aschenbecher.

„Oh, Sie meinen, warum ich nicht schreiend weggerannt bin, als ich erkannt habe, dass es tatsächlich ein Mensch war?"

„Nein, ich –" Er rutschte wieder herum, und der kleine Stuhl knarrte.

„Sie sagten, Ihnen sei aufgefallen, dass es eine Frau war. Doch die Person ist in Männerkleidung. Woher wussten Sie, dass es eine Frau war?"

„Die Kleidung ist nass und klebt an ihrem Körper. Das ist Ihnen doch sicher aufgefallen? Die Brust ist offensichtlich." Sie zeichnete eine Sanduhrform in die Luft, die Zigarette zwischen zwei Finger geklemmt. „Kleine Taille und der Schwung der Hüften. Muss ich weitermachen?"

Calders Wangen wurden rot, und er beugte sich über sein Notizbuch. „Nein, das ist – äh – genug." Er räusperte sich. „Haben Sie die Leiche in irgendeiner Weise berührt?"

„Natürlich nicht. Als mir klar wurde, dass es keine Dringlichkeit gab, dass ihm – ich meine ihr – nicht mehr zu helfen war, bin ich zurückgetreten. Das können Sie sicher an meinen Fußspuren im Schlamm erkennen. Ich habe den Puls nicht kontrollieren müssen. Sie war seit mehreren Tagen tot."

Calders Kopf fuhr hoch. „Seit mehreren Tagen?"

„Ohne Zweifel. Die Haut war fleckig, und der Leichnam begann, um den Bauch herum anzuschwellen. Trotz der Schwellung war offensichtlich, dass es eine Frau war. In letzter Zeit war es kühl, und der Leichnam scheint tief vergraben gewesen zu sein, was erklärt, warum die Verwesung begrenzt ist."

Calder kniff die Augen zusammen. „Sie wissen ziemlich viel über Leichen, nicht wahr?"

„Ich bin Wissenschaftlerin. Ich habe Verwesung studiert, Inspector Calder, und weiß, was ich sehe."

Calder starrte sie einen Moment lang an, dann schien er seinen Versuch aufzugeben, eine Antwort zu finden. Er richtete seinen bebrillten Blick auf mich. „Und Sie, Miss – äh – Belgrave? Sie sind den Weg entlanggegangen und direkt dort vorbeigekommen. Was ist Ihnen heute Morgen aufgefallen?"

„Ich war nicht nah genug dran, um den Fluss zu sehen. Als ich zu dem umgestürzten Baum gekommen bin, bin ich darum herum hinauf in den Wald gegangen."

Serena nahm eine weitere Zigarette aus der Schatulle und tippte damit gegen ihren Daumennagel. „Wer war es, Inspector Calder?"

Er räusperte sich wieder. „Nun … das kann ich zum jetzigen Zeitpunkt nicht wirklich sagen … ich habe sie noch nicht identifiz–"

„Es ist Mayhew, nicht wahr?" Serenas ausdruckslose Aussage unterbrach Calders Ausflucht.

Calder blinzelte, zupfte an seinem Ohrläppchen und warf dann einen Blick aus dem Fenster. „Es scheint die Person zu sein, die im East Bank Cottage gewohnt hat."

„Sie haben etwas Identifizierbares gefunden?"

Calder zögerte.

„Oh, kommen Sie schon, Inspector Calder. Wer sollte es sonst sein? Niemand sonst im Ort wird vermisst. Wenn jemand Hadsworth für mehrere Tage verlassen hätte oder vermisst würde, wäre das allgemein bekannt."

„Könnte jemand vom Golfplatz sein." Calders Tonfall war beinahe streitlustig. „Wir haben viele Feriengäste."

„Doch sie überqueren eher selten den Fluss mit einem Koffer. Wenn es eine Golferin wäre, würde ich erwarten, dass eine Tasche voller Schläger mit der Leiche begraben wäre, kein Koffer."

Ich applaudierte im Stillen Serenas Logik und ihrer klaren Feststellung. Ich hätte auch nicht gedacht, dass es jemand anderes sein könnte, besonders, nachdem ich den Zustand des East Bank Cottage gesehen hatte.

„Sie gelten als überaus intelligent, Miss Shires", sagte Calder in einem Ton, der alles andere als schmeichelhaft war. „Ja, die Kofferetiketten sowie einige Papiere darin weisen darauf hin, dass es Mayhew war."

Serena zündete die Zigarette an und lehnte sich zurück. „Mr. Mayhew war also eine Frau", sagte sie weder überrascht noch schockiert, sondern als ob sie darüber nachdachte, eine komplexe Gleichung aufzustellen.

„Es scheint so."

„Doch warum sich als Mann verkleiden? Sie hat hier jahrelang gelebt, und niemand wusste es."

„Es ist zu früh, um das zu sagen – ich kann jetzt keine Vermutungen anstellen –"

„Haben Sie seine Gesichtsprothese gefunden?", fragte Serena.

Calder runzelte die Stirn. „Ja, in der Nähe des Koffers."

Jetzt war es an der Zeit, sich zu äußern. Ich holte Luft, um Calder zu berichten, was ich in der Hütte gesehen hatte, bereit, mein Schnüffeln zuzugeben, doch bevor ich fortfahren konnte, sagte Serena: „Die Maske war eine Verkleidung." Serena drehte sich um, legte ihren Arm über die Stuhllehne und sagte zu mir: „Hast du ihr Gesicht gesehen, als du hingesehen hast?"

„Nein, es war abgewandt. Nun, abgesehen von der Schläfe."

„Ja, hat dort einen ziemlichen Schlag abbekommen, so wie es aussah. Aber ich konnte ihr Gesicht sehen, als ich über den Fluss gekommen bin. Es war unversehrt." Sie wandte sich wieder Calder zu. „Die Maske musste eine Finte gewesen sein, damit die Leute sie in Ruhe lassen. Die Frage ist, warum wollte sie in Ruhe gelassen werden?"

„Da sie einen Unfall hatte, werden wir es vielleicht nie erfahren", sagte Calder.

Ich ging zum Sofa und nahm Platz. „Dann glauben Sie, es war ein Unfall?"

„Dieser Abschnitt des Weges war schon immer gefährlich. Er hätte schon lange abgesperrt werden sollen." Er wandte seine Aufmerksamkeit wieder Serena zu. „Wie viel Kontakt hatten Sie hier mit Mayhew? Nennen wir sie einfach so. Das macht es einfacher."

Serena klopfte Asche von der Zigarette. „Keinen. Überhaupt keinen Kontakt. Ich habe … Mayhew … selten gesehen. Hin und wieder habe ich einen Blick auf … sie erhascht. Sie hat lange Spaziergänge durch die Landschaft gemacht. Doch das waren nur flüchtige Blicke, meist aus weiter Ferne. Wir haben nie aufeinander gewartet, um zu plaudern."

„Und wann haben Sie Mayhew das letzte Mal gesehen?"

„Oh, das weiß ich wirklich nicht." Sie hob die Zigarette an den Mund. „Vor ein paar Tagen, würde ich sagen. Ich habe im Ort Briefmarken gekauft. Ich erinnere mich daran, weil ich sie nicht oft im Dorf gesehen habe, nur gelegentlich, doch jeder muss irgendwann Briefmarken kaufen, nehme ich an. Mal sehen – das war am späten Dienstagnachmittag gewesen, glaube ich. Ich habe mich umgedreht, und Mayhew stand hinter mir in der Schlange." Sie verstummte, den Arm in der Luft, als sie sich auf das Stuckmedaillon über dem Kronleuchter konzentrierte. „Nein, das stimmt nicht. Eine Freundin ist aus London gekommen, um meinen Artikel über die Zersetzungsraten für das *Journal of Forensic Studies* zu besprechen. Sie ist über Nacht geblieben, dann haben wir am nächsten Morgen eine Runde Golf gespielt, bevor sie in die Stadt zurückgefahren ist. Wir hatten einen Vierer mit zwei Ladys aus Yorkshire, die im Urlaub waren. Es war früher Mittwochmorgen letzte Woche, als ich Mayhew gesehen habe."

Calder beugte sich vor. „Mayhew war auf dem Golfplatz?"

„Nein, auf der anderen Seite des Flusses, auf dem Weg. Das Fairway fällt von den Bäumen ab und führt bis zum Rand des Flussufers. Dort gibt es keine Bäume, und der Blick ist offen auf den Fluss. Eine Bewegung hat meine Aufmerksamkeit erregt. Mayhew ist den Weg entlang gegangen und hat seinen Hut gehalten. An diesem Morgen war es windig. Er winkte, und ich winkte zurück. Ich wusste, dass er es war, weil ich die fröhliche rote Krawatte aufblitzen gesehen habe." Ihre Worte wurden langsamer. „Dieselbe Krawatte, die ich heute gesehen habe. Ich muss ihn gesehen haben, kurz bevor –"

Calder fragte: „Haben Sie Geräusche gehört oder gesehen, wie er gestürzt ist?"

Serena legte die Zigarette auf den Rand des Aschenbechers und rieb sich die Kopfhaut, wodurch sie ihre bereits wilden Locken um ihren Kopf noch mehr zerzauste. „Nein, wir haben zum nächsten Loch weitergespielt. Ich habe nicht zurückgeschaut." Sie räusperte sich und setzte sich etwas aufrechter. „Mayhew hat auffällige Krawatten und Einstecktücher – rot, gelb und sogar violett. Ich habe Mayhew nicht oft gesehen, doch die wenigen Blicke, die ich von ihm – äh – *ihr* erhascht habe, da hatte sie immer eine auffällige Krawatte und ein passendes Einstecktuch."

„Was ist Ihnen an diesem Morgen noch an Mayhew aufgefallen?"

„Sie trug eine Tweedjacke." Serena schloss die Augen. „Eine Schiebermütze und dunkle Hose."

Lady Holt eilte ins Zimmer. „Bower sagt mir, dass es in der Nähe des Flusses einen Unfall gegeben hat?"

Calder sprang auf. „Guten Morgen, Lady Holt. Ja, Milady, wie es scheint, ist vor ein paar Tagen ein instabiler Teil des Weges abgerutscht und hat eine – äh – Person mitgerissen. Ein weiterer Erdrutsch hat die Leiche zugedeckt und sie bis heute Morgen begraben, als ein entwurzelter Baum die Erde verschoben und die Leiche freigelegt hat." Calder hielt inne, um Luft zu holen.

„Es ist Mayhew", sagte Serena.

Lady Holt sah sie ausdruckslos an. „Mayhew?"

„Die Person, die in East Bank Cottage gelebt hat", sagte Serena. „Und er war eine *Sie*. Mayhew, meine ich."

Lady Holt blinzelte. „Ich fürchte, ich verstehe nicht."

Serena antwortete: „Der Kriegsversehrte – der mit der Maske. Sicherlich hast du Mayhew gelegentlich auf dem Anwesen oder im Ort gesehen. Mayhew war eine Frau, die sich als Mann verkleidet hatte, und sie brauchte auch keine Gesichtsprothese. Ihr Gesicht war völlig normal – nun ja, so normal wie es nur sein konnte, wenn man mehrere Tage lang begraben war."

Die Farbe wich aus Lady Holts Gesicht. Ihre perfekte Haltung veränderte sich nicht, doch sie sank auf einen Sessel. Der Constable kam näher und murmelte Calder, der die Veränderung in Lady Holts Teint nicht bemerkt hatte, etwas zu. Der Constable zog sich wieder zurück, und Calder sagte: „Lady Holt, was können Sie mir über Mayhew erzählen?"

„Nichts", sagte sie, ihre Worte waren so präzise wie ihre Körperhaltung. „Ich hatte nie eine Interaktion mit ihr."

„Nein?"

„Nein, alle Details zur Vermietung des Cottage wurden über den Gutsverwalter abgewickelt. Ich habe mit so etwas nichts zu tun – eine Lady sollte sich nicht in Handel oder Investitionen einmischen, wissen Sie? Sowohl Lord Holt als auch ich überlassen solche Dinge unserem Gutsverwalter."

„Dann muss ich später mit Ihrem Gutsverwalter sprechen."

War es jetzt an der Zeit zu erwähnen, dass Mayhew ein bekannter Schriftsteller war, der unter einem Pseudonym schrieb, oder sollte ich schweigen? Wie weit würden die Ermittlungen zu diesem Todesfall gehen? Da ich gerade in den Vorfall in Archly

Manor involviert gewesen war, wusste ich, dass die Polizei jeden Aspekt von Mayhews Leben untersuchen würde, wenn sie Mayhews Tod für verdächtig hielt. Doch es sah nicht so aus, als würde Calder Mayhews Tod zu eingehend untersuchen wollen.

Calder schien es für einen Unfall zu halten, doch er würde Mayhews Cottage untersuchen müssen. Würde die Polizei meine Fingerabdrücke dort finden? Ich war noch nie in Hadsworth gewesen, also konnte ich nicht als Verdächtige angesehen werden – wenn sich herausstellte, dass es sich um einen Mord handelte –, doch es wäre peinlich, wenn meine Fingerabdrücke in East Bank Cottage gefunden werden würden. Schnüffeln ziemte sich einfach nicht. Es war einfach nicht das, was man tat, wenn man auf dem Land zu Gast war.

Lady Holts Gesichtsfarbe normalisierte sich wieder. „Ich erwarte, dass Ihre Leute bis zum Mittagessen fertig sind, Inspector."

„Ja, Milady, aber wir müssen den Tod untersuchen."

„Untersuchen?"

„Herausfinden, was passiert ist, ob es ein Unfall war oder –"

„Natürlich war es ein Unfall. Diese Person wurde am Fluss in einer Art Erdrutsch gefunden, sagten Sie?"

„Ja Milady."

„Dann *war* es ein Unfall. Unglücklich und furchtbar traurig, doch ein unvermeidbares Ereignis. Ich bin sicher, Sie werden feststellen, dass das passiert ist."

„Doch wir müssen feststellen –"

„Unsinn. Wir können auf Blackburn Hall nicht einmal den Anschein gebrauchen, dass irgendetwas Schändliches passiert ist, sonst kommen diese schrecklichen Klatschreporter hierher und verlangen lautstark Einlass. Und weder ich noch Lord Holt wollen diese Art von Aufmerksamkeit. Habe ich mich deutlich genug ausgedrückt?"

Calder schien unter Lady Holts Blick zu schrumpfen. „Ja Milady. Doch wir *müssen* Nachforschungen anstellen, und es wird eine Untersuchung geben müssen."

„Oh, eine Untersuchung. Solange sie in Hadsworth stattfindet und das Ergebnis Tod durch Unfall lautet, wird alles gut. Halten Sie nur Blackburn Hall da raus. Sorgen Sie dafür, dass Sie den

Vorfall als in der Nähe des Rosewood Hills Golfplatz und nicht Blackburn Hall beschreiben." Lady Holt stand auf, was bedeutete, dass Calder ebenfalls aufstehen musste. Dann sagte Lady Holt: „Ich weiß, dass Sie alles tun werden, um das mit so wenig Aufheben wie möglich aufzuklären."

Lady Holt rief Bower, und Calder wurde hinausgeführt. Calder hatte den Raum kaum verlassen, als Zippy durch die Fenstertür hereinkam. „Was soll der ganze Trubel unten am Fluss?" Zippy nahm eine Zigarette aus der Schatulle. „Ich komme gerade vom Golfplatz, und alle sagen, es gibt eine Leiche."

„Ausnahmsweise stimmt der Klatsch ", sagte Serena. „Es ist die Person, die in East Bank Cottage gelebt hat – Mayhew. Und das ist nicht alles. Mayhew war eine Frau."

Zippy sprach um die Zigarette herum, als er sie anzündete. „Ach nein." Zippy klappte das Feuerzeug zu. „Nun, das wird die Gerüchteküche zum Brodeln bringen."

„Anscheinend weiß niemand, wer sie war oder warum sie sich als Veteran mit Gesichtsprothese verkleidet hat", sagte Serena.

Er ließ sich auf das andere Ende des Sofas fallen, lehnte sich zurück und schlug ein Bein über das andere. „Natürlich wollte sie in Ruhe gelassen werden."

„Aber warum?", fragte Serena. „Es muss einen Grund geben." „Tante Serena, du bist viel zu analytisch. Nicht alles lässt sich auf einen Grund zurückführen – oder der Grund lässt sich nicht immer herausfinden." Zippy legte einen Arm über die Sofalehne. „Außerdem hat es nichts mit uns zu tun."

„Sehr wahr", sagte Lady Holt. „Doch es wird eine große Unannehmlichkeit, da bin ich mir sicher. All diese Leute, die da draußen herumtrampeln. Ich habe Calder angewiesen, heute Vormittag alles abzuschließen. Ich erwarte, dass die Angelegenheit damit erledigt sein wird." Sie drehte sich zu mir um. „Wir müssen mit dem Manuskript weitermachen. Sind Sie bereit, fortzufahren, Miss Belgrave?"

„Ja, natürlich", sagte ich, als mir klar wurde, dass ich noch nicht einmal darüber nachgedacht hatte, wie sich Mayhews Tod auf Hightower Books auswirken würde. Ich musste Mr. Hightower kontaktieren.

Doch nicht einmal ein Todesfall konnte Lady Holt von unserer Durchsicht ihres Manuskripts ablenken. Zwei Stunden später richtete Lady Holt die Kanten des Papierstapels vor sich. „Ich denke, wir haben heute gute Fortschritte gemacht. Ich habe heute Nachmittag einen Termin und kann das Manuskript nicht weiter durchgehen. Doch ich denke, wir sollten morgen damit fertig werden."

Ich betrachtete die restlichen Seiten. „Ja, das sollte möglich sein." Es fiel mir schwer, mich auf Lady Holts Sorgen zu konzentrieren. Meine Gedanken wurden von Mayhews Tod und meinem Besuch im East Bank Cottage dominiert. Ich hätte sofort das Wort ergreifen und Inspector Calder sagen sollen, dass ich im Cottage gewesen war.

Doch Lady Holt war so energisch gewesen, und sie hatte klargemacht, dass sie davon ausging, dass der Vorfall ein Unfall war und ohne viel Aufhebens abgeschlossen werden würde. Wenn die Polizei das Cottage nie auf Fingerabdrücke untersuchen würde, würde niemand jemals erfahren, dass ich dort gewesen war. Warum es zur Sprache bringen und all die Verlegenheit ertragen, die es verursachen würde? Ganz zu schweigen davon, dass ich gestehen müsste, dass die Arbeit an Lady Holts Manuskript nur ein Vorwand war. Als Mr. Hightower mir den Auftrag angeboten hatte, hatte ich geglaubt, schon lange weg zu sein, bevor Lady Holt von der List erfuhr. Ein leicht seekrankes Gefühl überkam mich bei dem Gedanken, wie sie auf diese Nachricht reagieren würde.

Niemand leistete Lady Holt und mir zum Mittagessen Gesellschaft. Lord Holt war noch auf dem Golfplatz, Zippy war in den Ort gegangen, und Serena hatte mitgeteilt, dass sie arbeitete und gebeten, ein Sandwich nach oben zu schicken. Lady Holt und ich unterhielten uns über Bücher und gemeinsame Bekannte in London. Während des Mittagessens dachte ich weiter über meine Handlungen nach, und als das Dessert serviert wurde, wusste ich, was ich zu tun hatte – die Polizeiwache in Hadsworth aufzusuchen. Meine Verlegenheit war im Vergleich zum Tod eines Menschen eine Kleinigkeit.

Nachdem ich die Entscheidung gefällt hatte, fühlte ich mich leichter, als die Teller abgeräumt wurden. „Ich entschuldige mich für die Störung heute Morgen", sagte Lady Holt.

„Es gibt keinen Grund, sich zu entschuldigen."

„Trotzdem möchte man so etwas als Gast nicht erleben."

„Nein, doch das ließ sich nicht ändern."

Lady Holt wartete, bis sich die Tür hinter dem Diener, der unsere Teller wegbrachte, schloss. „Und es wäre enttäuschend, wenn irgendein Hinweis darauf einen Weg in die Zeitungen fände. Ich weiß, niemand im Haus wird es der Presse gegenüber erwähnen." Sie wandte mir ihr langes Gesicht zu und warf mir einen forschenden Blick zu, den ich gesehen hatte, als sie in ihrem Manuskript nach Fehlern gesucht hatte.

Ich unterdrückte das Aufflammen von Verärgerung, die ich angesichts ihrer Annahme empfand, dass sie mich warnen musste, doch ich hielt mein Gesicht ausdruckslos. „Ich habe kein Interesse daran, mit irgendwelchen Reportern darüber zu reden."

„Gut."

Als das Mittagessen vorbei war, ging ich nach oben, um meinen Hut und meine Handschuhe zu holen. Ich musste Mr. Hightower anrufen und ihm mitteilen, was Mayhew zugestoßen war, doch zuerst wollte ich zur Polizei ins Dorf gehen und auf dem Weg dorthin die Anwaltskanzlei besuchen. Ich hatte vor, alle Informationen über Mayhew zu sammeln, die ich bekommen konnte, bevor ich Mr. Hightower kontaktierte. Ich hoffte, wenn der Anwalt wieder in seinem Büro war, könnte er mir entweder sagen, wann Mayhews Manuskript verschickt wurde, oder – noch besser – vielleicht hatte er es noch in seinem Büro.

Ich zog meine Handschuhe an, als ich mein Zimmer verließ. Getuschel drang durch den Flur und wurde lauter, als ich mich einer offenen Tür näherte, in der zwei Dienstmädchen gerade ein Bett machten. Mein Hut rutschte und glitt langsam über mein Auge. Ich schob ihn wieder an seinen Platz. Als ich an der offenen Tür vorbeikam, unterbrachen die Dienstmädchen für ein paar Sekunden ihr Gespräch. Mein Hut rutschte wieder, diesmal weiter, und ich blieb vor einem Spiegel mit Goldrahmen auf der anderen Seite der offenen Tür stehen, um ihn zurechtzurücken.

Das Geräusch ausgeschüttelter Bettwäsche peitschte durch die Luft wie der Knall einer Pistole, dann drang eine Stimme aus dem Zimmer. „Eine Frau, die Männerkleidung trägt. Schockierend, das ist, was es ist."

Es war also bekannt, dass Mayhew eine Frau war. Ich war nicht überrascht, dass die Dienstboten bereits das pikanteste aller Details kannten. Ich zupfte eine Blume an meinem Hut wieder an seinen Platz.

Eine tiefere Stimme, eine Altstimme, fragte: „Wie können sie so sicher sein, dass es Mayhew war?"

„Sie trug Mayhews Kleidung und hatte die Prothese. Niemand hat Mayhew seit letzter Woche gesehen, armer Mann – äh – Frau. Sie muss auf dem Weg zum Zug gewesen sein – sie hatte einen Koffer –, doch der Bahnhofsvorsteher und die Träger haben sie nie gesehen. Niemand im Dorf. Nun, abgesehen von Miss Serena, als sie Golfspielen war."

Die Frau mit der tieferen Stimme sagte: „Die Herrin wird sich jetzt keine Sorgen mehr machen müssen, was die Besuche ihres Sohnes im East Bank Cottage angeht."

Ich erstarrte, die Ellbogen in der Luft, als ich die Krempe meines Hutes zurechtbog. Es kam nie etwas Gutes aus Lauschen heraus, doch nachdem Lady Holt bei der Nachricht von Mayhews Tod ganz bleich geworden war, war ich zu neugierig, um weiterzugehen.

„Was meinst du?"

„Milady war aufgebracht wegen Mr. Edward. Ich habe sie vor ein paar Wochen im Garten streiten gehört. Er war von einem Spaziergang zurückgekehrt, und sie sagte ihm, sie wisse, dass er im East Bank Cottage gewesen sei. Sie hat ihm verboten, noch einmal dorthin zu gehen."

„Nein! Wieso?"

„Es sei wider die Natur, hat sie gesagt."

„Wider die Natur? Was bedeutet das?"

Stoff raschelte. Das Dienstmädchen mit der tieferen Stimme sagte: „Du bist ein ganz unschuldiges Ding, nicht wahr?"

„Nein, bin ich nicht."

„Das bist du, wenn du nicht weißt, was Milady gemeint hat."
Wieder Stoffrascheln. „Sie meinte, dass manche Männer Männer
anstelle von Frauen mögen."

Es folgten einige Momente der Stille, dann sagte das andere
Dienstmädchen: „Nein." Ihr Ton deutete darauf hin, dass sie
dachte, dass die andere Frau scherzte.

„Doch. Aber jetzt muss sich Lady Holt keine Sorgen mehr
darüber machen. Zieh die Ecke da gerade, und dann mach besser
das andere Zimmer, bevor –"

Ich ging weiter, und der dicke Teppich dämpfte meine
Schritte. Vielleicht war Zippy von der Nachricht von Mayhews
Tod doch nicht so unbeeindruckt, wie es schien?

KAPITEL ACHT

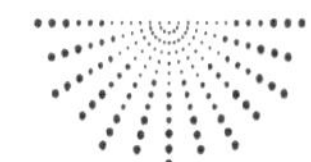

Neben dem Fachwerk-Pub, der normannischen Kirche und dem BackstAls Buchverleger mussein-Gasthaus bestand die Hauptstraße von Hadsworth aus einer Reihe verbundener Geschäfte, deren Dächer ein Sägezahnmuster gegen den Himmel bildeten. Ich war neugierig, ob Zippy noch immer so wenig betroffen war, doch ich sah ihn nicht die Straße entlang oder über das Grün schlendern.

Ich ging um den Dorfplatz herum und kam an einem Ehrenmal mit einem keltischen Kreuz vorbei. Als ich die Wache betrat, blickte der Constable von seiner Schreibmaschine auf.

„Ich würde gerne mit Inspector Calder sprechen."

„Er ist auf dem Golfplatz. Nicht zum Spielen", fügte er schnell hinzu. „Er stellt Fragen über Mr. – Miss – äh, über die Tote. Er sollte bald zurück sein, wenn Sie warten möchten."

Das Letzte, was ich wollte, war, in dem winzigen Zimmer zu sitzen und dem Klappern der Schreibmaschine zu lauschen. „Nein, ich komme später noch einmal vorbei." Ich schloss die Tür der Wache hinter mir und machte mich wieder auf den Weg um das Ehrenmal herum. Ich ging in den Dorfladen und fragte nach dem Weg zur Anwaltskanzlei.

Die Frau hinter der Theke wischte ein imaginäres Staubkorn von der Kasse. „Er ist nicht da, und seine Sekretärin ist auch weg. Schließt wegen seines Sturzes früher."

„Ja, ich habe davon gehört, aber ich dachte, er würde jetzt wieder arbeiten."

„Nur zwei Stunden am Tag von neun bis elf. Er ist schon nach Hause gegangen."

„Wissen Sie, wo –"

„Und dort sind keine Besucher erlaubt. Seine Frau weist alle ab. Ärztliche Anordnungen, Sie verstehen. Ich denke, dass er morgen um dieselbe Zeit zurück sein wird."

„Danke. Dann werde ich morgen nochmal wiederkommen."

Da ich nicht mit dem Anwalt sprechen konnte, gab es eine andere Person, die mir möglicherweise helfen konnte, Mayhews Manuskript zu finden. Ein kleines Schild mit der Aufschrift *Arztpraxis* wies in Richtung des anderen Endes des Ortes, weg vom Pub und dem Eingang zum Golfplatz.

Dr. Finchs Haus lag am Ende einer der kurzen Straßen, die die Hauptstraße kreuzten. Aus rotem Backstein gebaut ähnelte es Blackburn Hall, nur kleiner. Dr. Finchs Praxis, ein separates Gebäude aus dem gleichen roten Backstein, stand neben dem Wohnhaus.

Da ich mit Anna sprechen wollte, ging ich zum Haus und klingelte. Ein Dienstmädchen öffnete die Tür, und als ich fragte, ob Miss Finch da sei, bat sie mich, einen Moment zu warten. Das gedämpfte Klappern der Schreibmaschinentasten und das Klingeln einer Glocke wehten durch das Haus. Das rhythmische Geräusch verstummte, und das Dienstmädchen kehrte wenige Sekunden später zurück. „Miss Finch ist im Garten. Bitte folgen Sie mir."

Ich folgte dem Dienstmädchen durch einen geräumigen Salon und hinaus in den Garten, wo Anna an einem kleinen Holztisch saß, der bis auf eine Schreibmaschine und zwei Stapel Papier kahl war, einer leer, der andere beschrieben, umgedreht, sodass die schwarzen Buchstaben nur schwach durchschienen. Anna zog das Blatt Papier aus der Schreibmaschine und legte es auf den beschriebenen Stapel unter einen Briefbeschwerer, der die Seiten davor schützte, weggeblasen zu werden. „Hallo, Olive. Freut mich sehr, dass du mich besuchst."

„Es tut mir leid, deine Arbeit zu unterbrechen."

Sie winkte ab. „Du unterbrichst nicht. Ich wollte sowieso eine

Pause machen." Sie bat das Dienstmädchen, Tee zu bringen, dann deutete sie auf ein paar weiße Korbstühle unter einem Kastanienbaum. „Es ist ein zu schöner Tag, um drinnen zu bleiben. Ich liebe den frischen Duft der Luft nach einem Sturm."

„Gestern Abend war es ein ziemlicher Sturm. Hattet ihr irgendwelche Schäden?" Ich sah mich im Garten mit den hoch aufragenden Bäumen um.

„Ein bisschen stehendes Wasser unten im Garten, aber das passiert immer wegen der Senke."

„Ein Baum ist zwischen Blackburn Hall und dem Golfplatz in den Fluss gestürzt."

„Oh, das ist so schade." Sie neigte den Kopf und betrachtete die Äste. „Sie sehen so stabil und unerschütterlich aus, doch das passiert gelegentlich, wenn der Boden gesättigt ist. Dann haben sie einfach keinen Halt und fallen um wie Zahnstocher."

Ich war mir nicht sicher, wie ich das Thema Mayhew mit ihr angehen sollte. Ich hatte die Zeit auf meinem Spaziergang damit verbracht, darüber nachzudenken, wie ich mit dem Anwalt reden würde, doch ich hatte spontan beschlossen, Anna zu besuchen. „Hast du Neuigkeiten aus dem Dorf gehört?"

„Nein, ich war den ganzen Morgen hier draußen im Garten und habe getippt. Ich bin nirgendwo hingegangen. Wieso? Ist etwas passiert?" Sie beugte sich vor, ihre Augenbrauen hochgezogen, und ihr Gesicht strahlte vor Interesse.

„Ich fürchte schon, doch es ist ziemlich tragisch."

Sie richtete sich auf. „Tragisch? Wird Papa gebraucht?"

„Nein, ich fürchte, dafür ist es zu spät."

„Oh. Wer?"

„Mayhew." Sie runzelte die Stirn, und warf einen Blick auf den Tisch mit der Schreibmaschine. „Aber das ist –"

Das Dienstmädchen kam mit einem Tablett, und Anna wartete, bis sie ins Haus zurückgekehrt war. „Was ist passiert?"

Als ich die Szene am Fluss beschrieb, legte Anna einen Arm vor den Bauch, stützte den Ellbogen darauf und presste die Finger für einen Moment auf ihren Mund. Als ich fertig war, schwieg sie, ihr Blick auf das Teetablett gerichtet, das sie nicht angerührt hatte. Sie nahm die Finger vom Mund und sagte: „Das ist – so schwer zu glauben." Sie hatte helle, durchscheinende

Haut, doch sie war eine Nuance heller geworden als sonst, wodurch ihre Sommersprossen auffielen. „Und sie denken, er war eine Weile dort?"

„Ja. Serena hat Mayhew letzte Woche beim Golfen gesehen."

Sie beugte sich zum Tablett vor. „Ach, der Tee. Tut mir leid. Ich bin eine schreckliche Gastgeberin." Die Tasse klapperte in der Untertasse, als sie sie mir reichte.

„Danke." Ich rührte meinen Tee um, während Anna ihren einschenkte. „Du hattest also keinen Kontakt zu Mayhew?"

„Nein, ich tippe nur, was er geschickt hat, schicke es dann zurück und gebe es jedes Mal in seinem Cottage ab." Als sie antwortete, konzentrierte sie sich auf ihre Teetasse. Die Antwort schien eine mechanische Reaktion zu sein, etwas, das sie viele Male gesagt hatte.

„Und du hast Mayhew in letzter Zeit überhaupt nicht gesehen?"

„Nein." Sie blinzelte und sah mich an. „Niemals." Sie lehnte sich in ihrem Stuhl zurück und rührte mit ihrem Löffel in ihrer Tasse. „Es ist so seltsam ..." Sie rührte weiter in ihrem Tee, den Blick auf den Garten gerichtet.

„Es gibt etwas, das noch seltsamer ist." Sie hörte auf zu rühren. „Was meinst du?"

„Als Serena die Leiche fand, war sie nass vom Regen. Die Kleidung klebte am Körper, und ... nun, es war der Körper einer Frau."

Sie hörte auf zu rühren. „Ich bin mir nicht sicher, ob ich das verstehe. Was willst du damit sagen?"

„Mr. Mayhew war eigentlich eine Frau."

„Eine Frau?" Ihre Tasse neigte sich, und Tee schwappte auf ihren Rock. „Oh –"

„Oh nein. Hast du dich verbrüht?"

„Nein, das ist dicker Stoff." Sie stellte Tasse und Untertasse auf das Tablett, zog ein Taschentuch aus der Tasche und tupfte den Fleck ab. „Bist du sicher?"

„Ja, es scheint, dass Mayhew sich als Mann verkleidet und die Gesichtsprothese getragen hat, um ihre Identität zu verbergen."

Anna drückte das Taschentuch auf den Stoff. Ihre Fingerknöchel wurden vom Druck weiß. „Aber das heißt dann – warum sollte sie das tun?"

„Ich habe keine Ahnung. Ich hatte gehofft, du wüsstest es."

„Ich? Ich kenne sie am wenigsten von allen, wie es scheint. All die Wochen der Arbeit mit ihm – ich meine mit ihr. Es ist erstaunlich. *Ich* hätte es nie erraten." Sie warf einen Blick auf das Praxisgebäude. „Nie vermutet."

Ich neigte meinen Kopf und sah sie aus zusammengekniffenen Augen an. „Aber jemand anderes schon?"

Anna zuckte ein wenig zusammen und sah mich an, als hätte sie vergessen, dass ich da war. „Nein. Nein, natürlich nicht." Sie tupfte und wischte mit neuer Energie über den Fleck.

„Glaubst du, dein Vater wusste es? Hat er Mayhew wegen irgendwas behandelt?"

Annas Hände verharrten. Sie steckte das Taschentuch unter ihren Rock und drehte sich ganz zu mir um. „Papa kam eines Nachts nach Hause … ich weiß nicht, vor ein oder zwei Jahren. Es war, bevor ich nach London gegangen bin. Das ist vielleicht belanglos, doch er hat sich in dieser Nacht so seltsam benommen. Ganz und gar nicht wie er. Er sagte, Mr. Mayhew habe eine Lungenentzündung. Ich wusste, dass Papa mir nicht alles erzählte, doch ich konnte nicht mehr aus ihm herausbekommen." Sie seufzte. „Er tut das, macht dicht und gibt nicht auch nur ein kleines bisschen preis. Doch ich wusste, dass ihn etwas gestört hat. Er hat nie darüber gesprochen, und ich habe es nicht ergründen können. Es musste mit Mayhew zu tun gehabt haben." Ihre Schultern entspannten sich. „Oh, es ist so eine Erleichterung, jemanden zum Reden zu haben – jemanden in meinem Alter. Du hast ja keine Ahnung, wie es ist, hier zu leben und der einzige junge Mensch zu sein." Ihr Blick wanderte ein Stück weit weg, als sie über den Garten blickte. „Doch zu denken, dass Mayhew tatsächlich eine Frau war … unfassbar. Ich weiß, dass R. W. May ein Pseudonym war. Wer war sie wirklich?"

„Ich weiß es nicht. Ich glaube, Inspector Calder arbeitet jetzt daran."

Anna gab einen schnaubenden Laut von sich. „Das kann dann eine Weile dauern. Inspector Calder ist ein netter Mann, aber nicht gerade der Intelligenteste." Wir saßen ein paar Augenblicke schweigend da, dann goss sie sich noch eine Tasse Tee ein und bot mir eine zweite an.

Ich schüttelte den Kopf und stellte meine Teetasse auf das Tablett. „Ich fürchte, das hört sich jetzt geldgierig an, doch einer der Gründe, warum ich heute mit dir sprechen wollte, ist Mayhews letztes Buch. Ich muss Mr. Hightower anrufen und ihm berichten, was Mayhew zugestoßen ist, doch vorher wollte ich dich fragen, ob du eine Ausfertigung des letzten Manuskripts hast."

„Eine Ausfertigung des Manuskripts?" Sie warf einen Blick über die Schulter auf den Tisch mit der Schreibmaschine. „Warum brauchst du die?"

„Weil Hightower Books Mayhews Manuskript für *Mord auf dem neunten Grün* nicht bekommen hat."

„Aber ich habe es vor Wochen fertiggestellt, und er hat es abgeschickt."

„Mayhew hatte ein seltsames System. Sie hat alles über den örtlichen Anwalt hier an Hightower Books geschickt, doch mit seinem Unfall ..."

„Oh, das ergibt jetzt einen Sinn. Mayhew hat mich –" Ihre Wangen wurden rot. „Äh ... mal etwas bei dem Anwalt abgeben lassen." Sie fuhr fort, ihre Worte kamen schnell.

„Wie schrecklich – was das Manuskript angeht, meine ich. Hightower Books ist wahrscheinlich ganz außer sich, was damit passiert ist."

Ich beugte mich vor. „Das ist der eigentliche Grund, weswegen ich hierher geschickt wurde – um herauszufinden, was passiert ist, ohne viel Aufhebens zu machen."

„Oh. Nun, in diesem Fall –" Sie nahm ihre Halskette zwischen Daumen und Fingern und rieb mit dem Daumen über die Perlen. „Ich habe es Mr. – ich meine, Miss – Mayhew nie erzählt, doch ich habe eine Abschrift der Manuskripte, die ich getippt habe."

„Sieh mich nicht so schuldig an. Das finde ich wunderbar. Mr. Hightower wird dir sehr dankbar dafür sein, da bin ich mir sicher."

Ihr Daumen rieb schneller über die Perlen. „Ich dachte,

Mayhew wollte vielleicht Veränderungen haben. Wenn ich mein eigenes Exemplar habe, ist es so viel leichter."

„Du musst es mir nicht erklären. Würdest du mir dein Exemplar anvertrauen, um es Hightower Books zu geben?"

Ihre Worte kamen langsam, als sie sagte: „Ich denke, das könnte ich tun."

„Es würde dafür sorgen, dass das Buch tatsächlich veröffentlicht wird. Ich weiß nicht, ob die Kopie, die Mayhew dem Anwalt geschickt hat, jemals auftauchen wird."

„Ja, du hast Recht. Ich nehme an, wenn du versprichst, es Mr. Hightower persönlich zu bringen, kann ich es dir geben."

„Ich denke, das wäre das Beste. Wir wollen nicht, dass es in der Post verloren geht."

„Das wäre fatal."

Ich hatte die Bemerkung, dass es in der Post verloren gehen könnte, scherzhaft gemeint und blinzelte angesichts der Intensität ihres Tons. Sie schien ziemlich leidenschaftlich zu sein, was das Manuskript anging, wenn man bedachte, dass sie es nur getippt hatte. Doch ich nahm an, sie war von dem Buch begeistert und wollte es gedruckt sehen.

Sie stellte ihre Tasse klappernd auf das Tablett. „Ich werde es dir holen." Sie verschwand im Haus und kehrte kurz darauf später mit einer flachen, zugeschnürten Schachtel zurück. Sie hielt sie in beiden Händen und zögerte einen Moment, bevor sie sie mir reichte. „Hier, bitte. Das ist *Mord auf dem neunten Grün* – die einzige Kopie, die ich habe."

„Danke. Ich werde sie Mr. Hightower persönlich übergeben." Ich legte die Schachtel auf meinen Schoß.

Schritte näherten sich, und Dr. Finch kam durch den Garten auf uns zu. „Was? Kein Tippen?"

„Hallo Papa. Ich mache eine Pause, um mit Olive zu sprechen."

„Oh, Miss Belgrave. Guten Tag! Ich habe Sie gar nicht gesehen. Das Klappern der Schreibmaschine ist normalerweise konstant. Stille ist hier eher die Ausnahme als die Regel." Er setzte sich. „Ich glaube, ich schließe mich euch beiden an."

Anna schenkte ihm eine Tasse Tee ein. „Hast du die Nachrichten über … Mayhew gehört?"

„Ich war den ganzen Morgen in der Praxis und habe Papierkram nachgeholt. Niemand war da. Was ist passiert?"

Anna sah mich an. „Du solltest es ihm besser sagen, nachdem du dort warst."

Dr. Finch sah mich über den Rand seiner Tasse hinweg mit höflichem Interesse an. Als ich fertig war, nippte er an seinem Tee, und seine entspannte Haltung war verschwunden und einer steifen Haltung gewichen.

Anna berührte seinen Ärmel. „Papa, du wusstest es, nicht wahr?" Dr. Finch beugte sich vor und stellte seine Tasse auf das Tablett, brach den Kontakt ihrer Hand mit seinem Arm ab. „Ich weiß nicht, was du meinst, meine Liebe."

„Es nützt nichts, Papa." Anna füllte seine leere Tasse nach. „Du hast dich so seltsam verhalten, als Mayhew eine Lungenentzündung hatte. Du hast kein Wort darüber gesagt, was dich beschäftigt hat, doch das muss sein, was du entdeckt hattest. Ich bin sicher, du musstest ... Mayhew untersuchen. Du hättest ... ähm ... Mayhews Geschlecht erfahren. Du *musst* es gewusst haben."

Dr. Finch winkte die randvolle Teetasse ab, die Anna ihm entgegenhielt. „Und jetzt ist sie tot." Er fuhr sich mit den Fingern durch sein schütter werdendes rötliches Haar.

„Hat Mayhew dir erzählt, warum sie sich als Mann verkleidet hat?" Anna zögerte. „War sie ... hat sie ... nun, ich habe von Leuten gehört, die so etwas tun, weil es ihnen Spaß macht. War sie so?"

Er stand auf. „Wenn ihr mich entschuldigen würdet? Ich brauche etwas Stärkeres als Tee." Er ging ins Haus.

Ich sah Anna mit hochgezogenen Augenbrauen an. „Wird er zurückkommen?"

„Oh ja. Es hat ihn belastet. Er will darüber reden. Ich sehe das. Er muss sich nur darauf einstellen."

Das tiefe Grollen von Dr. Finchs Stimme drang aus dem offenen Fenster des Hauses, dann kam er mit einem Glas bernsteinfarbener Flüssigkeit und einem großen Umschlag zurück. Er nahm wieder Platz und legte den Umschlag auf sein Knie, sagte einige Augenblicke lang jedoch nichts. „Ich habe Colonel Shaw angerufen. Er wird in Kürze hier sein. Er war zu Hause und sagte, er würde gleich kommen."

„Ich lasse mehr Tee bringen."

„Lass lieber den Whiskey bringen."

Anna warf ihm einen zweifelnden Blick zu, rief aber das Dienstmädchen, gab die Anweisungen und wandte sich dann mir zu. „Colonel Shaw ist der Chief Constable. Er lebt die Straße runter und sollte jeden Moment hier sein." Anna wandte ihre Aufmerksamkeit wieder ihrem Vater zu. „Du weißt also, warum Mayhew vorgegeben hat, ein Mann zu sein?"

Dr. Finch nickte. „Ja, und ich nehme an, du bleibst besser und hörst zu. Sonst entstehen Gerüchte" – er schwenkte sein Glas durch die Luft – „wie die Dinge, die du erwähnt hast. Das wäre ihr gegenüber nicht fair."

Obwohl ich unbedingt hören wollte, was Dr. Finch zu sagen hatte, rutschte ich an die Kante meines Stuhls. Gute Manieren diktierten, dass es Zeit für mich war zu gehen. „Ich sollte gehen."

„Nein, Sie waren dort und arbeiten für Hightower Books", sagte Dr. Finch. „Sie sollten es auch erfahren. Der Himmel weiß, es wird Auswirkungen für den Verlag haben."

Anna drehte sich abrupt zu ihm um. „Was ist das mit Hightower Books?"

Dr. Finch tätschelte ihre Hand. „Und es wird auch dich betreffen, meine Liebe."

„Natürlich wird es das. All diese ... Handbücher ..."

„Doch es waren keine Handbücher, nicht wahr?" sagte Dr. Finch.

Anna starrte ihn einen Moment lang an, dann senkte sie ihren Blick. „Ich weiß nicht – ähm –, was du meinst."

„Du wusstest, dass ich ein Geheimnis hüte, dachtest jedoch, ich wüsste nicht, dass du dasselbe tust?" Dr. Finch lächelte sanft. „Ich habe nie geglaubt, dass Mayhew technische Handbücher schreibt. Du hast Manuskriptseiten getippt – Unmengen und Unmengen davon. Und dann hattest du plötzlich Interesse an Krimis. Du hast noch nie ein Buch von R.W. May gelesen – oder irgendein Detektivbuch – bis du angefangen hast, die „Handbücher" zu tippen. Nein, es war nicht schwer, eins und eins zusammenzuzählen, als du alle meine R.W. May Bücher ausgeliehen und dann angefangen hast, über falsche Fährten und Anhaltspunkte zu murmeln. Du dachtest, ich hätte es nicht bemerkt. Lass dir das eine Lehre sein, meine Liebe. Väter behalten ihre Töchter immer im Auge – insbesondere erwachsene Töchter. Ah, hier ist der Colonel."

KAPITEL NEUN

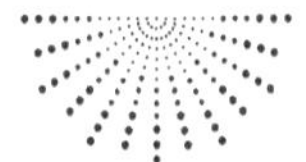

olonel Shaw war ein großer, magerer Mann Ende sechzig
oder Anfang siebzig mit einem wettergegerbten Gesicht,
grauem Haar und einem weißen Schnauzbart. Nach den Vorstellungen wurden Stühle gerückt und Getränke verteilt. Shaw sah mich an, als wollte er mich vertreiben, aber Dr. Finch sagte: „Ich bin der Ansicht, Miss Belgrave sollte bleiben, Colonel. Sie arbeitet für Hightower Books, was, wie Sie sehen werden, involviert ist."

Der Colonel sah nicht glücklich aus, doch Dr. Finchs Wort musste viel Gewicht haben, denn nach einer kurzen Pause nickte Shaw zustimmend und wandte sich Dr. Finch zu. „Sie haben gesagt, es geht hier um Mayhew? Sie wissen –" Er räusperte sich und warf Anna und mir einen Blick zu.

„Dass Mayhew eine Frau war?" sagte Dr. Finch. „Ja." Er deutete auf Anna und mich. „Und sie wissen es auch. Zwischenzeitlich weiß es der ganze Ort, da bin ich mir sicher."

„In diesem Fall –" Shaw lehnte sich in seinem Stuhl zurück und deutete an, dass Dr. Finch das Wort hatte.

Dr. Finch trank einen Schluck von seinem Whiskey, hielt dann das Glas in beiden Händen und starrte hinein. „Vor zwei Jahren ist Mayhew an einer Lungenentzündung erkrankt. Sie war über eine Woche krank, bevor sie nach mir geschickt hat. Sie war erschöpft und hatte hohes Fieber. Wir ignorierten beide die offensichtliche Tatsache, dass sie eine Frau war, bis sie sich zu erholen begann. Als sie sich besser fühlte und keinen Husten mehr hatte, wollte sie es erklären. Ich sagte ihr, es sei nicht nötig. Doch sie meinte, sie wolle jemandem erzählen, dass sie sich damit besser fühlen würde. Falls ihr etwas zustoßen sollte, würde jemand die Wahrheit wissen."

Shaw hielt inne, das Glas auf halbem Weg zum Mund. „Sie wollen sagen, sie hat sich Sorgen gemacht, dass jemand versuchen könnte, ihr zu schaden?"

Ich beugte mich vor. Lady Holt war so hartnäckig gewesen, dass Mayhews Tod ein Unfall gewesen war. Calder schien bereit zu sein zu gehorchen, doch ich nahm an, dass Mayhew genauso wahrscheinlich gestoßen worden sein konnte, wie sie vielleicht gestürzt und in einem Erdrutsch am Flussufer begraben worden war.

Dr. Finch kippte sein Glas in eine Richtung und dann in die andere und beobachtete, wie die Flüssigkeit von einer Seite zur anderen schwappte. „Ich würde sagen, sie hatte in diesem Moment keine Angst um ihr Leben. Sie machte sich jedoch Sorgen. Offenbar hatte sie Gründe dafür."

Anna tätschelte Dr. Finchs Schulter. „Es gibt nichts, was du hättest tun können. Ich bin sicher, sie hat dich zur Verschwiegenheit verpflichtet."

„Ja, das hat sie. Doch sie wollte, dass ihre Geschichte erzählt wird, falls ihr etwas zustößt." Er trank den Rest seines Whiskeys aus und stellte das Glas mit einem dumpfen Schlag ab. „Haben Sie von den Elfen von Pikenwillow House gehört?"

Anna sagte: „Ja, natürlich. Es war ein Schwindel, dem so viele leichtgläubige Menschen auf den Leim gegangen sind. Doch was hat das mit Mayhew zu tun?"

Ich richtete mich auf, als Mr. Hightowers Worte in meinem Kopf widerhallten. Was hatte Mr. Hightower zu Mayhews Pseudonym gesagt?

Dr. Finch sagte: „Mayhews Pseudonym R. W. May basierte auf ihrem Vornamen Ronnie May."

Meine Gedanken kreisten um die Namen und stellten die Verbindung her. „Ronnie ... das war kurz für Veronica, wette ich." Ich hatte beim Nachdenken den Blick auf das Gras zu meinen Füßen gesenkt, doch jetzt sah ich auf. „Mayhew war Veronica May, nicht wahr?"

„Ja."

Anna blickte zwischen mir und ihrem Vater hin und her. „R. W. Mayhew war Veronica May? Die Veronica May, die in allen Zeitungen stand? Veronica May von Pikenwillow House?"

Dr. Finch nickte. „Ja, diese Veronica May." Er wandte sich Shaw zu. „Ist Ihnen der Vorfall bekannt?"

Die Elfen von Pikenwillow House hatten vor einigen Jahren für mediales Aufsehen gesorgt. Es hatte angefangen, als ein junges Mädchen – Veronica May – und ihre Freundin ein paar Fotos im Garten des Mädchens aufgenommen hatten. Die Fotos zeigten Feen, die zwischen den Blumen spielten. Veronicas Vater schickte sie an mehrere Gesellschaften, darunter eine Organisation, die sich für übersinnliche Phänomene interessierte.

Der Colonel runzelte die Stirn. „Ich erinnere mich nicht an viel davon, nur dass es ein Haufen Unsinn war. Es wurde Jahre später entlarvt, glaube ich."

„Ja, genau das ist passiert." Dr. Finch öffnete den Umschlag, der auf seinen Knien lag, und nahm einen vergilbten Zeitungsausschnitt heraus. Er reichte ihn Shaw. „Nachdem sie sich von der Lungenentzündung erholt hatte, hat Mayhew mir das geschickt. Die beiden Mädchen haben die Fotos aus Spaß gemacht. Ein Scherz. Doch ihr Vater hat die Reaktion auf die Fotos gesehen und erkannt, dass er sie zu Geld machen konnte. Vielleicht hat er an Spiritualismus und solchen Unsinn geglaubt. Oder vielleicht war er einfach ein Opportunist. Ich denke, Letzteres trifft es wahrscheinlich am besten, doch ich habe den Mann noch nie kennengelernt." Dr. Finch hob sein Glas auf, neigte es so, dass die letzten Tropfen des Getränks über den Boden liefen, und stellte es dann wieder ab. „Wie dem auch sei, Mr. May hat das Interesse an den Fotos ausgenutzt. Ich habe mich über die Situation informiert, nachdem Mayhew den Zeitungsausschnitt geschickt hat. Bevor die Fotos entlarvt wurden, wurde Mr. May Redner und ist zu Vortragsorganisationen in ganz England und sogar auf dem Kontinent gereist. Er gab Führungen durch sein Haus und verlangte von den Besuchern eine Gebühr, um im Cottage am

Fuße seines Gartens zu übernachten, wo sie vielleicht Feen sehen konnten, wenn die Bedingungen perfekt waren, oder sie konnten an Séancen teilnehmen, die er in seinem Haus veranstaltete."

Shaw hatte ein Monokel in seine Augenhöhle geklemmt und den Artikel überflogen, dann reichte er mir den Ausschnitt. Die Schlagzeile lautete: *Feenfotografien eine Lüge! Tochter sagt, es seien Papierausschnitte.* Ich hielt das dünne Papier an den Kanten. „Doch die Geschichte löste sich in Wohlgefallen auf, als Veronica die Wahrheit sagte."

Dr. Finch zeigte auf den Zeitungsartikel. „Sie hat genau beschrieben, wie sie es gemacht haben. Das Ganze entlarvt."

Anna stützte sich auf die Stuhllehne, um über meine Schulter zu lesen. „Ich erinnere mich nicht an die Details."

Ich reichte Anna den Artikel, während Dr. Finch fortfuhr: „Mayhew sagte mir, sie sei an einem Punkt angelangt, an dem sie nicht mehr weiter Leute belügen konnte. Sie hatte einen Reporter und beschrieben, wie sie die Fotos aufgenommen hatten. Sie hatte Bilder von Feen aus einem Kinderbuch nachgezeichnet und ein paar eigene Details hinzugefügt – Hüte und Handschuhe – dann benutzte sie Hutnadeln, um die ausgeschnittenen Bilder zwischen den Blumen im Garten zu stützen. Sie dachte, es sei ein großartiger Scherz, doch als ihr Vater die Fotos benutzte, um arglose Menschen zu täuschen, wurde es ihr immer unangenehmer. Mr. May hat sich eine Bewegtbildkamera besorgt und einen Film gedreht. Dann hat er einen Projektor gekauft und den Film der vermeintlichen Elfen abgespielt."

Dr. Finch deutete mit der Hand auf die andere Seite ihres Gartens. „Nachts projizierte er die Bilder tanzender Feen auf verschiedene Stellen im Garten – eine Schuppenwand, strategisch platzierte weiße Felsen und den Sockel eines Brunnens. Natürlich dauerten die Filme nur ein paar Sekunden, doch scheinbar reichte das aus, um die Legende bei all jenen am Leben zu halten, die an so etwas glauben. Er verdiente mit jeder Séance Hunderte von Pfund. Er verlangte Eintritt für Tagestouren durch den Garten und noch mehr von den Übernachtungsgästen, die seine private Aufführung sehen durften. Mayhew sagte, sie konnte die Täuschung nicht mehr ertragen, und deshalb hat sie die Wahrheit enthüllt."

Dr. Finch nahm Anna den Zeitungsausschnitt ab und steckte ihn in den Umschlag zurück. „Veronica May hatte eine lebhafte Fantasie und ein Talent zum Schreiben. Während ihr Vater mit der Elfenlegende Geld verdient hat, hat sie sich in ein Buch gestürzt, einen Kriminalroman. Als sie ein Angebot von Hightower Books erhalten hatte, schmiedete sie den Plan, den Zeitungen die Wahrheit über die Feen zu sagen und dann zu verschwinden." Dr. Finch reichte Shaw den Umschlag. „Das sollten Sie jetzt besser an sich nehmen."

Shaw nickte und steckte es zwischen sich und die Armlehne des Stuhls. „Ich nehme an, sie ist verschwunden, weil sie Angst vor ihrem Vater hatte?"

„Mayhew sagte, ihr Vater würde wütend sein, wenn der Artikel veröffentlicht würde. Sie hatte Angst, er könnte ihr etwas antun." Dr. Finch räusperte sich. „Sie sagte, ihr Vater habe sie schon einmal verletzt."

Ich konnte mir nicht vorstellen, einen solchen Vater zu haben. „Wie schrecklich." Während mein Vater geistesabwesend war und sich oft in seiner eigenen Welt der Forschung, der Bücher und des Schreibens verlor, war er freundlich und sanft. „Und Mayhews Mutter, war sie Teil der Täuschung?"

„Nein. Sie ist bei Veronicas Geburt gestorben." Dr. Finch griff nach der Whiskeykaraffe, goss sich noch ein Glas ein und hob dann die Karaffe in Shaws Richtung. Shaw schüttelte den Kopf und Dr. Finch fuhr fort. „Natürlich habe ich versucht, Mayhew davon zu überzeugen, aus ihrem Versteck zu kommen, doch sie wollte nichts davon wissen. Sie sagte, sie habe ihr Aussehen verändert und Vorsichtsmaßnahmen getroffen, damit ihr Vater sie nie finden würde. Sie meinte es ernst, als sie mir sagte, wenn ihr jemals etwas zustoßen sollte, sollte die Polizei herausfinden, wo ihr Vater war, als sie starb. Sie befürchtete, er würde sie aufspüren und ... nun, sie war recht unverblümt. *Er würde mich beseitigen, wenn er könnte*, hat sie gesagt. Sie glaubte, sobald sie aus dem Weg war, würde ihr Vater einen „neu entdeckten" Brief oder eine Erklärung von ihr veröffentlichen – natürlich gefälscht –, in der sie ihre früheren Aussagen über die Feen widerruft, damit er wieder Gäste nach Pikenwillow House locken kann."

Anna schüttelte den Kopf. „Und so hat sie eine Maske getragen, verkleidet als Mann und ein einsames Leben hier in Hadsworth geführt."

Dr. Finch nippte an seinem Glas. „Ich habe sie gefragt, ob sie einsam sei, und sie sagte nein, sie sei eine , eigenbrötlerische Seele', wie sie es nannte. Sie sagte, dass sie gerne im Cottage wohnt, ihre Bücher schreibt und abends durch die Landschaft bummelt. Sie sagte mir, sie sei glücklich, und ich habe ihr geglaubt."

Wir waren alle eine Weile still, und dann sagte Dr. Finch: „Mayhew glaubte nicht, dass ihr Vater versuchen würde, eine neue Erklärung zu veröffentlichen, in der sie ihre vorherige Entlarvung der Feen-Geschichte widerrufen würde, es sei denn, er wäre sich absolut sicher, dass sie tot war. Zu Lebzeiten konnte sie jeder Aussage, die er machte, jederzeit widersprechen." Er deutete mit seinem Glas auf den Umschlag. „Zusammen mit dem Zeitungsartikel hat sie mir auch einen versiegelten Brief geschickt mit der Bitte, ihn einem bestimmten Zeitungsreporter zu übergeben, falls sie unerwartet verstirbt. Ich würde ihn Ihnen geben, Colonel, doch ich habe es ihr versprochen. Ich habe vor, mein Versprechen zu halten."

„Natürlich." Shaw fuhr sich mit dem Finger über seinen schmalen Schnurrbart. „Doch vielleicht könnten Sie warten, bis wir den Aufenthaltsort ihres Vaters bestätigt haben."

„Das klingt vernünftig."

Shaw sah mich an. „Und ich würde mich über dieselbe Höflichkeit von Hightower Books freuen. Bitte halten Sie die Informationen über Mayhews wahre Identität geheim, bis die Ermittlungen abgeschlossen sind."

Wie Dr. Finch sagte, war es eine vernünftige Bitte, und ich stimmte zu. Shaw stand auf und klemmte den Umschlag unter seinen Arm. „Ich werde mich darum kümmern."

Dr. Finch stützte seine Hände auf die Knie und stemmte sich hoch. „Ich komme mit, um eine förmliche Aussage zu machen."

Shaw warf einen Blick auf seine Taschenuhr. „Dafür ist später Zeit genug. Ich konzentriere mich im Moment lieber darauf, Mr. May zu finden. Kommen Sie morgen früh auf die Wache."

Shaw winkte das Angebot, durch den Salon aus dem Haus

geführt zu werden, ab, und sagte, er würde den Weg nehmen, der zwischen dem Haus und der Praxis verlief.

Ich stand auf und drückte die Schachtel mit dem Manuskript an meine Brust. Anna hatte das Manuskript nicht erwähnt, also hatte ich geschwiegen, doch ich musste den Polizeibeamten berichten, was ich in Mayhews Cottage gesehen hatte. Nachdem ich gehört hatte, was sie durchgemacht hatte, war ich mir sicherer denn je, dass es die richtige Entscheidung war, mein Schnüffeln zu gestehen. Ich hoffte nur, dass die Polizei das Manuskript nicht behalten wollte, denn ich war entschlossen, es nicht herzugeben. Es hatte überhaupt nichts mit Mr. May zu tun, und ich würde kämpfen, um dafür zu sorgen, dass ich es Mr. Hightower übergeben konnte. „Ich sollte auch gehen. Ich muss zurück nach Blackburn Hall." Ich wandte mich an Dr. Finch. „Danke, dass ich bleiben und mitanhören durfte, was passiert ist."

Dr. Finch sagte: „Hightower Books sollte es erfahren … irgendwann. Sie können ihnen die ganze Geschichte erzählen, sobald Shaw – oder wer auch immer das Sagen hat – ihnen die Erlaubnis dazu erteilt. Sie werden ein Interesse daran haben, könnte ich mir vorstellen. Über Mayhews Tod wird in allen Zeitungen geschrieben werden, da bin ich mir sicher." Er nickte zu der Schachtel, die ich hielt. „Sein letzter Roman wird eine Sensation sein."

„Ich bin sicher, Hightower Books wird ihn so schnell wie möglich veröffentlichen wollen." Sie würden das Beste daraus machen müssen, wenn man bedachte, dass es keine Bücher von R. W. May mehr geben würde. Ich klopfte auf die Schachtel und sagte zu Anna: „Danke, dass du mir deine Abschrift gegeben hast. Ich werde gut darauf aufpassen."

Sie zuckte bei meinen Worten ein wenig zusammen. „Tut mir leid. Ich war in Gedanken."

„Danke, dass du mir das Buch anvertraust. Ich werde dafür sorgen, dass es sicher beim Verlag ankommt."

„Gut." Sie warf einen Blick auf die Schreibmaschine, dann wieder mit gerunzelten Augenbrauen zu mir. „Ja. Das hätte Mayhew – oder Veronica, könnte ich jetzt wohl sagen – sicher gewollt."

Anna ging zur Schreibmaschine am Tisch zurück, während ich denselben Weg entlangging, den Shaw eingeschlagen hatte. Ich hörte das Klappern der Schreibmaschine nicht und warf einen Blick zurück, bevor ich um die Ecke ging. Anna saß mit den Händen im Schoß da und starrte auf die Schreibmaschine.

Armes Ding. Ihre größte Einnahmequelle war weg – eine Tatsache, die im Vergleich zum Ableben ihrer Arbeitgeberin verblasste, doch ich wusste genau, wie es sich anfühlte, wenn Arbeit wie eine Regenpfütze nach einem Sturm verdunstete. Ich nahm mir vor, mit Mr. Hightower über Anna zu sprechen und sie zu loben. Sie hatte Mayhews letztes Buch gerettet. Sicherlich könnte der Verlag ihr einen Bonus schicken ... oder vielleicht eine Arbeit für sie finden. Das würde ich Mr. Hightower vorschlagen.

Colonel Shaw war einige Schritte vor mir. Ich beschleunigte meinen Gang. „Colonel Shaw, haben Sie einen Moment Zeit für mich?"

„Natürlich." Er blieb stehen und wartete darauf, dass ich ihn auf der ruhigen Seitenstraße einholte, bevor sie die Hauptstraße erreichte.

„Ich muss etwas gestehen."

Er fuhr herum und sah mich an. „Ein Geständnis?"

„Vielleicht ist das in dieser Situation der falsche Ausdruck. Ich muss Ihnen etwas sagen. Es ist eher peinlich. Ich bin heute Morgen bei der Wache vorbeigegangen, um mit Inspector Calder zu sprechen, doch er war nicht da. Ich denke, ich sollte es Sie jetzt wissen lassen. Mr. Hightower hat mich nach Hadsworth geschickt, um nach Mayhew und diesem Manuskript zu suchen." Ich tippte auf die Schachtel und erklärte dann Mayhews Vereinbarung mit dem Anwalt und wieso das Manuskript nicht angekommen war. „Als Anna erwähnt hat, dass Mayhew im East Bank Cottage lebt, bin ich dorthin gegangen und habe mich umgesehen."

„Daran ist nichts auszusetzen." Shaw ging weiter.

„Im Inneren."

Shaw blieb stehen und sah mich an. „Sie sind eingebrochen?"

„Nein, natürlich nicht. Ich habe einen Schlüssel gefunden. Er lag auf dem Fensterrahmen rechts von der Eingangstür. Ich habe mich drinnen umgesehen, und mir sind ein paar Dinge aufgefallen." Ich beschrieb die verwelkten Blumen, das aufgeschlagene Buch auf dem Sessel, das vertrocknete Brot in der Küche. „Kurz gesagt, es sah nicht so aus, als hätte sich jemand auf eine Reise vorbereitet."

Wir erreichten die Hauptstraße und bogen darauf ein. „Vielleicht könnten Sie mich jetzt zur Wache begleiten und eine Aussage machen?"

Also würde mir nicht dieselbe Höflichkeit entgegengebracht werde wie Dr. Finch, der für den nächsten Morgen vorgeladen worden war. Ich konnte es dem Colonel nicht verdenken. Er kannte mich schließlich nicht. „Selbstverständlich." Ich folgte ihm über die Wiese zu dem kleinen Gebäude, das die Wache beherbergte.

KAPITEL ZEHN

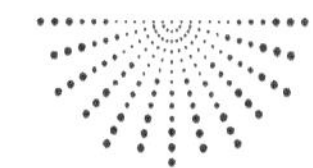

Mein zweiter Besuch auf der Wache dauerte keine Viertelstunde und wurde sehr sachlich gehandhabt. Ich erzählte von meinem Besuch in der Hütte, und Shaw ließ es von einem Constable tippen. Shaw reichte mir die Erklärung zusammen mit einem Stift. Ich las sie durch und unterschrieb mit meinem Namen. Wie albern war ich gewesen, der Polizei zu erzählen, was ich getan hatte. Sie hielten mein Schnüffeln offensichtlich für eine Kleinigkeit, die kaum ihre Zeit wert war. Wenn Shaw gesagt hätte, er wolle das Manuskript als Beweismittel behalten, würde ich darauf hinweisen, dass es Annas Eigentum war, nicht Mayhews, doch Shaw brachte es nicht zur Sprache.

Ich stand auf, und Shaw nahm die Erklärung vom Schreibtisch. „Ich übergebe das dem Detective Inspector von Scotland Yard, sobald er ankommt. Vielleicht wird er weitere Fragen an Sie haben."

Das Gewicht der Sorge legte sich wieder auf meine Schultern. „Scotland Yard übernimmt den Fall?"

„Zweifellos."

„Ich dachte, Sie würden herausfinden, wo Mr. May war, als Mayhew gestorben ist."

„Das übersteigt unsere Möglichkeiten hier in Hadsworth. Das ist definitiv was für Scotland Yard."

„Ich verstehe." Shaw hatte also nur alles pro forma durchexerziert und Informationen von mir gesammelt, doch er würde den Fall bald jemand anderem in den Schoß werfen – deshalb hatte er keine bohrenden Fragen an mich.

Ich marschierte zurück über die Wiese. Ich würde wahrscheinlich dem Detective Inspector von Scotland Yard noch einmal davon erzählen müssen, dass ich im East Bank Cottage herumgeschnüffelt hatte. Ich rümpfte die Nase. Ich hätte schweigen sollen, doch mein Gewissen hatte mich besiegt. Es war manchmal ziemlich unbequem, die Tochter eines Pfarrers zu sein.

Ich verließ die Ortschaft und ging an der hohen Hecke entlang, die die Straße säumte. Ich überquerte die Brücke und ging in einem zügigen Tempo, um meine Sorgen zu verarbeiten. Ich klemmte die Schachtel mit Mayhews Manuskript unter meine andere Armbeuge. Im Gehen entschied ich, dass es peinlich wäre, die Geschichte noch einmal erzählen zu müssen, doch ich würde es durchstehen. Später war auch noch Zeit genug, sich darum zu sorgen. Ich hatte jetzt andere Dinge, auf die ich mich konzentrieren musste.

Ich wollte meine Rückkehr aus dem Ort nicht ankündigen, also ging ich um das Haus in den Garten und betrat Blackburn Hall durch die offenen Fenstertüren im Salon. Die dunkel getäfelte Diele war still und leer. Ich setzte mich auf den Stuhl neben dem Telefontisch und bat darum, mit Hightower Books in London verbunden zu werden. Ich bewunderte die Vertäfelung an der Wand unter der Treppe, während ich mehrfachem Klicken und langem Schweigen lauschte.

Als ich endlich verbunden war, sagte ich: „Mr. Hightower, Olive Belgrave hier. Ich habe sowohl gute als auch beunruhigende Neuigkeiten."

„Sagen Sie mir besser die schlechten Nachrichten zuerst."

„Gut. Mayhews Leiche wurde heute Morgen am Fluss gefunden."

„Du lieber Himmel. Was ist passiert?"

„Zu diesem Zeitpunkt kann das niemand sicher sagen. Serena Shires, die Schwester von Lady Holt, hat Mayhew am Mittwochmorgen das letzte Mal gesehen, und er wurde nicht weit von der

Stelle in der gleichen Kleidung gefunden, also muss es irgendwann am Mittwochmorgen passiert sein."

„Ich wusste, dass etwas nicht stimmt. Ich hasse es, Recht zu haben, aber ich war mir sicher, dass Mayhew seine Frist nicht verpassen würde. Zu denken, dass er schon so lange tot ist! Tragisch. Einfach tragisch." Ein langer Seufzer kam über die Leitung.

„Ja, das ist es." Ich dachte an das East Bank Cottage mit der Lesebrille und den traurigen verwelkten Blumen. Mr. Hightower war die einzige Person, die auch nur eine Spur von Trauer über Mayhew gezeigt hatte.

Mr. Hightowers Stimme brachte mich zurück in die Gegenwart. „Hatten Sie nicht gesagt, dass Sie auch gute Neuigkeiten haben?"

„Ja. Mayhew benutzte eine Frau aus dem Ort als Schreibkraft, und die hat eine Abschrift der Manuskriptseiten von *Mord auf dem neunten Grün* angefertigt, die sie aufbewahrt hat. Ich habe sie hier bei mir. "

Mr. Hightowers Stimme wurde munter. „Ausgezeichnet."

„Ich habe versprochen, es Ihnen direkt zu übergeben. Ich kann gleich abreisen und bis heute Abend in London sein."

„Das ist nicht nötig. Ich schicke Leland – Mr. Busby – mit einem Vertrag, den Lady Holt unterschreiben muss."

„Wirklich?"

„Ja, ich hatte heute Nachmittag ein längeres Gespräch mit Lady Holt. Im Veröffentlichungskalender des nächsten Jahres gab es einige Änderungen – eine unerwartete Lücke. Das Buch von Lady Holt wird unserer Liste der kommenden Veröffentlichungen eine gewisse Qualität hinzufügen. Sie müssen sich also nicht beeilen. Geben Sie einfach Leland das Manuskript."

Ich wollte mein Versprechen an Anna nicht brechen. „Es wäre schade, wenn Busby extra hierherkommen müsste. Es ist kein Problem für mich, in die Stadt zu fahren, das Manuskript bei Ihnen abzugeben und dann mit dem Vertrag für Lady Holt zurückzukehren."

„Ich reise bald nach Edinburgh ab. Es ist überhaupt kein Problem. Leland hat sowieso vorgehabt, diese Woche nach Hadsworth zu fahren. Normalerweise fährt er am Freitag nach

Kent, um Golf zu spielen. Das ist besser so. Er kann alle Probleme lösen, die Lady Holt vielleicht mit dem Vertrag hat."

„Ich bin sicher, sie wird viele Fragen und Wünsche haben."

„Sie ist schon so, nicht wahr?"

Ich sah mich in der Diele um, um mich zu vergewissern, dass sie noch leer war. „Lady Holt ist äußerst gründlich."

„Dann bin ich froh, dass ich Leland schicke."

„Ich habe versprochen, Ihnen das Manuskript persönlich zu übergeben. Anna – sie ist die Schreibkraft – schien es ungern aufzugeben, und ich habe ihr versichert, dass ich es Ihnen direkt übergeben würde."

„Lassen Sie sie wissen, dass Sie es meinem Stellvertreter übergeben haben. Ich vertraue Mr. Busby. Feiner Kerl. Hightower Books kann einen Bonus oder ein anderes Zeichen unserer Wertschätzung für ... äh ... wie war der Name?"

„Anna Finch. Ich bin sicher, sie würde das zu schätzen wissen." Wenn Mr. Hightower wollte, dass Mr. Busby das Manuskript entgegennahm, konnte ich ihm nicht widersprechen. Es war seine Firma, und er traf die Entscheidungen. Ich musste Anna nur sagen, dass es Mr. Hightowers Wunsch war. „Anna war auch daran interessiert zu erfahren, ob es bei Hightower Books offene Stellen für Schreibkräfte gibt. Ich wollte das einfach weitergeben, damit Sie es wissen. Sie ist gut in dem, was sie tut."

Zumindest nach dem, was ich bei meinem Besuch gehört hatte, hörte es sich an, als wäre sie eine schnelle Schreibkraft. Ich zupfte die Schnur um die Schachtel, band sie los und hob den Deckel an. Ein kurzer Blick zeigte ein makelloses Blatt Papier mit dem Titel zentriert über dem Namen R. W. May. Die Seiten passten genau in die Schachtel, und ich konnte sie nicht leicht mit einer Hand durchblättern. Ich setzte den Deckel wieder darauf. Ich würde mir das Manuskript ansehen, bevor ich es an Leland weitergab, um mich zu versichern, dass alles in Ordnung war.

„Ich werde ihren Namen an die entsprechende Person weitergeben", sagte Mr. Hightower. „Nun, Miss Belgrave, vielen Dank für Ihre Arbeit!"

Mr. Hightower wollte sich verabschieden, also sagte ich schnell: „Es gibt noch eine Sache, die Sie in Bezug auf Mayhews Tod wissen sollten."

„Und die wäre?"

„Mr. Mayhew war eigentlich eine Frau." Colonel Shaw wollte nicht, dass Mayhews Identität als Veronica May bekanntgegeben wurde, also hielt ich diese Information zurück, doch die Nachricht, dass Mayhew eine Frau war, hatte sich bereits in Blackburn Hall herumgesprochen, was bedeutete, dass bald die ganze Ortschaft davon erfahren würde, wenn es nicht schon so war. Die Stille dehnte sich aus. „Mr. Hightower? Sind Sie noch da?"

„Eine Frau? Was –? Sind Sie sicher?"

„Ich habe die Leiche selbst gesehen. Es war definitiv eine Frau in Männerkleidung."

„Da brat mir doch einer'nen Storch." Er lachte plötzlich. „Kein Wunder, dass Mayhew nicht nach London kommen und zu Abend essen und alle treffen wollte."

„Und es erklärt auch die schreckliche Fotografie", sagte ich. „Sie hat sich verkleidet, damit niemand sie erkennt."

„Was für eine interessante Wendung. Mysteriöse Autorin, die inkognito lebt." Er räusperte sich. „Entschuldigung, ich neige dazu, mich im Geschäft ein wenig mitreißen zu lassen, was im Moment überhaupt nicht im Mittelpunkt stehen sollte. Armer Kerl – oder Mädchen, sollte ich wohl sagen. Arme Frau."

Ich wollte nicht, dass Mr. Hightower weitere Fragen zu Mayhews wirklicher Identität stellte, also lenkte ich das Gespräch zurück auf ihren Tod. „Ja, anscheinend hat ein Erdrutsch sie verschüttet, als sie gestürzt ist und bis zum Sturm diese Woche ihren Körper begraben. Ein Baum ist umgestürzt und hat die Leiche freigelegt."

„Schrecklich. Einfach schrecklich." Ein Seufzer kam aus dem Hörer. „Natürlich bedeutet das das Ende von Mayhews Büchern. Ich denke, wir müssen das Beste daraus machen." Er sprach leise, und ich dachte, er machte sich wahrscheinlich Notizen, während er sprach. *Mord auf dem neunten Grün* in extragroßer Auflage und alle anderen Titel in Sonderausgaben neu aufgelegt. Das wird uns eine Weile über Wasser halten, denke ich." Seine Stimme kehrte zu ihrer normalen Lautstärke zurück. „Tut mir leid. Das ist etwas, über das man ein anderes Mal nachdenken sollte. Vielen Dank für die Informationen, Miss Belgrave! Übergeben Sie das Manuskript an Leland, und beenden Sie dann Ihren Aufenthalt auf Blackburn Hall."

Als ich auflegte, kam Lady Holt die Treppe herunter. „Haben Sie die Neuigkeiten gehört, Miss Belgrave? Mr. Hightower schickt seinen Mitarbeiter von Hightower Books mit einem Vertrag für mein Buch hierher. Ich denke, eine Feier ist angebracht. Vielleicht noch eine kleine Dinnerparty. Ich weiß, es ist nicht ganz richtig, wenn man bedenkt, was mit ... ähm ... dem Bewohner des Cottage passiert ist, doch Mr. Busby wird unser Gast sein. Ich muss ihm etwas Unterhaltung bieten. Sie bleiben doch dafür, nicht wahr?"

„Ja, das wäre schön."

„Ausgezeichnet. Ich möchte, dass Sie sich die letzten Kapitel ansehen, bevor Mr. Busby eintrifft. Ich denke, wir können noch mindestens ein Kapitel vor dem Tee durchgehen."

Ich blätterte die letzte Seite des Etikette-Leitfadens um und legte sie mit der beschriebenen Seite nach unten auf den Stapel. „Und wir sind fertig." Mein Kopf war voll von Informationen über Vorstellungen, Einladungen und Etikette bei den Mahlzeiten, einschließlich der richtigen Art, eine Banane zu essen, wenn eine zum Abendessen serviert wurde – man entferne die Schale, lege sie auf den Dessertteller und schneide sie mit der Kante der Gabel in kleine Stücke.

Zwischen Lady Holts Augenbrauen bildete sich eine Falte. „Vielleicht sollte ich ein Kapitel über weniger bekannte Situationen hinzufügen."

Ich richtete den Stapel aus. „Ich denke, das ist nicht nötig. Sie haben alles ausführlich behandelt, und ich bin sicher, Mr. Hightower wird sehr zufrieden sein." Lady Holt sah nicht überzeugt aus, also sagte ich: „Vielleicht können Sie Mr. Busby einen Blick darauf werfen lassen und ihn dann nach seiner Meinung fragen?"

„Ja, ich denke, das ist der beste Plan."

Ich rückte meinen Stuhl zurück, bevor Lady Holt ihre Meinung ändern konnte. Das tiefe Timbre männlicher Stimmen erklang, dann betrat Zippy den Salon. „Hallo, Mutter. Ich habe ein paar Freunde zum Tee mitgebracht."

Ich blinzelte, als Jasper Rimington mit Monty Park an seiner Seite hinter Zippys breitschultriger Gestalt hereinkam. Monty und Jasper waren nicht gerade enge Freunde, und ich war überrascht, sie zusammen zu sehen. Unter Montys dunklem Haarschopf hatte sein Gesicht etwas, das ich einen Schmollmund genannt hätte, wenn er ein Mädchen gewesen wäre. Er begrüßte alle ohne großes Interesse, während Jasper über Lady Holts Hand verweilte. Dann drehte sich Jasper sich zu mir um, und ich sagte: „Was für eine Überraschung! Du hättest mir sagen sollen, dass du nach Hadsworth kommst."

„Ich wusste es selbst bis heute Morgen nicht. Mir war nach einem Tag auf dem Golfplatz."

„Aha. Und ihr drei habt zusammen gespielt?"

„Ja", sagte er, als wir zu den Sesseln gingen, die um den Kamin herum gruppiert waren. „Eine aufschlussreiche Erfahrung. Ich finde, es gibt keinen besseren Weg, jemanden kennenzulernen, als gemeinsam Sport zu treiben."

Monty schmollte noch mehr. „Ich glaube, du zitierst Mark Twain falsch. Und er hat über das Reisen gesprochen, nicht über Golf."

Jasper lächelte. „Hat er? Du hast wahrscheinlich Recht mit dem Zitat – ich war nie gut darin, Triviales auswendig zu lernen, doch der Kern meiner Aussage stimmt nach wie vor."

Lady Holt schenkte den Tee ein, und ich nahm eine Tasse entgegen. Ich hatte schon Tee mit Anna getrunken, doch gesellschaftliche Konventionen mussten eingehalten werden. Während ich meinen Tee umrührte, wanderte mein Blick zwischen Jasper und Monty hin und her. Jasper sah vollkommen unbeschwert aus, während Monty aussah, als würde er am liebsten auf etwas einschlagen. Lady Holt fragte: „Wie war das Spiel heute?"

Jasper hob seine Teetasse und prostete damit Zippy zu. „Ihr Sohn hat uns alle geschlagen, Lady Holt."

„Das kommt davon, wenn man in der Nähe eines Golfplatzes lebt", sagte Zippy. „Ich kann oft spielen."

Ich musterte Zippy und dachte an die Andeutungen, die ich heute Morgen gehört hatte, dass Zippy Mayhew besucht hatte.

Jetzt, da ich wusste, dass Mayhew eine Frau war, bekam das Gespräch eine ganz neue Bedeutung. Doch Lady Holt hatte anscheinend nicht gewusst, dass Mayhew eine Frau war. Lady Holt war verärgert gewesen, weil sie geglaubt hatte, Zippy besuche das Cottage eines Mannes. Doch hatte Zippy gewusst, dass Mayhew eine Frau war? Vielleicht waren sie verliebt gewesen und hatten sich heimlich getroffen?

Zippy lehnte sich gegen die Armlehne des Sofas, sein sandblondes Haar vom windigen Tag auf dem Platz verweht, nippte an seinem Tee und aß Sandwiches. Er sah sicherlich nicht aus wie jemand, der gerade erfahren hatte, dass eine heimliche Liebe gestorben war. Sonnenverbrannt und entspannt sah er aus wie ein Mann, dessen größte Sorge war, wie schnell er wieder auf den Golfplatz zurückkehren könnte ... also hatte Zippy vielleicht nicht gewusst, dass Mayhew eine Frau gewesen war. Ich dachte zurück und versuchte, mich daran zu erinnern, ob Zippy während der Ballsaison irgendwelche Mädchen ins Visier genommen hatte. Ich konnte mich an keine erinnern. Er war immer sportverrückt gewesen, nicht mädchenverrückt. War Zippy an Mayhew ... interessiert ... gewesen?

Monty rutschte auf seinem Stuhl herum. „Ich sage immer noch, dass mit meinen dreier Eisen etwas nicht in Ordnung sein muss."

Ich nahm ein Sandwich mit Kresse und Gurke. „Wie ist Ihr Golfurlaub, Monty? Haben Sie heute Spaß gehabt?"

„Enttäuschend. Die Greens auf dem Lightway-Platz haben sehr zu wünschen übrig gelassen."

„Tut mir leid, das zu hören", sagte ich. „Haben Sie auch noch woanders gespielt?"

„Ja, Dowly, doch der Platz war schrecklich überfüllt."

„Vielleicht hättest du nicht an einem Samstag gehen sollen", sagte Jasper.

„Das sagt der Mann, der nur zweimal im Jahr Golf spielt." Montys Ton war scharf.

„Ja", sagte Jasper auf seine entspannte Art. „Ich spiele nur ab und zu. Ich kann nicht sagen, dass ich den Sport sehr fesselnd finde – einen kleinen Ball herumzuschlagen und ihn in ein Loch zu stoßen. Ermüdend, wirklich."

Monty setzte laut klirrend seine Teetasse auf die Untertasse. „Dann sind dir die Feinheiten des Spiels komplett entgangen."

„Muss wohl so sein", sagte Jasper im gleichen leicht gelangweilten Tonfall, doch ich kannte ihn gut genug, um zu erkennen, dass sein Ziel war, Monty aufzustacheln. „Obwohl ich sagen muss, dass ich Zippys langen Putt am letzten Loch bewundert habe."

Jasper und Zippy unterhielten sich ungezwungen. Monty aß mechanisch Sandwiches und nahm nicht daran teil. Ich fragte mich, ob jemand Mayhew erwähnen würde, doch Lady Holt behielt die Zügel des Gesprächs fest im Griff und führte uns vom Golf zu gemeinsamen Freunden. Als ich ihr dabei zusah, wie sie die Diskussion orchestrierte, fragte ich mich, wie sie reagieren würde, wenn sie erfuhr, dass Scotland Yard die Ermittlungen zu Mayhews Tod übernehmen würde. Ich war mir sicher, dass sie versuchen würde, den eintreffenden Kriminalkommissar zu dirigieren und sicherzustellen, dass der Vorfall von der Tagesordnung verschwand. Entrüstung brandete durch mich hindurch. Es war nicht richtig, jemandes Tod wegzuwischen – so zu tun, als hätte es ihn nie gegeben.

Das leise Klirren, als Jasper seine Tasse abstellte, während er auf seinem Sessel vorrutschte, brachte mich zurück zum Gespräch. Er sagte: „Ich würde gerne einen Spaziergang durch Ihren wunderschönen Garten machen, Lady Holt."

„Aber natürlich."

Jasper sah mich an. „Möchtest du mich begleiten?"

„Sehr gern."

Schweigend gingen wir den Kiesweg entlang vom Haus weg. Ich inhalierte tief die nach Blumen duftende Luft und war froh, der angespannten Atmosphäre im Salon zu entkommen. Niedrige Buchsbaumhecken zu beiden Seiten des Weges rahmten die mit geometrischer Präzision angelegten Beete. Ich fragte: „Was ist mit Monty los?"

Jasper bog in einen Pfad ein, der vom Hauptweg abzweigte. „Was meinst du?"

„Er scheint verstimmt zu sein."

„Oh das. Er schmollt. Er sieht sich als eine Art sportliches Vorbild auf dem Golfplatz, doch heute hat er furchtbar schlecht gespielt. Auf fast jedem Loch geslicet. Gibt seinen Schlägern die Schuld."

Ich ging auf seine linke Seite, sodass ich im Schatten einer der hohen Hecken ging. „Jeder kann mal einen schlechten Tag haben."

„Du meinst, er benimmt sich nicht die ganze Zeit so?"

„Nein, normalerweise ist er charmant und witzig."

„Hmm ... scheint sich nur für die Damenwelt anzustrengen. Er ist nie charmant oder witzig, wenn es nur um uns geht."

Ich blieb stehen, um eine rosa Teerose in voller Blüte zu riechen. „Ich wusste nicht, dass du und Monty euch gut kennt. Seid ihr zusammen im Golfurlaub?"

„Nein, ich habe ihn und Zippy zufällig getroffen, als ich heute Morgen auf dem Platz angekommen bin, und wir haben uns verabredet, zusammen zu spielen."

„Aber irgendwie habe ich das Gefühl, dass deine Ankunft in Hadsworth nicht ganz zufällig ist."

Jasper verschränkte seine Hände hinter seinem Rücken. „Wie kommst du darauf?" Sein Ton veränderte sich und verlor eine Spur seiner Unbeschwertheit.

„Weil du normalerweise viel zu träge bist, um dich sportlich zu betätigen. Zumindest vor Kurzem. Ich erinnere mich, als du und Peter während eures Urlaubs von Sonnenaufgang bis Sonnenuntergang in Parkview Cricket gespielt habt. Doch Golf passt nicht zu deiner lakonischen Fassade."

„Jeder braucht hin und wieder ein bisschen Bewegung. Ich wollte auch sehen, wie sich dein Auftrag für Mr. Hightower entwickelt." Wir blieben neben einem Nymphenbrunnen stehen. „Ich habe von der Entdeckung von Mayhews Leiche gehört. Traurige Situation."

„Tragisch. Hast du die ganze Geschichte gehört – dass Mayhew eine Frau war, die sich als Mann ausgegeben hat?"

„Oh, das ist das erste, was erzählt wird. Ist schließlich der pikante Teil."

Ich wollte ihm den Grund erzählen, warum Mayhew sich versteckt und sich als Frau verkleidet hatte, doch ich konnte es nicht. Ich hatte Colonel Shaw versprochen zu schweigen. „Als du mit Mr. Hightower gesprochen hast, wie genau hat er sich zur Situation geäußert?"

„Mr. Hightower hat mir nur die nackten Details mitgeteilt. Keine Namen, doch als ich den Namen Mayhew gehört habe –" Er zuckte die Achseln. „Ich wusste, dass du nach Blackburn Hall fahren würdest, um nach einem vermissten Autor zu suchen. Hightower Books veröffentlicht die R. W. May-Romane. Angesichts der Ähnlichkeit der Nachnamen ... habe ich mich gefragt, ob es einen Zusammenhang gibt. Es schien eine logische Schlussfolgerung zu sein."

Der Wind drehte, und der feine Sprühnebel des Springbrunnes wehte über mein Gesicht. Ich wich zurück. „Die gute Nachricht ist, dass Mayhews letztes Buch veröffentlicht wird. Ich habe eine Ausfertigung des Manuskripts für Mr. Hightower gefunden."

Ich drehte mich um, um zu dem Abschnitt des Gartens zurückzugehen, der mit Rosenbüschen in Schattierungen von Aprikose bis Blutrot bepflanzt war. Jasper folgte mir.

„Ausgezeichnet. Ich bin sicher, Mr. Hightower ist sehr zufrieden. Heißt das, dass du nach London zurückkehren wirst?"

„Ich habe vor, noch ein paar Tage zu bleiben."

„Wieso? Du hast in Erfahrung gebracht, was mit Mayhew passiert ist, und das Manuskript gefunden."

Ich strich über die samtigen Blütenblätter einer Rose. „Weil Mayhew tot ist und ich daran interessiert bin, genau herauszufinden, was passiert ist."

„Das ist Sache der Polizei, nicht deine."

„Wenn wir alle diese Haltung einnehmen würden, wäre die Welt ein schrecklicher Ort." Ich ließ die Rose los und ging weiter. „Und Lady Holt drängt darauf, dass Mayhews Tod zu einem Unfall erklärt wird. Sie ist so entschlossen. Ich würde es ihr durchaus zutrauen, dass sie über den Kopf des Verantwortlichen hinweg handelt. Sie gehört zu der Sorte, die Kontakte pflegt und genau weiß, wen sie anrufen muss, damit sich die Ermittler zurückziehen."

„Ich glaube, du überschätzt ihre Macht."

„Dann hast du nicht genug Zeit mit Lady Holt verbracht, um sie zu verstehen." Ich seufzte und dachte an Mayhews Cottage –

behaglich und komfortabel hatte es ausgesehen, als sei jemand für einen Moment nach draußen gegangen und war nie wieder zurückgekommen. „Hier geht mehr vor sich als das, was man an der Oberfläche sieht – da bin ich mir sicher."

Ich ging weiter und beschleunigte mein Tempo. „Es ist nicht richtig, dass Mayhews Tod vertuscht wird, weil er sich negativ auf Blackburn Hall auswirken könnte. Ich kann nicht gehen. *Jemand* muss sich Mayhews Falls annehmen. Außerdem kennst du mich. Ich bin unglaublich neugierig. Ich will die ganze Geschichte wissen."

„Das macht mir mehr Sorgen als alles andere."

„Es ist süß von dir, dass du dir Sorgen um mich machst."

Ich war ein paar Schritte gegangen, als ich bemerkte, dass Jasper stehengeblieben war. Ich drehte mich um. Die Sonne glitzerte auf seinem blonden Haar, und seine Hände waren noch immer hinter seinem Rücken verschränkt, doch sein Gesicht war anders, angespannter, als wollte er etwas sagen und rang darum, die Worte herauszubekommen.

„Was ist?", fragte ich.

Er ließ seine Hände sinken und kam schnell zu mir. Nachdem er sich kurz umgesehen hatte, senkte er die Stimme. „Ich mache mir Sorgen um dich. Sie haben es nicht direkt gesagt, aber sie vermuten, dass Mayhew ermordet wurde, was bedeutet, dass jemand hier ein Mörder ist."

„Genau das will ich herausfinden."

„Und darum mache ich mir Sorgen."

Ärger brandete in mir auf. „Hör auf, mich wie ein Kind zu behandeln. Wir klettern nicht auf Bäume und waten auch nicht in Parkview im Fluss herum. Du musst mich nicht beschützen."

„Ich habe nie behauptet, dass du dich wie ein Kind benimmst."

„Nein, aber du willst mich einschränken. Du würdest mich zurück nach London schicken, wenn du könntest, nicht wahr?"

„Du stürzt dich kopfüber in eine Sache, ohne nachzudenken. Das könnte ... gefährlich sein."

„Also bin ich ungestüm und kurzsichtig?" Weitere Worte sprudelten hervor, doch ich rang sie nieder. „Es gibt so viel, was ich dir jetzt sagen möchte, aber ich behalte es für mich. Ich will es später nicht bereuen – und das ist kaum ungestüm oder kurzsichtig. Ganz im Gegenteil."

Jasper wandte den Blick ab und fuhr sich mit den Fingern durch sein Haar, was das Haar um seine Stirn aufrichtete. *„Ich habe dich zu Hightower geschickt."*

„Und ich musste den Auftrag nicht annehmen, doch ich habe es getan. Das war meine Entscheidung, nicht deine."

Wir starrten uns einen Moment lang an. Wir standen uns auf dem Weg gegenüber wie zwei Kampfhähne. Ich seufzte und ging zu ihm hinüber. „Lass uns nicht streiten. Du bist der Einzige, den ich immer an meiner Seite haben möchte. Es wäre viel einfacher, nach London zurückzukehren, doch ich könnte Mayhew nicht vergessen. Wenn ich einen kleinen Beitrag dazu leisten kann, die Wahrheit über ihren Tod herauszufinden, werde ich es tun. Das kannst du genauso gut akzeptieren. Außerdem muss ich das Manuskript dem Angestellten von Mr. Hightower geben, der morgen vorbeikommt. Lady Holt hat mich gebeten zu bleiben, und ich habe zugestimmt. Waffenstillstand?"

Er blickte über den Garten hinaus, die Augen für ein paar Sekunden zusammengekniffen. „Unter einer Bedingung. Wenn du Sherlock spielen willst, bin ich dein Watson."

Ich hob meinen Kopf. „Du würdest mein Watson sein?"

„Nun, natürlich würde ich Sherlock bevorzugen, doch diese Rolle scheint vergeben zu sein."

„Ich sehe, was du tust. Es ist eine Ausrede, um mich im Auge zu behalten."

„Bin ich wirklich so offensichtlich?"

„Ja. Doch ich habe nichts dagegen, einen Partner zu haben", sagte ich langsam. „Jemanden, mit dem ich über meine Ideen reden kann."

„Na dann." Er streckte mir seinen Arm entgegen.

Ich hakte meine Hand um seinen Ellbogen und wir schlenderten weiter, unsere Schritte langsam und beinahe zaghaft, als wären wir nicht sicher, wie wir und auf diesem neuen Gebiet bewegen sollten. Wir gingen schweigend, und meine Gedanken kehrten zu dem ruhigen kleinen Häuschen und Mayhews einsamer Existenz zurück. „Also ... Partner, wie gut kennst du Zippy?"

„So gut wie man einen Mann kennt, der ein paar Jahre jünger ist als man selbst. Wir haben uns gelegentlich getroffen, aber ich würde nicht sagen, dass wir uns besonders nahestehen."

Wir gingen weiter zu den nächsten Rosen, die blutrot waren. „Würdest du sagen, er ist einer von denen, die ... nun ... Männer Frauen vorziehen?"

Jasper blieb stehen. „Olive, du schockst mich. Junge Damen sollten von solchen Dingen nichts wissen, geschweige denn darüber sprechen."

Ich lachte. „Jasper, ich habe eine klassische Ausbildung genossen."

„Die hast du. Ich fürchte mich zu fragen, warum du das wissen willst."

„Nur eines dieser seltsamen Dinge, die dazu neigen, an mir zu nagen. Ich würde es gerne abhaken."

„Einer der Gründe, warum du bleibst?"

„Du kennst mich zu gut."

„Ich verstehe." Wir gingen weiter. „Nun, in diesem Fall würde ich nein sagen, Zippy ist fest im Lager der Männer, die Frauen bevorzugen."

„Bist du dir sicher?"

„Sagen wir einfach, er ist bekannt dafür, dass er mit mindestens zwei Tänzerinnen aus bestimmten beliebten Shows überaus freundlich ist. Und ich werde nicht weiter ins Detail gehen. Es wäre den beteiligten Damen gegenüber nicht fair."

„Ich brauche keine Namen. Mich interessieren nur seine Neigungen." Wir gingen auf die Eibenallee zu. „Das ist interessant. Ich frage mich, ob seine Mutter das weiß?"

„Seine Neigungen für Tänzerinnen? Ich hoffe doch nicht. So etwas verschweigt ein Mann seiner Mutter."

„Dachte ich mir. Das könnte ein Teil des Problems sein."

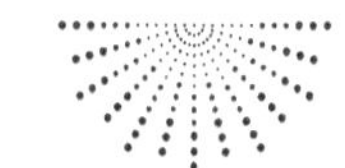

KAPITEL ELF

Das Abendessen war eine ruhige Angelegenheit, nur mit Lord und Lady Holt und mir. Nachdem Jasper und ich von unserem Spaziergang durch den Garten zurückgekehrt waren, waren Jasper und Monty zum Abendessen mit einem gemeinsamen Freund nach Sidlingham, einem Nachbarort gefahren, während Zippy darauf bestand, dass sich seine Kehle kratzig anfühlte. Lady Holt erklärte, es seien die Pollen – sie verursachten immer Allergien bei Zippy.

„Trotzdem, Vorsicht ist besser als Nachsicht", sagte Zippy. „Ich entschuldige mich, für den Fall, dass ich mir etwas eingefangen habe." Als Zippy sich über meiner Hand verneigte, um auf seine beste galante Art Gute Nacht zu sagen, hatte ich bemerkt, dass weder seine Augen noch seine Nase rot waren. Ich hatte ihn auch den ganzen Tag kein einziges Mal schniefen gehört, doch ich wollte ihn nicht bloßstellen. Vielleicht fühlte er sich nicht gut ... oder vielleicht war es seine Art, der dominanten Persönlichkeit seiner Mutter für ein paar Stunden zu entkommen.

Lady Holt war fast überschwänglicher Stimmung und teilte während des Vier-Gänge-Menüs alle ihre Pläne für die Veröffentlichung des Manuskripts mit. Lord Holt trug kaum mehr zu dem Gespräch bei als ein gelegentliches Brummen oder Knurren, das ich als Zustimmung zu Lady Holts Plänen für eine Dinnerparty am folgenden Abend betrachtete. Serena war auch nicht zum Abendessen gekommen und hatte eine Nachricht geschickt, dass sie an einem kritischen Punkt war und nicht aufhören konnte zu arbeiten.

Bevor ich zum Abendessen hinunterging, hatte ich die oberen Stockwerke von Blackburn Hall erkundet und Serenas Arbeitszimmer gefunden. Ich war einem lauten Surren zu einer getäfelten Tür gefolgt, die einen Spalt weit offenstand. Ich hatte meine Hand gehoben, um zu klopfen, doch dann war das Surren abrupt verstummt. Ein dumpfer Schlag ertönte. „Wertloser Schrott." Die Worte gingen zu einem Murmeln mit deutlich wütendem Unterton über.

Ich entschied, dass das nicht der ideale Zeitpunkt war, um mir Serenas Arbeit anzusehen.

Nach dem Essen, als der Kaffee hereingebracht und auf den Tisch im Salon gestellt worden war, wo wir uns bedienen konnten, entschuldigte ich mich und sagte, ich müsse einen Bericht für Mr. Hightower verfassen. Oben in meinem Zimmer schrieb ich eine Zusammenfassung des Etikette-Buches für Mr. Hightower und beschrieb, was meiner Meinung nach seine Stärken waren, einige Stellen, an denen es durch etwas Beschneiden des Inhalts verbessert werden könnte. Ich würde jemanden von Hightower Books mit Lady Holt über dieses Thema sprechen lassen – ich hatte nicht vor, es selbst zu tun.

Ich legte den Bericht beiseite und machte es mir mit dem Manuskriptkarton auf meinem Schoß in einem Sessel bequem. Ich nahm den Deckel ab und blätterte die Titelseite um. Das Buch war „A. F." gewidmet, und die Zeile darunter lautete: *Ohne dich wäre das nicht möglich gewesen.* Ich wandte mich dem ersten Kapitel zu und war nach ein paar Seiten in die Geschichte eingetaucht.

Obwohl die Namen anders waren, war der Schauplatz des Buches eindeutig Hadsworth und dem Rosewood Hills Golfplatz nachempfunden. Das Buch stellte Lady Eileen Dunwood und ihren Chauffeur Nick Fitzhugh vor, das Detektivduo aus dem Kreis der *Bright Young People*, die bereits im ersten Buch der Serie aufgetreten waren, das ich gelesen hatte. In *Mord auf dem neunten Grün* fährt Lady Eileen für einen Golfurlaub aufs Land. Mit Nick als Caddie genießt sie eine Runde Golf, doch dann findet sie auf dem neunten Grün eine Leiche, und sie werden in den Fall verwickelt. Ich kuschelte mich tiefer in den Stuhl und genoss die Geschichte. Jasper hatte Recht – diese Geschichten waren unterhaltsam.

Von der Uhr auf dem Kaminsims ertönte ein Glockenspiel, und ich sah auf. Zwei Uhr am Morgen? Konnte es wirklich so spät sein? Meine Güte, ich war in die Geschichte hineingezogen worden. Obwohl ich herausfinden wollte, warum der Platzwart verschwunden war, markierte ich die Stelle, an der ich war. Etwas an diesem Buch reizte mich – ein interessanter Gedanke, der mir beim Lesen durch den Kopf geschossen war, doch ich war so in die Geschichte vertieft, dass ich nicht innegehalten hatte, um darüber nachzudenken, und jetzt wollte der Gedanke nicht zurückkommen. Jetzt, wo ich aufgehört hatte zu lesen, wurden meine Lider schwer, und ich gähnte. Der unerreichbare Gedanke oder Eindruck oder was auch immer es gewesen war, würde mir wahrscheinlich am Morgen wieder einfallen, wenn ich nicht so erschöpft war. Ich legte das Manuskript in die Schreibtischschublade, kroch ins Bett und schaltete das Licht aus.

Die Vorhänge waren nicht ganz zugezogen, und zwischen den Stoffpaneelen zeigte sich ein Stück Nachthimmel. Ich schlug die Decke zurück und ging, um die Vorhänge zu schließen. Das Sonnenlicht würde mich am Morgen wecken, und ich wollte so viel wie möglich schlafen, da ich gelesen hatte, als ich schon lange im Bett hätte liegen sollen.

Mein Zimmer bot einen Blick auf die Rückseite des Hauses, und ich blieb stehen, um den geometrischen Garten zu bewundern, bevor ich die Vorhänge zuzog. Der Mond zeigte sich zwischen den Wolken und tauchte den Garten in monochromes Licht. Etwas flackerte am Rand meines Sichtfeldes, und ich lenkte meine Aufmerksamkeit vom Garten auf die Schwärze, die das Gelände von Blackburn Hall einschloss. Einen Moment lang schnitt ein goldener Strahl durch die Dunkelheit, dann war er verschwunden. Ein weiterer kurzer Blitz, ein gelber Streifen, erhellte den Weg, der neben dem Fluss von Blackburn Hall zum East Bank Cottage führte, dann war es wieder dunkel. Ich packte den Stoff der Vorhänge mit beiden Händen und beobachtete den Weg, ließ meinen Blick über den dunklen Abschnitt neben dem Fluss hin und her schweifen, doch das Licht kehrte nicht zurück.

Ich schloss die Vorhänge und kroch zurück ins Bett. Warum sollte jemand um zwei Uhr morgens auf dem Weg sein? Für einen nächtlichen Spaziergang war es mehr als zu spät. Und warum nicht die ganze Zeit die Taschenlampe benutzen? Es war auf jeden Fall dunkel genug, um sie in einer bewölkten Nacht mit nur gelegentlichen Streifen Mondlicht zu brauchen.

Ich drehte mich auf die Seite und rollte mich zusammen. Ich musste sofort eingeschlafen sein, denn ich erwachte in derselben Position und wusste instinktiv, dass mich etwas geweckt hatte. Ich griff nach meiner Armbanduhr auf dem Nachttisch und hob sie hoch, damit ich das mit Radium bemalte Zifferblatt sehen konnte. Drei Uhr morgens.

Im Korridor knarrte der Dielenboden, dann hörte ich ein leises Pfeifen durch meine Tür. Das Pfeifen wurde lauter und verstummte dann. Ich kletterte aus dem Bett, schlich zur Tür und öffnete sie ein paar Zentimeter weit. Ein Stück den Flur hinunter öffnete sich eine Tür, und das Licht in einem Raum wurde eingeschaltet, was einen hellen Balken über den Flur warf, der Zippys sandblondes Haar erhellte und einen monströsen Schatten seiner sperrigen Gestalt über den Flurteppich warf. Er betrat sein Zimmer und pfiff die letzten Takte von *Ain't We Got Fun*. Die Tür fiel ins Schloss, und der Flur wurde wieder dunkel.

Am nächsten Morgen holte mich mein Schlafmangel ein. Ich war die Letzte, die im Frühstücksraum ankam. Ich füllte meinen Teller und nahm Zippy gegenüber Platz. „Wie war dein Abend? Lange Nacht?"

„Nein. Ich bin früh zu Bett gegangen, und fühle mich heute viel besser."

„Freut mich, das zu hören. Apropos hören, habt ihr ein Gespenst hier?"

Zippy hielt inne, den Löffel über der Marmelade. „Ein Gespenst?"

„Hat Blackburn Hall eines, meine ich? Spukt es hier?" Zippy begann, die Marmelade verteilen. „Nein, nichts so Romantisches. Mutter würde das niemals ertragen."

„Das ist seltsam. Ich dachte, ich hätte letzte Nacht Pfeifen gehört."

Zippy konzentrierte sich darauf, die Marmelade auf den Rand seines Toasts zu verteilen. „Ich habe – äh – noch nie gehört, dass so etwas hier passiert wäre."

„Dann muss ich es wohl geträumt haben."

Lady Holt segelte herein. „Oh, Sie sind endlich heruntergekommen, Miss Belgrave." Ich öffnete meinen Mund, um mich zu entschuldigen, doch Lady Holt fuhr fort: „Wir sind heute Abend bereit für eine kleine Dinnerparty zu Ehren von Mr. Busby. Dr. Finch und Anna, der Colonel und seine Frau Victoria sowie der nette junge Mann, den Zippy gestern mitgebracht hat, Mr. Rimington, werden kommen. Ich habe auch den anderen jungen Mann eingeladen, Mr. Park, nicht wahr? Aber er reist heute ab."

„Ich werde auch nicht da sein." Zippy aß die Hälfte seines Toasts in einem Bissen. „Ich treffe einen Freund in Sidlingham."

Lady Holt runzelte die Stirn. „Warum hast du das nicht früher gesagt? Ich hätte alles für morgen Abend arrangieren können. Wer hat dich zum Essen eingeladen?"

„Oh, es ist kein Abendessen." Zippy steckte sich den Rest seines Toasts in den Mund.

Lady Holts Stirn glättete sich. „Oh gut. Dann kannst du mit uns zu Abend essen und danach gehen." Lady Holt hielt inne, wiederholte die Namen, während sie sie an ihren Fingern abzählte, und fügte dann hinzu: „Und Don und Emily werden auch hier sein."

Zippy sah meinen verwirrten Blick. Als er seinen Stuhl zurückschob, sagte er: „Der Anwalt und seine Frau."

„Oh, das erinnert mich –" Ich legte das Besteck auf meinen Teller und sah auf meine Armbanduhr, dann drehte ich mich auf dem Stuhl um. „Bower, könnten Sie den Morris vorfahren lassen?"

„Selbstverständlich."

„Ein bisschen herumfahren?", fragte Zippy.

„Nur in den Ort. Ich möchte den Anwalt während seiner verkürzten Sprechzeiten besuchen. Ich habe es gestern versucht, doch da war ich zu spät." Den Morris zu nehmen, würde mir ein bisschen Zeit sparen, und ich sollte es schaffen, bevor er wieder ging. Für den Fall, dass Lady Holt mich davon abhalten wollte, fügte ich hinzu: „Auf Bitte von Mr. Hightower." Lady Holt sagte: „Don wird heute nicht in seinem Büro sein. Emily hat versprochen, ihn den ganzen Tag zu Hause zu behalten, damit er sich für heute Abend ausruhen kann."

„Oh." Ich war schon auf dem Weg durch den Raum. Ich blieb stehen. „Nun, ich nehme an, dann kann ich heute Abend beim Abendessen mit ihm plaudern." Es wäre nicht ideal, doch da ich ihn nicht herbeizaubern konnte, sollte ich heute Abend die Gelegenheit nutzen und dann mit ihm sprechen. Ich musste nur dafür sorgen, dass Lady Holt nicht in der Nähe war. Es war ein Zeichen schrecklicher Manieren, Geschäfte mit einem gesellschaftlichen Anlass zu vermischen.

Ein paar Minuten später wäre ich beinahe mit Bower zusammengestoßen, als ich das Frühstückszimmer verließ. Ich hatte nicht bemerkt, dass er den Raum schon früher verlassen hatte, doch Bower neigte dazu, so lautlos wie ein Gespenst dahinzutreiben. „Pardon, Miss Belgrave."

„Es ist meine Schuld –" Ich brach ab und bemerkte den Mann mit dem hellbraunen Haar und dem dünnen Schnurrbart, der hinter Bower stand. „Inspector Longly. Ich habe mich gefragt, ob Sie das sind."

„Miss Belgrave."

Ich erinnerte mich gerade noch rechtzeitig daran, meine rechte Hand nicht auszustrecken. Longlys rechter Ärmel war leer und an seine Jacke geheftet – eine Kriegsverletzung. Wir schüttelten uns die linken Hände, was sich unangenehm anfühlte. Es musste schwierig für ihn sein, da die einfache soziale Interaktion des Händeschüttelns auf seine Verletzung aufmerksam machte. Longly sagte: „Ich habe Ihren Namen in den Aussagen gelesen und mich gefragt, wie lange es dauern würde, bis ich auf Sie stoße. Ich hätte wissen müssen, dass Sie im Mittelpunkt stehen."

Mein Mitgefühl schmolz bei der Spur von Überdruss in seinem Ton. „Ich bin nur zufällig hier, Inspector."

Longly neigte seinen Kopf von einer Seite zur anderen und widersprach. „Mehr als das, denke ich. Ich würde sagen peripher beteiligt. Ich muss Sie daran erinnern, Scotland Yard freut sich immer über Theorien, Miss Belgrave. Bitte sorgen Sie nur dafür, dass es diesmal Theorien bleiben, ja? Nehmen Sie die Angelegenheiten nicht wieder selbst in die Hand."

Ich errötete. Die Dreistigkeit dieses Mannes, mir im Grunde zu sagen, ich solle mich um meine eigenen Angelegenheiten kümmern, obwohl er den Fall auf Archly Manor nur abgeschlossen hatte, weil *ich* die Ermittlungen vorangetrieben hatte. Bevor ich antworten konnte, sagte Longly zu Bower: „Keine Sorge wegen Miss Shires. Wenn Miss Belgrave mir einen Moment ihrer Zeit schenkt, werde ich zuerst mit ihr sprechen."

Er hatte seinen Satz als Frage betont, doch das war nur eine Formalität. „Natürlich habe ich Zeit, mit Ihnen zu sprechen, Inspector Longly", sagte ich.

Bower sagte: „Sehr gut. Lady Holt meinte, Sie können den kleinen Salon benutzen." Bower begleitete uns in einen Raum, in dem ich noch nie gewesen war. Er war auf der Westseite des Hauses und am Morgen düster. Eine aufwändige, altmodische Tapete mit Vögeln und Blumen zierte die Wände, während bunt zusammengewürfelte Möbel verschiedener Stile den Raum füllten. Bower schaltete mehrere Lampen ein.

Longly sah sich in dem Raum um, in dem es keinen Schreibtisch gab. Seine Lippen zuckten kurz zu einer Seite, offensichtlich nicht glücklich mit Lady Holt. Ich war mir sicher, dass die Wahl des Vernehmungszimmers beabsichtigt war – eine subtile Botschaft an Longly, dass er auf Blackburn Hall nicht willkommen war. Longly hob einen Hepplewhite-Stuhl hoch und stellte ihn vor den kalten Kamin. Er bedeutete mir, mich auf das Sofa zu setzen. „Bitte nehmen Sie Platz", sagte er und setzte sich auf den Stuhl.

Als ich in das Sofa sank und die Arme vor der Brust verschränkte, überlegte ich, Bower zu bitten, ein Feuer anzuzünden. Obwohl es Sommer war, war es im dunklen Zimmer kühl. Doch das würde die Zeit, die ich mit Longly verbringen musste, nur in die Länge ziehen, und das wollte ich nicht. Ich war lieber bereit, ein bisschen zu zittern, um schnell wieder hier raus zu sein.

Longly hatte den Stuhl so positioniert, dass ein Beistelltisch zu seiner Linken stand. Er legte sein Notizbuch und seinen Stift auf den Tisch und ein Folio auf seinen Schoß. „Lassen Sie uns damit beginnen, was Sie nach Blackburn Hall führt. Sie arbeiten jetzt für Hightower Books?"

Ich hatte vergessen, wie gründlich Longly war. Seine Fragen führten von meinem Treffen mit Mr. Hightower bis zur Entdeckung von Mayhews wahrer Identität. Ich wand mich ein wenig, als ich beschrieb, wie ich Mayhews Cottage betreten hatte, doch Longly schien es gelassen aufzunehmen, notierte, was ich beschrieb, stellte aber keine weiteren Fragen dazu. Er war mehr an der Entdeckung von Mayhews Leiche interessiert. Als ich Serenas Erscheinen auf dem Weg vor mir beschrieb, waren meine Zehen und Finger kalt.

Ich hielt nichts zurück, außer Mr. Hightowers wahrem Grund, Mayhews Verschwinden geheim halten zu wollen. Wenn Mr. Hightower mitteilen wollte, dass seine Firma auf wackeligen Füßen stand, war das seine Sache. Ich rutschte ein Stück und zog mich in die Ecke des Sofas zurück, um warm zu bleiben. „Haben Sie feststellen können, ob Mayhews Tod ein Unfall war?"

„Das kann ich nicht kommentieren. Die Ergebnisse der Obduktion sind der Öffentlichkeit nicht zugänglich."

Seine Zurückhaltung ließ mich glauben, dass er Mayhews Tod für verdächtig hielt. „Lady Holt wird nicht erfreut sein."

Er stellte Blickkontakt her, ohne den Kopf zu heben, der über sein Notizbuch gebeugt war. „Warum sagen Sie das?"

„Lady Holt wollte, dass der Inspector von Hadsworth es für einen Unfall erklärt und die ganze Sache vergisst."

„Dann wird Lady Holt eben unglücklich sein."

Ein paar Sekunden verstrichen, in denen Longlys Bleistift über das Papier kratzte. Ich stemmte meine Hände in die Kissen und bereitete mich darauf vor, aufzustehen. „Möchten Sie, dass Bower Serena herschickt?"

„Ja. Und wenn Sie sich an etwas anderes Relevantes erinnern, ich bin in der *Crown* in Hadsworth abgestiegen. Noch etwas, Miss Belgrave." Er konzentrierte sich auf seine Notizen, als er fragte: „Ihre Cousine, hat sie vor, hierherzukommen?"

„Violett? Nein, sie ist derzeit in Frankreich."

„Nein – ich meine Ihre andere Cousine, Gwen – äh – Miss Stone." War das Röte, die über Longlys Wangenknochen kroch?

Longly schien auf Archly Manor von Gwen angetan gewesen zu sein, doch da Gwen ihn nicht noch einmal erwähnt hatte, hatte ich angenommen, dass sein kurzes Interesse verpufft war ... doch dem schien nicht so zu sein. „Oh, Gwen. Sie ist auch in Frankreich. Tante Caroline dachte, ein Urlaub würde ihnen allen guttun."

„Ja, ich bin sicher, das ist so."

„Also nein, Gwen hat nicht vor, Blackburn Hall zu besuchen", sagte ich. „Wenn ich das nächste Mal mit ihr spreche, sage ich ihr, dass Sie nach ihr gefragt haben."

„Tun Sie das nicht." Langsam strich ein Finger über eine Seite seines Kragens. „Ich meine, keine Notwendigkeit. Machen Sie sich nicht die Mühe."

„Gut. Ich werde es nicht erwähnen", sagte ich.

Longly wirkte traurig und erleichtert zugleich. Ich drehte mich zur Tür um und Longly sagte: „Eine letzte Sache."

Ich hielt inne, meine Hand am Türknauf. „Das haben Sie schon einmal gesagt."

Longly räusperte sich. „Ja. Richtig. Nun, das ist *wirklich* meine letzte Frage. Wo haben Sie die Umschläge hingelegt?"

„Umschläge?"

„Kommen Sie, Miss Belgrave", sagte er, und seine Stimme kehrte zu ihrem normalen selbstbewussten Ton zurück. Er tippte auf das Folio. „Sie haben die Umschläge in Ihrer Aussage gegen-über Colonel Shaw erwähnt. Sie sind hier als Vertreter von High-tower Books. Es wäre nur sinnvoll, wenn Sie das gesamte schriftliche Material von Mayhew zusammentragen, das Sie finden können, um es Mr. Hightower zu geben. Ich bin jedoch überrascht, dass Sie so nachlässig wären, es in Ihrer Aussage zu erwähnen und zu glauben, dass es übersehen würde."

„Die Umschläge im East Bank Cottage?"

„Ja. Sie haben angegeben, dass Sie sie gesehen haben."

„Das habe ich. Sie lagen auf dem Teppich bei der Eingangstür. Ich habe sie dort gelassen."

„Ich komme gerade vom East Bank Cottage, und sie sind weg. Ich verstehe, dass Sie sie für Mr. Hightower holen möchten, doch ein Fenster einzuschlagen geht ein bisschen weit, finden Sie nicht?"

Ärger durchfuhr mich. Mir war nicht mehr kalt. „Ich würde nie ein Fenster einschlagen. Ich habe den Schlüssel auf dem Fensterrahmen benutzt, als ich nach Mayhew gesucht habe, und ihn zurückgelegt, als ich gegangen bin. Das steht auch so in meiner Aussage. Wenn ich noch einmal in die Hütte wollte, warum sollte ich ein Fenster einschlagen? Ich hätte einfach noch einmal den Schlüssel verwendet."

„Also – fürs Protokoll – Sie haben die Umschläge nicht?"

„Nein. Sind sie wichtig?", fragte ich, während meine Gedanken kreisten. Anna hatte gesagt, Mayhew habe ihr eine Nachricht geschickt, bevor sie abgereist war. Ich konnte mich nicht an ihre genauen Worte erinnern, doch ich dachte, sie hätte gesagt, sie solle das nächste Buch weitertippen. Und Anna hatte an der Schreibmaschine gesessen, als ich bei ihr angekommen war ... dieser große Stapel Seiten neben ihrer Schreibmaschine. Sicherlich war er zu groß, um das Protokoll eines der Treffen zu sein, die sie gelegentlich für das Foaueninstitut tippte?

Sie war nervös gewesen, als ich ihr erzählt hatte, dass Mayhew tot war. Es sicher beunruhigend zu erfahren, dass ein Mann, für den man arbeitete, einige Tage zuvor gestorben war – und dass der Mann eine Frau war. Wenn Mayhew ihr mehrere Kapitel geschickt hatte und sie sie abgetippt und wieder abgegeben hatte, während sie sie fertigstellte, würde das den Stapel von Umschlägen in der Hütte ebenso erklären wie ihre nervöse Reaktion auf die Nachricht, dass Mayhew tot war.

Langley antwortete und zog mich zurück in die Gegenwart. „Keine Ahnung."

„Wenn Sie nicht wissen, ob die Umschläge wichtig sind, warum beschuldigen Sie mich dann, sie genommen zu haben?"

„Um Ihre Reaktion zu sehen. Machen Sie sich keine Sorgen.

Sie haben mit Bravour bestanden, und ich bin überzeugt, dass Sie sie nicht haben. Die Umschläge sind sowieso ein Nebenthema."

„Warum machen Sie sich dann Sorgen darum?"

„Ungeklärte Punkte, Miss Belgrave. Ich mag so etwas nicht. Meiner Erfahrung nach können die zurückkommen und sich als ausgesprochen unerfreulich erweisen."

KAPITEL ZWÖLF

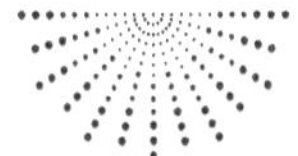

Als ich Longly verließ, fing Bower mich ab und sagte, Lady Holt wolle mich sehen. Ich folgte ihm in den Tagessalon, wo Lady Holt an einem runden Tisch saß und Papierstapel auf der polierten Holzoberfläche vor sich ausgebreitet hatte.

„Oh gut. Miss Belgrave, ich hätte gerne Ihren Rat." Bower zog sich zurück, als sie auf den Stuhl neben sich deutete. „Ich habe entschieden, dass der Etikette-Leitfaden zu kurz ist. Er würde von der Aufnahme von mindestens drei weiteren Kapiteln profitieren. Ich würde gerne Ihre Meinung dazu hören, welcher dieser Artikel, die ich geschrieben habe, am besten geeignet wäre."

„Aber Ihr Buch ist gründlich, so, wie es ist."

„Es wird der maßgebliche Leitfaden für angemessenes Verhalten sein. Ich muss auf jedes mögliche Thema eingehen. Was halten Sie von diesem über Etikette für Kinder?"

Lady Holt ließ sich nicht davon abbringen. Ihrer Meinung nach brauchte das Buch mindestens drei weitere Kapitel, und sie würde noch drei weitere Kapitel finden, die sie aufnehmen könnte. Ich setzte mich und nahm den Artikel, den sie mir entgegenhielt.

Sie beschäftigte mich mit der Diskussion positiver und negativer Aspekte der Aufnahme verschiedener Kapitel. Wir machten eine kurze Pause zum Mittagessen, dann machten wir uns wieder an die Arbeit. Es war nach drei Uhr, als Lady Holt mit der Auswahl der neuen Kapitel, ihrem Inhalt und der Anordnung der Kapitel innerhalb des Manuskripts zufrieden war. Ich flüchtete nach dem Tee mit der Ankündigung, ich wolle mich bis zum Abendessen ausruhen, und ging in mein Zimmer.

Während ich mit Lady Holt gearbeitet hatte, war ein Teil meiner Gedanken bei Longlys Fragen zu den Umschlägen aus Mayhews Cottage gewesen. Mir schien, dass es zwei wahrscheinliche Kandidaten gab, die die Umschläge an sich genommen haben könnten – Zippy und Anna. Warum Zippy sie haben wollen könnte, konnte ich mir nicht vorstellen. Hätte er wissen können, dass Mayhew Krimis schrieb? Es schien unwahrscheinlich, doch ich wusste nicht, warum er das East Bank Cottage so oft besucht hatte, dass Lady Holt darauf aufmerksam geworden war.

Und er war letzte Nacht auf dem Weg herumgeschlichen, der vom Cottage zu Blackburn Hall führte. Ich hatte nicht mehr als Zippys Rücken gesehen, als er gestern Nacht sein Zimmer betreten hatte, und er hätte die Umschläge bei sich haben können. Anna schien jedoch eine viel wahrscheinlichere Kandidatin zu sein, und ich hätte sie gerne danach gefragt, doch es war zu kurz vor dem Abendessen, um ins Dorf zu gehen.

Ich hatte etwas Zeit, bevor ich mich anziehen musste. Von Bower erfuhr ich, dass Zippy noch auf dem Golfplatz war. Ich warf einen Blick auf die Uhr, als ich wieder nach oben ging. Zippy war spät dran. Lady Holt würde nicht glücklich sein, wenn er zu spät zum Abendessen kam.

An der Tür zu meinem Zimmer blieb ich stehen. Das Haus war in der Zeit vor dem Abendessen und ausgesprochen ruhig. Keine Diener eilten die Flure entlang, Zippy und Lord Holt waren draußen, und Serena und Lady Holt waren in anderen Teilen des Hauses beschäftigt. Wenn ich einen kurzen Blick in Zippys Zimmer werfen würde, würde ich dann die Umschläge sehen? Ich rang ein paar Sekunden mit meinem Gewissen, dann ließ ich meine Neugier die Stimme der Vernunft in meinem Kopf übertönen.

Ich schlich den Flur entlang zu Zippys Zimmer. Die Tür war nicht abgeschlossen, also trat ich ein. Leise schloss ich die Tür hinter mir und stand mit dem Rücken dazu, meine Hand immer noch auf der Klinke, als wäre ich nicht ganz im Raum, wenn ich nicht losließ. Kein Stapel weggeworfener Umschläge lag offen auf dem Schreibtisch oder einem Stuhl. Zu dumm. Es war der Höhepunkt schlechter Manieren – und vollkommen unangemessen – in Zippys Zimmer zu sein, doch da ich schon einmal da war, konnte ich es auch genauso gut zu Ende bringen.

Ich ließ die Türklinke los und schlich durch das Zimmer, spähte unter das Bett und – nach einem tiefen Atemzug, um meine Nerven zu beruhigen – in den Kleiderschrank und die Kommodenschubladen. Auf dem Schreibtisch lagen nur unbeschriebenes Papier, mehrere Bleistifte und ein paar Programme von Londoner Theaterstücken. Ich schleppte einen Stuhl zum Kleiderschrank, stellte mich auf Zehenspitzen und tastete darauf herum, doch auch da war nichts, nicht einmal ein Staubkorn. Ich musste die Haushaltsstandards von Lady Holt bewundern und stellte den Stuhl vorsichtig wieder zurück, sodass seine Beine genau in den Einbuchtungen ruhten, die sie im Teppich hinterlassen hatten. Ich ging zurück zur Tür und spähte hinaus in den Flur. Er war leer, also rannte ich in mein Zimmer und schloss mit pochendem Herzen die Tür.

Ich atmete tief durch. Ich war mir nicht sicher, ob es Zeitverschwendung gewesen war oder nicht. Nachdem er ein ganzes Haus zur Verfügung hatte, hätte Zippy die Umschläge überall versteckt haben können. Sein Zimmer war wohl der unwahrscheinlichste Ort dafür, doch ich wusste jetzt, dass sie nicht dort waren. Ich hatte noch Zeit, bevor ich mich für das Abendessen umziehen musste, doch ich wollte nicht wieder nach unten gehen, falls Lady Holt mich noch einmal für die Arbeit am Manuskript abkommandieren sollte.

Der Gedanke an Lady Holts Manuskript ließ mich an Mayhews letztes Buch denken. Ich hatte es noch nicht zu Ende gelesen und hatte nur wenig Zeit, es zu tun, bevor Mr. Busby eintraf. Ich musste es ihm dann übergeben, und ich wollte wirklich wissen, wer der Täter war.

Ich war voller nervöser Energie und war mir nicht sicher, ob ich mich hinsetzen und lesen konnte, doch innerhalb weniger Augenblicke war ich in die Geschichte vertieft. Ich bewegte mich nicht vom Fleck, bis ich das Wort *Ende* gelesen hatte. Das Ende des Buchs war rundherum befriedigend, einschließlich der Erklärung des Verbrechens, der Festnahme des Schuldigen und dem Hinweis, dass Lady Eileen mehr als nur freundschaftliche Gefühle für ihren Chauffeur hegte.

Doch ein Stapel – ein dicker Stapel – Manuskriptseiten blieb nach der Seite, auf der *Ende* getippt war, übrig. Vielleicht hatte das Buch einen langen Epilog? Ich konnte mich nicht an einen Epilog in Mayhews anderem Buch erinnern, doch schließlich musste sie nicht in jedem Buch dasselbe tun.

Der nächste Abschnitt war kein Epilog. Er trug die Überschrift *Kapitel Dreißig*, doch ich hatte gerade Kapitel Dreißig gelesen. Ich erkannte die Anfangszeilen. Es war dasselbe Kapitel, doch die Seite war mit Kritzeleien und Anmerkungen in zwei verschiedenen Handschriften bedeckt. Eine war schwungvoll und verschnörkelt. Die andere war eckiger, und die Buchstaben standen dichter beieinander. Anna musste dem endgültigen Manuskript versehentlich einen Abschnitt eines früheren Entwurfs hinzugefügt haben.

Ich überflog die handschriftlichen Notizen. Es war ein faszinierender Einblick, wie das Kapitel geschrieben worden war. Mit wem hatte Mayhew zusammengearbeitet, um das Kapitel von seiner groben Frühform zu seiner endgültigen polierten Prosa zu bringen? Mr. Hightower konnte es nicht gewesen sein. Er konnte es kaum erwarten, das Manuskript zu bekommen und es zu lesen.

Als ich die handschriftlichen Notizen überflog, tauchte nach ein paar Seiten ein Muster auf. Die Person mit der eckigeren Schrift, die schwerer zu lesen war, neigte dazu, in ganzen Sätzen zu schreiben und Fragen zu stellen. Irgendwann stand in einer Notiz: *Ist es zu früh, zu enthüllen, dass die Pfeife nur ein Ablenkungsmanöver war?*

Die Person mit der geschwungenen Handschrift beantwortete die Fragen mit kurzen Sätzen oder Halbsätzen, wie zum Beispiel *„Das ist gut"*, oder *„blaue Augen, nicht braun"*.

Ich blätterte zur letzten Seite des Entwurfs. Unter der letzten Zeile des getippten Textes hatte die Person mit der eckigen Schrift eine kurze Notiz hinterlassen.

. . .

Das nächste Buch entwickelt sich gut. Ich lasse Lady Eileen eine Reise nach Südfrankreich machen, um Zeit auf der Yacht eines Freundes zu verbringen, wo jemand über Bord gestoßen wird (natürlich!). Was denken Sie? Wird Hightower diese Idee gefallen? Ich habe die ersten drei Kapitel geschrieben.

Die Antwort war in der geschwungenen Handschrift geschrieben.

Gut gemacht, Anna. Hightower wird mit der Geschichte zufrieden sein. Alles passt wirklich gut zusammen. Tippen Sie nur eine saubere Version ab, und ich schicke es los. Was das nächste Buch angeht, klingt ein Krimi, der auf einer Yacht spielt, perfekt. Ich bin sicher, Hightower wird es gefallen. Ich werde es in meinem nächsten Brief an ihn erwähnen.

Ich ließ die Seiten in meinen Schoß fallen und presste meine Finger an meine Schläfen. Anna war so viel mehr als eine Schreibkraft. Sie war Mayhews Ghostwriterin.

KAPITEL DREIZEHN

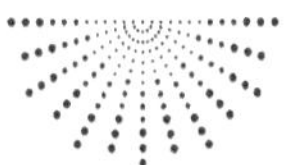

Das dumpfe Dröhnen des Ankleidegangs hallte durch die Luft, und ich sprang vom Stuhl auf und zerstreute Manuskriptseiten über den Teppich. Ich war so in die Geschichte und dann in das Lesen der handschriftlichen Notizen im Entwurf vertieft gewesen, dass ich nicht bemerkt hatte, wie viel Zeit vergangen war. Ich sammelte die Manuskriptseiten ein und legte sie in die Schachtel zurück, doch ich hielt die Entwurfsseiten getrennt.

Mr. Busby war wahrscheinlich gekommen, während ich das Manuskript gelesen hatte. Es war zu spät, es ihm vor dem Abendessen zu bringen, und es wäre nicht angebracht gewesen, es ihm im Salon zu übergeben. Ich musste es ihm entweder nach dem Abendessen oder morgen geben.

Ich rieb mir die Stirn. Was sollte ich mit den Entwurfsseiten mit den handschriftlichen Notizen machen? Sollte ich sie Anna zurückbringen oder sie Longly geben? Wenn Mayhews Tod verdächtig war, gab die Tatsache, dass sie Mayhews Ghostwriterin war, Anna einen Grund, ihren Tod zu wollen?

Ein Klopfen ertönte an der Tür, und das Dienstmädchen Janet kam herein, um mir beim Ankleiden zu helfen. Ich schob die Entwurfsseiten in die Schublade des Schreibtisches unter den Manuskriptkarton und drehte mich um, um Janet mitzuteilen, welches Kleid ich an diesem Abend tragen wollte.

Ich war froh, dass ich mein bestes Kleid noch nicht getragen hatte. Es machte mir die Wahl, was ich anziehen sollte, einfach, und ich konnte über das nachdenken, was ich über Anna und Mayhew erfahren hatte, während ich mich auf das Abendessen vorbereitete. Janet redete nicht viel und ihre Zurückhaltung erlaubte mir, nachzudenken, während ich mich umzog. Das königsblaue Seidenkleid, ein weiteres von Gwens abgelegten Kleidern, das sie mir überlassen hatte, flüsterte über meine Schultern und fiel mit einem Rascheln um meine Beine. Die Perlen, die den Zickzacksaum zierten, zitterten, wenn ich mich bewegte.

Ich war jetzt zuversichtlich, dass meine Vermutung, dass Anna die Umschläge genommen hatte, genau richtig war. Ich würde sie von allen anderen weglotsen und heute Abend mit ihr sprechen. Janet reichte mir Mutters Perlenschnur. Ich legte sie mir um den Hals, zog meine Handschuhe bis über meine Ellbogen hoch und ging hinunter zum Abendessen.

Ich betrat den Salon und Jasper kam zu mir herüber, einen Drink in der Hand. „Du siehst umwerfend aus."

„Danke. Und du siehst adrett aus wie immer." Ich erkannte das blassgelbe Getränk nicht. „Was ist das?"

„Ein Gebräu von Zippy. Er nennt es *Drei Uhr morgens.*"

„*Darüber* sollte er alles wissen." Jasper runzelte die Stirn. „Was meinst du?"

„Zippy hat sich nicht gut gefühlt, und er hat gestern Abend das Abendessen verpasst, doch ich habe gesehen, wie er um drei Uhr morgens vollständig angezogen in sein Zimmer zurückgekehrt ist." Wenn ich Recht hatte und Anna die Umschläge aus dem Cottage genommen hatte, woher war Zippy dann um diese Zeit gekommen?

Jasper nippte an seinem Drink. „Und was hast du um diese Stunde wach gemacht?"

„Ich war nicht wach. Zippys Pfeifen hat mich aufgeweckt. Ich hatte gelesen, aber nicht so lange." Ich kostete meinen Drink. „Das ist ganz gut – süß mit einem Hauch Zitrone."

„Also hat dir die reißerische Detektivgeschichte, die ich dir gegeben habe, gefallen?"

„Ich bin noch nicht zu dem Buch gekommen, das du mir gegeben hast. Aber das Genre ist ansprechend."

„Ich bin fasziniert. Hast du Mayhews letztes Manuskript durchgesehen?"

„Das sollte ich wirklich nicht sagen."

„Also hast du. Wie ergeht es Lady Eileen? Und hat dieser Nick den Mut aufgebracht, die sozialen Barrieren zu überwinden und ihr einen Antrag zu machen?"

„Das musst du schon selbst lesen. Was hältst du von Mayhews Büchern?"

„Ich mag sie. Immer eine gute Geschichte. Die ersten Bücher waren für meinen Geschmack etwas ernst, doch sie haben sich im Laufe der Reihe erheblich aufgehellt. Ich bevorzuge einen Hauch von Humor bei meinem Mord."

Seine Worte fielen auf fruchtbaren Boden. Ich stieß mit meinem Glas an seins. „Meine Rede."

Jasper trat zurück. „Schön, dass du zustimmst, nachdem du eine solche Kennerin bist."

Ich warf ihm meinen missbilligenden Blick zu, den ich bei jungen Männern verwendete, die versuchten, sich mir gegenüber in Taxis schlecht zu benehmen. „Du musst nicht so zusammenzucken. Ich habe bessere Manieren, als mein Getränk auf deine Abendkleidung zu schütten. Aber du hast mich an etwas erinnert." Jasper hatte beschrieben, was mir an dem Unterschied zwischen Mayhews erstem Buch und dem neuesten Manuskript aufgefallen war – der Tonfall.

Mord auf dem neunten Grün war wild und lustig, während das erste Buch eine düsterere Grundstimmung hatte. Aus den handschriftlichen Notizen auf den Entwurfsseiten wusste ich, dass Anna *Mord auf dem neunten Grün* geschrieben hatte. Es hatte definitiv einen helleren Ton. Jasper hatte bemerkt, dass die neueren Bücher einen ähnlichen Ton hatten. Bedeutete das, dass Anna mehrere Bücher für Mayhew geschrieben hatte?

Ich suchte das Zimmer nach Anna ab, doch sie und Dr. Finch waren noch nicht da. Ich wollte mit ihr sprechen, bevor ich Jasper erzählte, was ich über Anna und Mayhews Bücher erfahren hatte.

Lady Holt gesellte sich zu uns. „Olive, lassen Sie mich Ihnen unsere Gäste vorstellen." Jasper prostete mir zu und ging los, um sich mit Zippy zu unterhalten, während ich Lady Holt folgte. Sie blieb neben Colonel Shaw stehen. Eine rundliche Frau mit einer gefiederten Spange im blassen braunen Haar stand neben seinem Ellbogen und fächelte sich Luft zu. Ihr Kleid war blassrosa, derselbe Farbton wie ihre geröteten Wangen. Sie schloss den Fächer, als Lady Holt mit der Vorstellung begann. „Colonel und Mrs. Shaw, das ist Olive Belgrave, einer unserer Gäste von Hightower Books."

„Freut mich, Sie kennenzulernen", sagte ich zu Mrs. Shaw und wartete, bis Colonel Shaw erwähnte, dass ich ihn bereits kennengelernt hatte, doch er lächelte nur und sagte: „Ist mir ein Vergnügen." Ich war erleichtert, dass ich Lady Holt nicht erklären musste, warum ich den Chief Constable bereits kannte.

Mrs. Shaw öffnete ihren Fächer. „Was tun Sie für den Verlag, Miss Belgrave?"

„Ja, was genau tun Sie?" Die zweite Frage kam von einer tieferen Stimme an meiner Schulter.

Lady Holt und ich traten beide zurück, und Leland Busby trat in unseren Kreis. Ich hatte ihn in Mr. Hightowers Büro gesehen, doch jetzt, als er näher war, war mir klar, dass er nicht so jung war, wie ich angenommen hatte. Sein dunkles Haar, das ihm in die Stirn fiel, hatte ein paar graue Strähnen an den Schläfen, und ein paar Fältchen fächerten sich um seine Augenwinkel. Er nahm eine Zigarette von den Lippen. Ein Lächeln umspielte seinen Mundwinkel, als sein Blick im Kreis herumwanderte. Er war nur wenige Zentimeter größer als ich und hatte eine schlanke Statur, die mich an einen Jockey erinnerte. Er beugte seinen Arm zur Seite, und der Zigarettenrauch rollte über seinen Rücken, während er seine Stimme senkte. „Miss Belgrave ist eine so neue Mitarbeiterin, dass selbst ich sie noch nicht kennengelernt habe."

Lady Holts Augenbrauen schossen in die Höhe. „Das kann doch nicht sein."

Er zog an der Zigarette. „Doch, so ist es, Milady", sagte Mr. Busby und sah mich an, als wollte er sagen, *und jetzt rede du dich aus dieser Sache heraus*. Er atmete aus, und ich trat zurück.

Ärger brodelte in mir, doch ich lächelte Mr. Busby an. Wenn er glaubte, ich würde mich nach ein paar herausfordernden

Worten davonschleichen, irrte er sich. „Schön, Sie kennenzulernen, Mr. Busby." Ich benutzte die Stimme, die meine Cousine
Gwen die „*Gutsherrinnen*"-Stimme nennen würde.

Mr. Busby war offensichtlich nicht erfreut, dass Mr. Hightower mich eingestellt und nach Blackburn Hall geschickt hatte.
Ob Mr. Busby aufgebracht war, weil die Entscheidung ohne sein
Mitwirken getroffen worden war, oder ob er der Meinung war,
dass Mr. Hightower ihn nach Blackburn Hall hätte schicken
sollen, ich hatte keine Ahnung, doch ich wollte mich nicht auf
dieselbe Stufe mit seinem kindischen Verhalten stellen.

Ich wandte meine Aufmerksamkeit Lady Holt zu. „Mr. Hightower hat mich extra zu Hightower Books geholt, um mit Ihnen
zu arbeiten, Lady Holt. Er hatte das Gefühl, dass die Situation
eine gewisse besondere Note brauchte, nicht" – ich warf Mr.
Busby einen Blick zu – „die übliche Standardabwicklung."

Lady Holt nickte und sah zufrieden aus. „Sehr passend, eine
Lady zu schicken, um mit mir zu sprechen."

Mr. Busby entschuldigte sich, um sich einen frischen Drink zu
holen, und ließ eine Rauchwolke in der Luft hängen. Als er sich
abwandte, murmelte er leise, sodass nur ich ihn hören konnte:
„Runde eins geht an dich."

Neben mir wedelte Mrs. Shaw ihren Fächer so schnell hin
und her, dass er verschwamm und den Rauch zerstreute. Haar-
strähnen flatterten um ihr rosa Gesicht.

„Geht es Ihnen gut?", fragte ich.

Mrs. Shaw schüttelte den Kopf, holte schwer Luft und
tätschelte Colonel Shaw den Arm. „Rodney, mein – Zigaretten."
Ihre Worte kamen keuchend heraus.

„Oje", sagte Lady Holt. „Victoria, hast du wieder einen deiner
Anfälle?"

Mrs. Shaw nickte und fächelte schneller. „Asthma?",
fragte ich.

„Ja." Colonel Shaw klopfte auf seine Taschen. „Ich habe deine
Zigaretten nicht", sagte er zu seiner Frau. „Muss das Etui in
meiner anderen Jacke gelassen haben."

Lady Holt sagte: „Ich schicke jemanden. Dein Haus ist nicht
weit. Es wird nicht lange dauern, Victoria. Dr. Finch sollte auch
jeden Moment hier sein. Musst du dich setzen?"

„Asthma-Zigaretten?" Ich dachte an die Packung, die Essie mir aufgedrängt hatte. Hatte ich sie aus meiner Handtasche genommen? Nein, das glaubte ich nicht. Und ich hatte diese Tasche mit nach Blackburn Hall genommen. „Ich denke, ich habe welche. Oben in meinem Zimmer."

Colonel Shaw, der Mrs. Shaw am Arm genommen hatte, half ihr, Platz zu nehmen. „Wir haben gleich etwas für dich, Liebes."

Lady Holt bedeutete mir, mit Bower zu sprechen, der einem Lakaien zunickte. Ich sagte zu dem Diener: „In meiner Handtasche. Sie liegt auf der Kommode in meinem Zimmer." Ich wandte mich wieder Mrs. Shaw zu. „Eine Freundin hat sie mir geschenkt. Ich habe auch Asthma."

Mrs. Shaw rang nach Luft. „Nicht, wenn Sie sie brauchen."

„Oh nein. Ich brauche sie nicht. Ich meine, ich habe immer noch gelegentlich Anfälle, aber ich rauche keine Zigaretten. Meine Freundin wusste es nicht und bestand darauf, dass ich sie nehme."

Colonel Shaw, der in seinen Taschen gesucht hatte, hörte mit dem hektischen Tätscheln und Graben auf. „Warte. Hier ist eine." Er zog eine einzelne Zigarette aus seiner Brusttasche und reichte sie Mrs. Shaw. „Sie muss aus dem Etui gerutscht sein, und mein Kammerdiener hat sie übersehen", sagte er zu mir.

Jasper war durch den Raum zu uns gekommen und öffnete ein Feuerzeug für Mrs. Shaw. Sie zog an der Zigarette, inhalierte die Dämpfe, wartete einen Moment, und als sie den Rauch ausblies, entspannten sich ihre Schultern. Sie holte angestrengt Luft. „Das ist besser."

„Gleich wird es ihr besser gehen", verkündete Colonel Shaw.

„Es ist so peinlich", sagte Mrs. Shaw zwischen zwei Zügen an der Zigarette. „Es tut mir leid, dir deinen schönen Abend zu verderben, Maria."

„Unsinn", sagte Lady Holt. „Nichts ist verdorben. Der Abend hat noch nicht einmal angefangen. Ruh dich einfach ein wenig aus, bis du dich besser fühlst."

Der Diener kam mit der Packung Asthmazigaretten zurück und reichte sie mir. Ich bot sie Mrs. Shaw an, doch sie winkte ab. „Danke, doch mir geht es schon wieder gut. Ich finde, eine Zigarette reicht." Ihre Atmung war viel leichter, und sie sah nicht mehr so gerötet aus.

Ich legte die Packung auf das Spitzendeckchen auf dem Tisch hinter dem Sofa. „Ich lasse sie hier für Sie, falls Sie Ihre Meinung ändern."

„Das ist sehr aufmerksam von Ihnen. Danke!"

„Wir lassen dich einen Moment ruhen, Victoria", sagte Lady Holt und zog mich weg. „Ich glaube, sonst kennen Sie alle außer unserem Anwalt. Er und seine Frau sind während Mrs. Shaws Anfall angekommen." Lady Holt führte mich zu einem älteren Mann mit kräftigem Körperbau, ergrautem Haar und wächserner Hautfarbe. Eine Frau stand etwas hinter ihm. Sie war mindestens zwei Jahrzehnte jünger und hatte rabenschwarzes Haar und leuchtendgrüne Augen. Sie blickte dem Mann mehrmals ins Gesicht, als Lady Holt und ich den Raum durchquerten, um uns zu ihnen zu gesellen.

Lady Holt sagte: „Don und Emily, lasst mich euch Miss Olive Belgrave vorstellen. Miss Belgrave, das sind Mr. Donald Pearce und seine Frau Emily. Wir haben uns sehr gefreut, als sie vor kurzem nach Hadsworth gezogen sind ..."

Lady Holt plapperte weiter, doch ich hörte nur den Namen Donald Pearce. Er hallte in meinem Kopf wider. *Donald Pearce.* Könnte es derselbe Donald Pearce sein? Wie viele Anwälte namens Donald Pearce konnte es geben?

Ein Ansturm kalter Taubheit und dann heißer Wut überkam mich, genau wie vor einem Jahr.

Lady Holts Stimme war in den Hintergrund gerückt, und ich war wieder in Vaters Arbeitszimmer, immer noch fassungslos von der Neuigkeit, dass er seine Krankenschwester geheiratet hatte, als mir klar wurde, dass auch etwas anderes nicht stimmte. Papa hatte ausweichend reagiert, als ich davon gesprochen hatte, an die Universität in Amerika zurückzukehren, um meine Ausbildung fortzusetzen, doch als ich erwähnte, dass ich mich über die Kosten für die Rückreise nach Amerika informiert hatte, hatte ich den bedeutungsvollen Blick gesehen, den Sonia Vater zugeworfen hatte.

Wie ein kleiner Junge, der ins Büro des Schulleiters gerufen wurde, hatte er mich in sein Arbeitszimmer geführt und die Tür geschlossen. Die Bücherregale reichten vom Boden bis zur Decke, die goldgeprägten Buchrücken glänzten selbst im trüben Zwielicht. Ich saß auf der Stuhllehne am Feuer, wo ich viele Nachmittage mit Lesen verbracht hatte, während Vater an seinem Schreibtisch arbeitete.

Er setzte sich schwerfällig auf den Stuhl hinter seinem Schreibtisch, nahm dann seine Brille ab und rieb sich die Augen. „Es tut mir leid, Olive. Es gibt keinen schonenden Weg, das zu sagen, also komme ich gleich auf den Punkt. Ich habe einige schlechte Ratschläge befolgt. Ich weiß das jetzt, doch damals schien es völlig unbedenklich zu sein. Pearce versicherte mir, dass jeder, der investiert hatte, das Doppelte, manchmal das Dreifache seines Geldes zurückbekommen hatte. Doch das ist nicht passiert." Sorgfältig richtete er die Bügel seiner Brille.

„Was sagst du – dass du bankrott bist?" Ich warf einen Blick auf die Bücherregale und hoffte, dass er keines seiner seltenen Bücher verkaufen musste. Es würde ihm das Herz brechen.

„Nein, Gott sei Dank. Ich habe den wesentlichen Teil meiner Erbschaft nicht eingesetzt. Das wäre ... schrecklich gewesen. Nein, es ist nicht so schlimm, aber es ist – ich fürchte, dein Trust ist dahin. Völlig ausgelöscht."

KAPITEL VIERZEHN

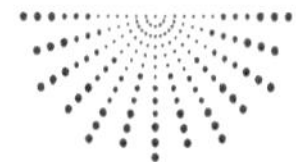

*L*ady Holts Stimme brachte mich zurück in den Salon. „… froh, dass du dich von deinem Sturz erholt hast, Don. Oh, entschuldige mich. Ich muss mit Serena sprechen."

Ich streckte eine Hand aus, um mein Gleichgewicht zu halten, und drückte meine freie Hand gegen eine Stuhllehne. „Mr. Pearce, ehemals von Mercer, Blackthorne und Thompkins?", fragte ich.

Die Breite vonPearce' Lächeln nahm sichtlich ab. Neben ihm ertönte ein Zischen, als seine Frau scharf Luft holte. Pearce fragte: „Kennen wir uns?"

„Nein, doch das liegt nicht an mir. Sie kennen meinen Vater, Cecil Belgrave." Mein Ton war ruhig, aber meine Brust hob und senkte sich schnell, und mein Herz klopfte. „Sie haben ihm einen ganz erbärmlichen finanziellen Rat gegeben."

Mrs.Pearce' Hände flatterten zu ihrem Haar und dann zu ihrem Perlenhalsband. Mr.Pearce' Lächeln wurde steif. „Ich nehme an, Sie meinen den Hartman-Vorfall. Schade, das. Ich habe selbst ziemlich viel Geld damit verloren. Ihrer Familie mein Mitgefühl. Sehr bedauerlich das."

Pearce sah mir über die Schulter. „Emily ist am Verdursten. Wir müssen uns Cocktails holen. Es war mir eine Freude, Sie kennenzulernen." Er zog sich eilig zurück, seine Frau folgte ihm.

Er drehte sich zu ihr um, und seine Schritte wurden langsamer. Als sie ihn einholte, legte er seine Hand an ihren Rücken und schob sie mit einem kleinen Stoß vorwärts.

Jasper erschien vor mir. „Du siehst aus, als könntest du einen frischen Drink gebrauchen." Er nahm mir mein Cocktailglas aus der Hand und ersetzte es durch ein anderes.

Die Kühle des Glases war angenehm gegen meine heiße Handfläche. „Dieser Mann ist ein Scharlatan. Ich kann nicht fassen, dass er sich in der Gesellschaft bewegt, als wäre nichts passiert. Er hat Vater überzeugt, meinen gesamten Trust in ein zwielichtiges Geschäft zu investieren."

„Ah, deshalb siehst du also aus wie die Illustration aus einem meiner Schulbücher, *rächende Wut*, Abbildung Nummer fünf."

Ich trank den neuen Cocktail. Er hatte eine säuerliche Note, und ich rümpfte die Nase. Auf der anderen Seite des Raums sagte Pearce etwas zu Dr. Finch, und alle in der Gruppe lachten.

„Vorsicht, du wirst noch die Möbel versengen, wenn du ihn weiterhin so finster anstarrst", sagte Jasper.

„Ich habe nach ihm gesucht – Pearce, meine ich", sagte ich. „Nachdem Vater mir gesagt hat, dass mein Trust futsch war. Ich wollte mit Mr. Pearce sprechen, doch er war verschwunden. Ich weiß, dass er seine Firma in Ungnade verlassen hat. Niemand hat das direkt gesagt, aber ich habe Gerüchte gehört, dass Pearce für jede Investition, die er für Hartmans lächerliche „Unternehmung" besorgt hat, Schmiergeld bekommen hat. Nichts wurde jemals bewiesen, doch die Tatsache, dass er aus der Stadt verschwunden ist und sich in einem Dorf versteckt, spricht dafür."

Jasper berührte meinen Handrücken, wo ich noch immer den Stuhl festhielt. „Tut mir leid, altes Mädchen."

Ich hatte beim Reden aufPearce' Hinterkopf gestarrt, doch jetzt sah ich Jasper an. Das Mitgefühl seines Blicks löschte einen Teil der Wut, die mich durchströmte. Ich drehte meine Hand unter seine und drückte seine Finger kurz, dann ließ ich meine Hand sinken und straffte die Schultern. „Wenn Pearce glaubt, ich werde es auf sich beruhen lassen, irrt er sich leider."

„Was wirst du tun?"

„Ich würde ihm gerne den Hals umdrehen." Ich setzte meinen Drink an und trank ihn aus. „Doch das wäre undamenhaft."

„Extrem undamenhaft. Ich bin sicher, Lady Holt hat ein Kapitel dazu in ihrem Etikette-Leitfaden." Er warf einen Blick auf das leere Glas in meiner Hand. „Möchtest du noch einen? Ich bringe dir noch einen, aber dann ist Schluss."

„Ja, ich könnte noch einen gebrauchen. Ich denke, es wird ein langer Abend. Ich muss meine Rache an Mr. Pearce planen. Es ist unfassbar, dass er ungeschoren davongekommen ist."

Jasper nahm mein Glas. „Bis jetzt. Ich bin sicher, du wirst dafür sorgen, dass er bekommt, was er verdient."

Als Jasper mit meinem Glas ging, verließ Anna die Seite ihres Vaters und gesellte sich zu mir. „Guten Abend, Olive. Ich bin so froh, dass du hier bist." Sie sah sich im Zimmer um und sah mich dann wieder an. „Ich muss dich etwas fragen."

Ich starrte sie an, meine Gedanken waren so von der Begegnung mit Pearce erfüllt, dass alles andere ausgeblendet war. Worüber hatte ich mit ihr reden wollen? Oh ja. Die Manuskript-Entwurfsseiten. Ich riss meine Gedanken von Pearce los und konzentrierte mich auf Anna. „Ich wollte auch mit dir sprechen."

Jasper kam an, sagte: „Entschuldigt, Ladys", und gab mir mein frisches Getränk. „Ich kann sehen, dass ihr einen guten Klatsch genießt, also werde ich mich nicht einmischen."

Anna beobachtete Jasper, als er durch den Raum ging. Mrs. Shaw sagte etwas zu ihm, und er setzte sich neben sie. Anna drehte sich wieder zu mir um. „Es geht um meinen Vater." Sie zog mich ein paar Schritte weg zu zwei Stühlen in einer anderen Ecke des Zimmers. „Mayhews Obduktionsergebnisse sind zurück."

„Ich wusste nicht, dass dein Vater eine gemacht hat."

Anna schüttelte den Kopf. „Hat er nicht, doch der Rechtsmediziner ist ein Freund. Er ist heute Nachmittag vorbeigekommen, um Papa zu besuchen." Ihr Blick wanderte zu Dr. Finch, der auf der anderen Seite des Zimmers stand. „Sie waren im Garten, und ich war im Salon, doch ihre Stimmen sind durch die offenen Fenster hereingeweht. Als ich hörte ... nun, ich konnte nicht gehen, als mir klar wurde, worüber sie sprachen." Sie spielte mit der perlenbesetzten Klammer, die ihr kastanienbraunes Haar zurückhielt. „Und dann kam der Kriminalkommissar – oh, es ist alles so kompliziert. Ich weiß nicht, was ich tun soll. Ich habe gehört, was auf Archly Manor passiert ist und wie du bewiesen hast, dass deine Verwandte nicht in diesen – äh – Vorfall verwickelt war." Ihre kalten Finger klammerten sich um mein Handgelenk. „Du musst dasselbe für Papa tun. Wenn das herauskommt – wenn es Gerüchte gibt – wird es ihn vernichten. Sein Ruf –" Sie ließ mein Handgelenk los und presste einen Moment lang ihre Finger auf ihre Lippen, während sie darum kämpfte, ihre Gefühle zu kontrollieren. „Der Ruf eines Arztes ist alles. Das musst du verstehen. Er hat Mayhew nicht getötet. Ich weiß, dass er es nicht getan hat."

Ich verschluckte mich an meinem Drink. „Inspector Longly hat ihn beschuldigt, Mayhew getötet zu haben?"

„Nein, nicht so direkt. Es waren alles Anspielungen und Fragen und subtile Vorwürfe." Ihr Blick wanderte durch den Raum. „Bitte erwähne das niemandem gegenüber."

„Das werde ich nicht, versprochen."

„Es ist einfach so belastend. Papa schlägt sich heute Abend wacker, doch seit Inspector Longly gegangen ist, läuft er zutiefst verstört herum.

Longly musste einige neue Informationen haben, die ihn dazu veranlasst hatten, Dr. Finch auf diese Weise zu befragen. „Was waren die Ergebnisse der Obduktion?"

„Nichts Eindeutiges. Es gab einen Schlag auf den Kopf, doch der Rechtsmediziner konnte nicht definitiv sagen, wann es passiert ist. Es könnte vor Mayhews Sturz oder währenddessen passiert sein. Das Flussufer ist felsig. Da sie aber ein Foulspiel nicht ausschließen können, macht es den Tod verdächtig. Du verstehst das, nicht wahr?"

„Ja, Inspector Longly wird die Ermittlungen fortsetzen müssen. Doch was hat das alles mit deinem Vater zu tun?"

„Sie haben in Mayhews Cottage ein handgeschriebenes Testament gefunden. Papa ist der einzige Erbe."

„Oh du meine Güte."

„Ich wusste, du würdest es verstehen." Ihr Blick wanderte wieder zu Dr. Finch, dann wieder zu mir, als sie noch leiser weitersprach. „Aber egal, was Inspector Longly andeutet, selbst wenn Papa gewusst hätte, dass er der Begünstigte war – was er nicht wusste – würde er *nie* etwas tun, um jemanden zu verletzen. Es widerspricht allem, wofür er steht – seiner ganzen Natur."

„Wusste dein Vater von dem Testament?"

„Nein." Ihr kurzes Haar strich über ihre Wangen, als sie den Kopf schüttelte. „Ich bin sicher, er hat es nicht gewusst. Papa war so schockiert, dass er einige Augenblicke nicht sprechen konnte."

„Ich frage mich, warum Mayhew deinen Vater zu ihrem Nutznießer gemacht hat."

„Longly hat einen Teil des Testaments vorgelesen. Mayhew war dankbar, dass Papa seine – ich meine, ihre – wahre Identität geheim gehalten hatte."

„Das Testament war handschriftlich, hast du gesagt?" Ich blickte quer durch den Raum. Mr. und Mrs. Pearce unterhielten sich mit Lord und Lady Holt. „Warum hat Mayhew Mr. Pearce das Testament nicht verfassen lassen?"

Anna bewegte sich so, dass sie mit dem Rücken zum Zimmer stand. „Unter uns, ich glaube nicht, dass Mr. Pearce wirklich so … vertrauenswürdig ist. Vielleicht hatte Mayhew kein vollkommenes Vertrauen in Mr. Pearce. Es gab ein paar Gerüchte über Mr. Pearce – dass er die Stadt in Ungnade verlassen und hierher fliehen musste. Ich hasse es, ohne jede Grundlage schlecht über jemanden zu sprechen, aber das wird über ihn getuschelt."

„Du musst dich nicht bei mir entschuldigen. Ich habe das gleiche Gefühl bei ihm."

„Hast du?"

„Ja, aber davon erzähle ich dir später." Mayhew hatte also darauf vertraut, dass Pearce ihre Manuskripte an Hightower Books schickte, doch nicht, ihr Testament zu verfassen.

„Aber du siehst, in welche Situation das Papa bringt, nicht wahr?" Anna trank einen Schluck von ihrem Cocktail. „Das ist eine schreckliche Situation. Wie beweist man ein Negativ? Es gibt keine Möglichkeit zu zeigen, dass Papa nichts von dem Testament wusste."

„Dann denke ich, das Beste für deinen Vater ist, zu beweisen, dass er nicht da war, als Mayhew gestorben ist. Hat die Obduktion einen Todeszeitpunkt ergeben?"

„Nichts Spezifisches – vor fünf bis sieben Tagen."

„Aber wir wissen, dass Serena Mayhew gesehen hat … mal sehen … sie sagte, es sei Mittwochmorgen gewesen. Sie hat sie auf dem Weg gesehen, nur ein Stück von der Stelle entfernt, an der ihre Leiche gefunden wurde." Und die Diener hatten gesagt, Mayhew sei nicht im Dorf gesehen worden. „Mayhew muss gestorben sein, kurz nachdem Serena sie gesehen hat. Dieser Zeitpunkt stimmt mit der Schätzung des Todeszeitpunkts überein. Ich wette, Longly wird seine Aufmerksamkeit auf Mittwochmorgen lenken. Ich würde sagen, dein Vater sollte dokumentieren, wo er an diesem Morgen war."

„Ich denke, das ist die beste Vorgehensweise. Und es sollte möglich sein … denke ich." Sie starrte einen Moment lang in ihr leeres Glas, ihr Blick unfokussiert. „Ja, er musste zum Birchwick-Hof raus, und ich habe ihn gefahren. Mrs. Birchwick war in den Wehen. Wir waren den ganzen Morgen weg. Der Hof liegt ein gutes Stück entfernt." Annas Kopf fuhr hoch. „Tut mir leid. Ich war furchtbar unhöflich. Worüber wolltest du mit mir reden?"

Ich hatte hin und her überlegt, ob ich die zusätzlichen Manuskriptseiten erwähnen sollte oder nicht. Annas Rolle als Ghostwriterin war offensichtlich ein Geheimnis. Selbst Mr. Hightower wusste nichts davon, denn er hätte sich sicherlich auf die Suche nach Anna gemacht, wenn er gewusst hätte, dass sie existierte. Doch jetzt, nach der Nachricht, dass die Obduktion wenig aufschlussreich und Dr. Finch der Begünstigte von Mayhews Testament war, konnte ich Annas Tätigkeit nicht ignorieren. Ich sah keinen Weg, sanft zu diesem Thema überzugehen, also entschied ich mich für den unkomplizierten Ansatz. „Wie lange schreibst du schon Bücher für Mayhew?"

Anna streckte die Hand aus, um ihr Glas abzustellen. Es klapperte auf den Tisch. „Was?" Sie hielt das Glas fest. „Ich – weiß nicht – was du meinst."

„Anna, du hast mir mehrere Seiten eines Manuskriptentwurfs zusammen mit dem fertigen Manuskript gegeben. Der Entwurf war mit Notizen von dir und Mayhew versehen. In deinen Notizen hast du sogar das nächste Buch angesprochen. Das über Lady Eileen, die ihre Freundin auf der Yacht besucht."

Ihre blasse Haut wurde blasser, und ihre Sommersprossen traten hervor. Anna lehnte sich gegen die Armlehne eines Stuhls. „Ich kann nicht fassen, dass ich so dumm war." Sie ballte eine Hand zur Faust. „Aber ich hatte es so eilig."

Ich setzte mich neben sie. „Du warst Mayhews Ghostwriter." Ich formulierte es als Aussage, nicht als Frage.

Anna nickte, dann sah sie sich um und schien sich daran zu erinnern, dass wir uns in einem Raum voller Menschen befanden.

„Niemand hört zu", sagte ich. „War *Mord auf dem neunten Grün* das erste Buch, das du für sie geschrieben hast?"

Sie holte tief Luft und entspannte ihre Hand. „Das Zweite."

„Du meine Güte. Wie ist es dazu gekommen?"

„Ich habe als Schreibkraft für ihn angefangen. Ich nehme an, er hatte gehört – ich meine ‚sie'. Ich habe Mayhew so lange als Mann gekannt, dass es schwer ist, meinen Kopf auf das andere Pronomen umzustellen." Sie drehte sich so, dass sie mir direkt gegenübersaß. „Ich nehme an, Mayhew hatte irgendwie gehört, dass ich tippe. Eines Tages ... mal sehen ... das ist ungefähr zwei Jahre her. Ich erhielt eine Nachricht von – ähm – sie fragte, ob ich ihr fertiges Manuskript tippen würde. Ich sagte, natürlich würde ich das tun. Ich war froh, die Arbeit zu haben. Sie schickte mir die handgeschriebenen Kapitel, und ich tippte sie ab. Zuerst schickte sie alle paar Tage ein Kapitel, aber dann wurde der Abstand zwischen den Kapiteln immer länger. Schließlich schickte sie eine Nachricht, in der stand, dass sie nicht weiterkam und sie mehr Material schicken würde, wenn sie es hatte."

Anna strich nervös über die Perlen ihrer Haarspange. „Ich hatte eine Idee, die funktionieren könnte. Ich hatte die Geschichte abgetippt. Ich kannte die Figuren und die Szene, in der Mayhew feststeckte. Ich habe ihr eine Nachricht mit einem Vorschlag geschickt. Sie mochte ihn und benutzte ihn. Dann hat sie mir das nächste Kapitel geschickt."

Anna schloss ihre Finger in ihrem Schoß zu einer festen Faust. „Danach haben wir Notizen hin und her geschickt, in denen wir diskutiert haben, was passieren würde. Dann kam sie mit der Geschichte an eine weitere schwierige Stelle. Sie sagte in einer ihrer Notizen, dass ich es versuchen sollte. Ich wusste nicht, ob sie es ernst meinte oder nicht, doch ich beschloss, es zu tun. Ich tippte die Szene und schickte sie an sie. Mayhew schickte sie zurück und sagte, sie sei wunderbar. Von da an wuchs meine Beteiligung allmählich, bis ich die Geschichten schrieb und sie sie redigierte. Mayhew hatte Lady Eileen ziemlich satt."

„Nach nur wenigen Büchern?"

Anna zuckte die Achseln. „Ich weiß nicht warum. Ich denke, Mayhew wollte eine andere Geschichte schreiben, die kein Krimi war, doch Hightower Books war daran nicht interessiert." Die Spannung in Annas Schultern ließ nach, und sie lehnte sich zurück. „Oh, du weißt nicht, wie gut es sich anfühlt, darüber zu sprechen. Es war schrecklich, alles für mich zu behalten." Ihr Gesicht wurde ernst. „Natürlich macht es eine komplizierte Situation nur noch schlimmer. Wenn Longly wüsste ...“

„Dann hätten sowohl du als auch dein Vater ein Motiv, Mayhew loswerden zu wollen."

Ihr Blick flog zu meinem Gesicht. „Was meinst du?"

„Du bist die Einzige in Hadsworth, die wusste, dass Mayhew der Autor R.W. May war. Was, wenn du sie getötet hättest, damit du die Serie weiterschreiben kannst?"

„Aber wie könnte ich die Serie fortsetzen?" Ihre Augen weiteten sich, und sie schüttelte den Kopf. „Ich habe keine Kontakte zu Hightower Books."

„Mit dem System, das Mayhew zum Versenden der Manuskripte über Pearce eingerichtet hatte, brauchtest du niemanden bei Hightower Books zu kennen. Was hält dich davon ab, die Bücher zu schreiben und sie dann über Pearce zu verschicken? Niemand bei Hightower Books würde wissen, dass die Manuskripte nicht wirklich von Mayhew kommen."

Anna zog sich von mir zurück, als hätte ich eine ansteckende Krankheit. „Aber das ist absurd. Aber das ist – ich würde nie –“ Sie schluckte, dann holte sie unsicher Luft. „Ich wusste ja nicht einmal, dass Mayhew tot ist."

Sie war so aufgeregt, dass ich ihr die Hand tätschelte. „Ich sage nur, was Inspector Longly denken könnte." Ich sprach nüchtern, als ich sagte: „Du wusstest, dass Mayhew die Manuskripte an Hightower Books geschickt hat, nicht wahr?" Ich fuhr im gleichen ruhigen Ton fort. „Als wir uns das letzte Mal beim Abendessen unterhalten haben, hast du gesagt, du hättest dem Anwalt von Mayhew etwas hinterlassen, dann aber gezögert, als du darauf eingehen wolltest, was du Mr. Pearce gegeben hattest. Es war ein Manuskript, nicht wahr?"

Annas Wangen wurden rot. „Deshalb bin ich schrecklich beim Kartenspielen. Ich kann nicht bluffen. Ja, Mayhew hat mich das vorherige Manuskript bringen lassen. Die Deadline war schon verstrichen. Sie hat mir eine Notiz geschrieben und mich gebeten, das letzte Kapitel abzutippen, dann alles zusammenzupacken und es bei Mr. Pearce abzugeben. Mayhews Notiz besagte, dass Pearce dafür sorgen würde, dass es zu Hightower Books gelangte. Ich fand es ein bisschen seltsam, doch Mayhew war ein komischer Vogel, also habe ich mir nicht viel dabei gedacht." Ihre Worte wurden schneller, und sie beugte sich vor. „Ich hatte nichts mit Mayhews Tod zu tun."

„Natürlich nicht", sagte ich, aber in Wirklichkeit hatte ich keine Ahnung, ob dem so war oder nicht. Ich konnte verstehen, warum Longly mit Dr. Finch gesprochen hatte. Ein Großteil von Mayhews Leben hatte Überschneidungen mit dem des Arztes und seiner Tochter. Doch man konnte nicht einfach einer Bekannten so etwas sagen. Glücklicherweise hatte ich jahrelange Übung darin, meine Miene zu kontrollieren, um meine wahren Gefühle nicht zu zeigen. Meistens hatte ich diese Fähigkeit benutzt, um Langeweile zu verbergen, wenn ein alter Kauz beim Abendessen über die Jagd oder militärische Heldentaten von vor langer Zeit redete. Ich hatte es selten benutzt, um zu verhindern, dass man mir meine Fragen zu einem Mord ansah. Anna sah so besorgt aus, dass ich das Thema ein wenig verlagerte. „Was genau steht in der Nachricht, die Mayhew dir geschickt hat?"

Angesichts meines interessierten Plaudertons nahm Anna eine entspanntere Haltung ein, hielt sich aber dennoch von mir fern, als ob sie sich nicht sicher war, ob sie mir vertraute. „Welche Nachricht?"

„Die, in der sie sagte, dass sie Hadsworth verlässt."

„Da stand, dass sie gehen und mit dem nächsten Buch weitermachen würde, sobald sie zurückkommt."

„War sie handschriftlich?"

„Nein, getippt."

„War das normal? Hat Mayhew dir ihre Nachrichten getippt?"

„Nein. Sie waren in der Regel am Ende der Manuskriptentwürfe." Sie schluckte. „Ach, ich verstehe. Du sagst, das sind weitere Beweise, die verwendet werden könnten, um zu zeigen, dass Mayhew ermordet wurde. Eine getippte Nachricht anstelle einer handschriftlichen. Das ist gut, nicht wahr? Es zeigt, dass jemand anderes es so aussehen lassen wollte, als würde Mayhew zurückkommen."

Bower kündigte das Abendessen an und unterbrach uns. „Gut möglich", sagte ich, als Anna und ich aufstanden. „Lass uns nach dem Abendessen reden. Hast du die Nachricht noch?"

„Ich gehe davon aus. Normalerweise lege ich alles in die Mappe. Ich habe für jedes Buch eine. Es sollte da sein. Ich sehe nach, sobald ich nach Hause komme."

Wir gingen auf die Tür des Salons zu, doch bevor wir uns unter die anderen Gäste mischten, sagte Anna: „Niemand sonst weiß, was ich wirklich für Mayhew getan habe. Du darfst es niemandem sagen. Nicht jetzt. Es würde alles nur noch schlimmer machen." Sie sprach leise, doch Panik lag klar in ihren Worten.

„Das werde ich natürlich nicht", sagte ich und versprach mir, einen Weg zu finden, um zu bestätigen, dass sie und ihr Vater am Mittwochmorgen vergangener Woche wirklich auf dem Birchwick Hof gewesen waren. Vielleicht wusste einer der Diener hier davon. Ich könnte Janet oder Bower fragen, wie weit der Hof entfernt war, und nach der Geburt des Babys – nun ja, könnte ich Janet fragen. Ich konnte mir nicht vorstellen, dass Bower über die Geburt eines Babys plaudern würde. Doch die Nachricht von einem Neugeborenen hatte sich sicher im ganzen Ort herumgesprochen.

Wenn Dr. Finch und Anna nicht auf der Farm gewesen wären – nun, Lügen machten das Versprechen, ein Geheimnis zu bewahren, hinfällig, zumal Mayhews ermordet worden sein könnte. Doch ich konnte Anna und ihren Vater nicht verraten, nicht, nachdem ich aus erster Hand erlebt hatte, wie schrecklich es ist, wenn Leute einen selbst und seine Lieben des Mordes verdächtigen.

Als wir zum Essen gingen, fragte ich mich, wie viele Schreibmaschinen es in Hadsworth gab und wer Zugang zu ihnen hatte.

KAPITEL FÜNFZEHN

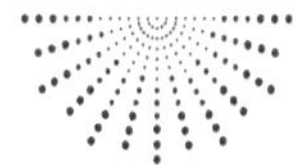

Ich bekam nicht mit, was an diesem Abend zum Abendessen serviert wurde. Mein Kopf war zu voll von der Begegnung mit Pearce und der Tatsache, dass Anna Mayhews Ghostwriterin war. Zum Glück saß ich neben Lord Holt, der einen langatmigen Monolog über seine letzten Golfspiele hielt. Ich musste nur gelegentlich ein „Ich verstehe" oder „Wie interessant" sagen. Als wir uns umdrehten, war Jasper auf meiner anderen Seite, und er schien zu spüren, dass ich nicht mehr als leichte Konversation verkraften konnte. Er begann eine oberflächliche Unterhaltung über unsere Bekannten in London und seine Zeit auf dem Golfplatz.

Den größten Teil des Abends verbrachte ich damit, Pearce zu beobachten, der neben Lady Holt am anderen Ende des Tisches saß. Pearce, entspannt und lächelnd, erzählte mehrere Geschichten, die Lady Holt zum Lachen brachten. Ihm gegenüber führte seine Frau ein ruhiges Gespräch mit Mr. Busby und später mit Colonel Shaw, doch ihr Blick wanderte immer wieder zu ihrem Mann.

Als Lady Holt aufstand und die Damen in den Salon führte, fand ich mich neben Mrs. Shaw wieder, die ein Gespräch über das Reisen begann. Ich wollte mit Anna sprechen, doch Mrs. Shaw erzählte eine komplizierte Geschichte über sich und die Zeit des Colonels in Indien, ihren Bungalow und den dort lebenden Geist. „Sie hat gerne das Geschirr auf dem Tisch umarrangiert", sagte Mrs. Shaw, „was ein wenig schwierig war, wenn wir Gäste hatten, doch man konnte es der armen Frau nicht verübeln. Ihr Mann hatte sie schließlich mit einem Tafelmesser erstochen. Da ist nachvollziehbar, dass sie das Silber auf den Boden werfen wollte."

Dr. Finch kam ins Zimmer und entschuldigte sich bei Lady Holt. „Ich habe einen Anruf bekommen und muss gehen."

Anna, die mit Serena gesprochen hatte, trat an seine Seite. „Ich komme mit dir."

Lady Holt sagte: „Sie müssen nicht auch gehen, Anna. Wir können den Chauffeur den Wagen holen und Sie später nach Hause fahren lassen."

„Ich gehe besser mit Papa."

„Nein, bleib", sagte Dr. Finch. „Genieße den Abend."

Anna zog ihren Schal fester um ihre Schultern. „Du hast deine Brille zu Hause auf dem Tisch neben der Tür gelassen. Du weißt, dass es besser ist, wenn ich fahre. Deine Fernsicht ist nachts schrecklich."

Dr. Finch widersprach nicht. Innerhalb weniger Augenblicke war sein Wagen angefordert worden, und er und Anna verabschiedeten sich. Nachdem sie gegangen waren, kam ein Diener herein und stellte eine Kaffeekanne auf einen Tisch im hinteren Teil des Raumes, auf dem bereits Tassen, Sahne und Zucker arrangiert waren.

„Oh, hier ist der Kaffee." Mrs. Shaw rutschte auf dem Sofa nach vorn. „Ich glaube, ich werde einen trinken."

„Lassen Sie mich das für Sie tun." Ich stand auf. „Wie trinken Sie ihn?"

„Das ist nett von Ihnen. Ein Schuss Sahne."

Ich durchquerte den Raum und blieb hinter Mrs. Pearce an der Tischkante stehen. Sie goss sich eine halbe Tasse Kaffee ein, fügte einen dicken Klecks Sahne hinzu und senkte dann den Kopf, als sie mir aus dem Weg ging.

Dr. Finchs Notfall musste die Männer dazu veranlasst haben, ihre Zeit allein im Speisezimmer zu verkürzen, denn sie erschienen im Salon, als ich gerade Mrs. Shaw und mir Kaffee einschenkte.

Pearce trat an den Tisch, als ich die Kaffeekanne abstellte und Sahne in Mrs. Shaws Tasse goss.

Pearce nahm die Kaffeekanne. „Es war ein schönes Abendessen heute Abend, nicht wahr?"

Wut ließ mein Herz rasen, und meine Hände zittern. Der Löffel klirrte gegen die Porzellanuntertasse. „Glauben Sie nicht, dass Sie das Geschehene überspielen und so tun können, als wären Sie ein freundlicher Landanwalt."

Pearce bewegte sich sanft und griff nach dem Kaffee. „Ich sehe, dass Sie mir gegenüber feindselig sind, Miss Belgrave, aber ich versichere Ihnen, ich habe nichts falsch gemacht. Sie sollten Ihre Wut besser auf etwas anderes lenken. Der Vorfall wurde untersucht, und ich wurde für schuldlos befunden."

„Das ist so nicht korrekt, Mr. Pearce. Gegen Sie wurde ermittelt, doch es gab nicht genug *Beweise*, um Ihre Schuld nachzuweisen. Deshalb durften Sie London verlassen und in diesem idyllischen Dorf eine Kanzlei eröffnen."

Pearce nahm seinen Kaffee und schenkte mir ein scheinbar freundliches Lächeln, doch es reichte nicht bis zu seinen grauen Augen, die die Farbe von Blech hatten. „Machen Sie keinen Ärger. Sie werden es bereuen, das verspreche ich Ihnen."

Er schlenderte davon. Ich drehte mich um und bemerkte Mrs.Pearce' besorgten Blick, der von der anderen Seite des Zimmers auf ihn gerichtet war. Als Pearce neben Mr. Busby Platz genommen hatte, wandte sich Mrs.Pearce' Aufmerksamkeit wieder mir zu. Sie musterte mich, eine Falte zwischen ihren Augenbrauen. Emily Pearce musste eine dieser sensiblen Seelen sein, die die leisesten Schwingungen von Unmut wahrnehmen konnten. Ich brauchte einen Moment, um eine sorgfältige soziale Ausdruckslosigkeit in mein Gesicht zu bringen, dann nahm ich die Tassen, kehrte zum Sofa zurück und reichte Mrs. Shaw ihren Kaffee. „Ich habe gehört, dass sich in Indien im Sommer alle in die Berge zurückziehen."

Mrs. Shaw nippte an ihrem Kaffee. „Perfekt. Danke. Ja, jeder, der in die Berge flüchten konnte, hat das im Sommer getan. Es war angenehm und kühl, und da war dieser wunderschöne See …"

Mrs. Shaw plauderte gerne über Indien und erzählte ihre

Erinnerungen, was mir Zeit gab, mich zu beruhigen. Obwohl ich meine soziale Maske aufgesetzt hatte, pochte mein Herz, und meine Hände zitterten, sodass meine Tasse auf der Untertasse klirrte. Wie konnte Pearce es wagen, mir zu sagen, ich solle keinen Ärger machen? Er hatte meine Welt auf den Kopf gestellt. Ich konnte es nicht einfach vergessen, doch jetzt war nicht der richtige Moment, um sich damit zu befassen.

Ich zwang meine Gedanken von Pearce weg. Lady Holt schlug Bridge vor, und trotz aller Bemühungen, es zu vermeiden, fand ich mich mit Mr. und Mrs. Pearce an einem Tisch wieder. Lady Holt war fest entschlossen, dass wir Karten spielen sollten. Zippy versuchte, sich zu entschuldigen und sich zur Tür zurückzuziehen, aber Lady Holt sagte: „Unsinn. Du hast Zeit für Bridge. Dein Freund wird warten", und dirigierte ihn zu ihrem Tisch.

Mrs. Shaw sagte, sie würde aussetzen, weil wir eine ungerade Zahl von Spielern waren, und Lord Holt bedeutete Mr. Busby schnell, sich mit Lady Holt an den Kartentisch zu setzen. „Gäste müssen Vorrang haben", sagte Lord Holt und zog sich zur Hausbar zurück.

Zumindest war ich Jaspers Partnerin. Pearce wies Mrs. Pearce auf mehrere Fehler hin, die murmelte: „Ja, natürlich, das hätte ich tun sollen", in demselben Tonfall, in dem man jemanden bat, die Butter über den Tisch zu reichen. Jasper war kein ambitionierter Spieler, doch er war ein guter Spieler, und wir gewannen die meisten Tricks.

Während ich die Karten mischte, schob Mr. Pearce seinen Stuhl zurück. „Noch mehr Kaffee, meine Liebe?", fragte er Mrs. Pearce.

Sie blickte nicht von dem Blatt mit den Punkteständen auf. „Ähm – ja, danke", sagte sie zerstreut.

Pearce marschierte davon und nahm Mrs. Pearce' Tasse mit. Seine eigene Kaffeetasse war halbvoll, und er ließ sie auf dem Tisch zurück. Ich dachte, er wollte wahrscheinlich seine Frustration mit seiner Partnerin loswerden. Er kehrte zurück, stellte Mrs.Pearce' halbvolle Tasse hellbraunen Kaffees mit einem dumpfen Schlag ab, dann setzte er sich wieder.

Gegen Ende der nächsten Hand verlangsamte sich das Spieltempo. Pearce war an der Reihe. Ich hatte mich auf die Karten konzentriert und blickte auf, um zu sehen, warum Pearce so lange brauchte. Sein Gesicht war gerötet, als er seine Karten studierte und mehrmals blinzelte. Er zupfte an seinem Kragen und wandte sich dann einem Diener zu, der gerade den Kaffee abräumte. „Bringen Sie mir ein Glas Wasser."

Der Diener ging, und Pearce wandte sich wieder dem Tisch zu. „Warm heute Nacht."

Die Temperatur im Zimmer schien nicht übermäßig warm zu sein, doch ich saß mit dem Rücken zu den offenen Fenstertüren, und eine kühle Brise wehte über meinen Nacken. Als das Wasser ankam, trank Pearce es in wenigen Schlucken aus. Das Spiel ging einige Minuten weiter, dann schlug Pearce mit der Hand auf den Tisch. Mrs. Pearce, Jasper und ich fuhren bei der plötzlichen heftigen Bewegung zusammen. „Erwischt", sagte Mr. Pearce.

Er zog seine Hand weg, doch darunter war nichts. Wir saßen alle in fassungslosem Schweigen. „Da ist noch eine." Pearce schlug wieder mit der Hand nach unten, dann zeigte er über den Tisch auf Jasper. „Es ist an Ihrem Arm, Mann. Schnell, schlagen Sie es weg."

Jasper legte seine Karten verdeckt auf den Tisch. „Was meinen Sie?" Seine Stimme war ein ruhiger Kontrapunkt zuPearce' schrillem Ton.

„Käfer …" Pearce zog wieder an seinem Kragen. Sein vormals rosiges Gesicht war jetzt puterrot, und seine Brust hob und senkte sich, als ob er gesprintet wäre.

Mrs. Pearce legte ihm eine Hand auf den Arm. „Don –"

Er stieß ihre Hand weg, sein Blick huschte über den Tisch. „Beeilen Sie sich, schlagen Sie sie weg! Sehen Sie sie nicht? Sie sind überall auf dem Tisch!" Er stand auf, und sein Stuhl fiel um. Er trat zurück und stolperte über das Stuhlbein. Er griff nach dem Tisch und klammerte sich an die Kante, als er fiel.

Der Tisch kippte. Karten rutschten. Tassen fielen und zerbarsten, und Pearce brach zwischen den Porzellanscherben zusammen.

KAPITEL SECHZEHN

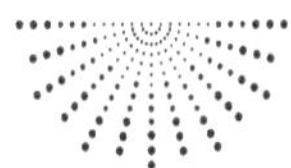

Für ein oder zwei Sekunden war es abgesehen vom Ticken der Uhr auf dem Kaminsims und dem Flüstern des Windes, der durch die Bäume vor den offenen Türen wehte, völlig still im Raum. Mir gegenüber saß Mrs. Pearce wie erstarrt auf ihrem Stuhl, die Finger beider Hände vor den Mund gepresst, den Blick auf ihren Mann am Boden gerichtet. Am Tisch neben uns vermittelte Lady Holts Gesichtsausdruck Fassungslosigkeit, als sie die verstreuten Karten undPearce' liegende Gestalt betrachtete. Lady Holt schien ratlos zu sein. Der Zusammenbruch eines Gastes ist kein Thema, das in Etikette-Handbüchern behandelt wird.

Serena war die erste, die sich bewegte. Sie verließ den anderen Tisch und kniete neben Pearce nieder.

Mrs. Pearce beugte sich vor und packte die Kante unseres Tisches. „Ist es sein Herz? Er hat ein schwaches Herz." Emily-Pearce' leuchtendgrüne Augen sahen riesig aus, als ihr Blick von der Gestalt ihres Mannes auf dem Boden zu Serena huschte.

Lord Holt, der auf der anderen Seite des Raums Platz genommen hatte, drehte sich um und legte seinen Arm auf die Stuhllehne. „Hat der alte Junge zu viel getrunken?"

„Nein, das ist es nicht." Serena tastete nach dem Puls, öffnete eines von Mr.Pearce' Augenlidern und setzte sich dann wieder auf die Fersen.

Lady Holt legte ihre Karten auf den Tisch und wandte sich an Zippy. „Lass nach Dr. Finch schicken."

Zippy stand auf, zögerte aber, als Serena sprach.

„Nein, ich fürchte …" Serena warf Mrs. Pearce einen Blick zu, die so blass geworden war wie die Porzellantassen, aus denen wir getrunken hatten. Ich schob meinen Stuhl zurück und stand auf, wodurch ich Pearce besser sehen konnte.

Ich setzte mich abrupt wieder. Er war tot – ich wusste es auf einen Blick.Pearce' Kiefer hing offen, und seine Gestalt war leblos wie das, was zurückbleibt, wenn ein Insekt seine Haut abwirft. Mrs. Pearce – ihre Haut papierweiß – fragte: „Er ist tot, nicht wahr?"

Serena stand auf. „Ich fürchte ja, Emily."

Mrs. Shaw legte die Zeitschrift, in der sie geblättert hatte, beiseite und kam durch den Raum. Sie nahm ihren Schal ab und legte ihn Mrs. Pearce um die Schultern. Der Schal hing zu beiden Seiten von ihr herab, die Fransen fielen auf die verstreuten Spielkarten auf dem Tisch. „Oh nein. Vielleicht wäre ein wenig Brandy für Emily angebracht?" Der Schal begann zu verrutschen, und Mrs. Shaw richtete ihn.

Lady Holt blinzelte. Eine Sekunde verstrich, dann sagte sie: „Ja, natürlich." Sie bedeutete einem Diener, sich darum zu kümmern.

Serena ging zu Colonel Shaw, der immer noch saß. Sie bückte sich und sprach ihm ein paar Worte ins Ohr. Das Gesicht des Colonels änderte sich nicht, doch seine Haltung versteifte sich, und sein Blick wanderte vonPearce' Körper zu unserem Tisch und dann zu etwas auf dem Boden.

Ich neigte den Kopf, damit ich unter den Tisch blicken konnte. Colonel Shaws Aufmerksamkeit war aufPearce' zerbrochene Tasse gerichtet. Der Kaffeesatz war über den Teppich gespritzt und hatte dunkle Flecken hinterlassen … zusammen mit etwas anderem. Ich bewegte die Schuhspitze leicht über einen braunen Fleck neben meinem Fuß und zog ein kleines Stück von etwas, das wie ein Blatt aussah, aus der Flüssigkeit, die in den Teppich eindrang.

Ein Diener trat vor, um den umgestürzten Stuhl aufzurichten, aber Colonel Shaw streckte eine Hand aus. „Lassen Sie das am besten erst einmal." Colonel Shaw schob seinen Stuhl zurück. „Lord Holt, ich denke, wir sollten alle in die Bibliothek gehen. Wir müssen diesen Raum abschließen." Er drehte sich zu unserem Tisch um. „Außer Miss Belgrave und Mr. Rimington. Ich möchte mit Ihnen beiden sprechen."

Meine Beine fühlten sich schwammig an, als Jasper und ich den Flur entlang zu dem kleinen Salon gingen, von dem Colonel Shaw gesagt hatte, dass er uns dort treffen würde. Ich hatte noch nie jemanden sterben sehen. Ich hatte schon früher eine Leiche gesehen, doch es war schockierend, zu denken, dass Mr. Pearce nur wenige Augenblicke vor seinem Zusammenbruch neben mir Karten gespielt hatte. Jasper bot seinen Arm an und ich nahm ihn, froh über das solide Gefühl unter meiner Hand. „Hast du irgendetwas gesehen?", fragte ich.

Jasper schüttelte den Kopf, als er die Tür öffnete und mich ihm in den kalten Raum vorausgehen ließ. „Nein, aber ich bin mir nicht sicher, ob es viel zu sehen gab."

Der Raum war dunkel, und ich ging durch das Labyrinth der Möbel zu einem Tisch und schaltete eine Lampe ein. „Da war etwas in seinem Kaffee – vielleicht Blätterreste."

„Dann hast du mehr gesehen als ich."

„Ein Teil vom Inhalt seiner Tasse ist unter den Tisch gespritzt und neben meinem Fuß gelandet."

„Hmm … etwas, das Halluzinationen hervorruft." Jasper klingelte nach einem Diener und wies ihn an, Feuer zu machen und Tee zu bringen. Ich wartete mit verschränkten Armen, bis der Diener fertig war, dann nahm ich neben dem knisternden Feuer Platz. „Ich verzichte auf den Tee." Ein Schauer glitt meinen Rücken empor, als ich anPearce' weit aufgerissene Augen dachte. „Er war überzeugt, dass Käfer über den Tisch krochen."

Als der Diener zur Tür ging, sagte Jasper zu ihm: „Vergessen Sie den Tee. Bringen Sie stattdessen Brandy."

Ich beobachtete einige Augenblicke lang die Flammen, dann klickte die Tür erneut, und der Diener kam zurück.

„Hier, trink das." Jasper reichte mir ein Glas. Ich nippte und verzog das Gesicht, doch das Getränk wärmte mich von innen heraus. Jasper hatte ebenfalls ein Glas. Er setzte sich auf das Sofa und trank.

Ich hielt das Glas in meinen Händen. „Du siehst überhaupt nicht mitgenommen aus. Genau genommen siehst du aus wie eine dieser Anzeigen für die neuen Hemden mit aufgesetztem Kragen – ein lässiger Gentleman in Abendgarderobe."

„Oh, ich bin mitgenommen. Ich kann es einfach gut verbergen."

Ich trank noch einen Schluck, einen kleineren diesmal. „Zwei Todesfälle so nah beieinander ... sicherlich hängen sie zusammen."

„Mayhew und Pearce? Möglich. Haben sie einander gekannt?"

„Ja. Pearce war Mayhews Anwalt."

„Das ist kaum ein Grund –"

„Da ist mehr." Ich trank noch einen Schluck Brandy, verzog das Gesicht und rutschte dann auf dem Sessel nach vorn. „Ich habe es dir vorher nicht gesagt, weil ich wusste, dass es dir nicht gefallen würde, doch ich habe mich in Mayhews Cottage umgesehen." Ich erzählte Jasper vom Zustand von East Bank Cottage und der nicht eindeutigen Obduktion.

„Ich nehme an, ich sollte die Stirn runzeln und dich schelten, doch –"

„Lass es einfach", sagte ich. „Es gibt wichtigere Dinge, auf die wir uns jetzt konzentrieren müssen."

„Ich stimme zu." Er starrte ins Feuer. „Da die Verbindung zwischen Mayhew und Pearce eine Geschäftsbeziehung ist, stellt sich wohl die Frage, wer einen Anwalt und dessen Mandantin töten will?" Die Seite meines Beines, das dem Feuer nahe war, fühlte sich zu warm an, und ich rückte von den Flammen weg. Sowohl Anna als auch Dr. Finch hatten einen Grund, Mayhew und Pearce aus dem Weg räumen zu wollen. Doch sie waren angeblich beide auf dem Birchwick Hof gewesen. Da ich Anna versprochen hatte, über das, was sie mir heute Abend erzählt hatte, Stillschweigen zu bewahren, erzählte ich Jasper nichts über Dr. Finch oder Anna.

Jasper ließ sich tiefer in seinem Sessel nieder. „Es hört sich an, als hätte jemand etwas in seinen Kaffee gegeben, also denke ich, die Hauptfrage ist, werPearce' Kaffee eingeschenkt hat?"

„Er selbst."

„Du hast gesehen, wie Pearce sich seine Tasse Kaffee selbst eingeschenkt hat?"

„Ja, ich stand direkt neben ihm."

„War sonst noch jemand da?"

Ich starrte in das Glas. „Ich glaube nicht, nein." Ich hatte mich so darauf konzentriert, meine Wut von ihm abzulenken, dass ich nicht viel von dem bemerkt hatte, was um mich herum passiert war, doch ich glaubte nicht, dass Pearce diese Bemerkungen gemacht hätte, wenn die Möglichkeit bestanden hätte, dass jemand uns belauschte.

„Hast du gesehen, zu wem er gegangen ist, nachdem er seinen Kaffee geholt hat?"

„Nein. Ich habe Mrs. Shaw ihre Tasse gebracht und mich zu ihr gesetzt. Ein paar Minuten später hat Lady Holt Bridge vorge-schlagen, und Pearce hat seine Tasse an unseren Tisch mitgebracht."

„Und in der allgemeinen Unruhe, die Tische aufzustellen und unsere Plätze einzunehmen, könnte jemand etwas in seinen Kaffee gegeben haben."

„Aber Blätter in seinem Kaffee wären ihm bestimmt aufgefal-len", sagte ich.

„Nicht, wenn sie gesättigt und auf den Boden der Tasse gesunken wären", sagte Jasper. „Sein Kaffee stand direkt neben meinem Ellbogen, und ich habe nicht bemerkt, dass etwas darin schwamm. Jemand muss dafür gesorgt haben, dass die Blätter gut durchtränkt waren, bevor er sie inPearce' Tasse gegeben hat."

„Aber wie konnte jemand das tun?"

„Wahrscheinlich in seiner eigenen Tasse", sagte Jasper. „Das wäre der einfachste Weg. Als wir uns dann zum Bridge gesetzt haben, musste derjenige nur den Inhalt seiner Tasse inPearce' Tasse kippen und dafür sorgen, dass es sich setzte, bevor Pearce es bemerkte."

„Und von allen heute Abend beim Abendessen hatten wir drei die beste Gelegenheit, etwas in seinen Kaffee zu geben – du, ich und Emily Pearce." Mir war übel. „Deshalb will der Colonel mit uns sprechen."

„Ich bin sicher, du hast Recht. Er wird Mrs. Pearce etwas Zeit geben, um sich zu erholen, bevor er mit ihr spricht."

„Welchen Eindruck hast du von Mrs. Pearce?", fragte ich. „Sie wirkt schüchtern."

„Ja, nicht die Art, die ihren Mann vergiften würde – vor allem in Gesellschaft."

Jasper tippte auf den Rand seines Glases, während er das Feuer beobachtete. „Doch sie hat zu Beginn des Spiels diesen Trick gespielt. Der war ziemlich gewagt."

Die Tür ging auf, und Inspector Longly trat mit einem Constable ein. Er nickte uns beiden zu. „Guten Abend. Colonel Shaw hat mich gebeten, mit Ihnen zu reden." Seine Worte waren knapp, und seine Haltung war förmlich. „Mr. Rimington, wenn Sie im Nebenzimmer warten würden ..." Mit der linken Hand hielt er die Tür auf.

Jasper stand auf. „Natürlich, Inspector." Jasper drehte sich um, sodass nur ich sein Gesicht sehen konnte, und lächelte mich herzlich an, dann schlenderte er mit seinem Glas aus der Tür.

Ich stellte mein Glas auf den Beistelltisch. Ich wollte nicht, dass etwas mein Denken trübte. Wenn sich Colonel Shaw bereits an Longly gewandt hatte, wurdePearce' Tod definitiv als Verbrechen behandelt. Der Constable nahm an einer Seite des Raumes Platz und Longly setzte sich dorthin, wo Jasper gesessen hatte. „Miss Belgrave, wenn Sie bitte beschreiben würden, was heute Abend passiert ist", sagte er, während er seinen Notizblock auf seine Knie legte und einen Bleistift aus der Tasche holte.

„Wir haben Bridge gespielt –"

Er wedelte mit dem Bleistift in der Luft. „Nein, zurück zum Anfang des Abends. Um wie viel Uhr sind Sie in den Salon gekommen, und wer war noch da?"

Longly ließ mich den Abend beschreiben und meine Bewegungen im Raum rekonstruieren. Als ich beschrieb, wie ich Mrs. Shaw und mir Kaffee einschenke, fragte Longly: „Mr. Pearce kam zu Ihnen an den Tisch?"

„Ja, das ist korrekt."

„Hat sich sonst noch jemand dem Tisch genähert?"

„Nein, das glaube ich nicht."

„Was haben Sie gemacht?"

„Ich habe zwei Tassen Kaffee eingeschenkt."

„Und das war alles?", fragte Longly.

„Ja."

„Sie haben den Tassen nichts hinzugefügt?"

„Nur Sahne für Mrs. Shaw. Ich trinke meinen Kaffee schwarz."

„Und außer Mr. Pearce hat sich in dieser Zeit niemand dem Tisch genähert?"

„Wie gesagt, ich denke nicht."

Er zog ein Blatt Papier aus seiner Tasche. Es war eine Skizze des Salons. „Zeigen Sie mir, wie Sie zu dem Tisch gegangen sind, auf dem der Kaffee stand."

Ich war erleichtert, dass er nicht fragte, worüber Pearce und ich gesprochen hatten. Ich zeigte den Weg von den Sesseln, auf denen Mrs. Shaw und ich gesessen hatten, durch das Zimmer und um das Sofa herum bis zum Tisch mit dem Kaffee.

Er faltete das Papier zusammen und legte es weg, dann zog er einen Handschuh an. Er griff in die Tasche, die ihm der Constable reichte, und zog meine Schachtel Asthmazigaretten heraus. „Ist das die Schachtel Asthmazigaretten, die der Diener aus Ihrem Zimmer gebracht hat?"

„Ja." Mein Magen drehte sich. Ich wusste nicht genau, worauf Longly mit seinen Fragen hinaus wollte, doch mein Bauchgefühl sagte mir, dass es nicht gut war.

„Wie viele Zigaretten waren drin?"

„Ich weiß nicht. Vielleicht ein halbes Dutzend. Ich rauche nicht."

„Sie haben nicht nachgesehen?"

„Nein. Wie gesagt, ich rauche nicht. Ich habe sie nur behalten, weil es einfacher war, als sie Essie zurückzugeben – Essie Matthews. Wenn Sie Essie kennen würden, würden Sie es verstehen. Sie akzeptiert kein Nein als Antwort."

„Wo haben Sie sie im Salon gelassen?"

„Auf dem Tisch hinter dem Sofa." Mein Herz flatterte. Ich war gerade mit dem Finger über das Papier gefahren und hatte ihm meinen Weg durch den Salon gezeigt, der mich in die Nähe des Sofatischs geführt hatte.

„Haben Sie sie später verschoben?", fragte Longly. „Nein. Ich habe sie ehrlich gesagt ganz vergessen."

Longly legte die Zigarettenschachtel in die Tüte, legte sie beiseite und zog dann den Handschuh aus. „Waren Sie mit Mr. Pearce bekannt?"

„Nein. Ich wusste, wer er war, aber ich habe ihn noch nie zuvor getroffen." Ich beugte mich vor. „Glauben Sie, jemand hat die Asthmazigaretten verwendet, um Mr. Pearce zu vergiften? War das in seinem Kaffee?"

Longly kniff die Augen zusammen. „Ist Ihnen etwas an Mr.Pearce' Kaffee aufgefallen?"

„Erst, nachdem er verschüttet war. Mit dem Kaffeesatz lag etwas auf dem Teppich. Es sah aus wie Blätter oder Gras."

Longly notierte es. „Haben Sie mit Mr. Pearce gesprochen?"

„Natürlich", sagte ich und bemerkte, dass Longly meine Frage nach der Substanz im Kaffee nicht beantwortet hatte. „Wir haben uns den ganzen Abend unterhalten."

„Aber Ihre Unterhaltung mit Mr. Pearce war angespannt. Worum ging es?"

„Ich kann Ihnen versichern, dass das nichts mit Mr.Pearce' Tod zu tun hatte."

„Worüber haben Sie gestritten?"

Jemand musste entweder mein Gespräch mit Pearce vor dem Abendessen oder seine Bemerkung mir gegenüber gehört haben, als er seinen Kaffee einschenkte. Einen Moment lang überlegte ich, ob ich meine Verbindung zu Pearce beschönigen sollte, aber ich entschied schnell, dass es viel besser wäre, Longly selbst zu erzählen, was passiert war. Auf diese Weise würde es nicht so aussehen, als würde ich versuchen, etwas zu verbergen. Ich fragte: „Wissen Sie etwas über Mr. Pearce außerhalb seiner Stellung in der Gemeinde hier? Nein? Mr. Pearce war an der Gewinnung von Investoren für Hartman Consolidated beteiligt. Haben Sie davon gehört?"

„Der Betrug, der als Investition getarnt war? Ja, davon habe ich gehört."

„Mr. Pearce hat viele Leute davon überzeugt zu investieren,

wie ich erfahren habe. Mein Vater war einer von ihnen, und er hat einen beträchtlichen Geldbetrag investiert – den gesamten Betrag meines Treuhandfonds. Und alles ist verloren. Mr. Pearce sagt oder besser – sagte – er habe auch Geld verloren, doch ich habe ihm nicht geglaubt."

„Nein?"

„Nein. Ich glaube, Pearce war daran beteiligt und hat Geld für jede einzelne „Investition" bekommen, die er für Hartman besorgt hat. Ich habe viele Gerüchte darüber gehört. Als die ganze Sache zusammengebrochen ist, wurde gegen ihn ermittelt, doch es gab nicht genug Beweise, um ihn anzuklagen."

„Sie wissen ziemlich viel darüber."

„Wenn Ihnen plötzlich die Mittel zur finanziellen Unabhängigkeit genommen würden, würden Sie auch recherchieren, denke ich."

„Ich bin sicher, das würde ich. Wie weit sind Ihre Recherchen gegangen?"

„Ich habe alles recherchiert, was ich in den Zeitungen finden konnte, und bin dann zum Büro von Mercer, Blackthorne und Thompkins gegangen. Ich wollte selbst mit Mr. Pearce sprechen, doch er arbeitete dort nicht mehr, und niemand wollte mir seine neue Anschrift geben."

„Als Sie ihn also hier gesehen haben, war das das erste Mal, dass Sie ihn getroffen haben?"

„Korrekt."

„Und Sie sind sehr wütend." Longly legte den Bleistift, den er gedreht hatte, ab. „Es wäre verständlich, wenn Sie Rache wollten."

„Ich war wütend und aufgewühlt, doch ich habe nichts getan, um ihn zu verletzen. Tatsächlich wollte ich Sie kontaktieren und Sie über seinen Hintergrund informieren."

„Verstehe", sagte Longly, doch er klang skeptisch.

KAPITEL SIEBZEHN

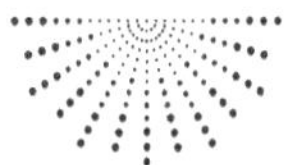

„Und dann wollte er die Tabletts mit schmutzigen Tassen und Gläsern aus dem Salon inspizieren", sagte Janet, während sie meine Schuhe wegräumte.

Ich band den Gürtel meines Morgenmantels fest und griff nach meiner Haarbürste. Als Janet gekommen war, um mir beim Umziehen zu helfen, hatte ich sie gefragt, ob Inspector Longly unter der Treppe gewesen sei, und sie berichtete, was eines der Küchenmädchen, Bess, ihr erzählt hatte. „Und schien er an allem interessiert zu sein, was er gefunden hat?", fragte ich.

Janet zuckte die Schultern. „Da war nichts zu finden. Alle Tassen und Gläser aus dem Salon waren schon abgespült." Janet schloss die Türen des Kleiderschranks. „Dann hat er in den Müll geschaut", sagte sie, und ihr Tonfall deutete darauf hin, dass es sich um eine ausgefallene Idee handelte. „Er hat ein kleines Stück Papier rausgenommen und es in eine Tüte gesteckt, obwohl das Papier klatschnass war."

„Wie groß war es?", fragte ich. „Das Papier, meine ich. Hat das Küchenmädchen es gesehen?"

„Ja, der Inspector hat es ihr gezeigt, und sie sagte, es sei in den Bodensatz einer der schmutzigen Kaffeetassen auf dem Tablett geschoben worden. Manche Leute machen das, drücken ihre Zigarette in der Kaffeetasse aus."

„Ja, ich weiß", sagte ich. „Also war es ein Zigarettenpapier?"

„Scheint so. Bess hat es gesehen, als sie das Tablett mit den schmutzigen Tassen aus dem Salon in die Spülküche brachte."

Ich schickte Janet weg und kroch mit schwirrenden Gedanken ins Bett.

~

Später in der Nacht drehte ich mich um und schob das Kissen unter meine Wange. Ich hatte stundenlang wachgelegen. Im Haus war es still geworden, doch jedes Mal, wenn ich die Augen schloss, sah ich Pearce, der seine Hand auf den Tisch schlug, und seinen panischen Blick. Ich zog mir die Decke über die Schulter. Wenn Vater nur nicht meinen Trust in Hartman Consolidated investiert hätte.

Fragen schwirrten mir durch den Kopf, und Sorgen nagten an mir, während ich Longlys Fragen durchging. Warum hatte ich Worte wie Rache und Genugtuung benutzt, als ich mit Jasper über Pearce gesprochen habe? Ich drehte mich in eine neue Position unter den Laken. Hatte mich jemand belauscht? Longly wusste sicherlich, dass ich nur wollte, dass die Wahrheit über Pearce ans Licht kam. Doch die Art, wie Longly mich mit seinem kühlen Blick angesehen hatte, beunruhigte mich. Ich hatte überlegt, ihm zu erzählen, was Jasper und ich dachten – dass jemand dem Kaffee eingeweichte Blätter hinzugefügt haben könnte, damit sie nicht oben schwammen –, doch ich wollte Longly keinen Grund geben, mich mehr zu verdächtigen als ... er es sowieso schon tat.

Ich drehte mich wieder um und dachte über Longlys Fragen zu den Zigaretten nach. Auch wenn Longly es nicht direkt gesagt hatte, schienen die Asthmazigaretten etwas mitPearce' Tod zu tun zu haben. Longlys Interesse an der weggeworfenen Zigarette im Küchenmüll deutete darauf hin, dass er die Zigarette für wichtig hielt.

Hatte jemand im Salon eine Zigarette aus der weggeworfenen Packung gezogen und damit Pearce vergiftet? War es das, was Longly dachte, dass passiert war? Wenn ja, dann würde er das Päckchen auf Fingerabdrücke untersuchen lassen, da war ich mir sicher. Und meine Fingerabdrücke würden darauf sein. Vielleicht würde er noch andere finden? Mein Herz hob sich bei dem Gedanken, dann sank es. Alle Damen trugen Handschuhe. Dann fiel meine Stimmung noch weiter, als ich mich an den spitzenbesetzten Läufer auf dem Sofatisch erinnerte. Wenn es ein Mann war, der eine Zigarette genommen hatte, hätte er seine Finger mit dem Stoff bedecken können, während er die Schachtel öffnete und sie so kippte, dass eine Zigarette herausrutschte.

Nein, ich konnte nicht davon ausgehen, dass ein weiterer Satz Fingerabdrücke auf der Schachtel Longlys Aufmerksamkeit von mir ablenken würde. Wenn jemand schlau genug gewesen war, Pearce mit den Zigaretten zu töten, bezweifelte ich, dass er seine Fingerabdrücke auf der Zigarettenschachtel hinterlassen hatte, zumal er anscheinend intelligent genug gewesen war, das Zigarettenpapier in den Kaffeesatz zu stecken und alle Fingerabdrücke darauf zu zerstören.

Doch Asthmazigaretten waren weit verbreitet. Viele Leute benutzten sie. Man konnte sie in jeder Apotheke kaufen. Wie konnten sie verwendet worden sein, um Pearce zu schaden?

Ich drückte das Kissen zurecht und richtete es unter meinem Ohr neu aus. Mrs. Pearce hatte gesagt, ihr Mann habe ein schwaches Herz. Ich hatte die Blätter im Bodensatz seines Kaffees gesehen, also wusste ich, dass etwas darin gewesen war, doch war es das, was ihn umgebracht hat? Oder war es eine Kombination der beiden Dinge – die Asthmazigaretten und sein schwaches Herz –, die seinen Tod verursacht hatte? Eine Obduktion würde erfolgen, doch das würde eine Weile dauern. Die Ergebnisse wurden möglicherweise tagelang nicht veröffentlicht.

Ich zwang mich, die Augen zu schließen und in einem gleichmäßigen Rhythmus zu atmen. Das leise Ticken der Uhr markierte die Sekunden. Nach ein paar Minuten warf ich die Decke zurück, schlüpfte in meine Pantoffeln und griff nach meinem Morgenmantel. Ich hatte keine Möglichkeit herauszufinden, obPearce' Gesundheit einen Einfluss auf seinen Tod hatte, doch vielleicht konnte ich meine Fragen beantworten. Blackburn Hall hatte eine große, gut sortierte Bibliothek. Ich könnte zumindest über Asthmazigaretten recherchieren. Ich würde mich besser fühlen, wenn ich etwas tat, anstatt mir Sorgen zu machen.

Ich schloss die Tür zu meinem Zimmer und schlich lautlos

über den dicken Flurteppich, wobei ich in der Mitte des Teppichs blieb, um sicherzustellen, dass ich nicht gegen die Möbel stieß. Als ich die Treppe erreichte, bot das Mondlicht, das durch die hohen Fenster über dem Treppenabsatz drang, genug Licht, damit ich meinen Weg sehen konnte. Auf Zehenspitzen durchquerte ich die Diele, damit meine Pantoffeln nicht auf das Parkett klatschten. Dann schloss ich die Tür der Bibliothek, schaltete ein paar Lampen an und machte mich daran, die Bücherregale zu betrachten.

Nachdem ich eine Weile gesucht hatte, fand ich ein Regal, das medizinischen Themen gewidmet war. Ich überflog Titel über Tropenkrankheiten, Pferdegesundheit und ein dickes Anatomiebuch. Ungefähr auf halber Höhe des Regals fand ich ein allgemeines medizinisches Lexikon. Als ich es herauszog, fiel ein kleineres Buch zu Boden.

Ich hob das dünne, in hellbraunes Leder gebundene Buch auf. Ich hatte es auf Lady Holts Schreibtisch gesehen. Es hatte keinen Titel auf dem Rücken, und die Vorderseite war ebenfalls leer. Ich blätterte zur ersten Seite. Eine spinnenhafte Handschrift verkündete: *Lady Holts Kräuterbuch*. Die Jahreszahl darunter war aus dem 17. Jahrhundert, also musste es von Generation zu Generation weitergegeben worden sein, von einer Lady Holt zur anderen.

Ich brachte beide Bücher zum Bibliothekstisch. Ich legte das in Leder gebundene Kräuterbuch beiseite und konzentrierte mich zuerst auf das medizinische Buch. Ich fand Asthmazigaretten, die im Index aufgeführt waren, und blätterte zu dem Abschnitt, in dem sie beschrieben wurden. Ich überflog ihn, bis ich eine Zutatenliste fand. Meine Augenbrauen schossen in die Höhe. Sie enthielten keinen Tabak, sondern waren eine Mischung aus Kräutern aus der Familie der Nachtschatten. Mein Wissen über Pflanzen war lückenhaft, doch selbst ich wusste, dass Nachtschatten tödlich sein konnten. Die häufigsten Inhaltsstoffe in Asthmazigaretten waren Belladonna und *datura stramonium*, auch bekannt als Stechapfel. Die Pflanzen enthielten Atropin, das die Atemwege in der Lunge erweitert und das Einatmen erleichtert. Doch wenn zu viel inhaliert wurde, konnte man daran sterben. Mein Herz pochte. Longly hatte so viele

Fragen zu den Zigaretten gestellt. Ich holte tief Luft und blätterte zu einem anderen Abschnitt, auf der Suche nach weiteren Informationen.

Die Seiten fielen am Eintrag für *datura stramonium* auf, wo ein gefaltetes Blatt Papier im Buch geblieben war. Ich faltete es auf. Die Überschrift lautete: *Ein Vergleich der Verfallsraten von Stoffarten von Serena Shires*. Das Ganze war in einer hastigen Kursivschrift handgeschrieben. Ich überflog die Beschreibung, wie vergrabene Baumwolle, Leinen, Wolle und Seide verfielen. Teile waren durchgestrichen und einige Wörter geändert oder gestrichen. Es musste ein Entwurf des Artikels gewesen sein, den Serena Calder gegenüber erwähnt hatte. Doch warum war er im Medizinbuch ... bei einem Eintrag über *datura stramonium*? Seltsam, ihn dort zu finden.

Darüber würde ich später nachdenken. Ich legte das Blatt beiseite und konzentrierte mich auf *datura stramonium* und das darin enthaltene Atropin. Neben der Erweiterung der Atemwege wirkte Atropin auf andere Weise auf den Körper. Es erweiterte die Pupillen, erhöhte die Herzfrequenz und verursachte oft Mundtrockenheit, Durst, erhöhte Körpertemperatur, Verwirrung, Halluzinationen, Schläfrigkeit und sogar Koma.

Früher am Abend hatte ich mich auf meine Spielkarten konzentriert und nicht bemerkt, wiePearce' Augen ausgesehen hatten, doch er hatte um Wasser gebeten und an seinem Kragen gezogen, als wäre er überhitzt. Serena hatte eines seiner Augenlider angehoben. Ich könnte sie fragen, was ihr aufgefallen war. Pearce war verwirrt gewesen, und die Sache mit den Käfern – das war definitiv eine Halluzination gewesen. Ich konnte ein Schaudern nicht unterdrücken, als ich mich an die Intensität seines Blicks und seinen eindringlichen Tonfall erinnerte, als er Jasper befahl, die Käfer auf dem Tisch zu erschlagen.

Ich schüttelte die Erinnerung ab und kehrte zum ersten Eintrag zurück, um die Lektüre über Asthmazigaretten zu beenden. Ich las fasziniert und ein wenig erstaunt weiter, dass eine so gefährliche Pflanze zur Behandlung von Asthma eingesetzt wurde. Während *datura stramonium* der häufigste Inhaltsstoff war, variierte die Stärke von Asthmazigaretten. Verschiedene Chemiker hatten ihre eigenen Rezepte und die verschiedenen

Zigarettenmarken hatten alle ihre eigenen individuellen Zusammensetzungen.

Essie hatte gesagt, die Asthmazigaretten, die sie mir gegeben hatte, seien eine neue Marke, die bald auf den Markt kommen würde, was bedeutete, dass ich nicht zur Apotheke im Dorf laufen und eine weitere Schachtel holen konnte, um zu sehen, was genau diese Marke enthielt. Und es war wahrscheinlich sowieso keine gute Idee, das zu tun. Es würde Longly verdächtig erscheinen, nachdem ich ihm gesagt hatte, dass ich keine Asthmazigaretten konsumiere. In einer Zusammenfassung am Ende des Artikels hieß es, dass Fälle von versehentlicher Überdosierung bekannt waren, der Nutzen jedoch für die meisten Patienten das Risiko überwog.

Ich betrachtete den Zettel mit Serenas Forschungsergebnissen. War es nur ein verirrtes Stück Papier, das jemand aufgehoben und benutzt hatte, um eine Stelle in einem Buch zu markieren? Aber warum steckte es bei dem Eintrag *datura stramonium*? Hatte Serena es dort platziert? Ich legte das Papier beiseite, schloss das Buch und fragte mich, ob Serena in letzter Zeit das medizinische Buch zu Rate gezogen hatte. Es schien, als hätte ich zwei Gründe, später mit ihr zu sprechen.

Ich nahm das Kräuterbuch und blätterte, doch es lagen keine zusätzlichen Zettel oder Seiten als Lesezeichen darin. Der in Leder gebundene Band war mit Hausmitteln gefüllt, darunter Hustenumschläge und Salben für Verbrennungen sowie Rezepturen für Lotionen und Parfums.

Ich ging das Buch langsamer durch. Die Vielfalt der Handschriften zeigte, dass verschiedene Frauen ihre eigenen Rezepte hinzugefügt und ältere Einträge mit Notizen ergänzt hatten. Ich hielt inne und las noch einmal einen der Einträge; ein Mittel gegen Schlaflosigkeit, das zerdrückte Stechapfelblätter auflistete. Stechapfel wurde im medizinischen Buch als einer der gebräuchlichen Namen für *datura stramonium* aufgeführt. Ich starrte die letzte Zeile des Rezepts an. *Sorgfältige Dosierung ist unabdingbar,* bemerkte die enggeschriebene, altmodische Handschrift. *Zu viel verursacht Herzklopfen.*

Ich schloss das Kräuterbuch und legte es auf das größere Buch. Hatte Serena die medizinischen Bücher konsultiert ... oder die Kräuterbücher? Die Bücher standen nebeneinander im Regal. Es war möglich, dass sie sich beide angesehen hatte. Doch warum sollte sie Pearce schaden wollen? Sie hatte keine Verbindung zu ihm, derer ich mir bewusst war. Sie hatten an diesem Abend nicht viel miteinander gesprochen, und ich hatte keine Unterströmungen zwischen ihnen bemerkt. Ich würde Jasper fragen, ob ihm etwas aufgefallen ist. Trotz seines nonchalanten Auftretens war er unglaublich aufmerksam.

Ich strich mit dem Finger über den Rand des Kräuterbuchs, das bei meiner Ankunft in Blackburn Hall auf Lady Holts Schreibtisch gelegen hatte. Wusste Lady Holt, dass Stechapfel ein häufiger Bestandteil von Asthmazigaretten war?

Ich schob den Stuhl zurück und stand auf. Die Gedanken waren zu absurd, zu fantastisch. Konnte ich wirklich Lady Holt – die Autorität für Manieren und richtiges Benehmen – als jemanden, der ihren Dinnergast vergiften würde, in Betracht ziehen? Ich stellte die Bücher ins Regal zurück, nahm den Artikel über die Zersetzung von Stoffen, schaltete die Lampen aus und ging im silbrigen Mondlicht die Treppe hinauf. Meine Gedanken kreisten um das, was ich gelesen hatte, und ich war auf halbem Weg den dunklen Flur hinunter, als ich das Ächzen einer Diele und das Rauschen von Stoff hörte. Ich schreckte aus meinen Gedanken hoch und blieb regungslos stehen.

Ich wollte nicht in einem dunklen Flur entdeckt werden. Bestimmte Leute könnten meine Anwesenheit hier als Einladung verstehen. Wenn ich mich umdrehte und zurückging, würde mich das Mondlicht auf der Treppe beleuchten. Ich konnte nicht weiter gehen, weil die Geräusche aus dieser Richtung kamen und alle Türen um mich herum geschlossen waren. Ich konnte nicht in ein Zimmer schlüpfen – das hätte schlimmere Probleme verursachen können.

Ich schoss zur Seite, die Hände ausgestreckt. Meine Fingerspitzen berührten das kühle Glas einer Vitrine. Ich ging daneben in Deckung. Das Rauschen wurde lauter, und eine große, breitschultrige Gestalt mit der geschmeidigen Bewegung eines jungen Menschen ging vorbei. Das Tempo war zügig und die Schritte der Person nicht vorsichtig.

Als die Gestalt an mir vorbei war, atmete ich auf, während ich zusah, wie die Person die Treppe hinunter verschwand. Als ich vorhin mein Zimmer verlassen hatte, hatte die kleine Uhr auf dem Kaminsims angezeigt, dass es fast ein Uhr morgens war. Wer würde zu dieser Stunde herumschleichen? Die Lächerlichkeit der Frage wurde mir bewusst. *Ich* schlich zu dieser absurden Stunde herum. Was sollte andere davon abhalten, dasselbe zu tun?

Ich trat auf den dicken Teppich zurück und schlich hinunter zur Mitte der Treppe. Mondlicht fiel auf Zippy, als er den letzten Treppenabsatz zur Diele hinuntertrottete. Ich wartete, bis sein Kopf, der durch das Geländer sichtbar war, unter dem Boden verschwunden war, dann schlich ich auf Zehenspitzen zum oberen Ende der Treppe, hielt mich aber im Schatten nahe der Wand, weg vom Mondlicht.

Ich erwartete die selbstbewussten Schritte von Zippys Pantoffeln auf dem Parkett durch die Diele weitergehen zu hören, doch er machte nur ein paar Schritte. Ein paar Töne einer gepfiffenen Melodie erklangen, dann folgte ein metallisches Klicken. Das Murmeln seiner Stimme drang zu mir herauf, doch ich konnte die Worte nicht verstehen. Ich ging zum Treppenabsatz hinunter, spähte über die Brüstung und zog mich dann zurück. Zippy saß auf dem Stuhl neben dem Telefontisch. Ich war direkt über ihm und blickte auf seinen Kopf hinab, als er den Hörer an sein Ohr drückte.

Der Anruf musste verbunden worden sein, da er das Mundstück näher rückte. „Ich bin's. Ich weiß, es tut mir leid. Ich konnte nicht weg. Nein, nein. So ist es nicht. Ich wollte kommen. Doch Pearce hatte einen Anfall – eine Art Krampfanfall – und ist gestorben. Ja, fürchterlich schockierend. Musste bleiben. Von der Polizei befragt, und all das. Konnte unmöglich weg ... ja, morgen. Wir sehen uns dann."

Ich huschte wieder die Treppe hinauf und den Flur hinunter zu meinem Zimmer. Ich schloss meine Tür, lehnte mich dagegen und wartete darauf, dass mein Herzschlag sich beruhigte. Als sich meine Atmung wieder normalisierte, hörte ich ein leises Pfeifen. Es wurde lauter, bewegte sich an meiner Tür vorbei und wurde dann leiser. Ich hörte, wie sich eine Tür öffnete und schloss, dann war alles still.

KAPITEL ACHTZEHN

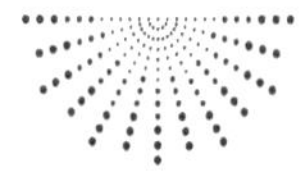

m nächsten Morgen trug ich eine leichte Schicht Puder und Lippenstift auf und entschied, dass dies das Beste war, was ich tun konnte, um von den dunklen Ringen unter meinen Augen abzulenken. Zwischen dem Versuch herauszufinden, mit wem Zippy telefoniert hatte, und der Frage, ob es etwas mit einem der Todesfälle zu tun hatte, und dem Versuch zu ergründen, wer von den gefährlichen Inhaltsstoffen in Asthmazigaretten hatte wissen können, hatte ich nicht viel geschlafen.

In der Dunkelheit letzte Nacht hatte ich mich mehr auf die Asthmazigaretten konzentriert, doch bei Tageslicht fiel mir auf, dass es meine geringste Sorge war, herauszufinden, wie Pearce ermordet worden war. Ich sollte mir mehr Sorgen um Inspector Longlys Fragen zu meiner Verbindung zu Pearce und meiner Gelegenheit machen, seinem Kaffee etwas hinzuzufügen. Ich erwartete, dass Inspector Longly in Kürze eintreffen würde, um unser Gespräch vom Vorabend fortzusetzen. Ich legte meinen Kamm nieder und versuchte, das unbehagliche, zappelige Gefühl abzustreifen, das wie eine Wolke über mir hing. Ich war mir sicher, dass sich der Inspector inzwischen mitPearce' Hintergrund – und auch mit meinem – befasst hatte, und er würde heute gezieltere Fragen haben.

Ich schob diese Gedanken beiseite und wandte mich vom Spiegel ab. Ich ging zum Schreibtisch. Anstatt mich auf Sorgen und Spekulationen zu konzentrieren, hatte ich wirklich zu arbeiten. Ich holte den Karton mit dem Manuskript von *Mord auf dem neunten Grün*, den Anna mir gegeben hatte. Ich zögerte angesichts der Seiten des ursprünglichen Manuskriptentwurfs mit der handschriftlichen Konversation zwischen Mayhew und Anna.

Ich blätterte die Seiten hin und her, während ich überlegte, was ich damit tun sollte. Am einfachsten wäre es, sie Longly zu geben und ihn das klären zu lassen, doch ich hatte Anna versprochen, ihr Geheimnis zu bewahren – und das würde ich auch, solange sie die Wahrheit sagte. Ich legte den Schriftwechsel wieder in den Schreibtisch und blieb am Schminktisch stehen, bis Janet hereinkam, um das Tablett mit der heißen Schokolade zu holen, die sie mir vorhin gebracht hatte.

„Janet, sind Sie hier in Hadsworth aufgewachsen?"

Janet blieb auf dem Weg zur Tür stehen, das Tablett in den Händen. „Ja, Miss."

„Gut. Vielleicht können Sie mir helfen. Ist der Birchwick Hof in der Nähe?"

„Ja, Miss. Er liegt nördlich von Sidlingham."

„Ach, Sie kennen ihn?" Ich legte die Haarbürste weg und drehte mich auf dem Hocker um, sodass ich sie ansah.

„Meine Tante und mein Onkel leben dort."

„Aha. Miss Finch hat den Birchwick Hof erwähnt. Sie und Dr. Finch waren letzte Woche dort, da ihr Vater ein Baby zur Welt gebracht hat."

Janet nickte. „Das stimmt. Der kleine Henry war vor zwei Tagen eine Woche alt." Ihre übliche Zurückhaltung schwand, und sie strahlte breit. „Er ist immer so süß. Gurrt nur und schläft. Ganz und gar nicht wie das erste Baby meiner Tante. Das hatte dauernd Koliken."

„Also ist er am Mittwoch geboren worden", sagte ich mehr zu mir als zu ihr, während ich die Tage in meinem Kopf berechnete.

Aber Janet hörte mich und sagte: „Er wurde genau zum Mittag geboren. Ist das nicht interessant? Und nach nur fünf Stunden Wehen."

„Ich nehme an, Miss Finch hat ihrem Vater geholfen?"

„Oh nein. Miss Finch ist von der zimperlichen Sorte. Sie hat die Älteste meiner Tante unterhalten und sich zu meinem Onkel gesetzt. Meine Mutter ist gegangen, um Dr. Finch zu helfen."

„Ich verstehe."

„Mein Onkel kommt mit so etwas nicht gut zurecht. Er sagte, er wäre verrückt geworden, wenn Miss Finch nicht dagewesen wäre. Sie ist vielleicht keine gute Krankenschwester, doch er sagte, Miss Finch macht eine gute Tasse Tee." Janets Gesichtsausdruck wurde plötzlich angespannt, als ob sie sich Sorgen machte, dass sie zu viel geredet hatte. „Wenn das alles ist, Miss?"

„Ja, danke."

Janet schloss die Tür hinter sich, und ich drehte mich auf dem Hocker um und wandte mich wieder dem Schminktisch zu, auf dem der Manuskriptkarton mit *Mord auf dem neunten Grün* ruhte. Zumindest konnte ich jetzt Annas Geheimnis bewahren, ohne dass mich mein Gewissen aufspießte. Ich nahm den Manuskriptkarton zusammen mit Serenas Aufsatz über die Zersetzung, den ich aus dem medizinischen Buch genommen hatte. Nachdem ich letzte Nacht in mein Zimmer zurückgekehrt war, hatte ich es unter eine Parfümflasche gelegt. Ich faltete Serenas Papier und steckte es in meine Tasche. Hoffentlich würde ich Serena heute danach fragen können.

Als ich die Treppe hinunterging, kam Mr. Busby die Treppe hinauf und strich sich sein dunkles Haar aus der Stirn. Er traf mich auf dem Absatz. „Miss Belgrave. Genau die Person, die ich gesucht habe." Er hob die Augenbrauen und senkte den Blick auf die Schachtel in meinem Arm. „Das Manuskript von May, nehme ich an."

Ich reichte ihm den Karton. „Ich wollte es Ihnen gerade bringen. Bei allem, was gestern passiert ist, hatte ich keine Gelegenheit, es Ihnen zu geben."

„Ja, offensichtlich." Ein Dienstmädchen ging durch die Diele, und Mr. Busby schnippte mit den Fingern nach ihr. „Sie da drüben. Ja, Sie. Kommen Sie hoch."

Das Dienstmädchen klemmte den Staubwedel unter den Arm und stieg die Stufen zum Treppenabsatz hinauf. Mr. Busby reichte ihr den Karton. „Sehen Sie zu, dass das in mein Zimmer gelegt wird."

Sie schluckte und blickte die nächste Treppe hinauf, dann

wieder zu Mr. Busby. „Bitte um Verzeihung, Sir, aber welches Zimmer?"

„Sie wissen nicht, in welchem Zimmer Ihre Gäste untergebracht sind?"

„Tut mir leid, Sir. Ich bin die letzten Tage krank gewesen."

„Ich bin Mr. Busby. Ich bin im Hepplewhite-Zimmer."

„Ja, Sir. Ich bringe es sofort dorthin." Das Dienstmädchen machte einen Knicks und eilte die nächste Treppe hinauf.

Ich sah ihr nach, dann wandte ich mich wieder Mr. Busby zu. „Das ist die einzige Kopie des Manuskripts."

„Denken Sie, ich sollte es unter Verschluss halten?" Sein Ton verriet, dass er mich für ein dummes Frauenzimmer hielt. „Ich weiß, wie ich meine Arbeit zu machen habe, Miss Belgrave – im Gegensatz zu einem Emporkömmling wie Ihnen. Ich weiß, Sie denken, Sie arbeiten für Hightower Books, aber ich versichere Ihnen, dass dieser kleine Ausflug für Mr. Hightower Ihr letzter für den Verlag sein wird."

Eine Bewegung hinter meiner Schulter erregte seine Aufmerksamkeit. Er wandte sich zur Seite und hatte plötzlich ein breites Lächeln im Gesicht. „Einen wunderschönen guten Morgen, Lady Holt." Er ging an mir vorbei, stieg die Treppe hinauf und streckte den Arm aus.

Ich hätte Mr. Busby gerne gesagt, dass ich kein Interesse hatte, weiter bei Hightower Books zu arbeiten, solange er dort beschäftigt war, doch ich wünschte Lady Holt nur guten Morgen und ging dann vor ihr und Mr. Busby nach unten.

Bower traf mich am Fuß der Treppe. „Eine Telefonnachricht für Sie, Miss Belgrave, von Miss Finch. Sie ist heute Morgen beschäftigt, lädt Sie aber ein, sie um drei Uhr zu Hause zu besuchen. Sie sagte, es geht um die Notiz, über die Sie gesprochen haben."

Anna muss die getippte Notiz gefunden haben, die sie von Mayhew erhalten hatte. Ich dankte Bower für die Nachricht und ging in das Frühstückszimmer, um schnell zu essen und so schnell wie möglich wieder zu gehen. Ich wollte nicht länger als nötig in Mr. Busbys Nähe sein.

~

Da Anna erst später zur Verfügung stand, machte ich mich nach dem Frühstück auf die Suche nach Serena. Ich klopfte an die Tür ihres Arbeitszimmers, und sie öffnete sich bei meiner Berührung. Ich trat ein, doch der Raum war leer.

Hohe Fenster ohne Vorhänge säumten eine Seite des langen, schmalen Raumes, und zwei Kronleuchter hingen von den Medaillons an der Decke. Die Kronleuchter waren die einzigen kunstvollen Einrichtungsgegenstände im Raum. Keine Teppiche oder andere Textilien hier. Auf den nackten Holzböden standen mehrere Tische aus simplen Böcken. An den kürzeren Wänden des Raums standen Schränke, und Bücherregale säumten die längere Wand gegenüber den Fenstern.

Es war ein so interessanter Raum, dass ich ihn nicht verlassen konnte, ohne mich kurz umzusehen. Auf der Arbeitsfläche eines der Tische lagen Stifte verstreut, zusammen mit Stofffetzen und Tintenfässern. Auf einem anderen Tisch standen ein Bunsenbrenner, Glasröhrchen und Flöten sowie eine Metallzange und dicke Handschuhe. Auf einem weiteren Tisch waren Holzkisten mit Erde in einem Miniatur-Glashaus. Ich ging nahe genug heran, um die Etiketten zu lesen, die an den Kisten angebracht waren – *Samt*, *Tweed*, *Canvas*, *Chintz*, *Leder* und *Filz*. Vor jeder Kiste lag ein Blatt Papier, das mit akribischen Notizen gefüllt war und den Zustand des Materials im Laufe der Zeit beschrieb. *Schimmelspuren vorhanden. Rechte Kante ausgefranst. Starke Verfärbung.* Die Handschrift ähnelte der unordentlichen Kursivschrift, die ich gestern Abend auf dem Papier im medizinischen Buch gesehen hatte.

Ein weiterer Tisch war übersät mit den Teilen eines zerlegten Staubsaugers, während die verglasten Vitrinen am anderen Ende des Raumes verschiedene Behälter enthielten, die mit in Flüssigkeit konservierten Proben gefüllt waren. Ich erkannte einen Oktopus, einen Aal, verschiedene Fischarten und ein paar Dinge, die verdächtig menschlich aussahen – wie Augäpfel und Finger –, doch Serena würde sicherlich keine menschlichen Präparate in ihrem Arbeitszimmer haben … oder?

Ich ging zur Tür, blieb aber stehen und kehrte zurück, um mir die Bücher anzusehen. Mehrere medizinische Texte säumten die Regale. Wenn Serena *datura stramonium* nachschlagen wollte, hatte sie hier viele Gelegenheiten, das zu tun. Warum sollte sie in der Bibliothek von Blackburn Hall nach einem Buch suchen und eine Seite ihrer Unterlagen darin lassen? Das war eine weitere Frage, die ich nicht beantworten konnte.

Ich verließ das Arbeitszimmer und wanderte durch Blackburn Hall, doch ich konnte Serena nicht finden. Ich fand ihre Golfschläger im Schrank unter der Treppe, also ging ich nicht davon aus, dass sie auf dem Platz war. Als ich aus dem Schrank trat, ertönte Bowers Stimme an meiner Schulter. „Darf ich Ihnen helfen, Sportgeräte zu finden, Miss Belgrave?"

„Nein, ich suche nach Serena. Ich sehe, ihre Schläger sind hier."

„Miss Shires ist ins Dorf gegangen. Ich glaube, sie beabsichtigt, vor dem Mittagessen zurück zu sein. Soll ich ihr sagen, dass Sie mit ihr sprechen möchten?"

„Ja, danke."

„Sehr wohl."

„Ist Mr. Rimington heute vorbeigekommen?" Da Bower offensichtlich wusste, wer was wo tat, konnte ich sein Wissen genauso gut nutzen.

„Er und Mr. Brown haben früh gefrühstückt und sind zum Golfplatz gefahren."

Es dauerte einen Moment, bis ich mich daran erinnerte, dass Mr. Brown Zippy war. „Danke. Ich glaube, ich werde bis zum Mittagessen im Garten spazieren gehen." Ich hatte vor, durch die Fenstertüren im Salon in den Garten zu gehen, doch als ich sie erreichte, blieb ich stehen.

Mr. Busby saß an einem runden Tisch auf der Terrasse, rauchte eine Zigarette und las das Manuskript, das ich ihm heute Morgen gegeben hatte. Die Schachtel lag auf seinem Schoß, und er hatte einen Stapel Seiten darauf gelegt. Ich wollte ihm nicht wieder begegnen, also ging ich durch den Salon zurück in den Tagessalon, um das Haus durch dessen Türen zu verlassen, da sie sich zu den Gärten an der Ostseite des Hauses öffneten.

Lady Holt arrangierte Blumen im Tagessalon. „Entschuldigen Sie die Störung", sagte ich.

„Schon gut. Tatsächlich würde ich mich über Ihre Meinung zu diesem Arrangement freuen." Sie drehte eine Vase mit Iris um, damit ich sie von allen Seiten sehen konnte. „Wird es beim Abendessen stören und verhindern, dass sich die Gäste über den Tisch hinweg sehen?"

„Ich glaube nicht, dass das ein Problem sein wird." Allein die Vase reichte mir fast bis zum Ellbogen, und die Blumen, die Lady Holt darin arrangiert hatte, waren hohe violette Iris. Der wenige Efeu, den sie benutzte, um das Arrangement weicher zu gestalten, hing nicht über den Rand.

„Gut", sagte Lady Holt. „Ich hasse hängende Blumen, die mir die Sicht versperren."

Lady Holt nahm eine Iris aus einem Korb auf dem Tisch. Da Serena nicht hier war, schien dies ein idealer Zeitpunkt zu sein, um Lady Holt nach dem Kräuterbuch zu fragen. Ich fragte: „Kann ich Ihnen meine Hilfe anbieten?"

„Ja, wenn Sie mir diese Schere geben könnten – danke." Lady Holt wandte sich einer zweiten Vase mit Schwertlilien zu und schnitt ein paar Blätter ab.

Ich konnte Lady Holt nicht direkt nach dem Kräuterbuch fragen. Ich sammelte die Blätter ein, während sie sie schnitt, und schob sie zu einem Haufen zusammen. „Mir ist das Kräuterbuch auf Ihrem Schreibtisch aufgefallen, als wir an dem Benimmbuch gearbeitet haben. Ich frage mich, ob Mr. Busby daran interessiert wäre, etwas in diese Richtung zu veröffentlichen?"

Lady Holt hielt in der Bewegung inne. „Daran hatte ich gar nicht gedacht."

„Es könnte interessant sein, eine Liste mit Rezepten und Heilmitteln zur Veröffentlichung zusammenzustellen. Ich nehme an, Ihr Kräuterbuch geht viele Generationen zurück."

„Das tut es." Sie hob die Schere an ihr Kinn. „Es müsste bearbeitet werden. Einige der Informationen sind veraltet, doch es gibt eine Reihe interessanter und nützlicher Rezepte."

„Sie benutzen es immer noch?"

„Oh ja. Tatsächlich habe ich es vor ein paar Tagen konsultiert, um zu bestätigen, dass mein Rezept für Handcreme einen ganzen Esslöffel Honig enthält." Sie schüttelte leicht den Kopf. „Henderson – meine Zofe – bestand darauf, dass es nur ein Teelöffel war. Doch ich wusste, dass es ein ganzer Esslöffel ist."

„Sie sollten Mr. Busby gegenüber die Idee erwähnen und sehen, ob er interessiert ist."

Lady Holt rückte einen der Irisstängel zurecht. „Das werde ich. Das ist ein ausgezeichneter Vorschlag." Sie drehte die Vase herum und steckte auf der anderen Seite Blumen hinein. „Die sind für das Abendessen heute. Sie bleiben doch?"

„Ja, falls es nicht ungelegen ist. Angesichts Mr. Pearce' Tod ..." Gestern hatte ich nicht geglaubt, meinen Aufenthalt auf Blackburn Hall noch verlängern zu können. Nachdem Mr. Busby erst einmal vor Ort war, brauchte ich Lady Holt nicht länger zu belästigen, doch ich bezweifelte, dass Longly wollte, dass ich sofort nach einem verdächtigen Tod nach London zurückkehrte. Langley hätte sicher ein Problem damit, dass ich das Landhaus verließ, wenn eine Untersuchung im Gange war.

Lady Holt wischte die Schere mit einer ungeduldigen Bewegung durch die Luft. „So eine Aufregung. Natürlich müssen Sie bleiben, bis dieser schreckliche Inspector mit seinen lästigen Fragen aufhört und die – äh – Ermittlung abgeschlossen ist." Sie steckte noch ein paar Blumen in die Vase. „Und die Dreistigkeit des Inspectors, zu glauben, dass jemand *das* tun würde" – sie schwenkte die Schere hin und her, und ich nahm an, dass sie das Wort *Mord* nicht wirklich aussprechen wollte – „an einem meiner Abende *und* während meiner Bridgerunde. So unhöflich."

Ich war der Meinung, dass Mord weit über Unhöflichkeit hinausging, doch ich war ihr Gast und behielt diesen Gedanken für mich. Stattdessen fragte ich: „Haben Sie eine Ahnung, wie Inspector Longly glaubt, dass es passiert ist?"

Sie schnitt ein schlaffes Blatt ab. „Nicht die geringste. Er wollte weder mir noch Lord Holt etwas sagen. Sehr respektlos. Das Mindeste, was er tun kann, ist, uns auf dem Laufenden zu halten." Ein weiteres Blatt fiel auf den Tisch. „Dieser dumme Mann scheint zu glauben, einer der Gäste habe Mr. Pearce absichtlich vergiftet. Ich sagte ihm, das sei unmöglich. Es gibt niemanden, der Mr. Pearce nicht mochte."

„Mr. Pearce hatte im Dorf einen guten Ruf?"

„Natürlich." Sie sagte es, als ob jeder, der mit Blackburn Hall in Verbindung stand, standardmäßig einen hervorragenden Ruf hatte. Sie steckte ein bisschen Efeu in das Arrangement. „Und die arme Emily."

Ich hob die letzten verstreuten Blätter auf und schob sie auf den Haufen. „Wie geht es ihr?"

„Am Boden zerstört. So eine süße Frau. Ihrem Mann so ergeben. Ich weiß nicht, warum der Inspector sie so grob behandelt hat."

„Inspector Long hat Mrs. Pearce grob behandelt?"

„Sie war in Tränen aufgelöst. Ich habe natürlich eingegriffen. Sie ist eine zarte Frau. Äußerst sensibel, wissen Sie. Mr. Longly sagte, er habe nur Routinefragen gestellt, doch er muss die Veranlagung einer Person berücksichtigen. Emily ist so sensibel. Er sollte nicht mit ihr umgehen wie mit einem hartgesottenen Kriminellen." Lady Holt trat zurück, um sich das zweite Blumenarrangement anzusehen, dann richtete sie ein paar der Stiele aus. „Ich bin sicher, Inspector Longly wird feststellen, dass es ein Unfall war."

Unfälle schienen Lady Holts Standardantwort für alles zu sein, was in Blackburn Hall passierte und ihr nicht gefiel. Ich widersprach ihr nicht. Sie drehte die Vase, um sie von allen Seiten zu untersuchen. Ihr Ton sagte, dass das Thema abgeschlossen war, also suchte ich nach einem neuen Gesprächsthema und dachte an Zippys Telefonat und nächtliche Ausflüge. „Wird Zippys Freund morgen mit uns essen?"

„Wen meinen Sie?" Ihr Ton war so scharf wie ihre Schere.

„Oh, hat Zippy nicht einen Freund hier in Hadsworth? Jemanden, dem er besonders nahe steht? Hat er nicht erwähnt –?"

„Nein. Tut er nicht." Lady Holt presste die Lippen aufeinander.

KAPITEL NEUNZEHN

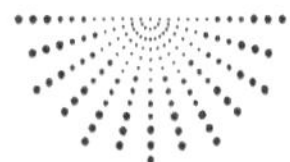

Die Tür zum Tagessalon öffnete sich, und Serena kam herein. Sie war offensichtlich gerade zurückgekommen, weil sie immer noch einen Hut und Handschuhe und eine kleine Metallhandtasche aus Silbergeflecht trug. „Hallo, Maria", sagte sie zu Lady Holt.

„Serena", sagte Lady Holt frostig.

Ich blickte zwischen den beiden Frauen hin und her und spürte Spannung in der Luft. Lady Holt konzentrierte sich auf die Blumenarrangements. Serena ignorierte Lady Holt. „Hallo, Olive. Bower sagte, du suchst nach mir?"

„Ja, ich würde mich gerne kurz mit dir unterhalten, wenn es dir passt."

Lady Holt stellte die Haarschneidemaschine auf den Tisch. „Dann lasse ich euch allein."

„Das ist nicht nötig", sagte Serena zu Lady Holt und wandte sich dann mir zu. „Warum kommst du nicht in mein Arbeitszimmer, Olive?"

Als wir die Treppe hinaufgingen, sagte Serena: „Ich muss mich für Maria entschuldigen. Sie ist nicht glücklich mit mir."

„Ich glaube, sie ist meinetwegen verärgert."

Das Metall von Serenas Tasche klapperte, als ihr Arm herumschwang. „Du? Warum sollte sie verärgert sein?"

„Ich habe nach Zippys Freunden hier im Dorf gefragt, und Lady Holt war nicht erfreut. Ich habe gehört, dass Zippy – ähm – jemandem in Hadsworth nahesteht –"

„Nun, das sind gute Neuigkeiten für mich", sagte Serena. „Das sollte Maria für eine Weile davon ablenken, sich über mich aufzuregen. Zippy hat einen besonderen Freund in der Nähe, doch es ist niemand, den Maria gutheißt. Keine der Familien entspricht ihren Standards – zumindest glaubt sie das, was absurd ist. Anna wäre gut für Zippy, doch lass uns sagen, seine Interessen liegen ganz in einem anderen Bereich."

„Derzeit in einer Beziehung?"

„Oh ja. Daran besteht kein Zweifel."

Also sagte Lady Holt, Zippy habe keinen „engen Freund" in Hadsworth, doch Serena sagte, dass dem so war. Ich war mir sicher, dass Serenas Einschätzung wahrscheinlich die ehrlichere von beiden war.

Serena stieß die Tür zu ihrem Arbeitszimmer auf und winkte mich hinein. „Umso besser für mich. Ich lasse Zippy heute die Aufmerksamkeit von mir nehmen."

„Warum sollte deine Schwester heute mit dir verärgert sein?"

Serena warf ihre Handtasche auf einen der Tische, und sie landete klappernd. „Maria ist meinetwegen verärgert, weil ich an Mayhews Anhörung teilgenommen habe." Serena zupfte an den Fingerspitzen ihrer Handschuhe. „Laut Maria sollten wir die Ereignisse genauso wie die Untersuchung komplett ignorieren, denn dann ist es, als ob sie nicht existieren – zumindest in ihrer Welt." Serena warf ihre Handschuhe über ihre Handtasche und zog eine Bank unter einem der Bocktische hervor. „Nimm Platz."

„Ich hatte keine Ahnung, dass sie heute stattfinden sollte." Es erklärte, warum Inspector Longly heute Morgen nicht nach Blackburn Hall gekommen war.

„Maria hat sich sehr bemüht, es unter den Teppich zu kehren."

Ich rutschte zwischen Tisch und Bank. „Wer war bei der Anhörung?"

„Der Polizeiarzt, Colonel Shaw, Inspector Calder und Inspector Longly, und anscheinend ein großer Teil des Dorfes."

Serena ging in den hinteren Teil des Zimmers und nahm eine Teekanne aus einem Schrank. „Möchtest du eine Tasse Tee?"

„Ja, das wäre schön."

Sie füllte die Teekanne mit Wasser aus dem Hahn eines kleinen Waschbeckens, das ich vorher nicht bemerkt hatte. Sie stellte die Teekanne auf den Bunsenbrenner, öffnete einen weiteren Schrank und nahm zwei dicke Tassen heraus.

„Ich bin überrascht, dass sie mich nicht auch bei der Untersuchung haben wollten", sagte ich. „Schließlich war ich bei dir, als du Mayhews Leiche entdeckt hast."

Sie zuckte mit den Schultern. „Anscheinend brauchten sie nur mein Zeugnis."

„Sind sie zu irgendwelchen Schlüssen gekommen?"

Serena schloss die Schranktür. „Unfalltod."

„Wirklich?" Ich war schockiert. Hatten sie den Zustand von Mayhews Cottage nicht berücksichtigt?

Serena stellte Zucker, Löffel und eine Dose Kekse auf den Tisch. „Wenigstens wird Maria glücklich darüber sein", sagte sie und zuckte dann zusammen. „Das hört sich schrecklich an. Ich meine nur, Maria wird froh sein, dass die Untersuchung abgeschlossen ist und das Urteil Unfalltod lautet."

Ich reihte die Löffel nebeneinander auf. „Warum ist Lady Holt so darauf erpicht, dass Mayhews Tod zu einem Unfall erklärt wird?"

Serena verschränkte die Arme und lehnte ihre Hüfte gegen den Tisch, während sie darauf wartete, dass das Wasser kochte. „Weil Maria nicht einmal einen Hauch von Skandal auf Blackburn Hall haben möchte. Es passt nicht zu" – Serena machte eine ausladende Bewegung, die das Gelände und Blackburn Hall umfasste – „dem Bild, das sie darstellen möchte. Ich bin mir sicher, dass das mit der Veröffentlichung ihres Etikette-Leitfadens nur noch schlimmer werden wird." Serena seufzte. „Maria wird endlos viele Reporter empfangen und von uns allen angemessenes Verhalten erwarten – und sie wird noch gereizter als sonst auf mich reagieren." Sie neigte den Kopf zum Tisch mit den Kisten voller Erde und warf dann einen Blick auf den Schrank mit den Präparaten. „Ich bin nicht gerade konventionell. Maria betrachtet mich als Plage."

Mit einem Pfeifen entkam Luft aus der Teekanne, und Serena schaltete den Bunsenbrenner aus. „Der einzige andere interessante Leckerbissen, der herausgekommen ist, war, dass Mayhews Vater vor sechs Monaten gestorben ist. Nur eine kurze Erwähnung. Ich habe nicht verstanden, warum das in die Akten aufgenommen wurde, doch anscheinend war es wichtig."

Ich hörte auf, die Löffel herumzuschieben. „Oh." Wenn Mayhews Vater seit Monaten tot gewesen war, dann konnte er nichts mit Mayhews Tod zu tun haben.

Serena brachte die Teekanne herüber. „Weißt du, warum es wichtig ist?"

„Mayhew hatte Angst vor ihm", sagte ich und dachte, das sei allgemein genug, um Serenas Neugier zu befriedigen, doch nicht so konkret, dass es das Versprechen brach, das ich Colonel Shaw gegeben hatte, Mayhews Vergangenheit geheim zu halten. Es klang, als hätten sie beschlossen, Mayhews Verbindung zu May und den berüchtigten Pikenwillow-Feen nicht zu erwähnen. Ich war mir sicher, wenn die Feen erwähnt worden wären, wäre es das Erste gewesen, worüber Serena gesprochen hätte. Ich spürte den Einfluss von Lady Holt auf den Ausgang der Untersuchung. Ich wette, Colonel Shaw und die Ermittler hatten es aus den öffentlichen Verfahren herausgehalten, um Lady Holt bei Laune zu halten. Wenn bekannt wurde, dass Mayhew tatsächlich Veronica May war, die mit den Pikenwillow-Feen, würde jedes Klatschblatt in London einen Reporter schicken.

Serena hielt mit der Teekanne über den Tassen inne. „Ich verstehe." Sie goss die dampfende Flüssigkeit ein, reichte mir eine Tasse, setzte sich mir gegenüber und stellte die Teekanne auf einen Topflappen aus Filz.

„Ist bei der Untersuchung noch etwas Interessantes herausgekommen?", fragte ich.

„Nein. Es war alles ziemlich klar."

Die Ermittler hatten also nicht nur Mayhews wahre Identität nicht erwähnt, sondern auch Mayhews Tätigkeit als Romanautorin vertuscht. Eine Taktik, um sicherzustellen, dass Reporter nicht über Hadsworth und Blackburn Hall herfielen? Ich hielt die Tasse in beiden Händen. „IstPearce' Tod heute bei der Anhörung zur Sprache gekommen?"

„Nein." Serena rührte ihren Tee um. „Ich hatte erwartet, dass sein Name erwähnt würde, doch niemand hat auch nur ein Wort über ihn verloren."

Ich wollte gerade einen Schluck Tee trinken, doch ich senkte die Tasse wieder. „Wie seltsam. Ich hatte gedacht, dass zwei Todesfälle so nah beieinander in einem so kleinen Ort zusammenhängen müssen."

„Doch Mayhews Tod war ein Unfall. Die Situation um Pearce ist ganz anders."

Ich war nicht davon überzeugt, dass Mayhews Tod ein Unfall war, doch wenn ich die Tatsache, dass ich in der Hütte herumgeschnüffelt hatte, nicht herausposaunen wollte, konnte ich nicht widersprechen.

Serena nippte an ihrem Tee und sagte dann: „Genug davon. Du willst nicht mit mir über die Anhörung sprechen. Wolltest du dich über Golf unterhalten?"

„Golf?"

„Unsere Abschlagszeit ist morgen früh, erinnerst du dich? Wenn du nervös bist, sei es nicht. Ich zeige dir ein paar einfache Schwünge, um dir den Einstieg zu erleichtern, und dann ist es immer am besten, einfach loszuspielen. Denk nicht zu viel nach – das kann dein Spiel ruinieren."

Bei allem, was passiert war, hatte ich völlig vergessen, dass ich zugestimmt hatte, mit Serena Golf zu spielen. „Ich bin sicher, es wird schön." Ich war daran interessiert, Golf auszuprobieren, doch es war nicht das, worauf ich mich jetzt konzentrieren wollte. Der Tee war zu heiß, und ich stellte meine Tasse ab. „Eigentlich wollte ich mit dir über etwas ganz anderes sprechen – Asthmazigaretten. Nach dem, was letzte Nacht passiert ist, habe ich darüber nachgelesen. Ich hatte keine Ahnung, dass sie so gefährliche Stoffe wie Belladonna und *datura stramonium* enthalten."

Serenas Brauen hoben sich. „Wirklich? das wusste ich auch nicht. Ich habe kein Asthma und auch sonst niemand in der Familie."

„Ich dachte, du hättest sie vielleicht aus irgendeinem ... wissenschaftlichen Grund recherchiert." Ich sah mich im Arbeitszimmer von den Kisten voller Erde bis zum Tisch mit dem

Bunsenbrenner um.

„Nein. Ich konzentriere mich gerade darauf, Zersetzungsvorgänge zu studieren – nun, ich habe ein paar Nebenprojekte wie den Stift, der kein Tintenfass braucht, und die Verbesserungen am Staubsauger, doch das sind eher kleine Ablenkungen von meiner eigentlichen Arbeit."

„Dann frage ich mich, wie das in ein medizinisches Buch in der Bibliothek gekommen ist." Ich holte das Papier aus meiner Tasche. „Es lag in der Seite mit einem Eintrag über *datura stramonium*. Es gehört dir, nicht wahr? Ich dachte, du suchst vielleicht danach."

Serena nahm das Papier mit gerunzelter Stirn. Sie überflog die Seite, dann entspannte sich ihr Gesicht. „Oh ja. Ich habe ein Rezept für diffusionsfähige kreosotierte Flüssigkeit nachgeschlagen, das auf derselben Seite sein muss. Die Einträge sind alphabetisch." Sie sagte es, als ob das meine Frage beantwortet hätte. „Ich brauche das nicht." Sie hob das Papier hoch. „Das ist ein alter Entwurf – Altpapier. Ich muss es benutzt haben, um die Stelle im Buch zu markieren."

„Ich bin mir nicht sicher ob ich das verstehe. Diffusionsfähige kreo–?"

„Diffusionsfähige, mit Kreosot angereicherte Flüssigkeit. Es ist ein Konservierungsmittel." Sie nickte zu den Exemplaren in den Vitrinen mit Glasfront. „Ich habe eines der Gläser umgeworfen. Es ist gebrochen, und ein Teil der Lösung ist herausgesickert. Ich musste das richtige Rezept für die Lösung nachschlagen, um es wieder aufzufüllen. Ich verwende die Präparate nicht, doch sie könnten jemand anderem für wissenschaftliche Studien nützlich sein."

Es war eine vollkommen logische Erklärung, und Serena sah überhaupt nicht besorgt aus. Vielleicht war es ein Zufall, Serenas Aufsatz im medizinischen Buch in der Nähe des Eintrags über *datura stramonium* zu finden.

Serena ließ ihre handgeschriebenen Notizen auf den Tisch fallen. „Ich frage mich, ob Mrs. Shaw weiß, was in ihren Zigaretten ist? Vielleicht sollte ich es ihr gegenüber erwähnen."

„Ich denke, das ist eine gute Idee. Sie sind ziemlich gefährlich. Eines der Anzeichen von Überdosierung sind erweiterte

Pupillen. Du hast Pearce in die Augen geschaut. Waren sie erweitert?"

Sie nickte. „Sie waren riesig. Ich habe so etwas noch nie gesehen. Es war sehr interessant – wissenschaftlich gesehen, meine ich." Serena schüttelte leicht den Kopf und griff nach ihrem Tee. „Und genau das bringt mich in Schwierigkeiten."

„Was meinst du?"

Sie trank einen großen Schluck und sagte dann: „Inspector Longly und Colonel Shaw hatten nach der Anhörung ein paar Fragen an mich."

„Über Mayhew?"

„Nein, Pearce. Befolge meinen Rat und fang kein Hobby an, das etwas mit dem Tod zu tun hat. Offenbar macht es dich automatisch zu einer Verdächtigen."

„Was?"

„Laut Colonel Shaw bin ich eine ausgesprochen seltsame Frau mit einer Faszination für den Tod." Sie hob ihre Tasse zu den Kisten voller Erde und den Probengläsern.

„Deine Untersuchungen machen dich zu einer Verdächtigen?"

„Der Colonel ist altmodisch. Er ist der Meinung, eine Frau sollte heiraten und Kinder haben. Ich bereite ihm Unbehagen mit meinen wissenschaftlichen Studien und meinem Interesse am Verfall. Und natürlich die Präparate. Bei deren Anblick wird ihm *sehr* unbehaglich. Weißt du, keine angemessene Sache für eine Frau. Das Lustige ist, das sind nicht einmal meine." Sie hob ihre Tasse in Richtung des Schranks mit den Präparaten. „Sie haben meinem Großonkel Jonas gehört. Das war sein Arbeitszimmer. Er war einer dieser Viktorianer mit Klassifikationswahn. Er hat sein Leben damit verbracht, Präparate zu sammeln und zu konservieren."

„Woher weiß Colonel Shaw überhaupt von den Präparaten?"

„Jeder im Dorf weiß davon. Die meisten Leute finden sie … geschmacklos. Und Colonel und Mrs. Shaw wohnen gegenüber der Kirche, also wäre da auch noch das."

„Was hat die Kirche damit zu tun?"

„Ich mag Friedhöfe. Ich gehe dorthin, wenn ich nachdenken muss. Friedhöfe finde ich sehr friedlich. Ich mag es, da spazieren zu gehen und die Daten auf den Grabsteinen zu lesen. Es hilft mir, meinen Kopf freizubekommen." Sie nippte an ihrem Tee und stellte dann die Tasse ab. „Glücklicherweise bietet der Besitz von Präparaten und das Spazierengehen auf Friedhöfen keine ausreichend starke Grundlage, um mich verhaften zu lassen und mich des Mordes an Pearce anzuklagen."

Einen Moment lang spielte ich mit dem Gedanken, dass Serenas wissenschaftlicher Verstand in Kombination mit ihrem Interesse am Tod sie dazu veranlasst hatte, *datura stramonium* inPearce' Kaffeetasse zu geben. Konnte sie es getan haben, um jemanden mit eigenen Augen sterben zu sehen? Es schien eine absurde Theorie. Ich verdrängte sie aus meinem Kopf. Obwohl ihr wissenschaftliches Interesse vielleicht nicht als damenhaft galt, schien sie mir nicht verrückt. Und sie schien nicht übermäßig besorgt zu sein. Tatsächlich war ihr Kopf zur Seite geneigt, als sie den quadratischen Topflappen aus Filz berührte, auf dem die Teekanne stand. „Ich frage mich … ich habe es noch nicht mit Filz versucht …", murmelte sie, den Blick auf den Tisch mit den Stiften gerichtet.

„Nun, ich sollte dich an die Arbeit gehen lassen." Ich stand auf. „Danke für den Tee!"

„Natürlich." Sie sagte es automatisch. „Ich glaube, ich habe noch ein Stück Filz. Wenn nicht, wird Mrs. Jones etwas …" Sie redete mit sich selbst. Sie ging zu den Schränken und begann, Türen zu öffnen und den Inhalt zu durchsuchen. Während sie beschäftigt war, nahm ich das Papier, das ich im medizinischen Buch gefunden hatte. Sie hatte es beiläufig auf einen unordentlichen Stapel Papiere geworfen. Ich bezweifelte, dass sie es vermissen würde. Serena schien nicht einmal zu bemerken, dass ich noch im Arbeitszimmer war, als ich zur Tür ging. Sie zog Schubladen auf und durchwühlte sie. Sie befand sich in einem Zustand, den ich oft bei meinem Vater gesehen hatte – mit ihren eigenen Gedanken beschäftigt und sich nur vage bewusst, was um sie herum vorging.

Ich blieb an der Tür stehen. Serena war so konzentriert, vielleicht könnte ich noch etwas fragen und sie würde antworten, ohne nachzudenken. „Konsultierst du jemals Lady Holts Kräuterbuch?"

Sie schob eine Schublade zu und öffnete die darunter. „Nein", sagte sie, ohne aufzusehen. „Ich bin nie krank, und ich interessiere mich nicht für Lotionen und Cremes."

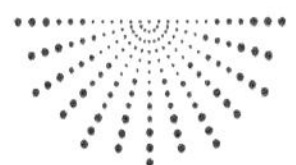

KAPITEL ZWANZIG

Nach dem Mittagessen fuhr ich von Blackburn Hall weg, um Anna zu besuchen. Als ich das Gelände verließ und in Richtung Dorf abbog, sah ich eine bekannte blonde Gestalt auf mich zukommen. Ich trat auf die Bremse, als ich mit Jasper auf einer Höhe war, der zum Gruß seinen Fedora hob. „Guten Morgen! Wohin des Weges?"

Ich schluckte. „Anna besuchen."

„Großartig. Ich komme mit." Jasper setzte seinen Hut auf seinen Kopf, stieg ein und schloss die Tür. „Warum fährst du nicht los? Gerade bist du noch wie ein Feuerwehrmann auf dem Weg zu einem Brand gefahren."

„Ja – ähm, nun … Anna erwartet nicht uns beide." Ich hatte niemandem erzählt, dass Anna Mayhews Ghostwriterin war, und ich wollte jetzt auch nicht damit anfangen, was mich in eine unangenehme Lage brachte.

„Oh." Jasper kniff die Augen zusammen. „Das ist also mehr als ein Höflichkeitsbesuch?"

„Womöglich." Ich nahm an, dass Anna irgendwann Longly von ihrem Ghostwriting-Geheimnis erzählen würde, doch wenn Mayhews Tod nicht weiter untersucht wurde, musste sie niemandem die Wahrheit verraten.

„Faszinierend", sagte Jasper. „Du weißt, dass ich ein gutes Geheimnis liebe."

„Genau wie ich, aber es ist nicht an mir, dieses Geheimnis zu enthüllen."

„Ah, ich verstehe. Hast also Geheimnisse vor deinem getreuen Assistenten, nicht wahr?"

„Ich habe geschworen, nichts zu sagen", konterte ich.

„Hmm. Das muss ein Mann wohl respektieren. Es wäre nicht richtig, darüber zu reden." Er rückte sein Revers zurecht und lehnte sich zurück. „Natürlich sollte ich dich begleiten, da du vermutest, dass wir einen Mörder unter uns haben. Es wäre unhöflich, es nicht zu tun."

Ich würde ihn nicht loswerden, so viel war klar. Jasper konnte ziemlich stur sein, also löste ich die Bremse. „Dann wirst du vielleicht irgendwann im Garten spazieren gehen müssen."

„Solange ich dich im Blick behalten kann, macht mir ein Gartenspaziergang nichts aus. Gärten sind schöne Orte. Ich sehe mir immer gerne schöne Dinge an", sagte er. Ich konnte seinen Blick auf mir spüren, doch ich hielt meine Aufmerksamkeit auf der nahenden Kurve und lenkte den Wagen entlang des weiten Bogens.

Jasper packte die Tür oben mit einer Hand. „Bist du eigentlich ein guter Fahrer?"

„Ein Ausgezeichneter. Ich kann auf beiden Straßenseiten fahren, weißt du? Als ich in Amerika studiert habe, hatte einer meiner Freunde ein kleines Auto und hat es mich oft fahren lassen."

„Solange du *jetzt* auf der entsprechenden Straßenseite bleibst, ist das alles, was mich interessiert."

Als wir aus der Kurve kamen, richtete ich das Lenkrad gerade aus und schaltete herunter, als wir über die kleine Brücke holperten.

Jasper löste seinen krampfhaften Griff von der Tür. „Ich habe Neuigkeiten."

„Wenn es um die Anhörung geht, habe ich schon aus erster Hand von Serena davon gehört. Ich hatte heute Morgen ein interessantes Gespräch mit ihr."

Jasper schüttelte den Kopf. „Ich hätte es wissen sollen. Du weißt, dass Mayhews Tod als Unfall eingestuft wurde?"

„Ja."

„Du bist anderer Meinung?"

Ich wandte den Blick von der Straße ab, um mich für einen Moment auf Jasper zu konzentrieren. „Wie kommst du –?"

„Dein vollkommen ungläubiger Ton ist kaum zu überhören."

„Dann sollte ich wohl vorsichtiger sein." Ich schüttelte den Kopf. „Ich glaube einfach nicht, dass zwei Todesfälle in Hadsworth, die zeitlich so nah beieinander liegen, nicht irgendwie zusammenhängen." Ich seufzte. „Ich habe keinen Hinweis darauf gehört, wie sie miteinander verbunden werden könnten – außer Mayhews undPearce' Geschäftsverbindung." Ich erzählte ihm, was ich über Asthmazigaretten, Zippys nächtliches Telefonat und meine Gespräche mit Lady Holt und Serena erfahren hatte.

„Meine Güte, wie sorgfältig du bist."

„Von einem Inspector von Scotland Yard befragt zu werden, gibt einem eine unglaubliche Motivation, Dinge zu klären, insbesondere auf eine Weise, die zeigt, dass ich nichts mitPearce' Tod zu tun hatte. Doch es wird immer unübersichtlicher, nicht besser."

Ein Windstoß traf uns, als wir hinter einer Hecke hervorkamen, und Jasper hob die Hand, um seinen Hut zu halten. „Zumindest die Frage, ob Mayhews Vater beteiligt sein könnte oder nicht, wurde beantwortet."

„Sehr eindeutig." Ich beugte mich vor, um einen Blick um einen Lastwagen zu werfen, dem wir schnell näherkamen. Die andere Spur war frei, also fuhr ich um das schwerfällige Fahrzeug herum. „Die Anhörung erklärt auch, warum ich Longly heute Morgen nicht gesehen habe. Ich war mir sicher, dass er gleich am Morgen auftauchen würde." Meine Hände verkrampften sich um das Lenkrad, als mich ein nervöses Gefühl überkam. „Natürlich war er mit der Anhörung beschäftigt, doch ich bin sicher, es wird nicht lange dauern, bis er seine Aufmerksamkeit wieder aufPearce' Tod richtet." Ich wurde langsamer, als wir durch das Dorf fuhren.

Jasper kratzte sich an der Wange. „Vielleicht. Als die Schlussstellungname verlesen wurde, hat er nicht erfreut ausgesehen."

Ich bog auf die Straße ab, die zu Dr. Finchs Haus und Praxis führte. „Hat er nicht?"

„Nein, eher so, als hätte er einen Löffel Sahne im Kaffee gehabt, die schlecht geworden war."

„Das ist interessant." Ich hielt vor Dr. Finchs Wohnhaus an. „Ich frage mich, ob er Mayhews Tod weiter untersuchen wird? Der Fall ist offiziell abgeschlossen, nehme ich an."

„Ich kann mir vorstellen, dass er seine Aufmerksamkeit auf Pearce richten muss." Jasper holte ein Blatt Papier aus seiner Tasche und faltete es auseinander, dann drückte er es an seine Brust, als er sich mir zuwandte. „Aber du glaubst immer noch, dass Mayhews Tod kein Unfall war?"

Stirnrunzelnd betrachtete ich mein Spiegelbild in der Windschutzscheibe. „Ja. Das glaube ich wirklich. Es gibt zu viele Dinge, die sich nicht richtig anfühlen."

Jasper nickte entschieden. „Ich hatte den Verdacht, dass du dein Interesse an Mayhews Tod nicht aufgeben würdest." Er reichte mir das Papier mit Schwung. Es war eine Liste von Namen, die in seiner sorgfältigen Blockschrift geschrieben waren. Jasper zeigte auf die linke Spalte. „Gäste, die am Dienstag, Mittwoch und Donnerstag im Gasthaus übernachtet haben." Er bewegte seinen Finger zum oberen Rand der rechten Spalte. „Und eine Liste der Spieler, die an den gleichen Tagen auf dem Golfplatz waren."

„Jasper, das ist wunderbar! Wie hast du das bekommen?"

„Das Gasthaus war einfach. Der Besitzer macht sich nicht die Mühe, das Gästebuch wegzuräumen. Ich habe gewartet, bis alle beschäftigt waren, und mir dann die Namen notiert. Es sind nur drei, wie du sehen kannst, also hat es nicht lange gedauert. Sie haben vier Zimmer, doch nur drei davon waren in der Zeit, die uns interessiert, belegt. Schwieriger war es, die Informationen vom Golfplatz zu bekommen. Der Starter wollte nicht mit mir reden, doch seine Tochter arbeitet im Clubhaus."

„Starter?"

„Derjenige, der die Abschlagzeiten verwaltet und alle pünktlich losschickt."

„Du meinst, es gibt Aufzeichnungen von allen, die gespielt haben, und der genauen Zeit, zu der sie abgeschlagen haben?", fragte ich.

„Genau."

„Und diese Person, die die Abschlagszeiten verwaltet, hat eine attraktive Tochter, mit der du geflirtet hast."

„Du sagst das, als wäre es eine Selbstverständlichkeit", sagte Jasper.

„Ist es nicht?"

„Obwohl sie attraktiv ist, war sie an keiner Art von Tändelei interessiert. Das einzige, was sie davon überzeugt hat, mir diese Namensliste zu besorgen, war kaltes Geld. Ziemlich demütigend, gebe ich zu."

„Schockierend."

„Passiert öfter, als ich zugeben möchte."

„Irgendwie bezweifle ich das." Wir wurden beide ernst, als wir uns über das Papier beugten. Während die Liste des Pubs kurz war, war die Liste der Golfer viel länger.

Jasper sagte: „Die Übernachtungsklientel des Gasthauses sind Golfer. Wenn sie hier Urlaub machen, wollen sie natürlich so viel wie möglich auf dem Platz sein. Sie waren wahrscheinlich jeden Tag da."

Ich verglich die beiden Listen. „Es sieht so aus, als ob alle, die im Gasthaus übernachtet haben, am Mittwochmorgen auf dem Golfplatz waren." Ich drehte mich um und sah Jasper an. „Du hast den Platz gespielt. Wäre jemand in der Lage gewesen, für eine Abschlagszeit einzuchecken, den Platz zu verlassen und zu dem Ort zu gelangen, an dem Mayhew gestorben ist – und alles, ohne dass es jemand bemerkt hätte?"

Jasper runzelte die Stirn. „Das wäre schwierig. Da der Fluss den Platz vom Anwesen von Blackburn Hall trennt, müsste jemand den ganzen Weg hinunter zum Dorf zurückgehen, die Brücke überqueren und dann das Gelände von Blackburn Hall betreten. Das wäre eine lange Wanderung. Soll aber nicht heißen, dass jemand es nicht getan haben könnte. Doch die Spieler gehen normalerweise zu zweit oder zu viert, sodass die Partner sich einig sein müssten, um jemandes Verschwinden geheim zu halten."

„Und dann wäre da noch die Golftasche", sagte ich. „Es würde seltsam aussehen, wenn jemand eine Golftasche durch den Garten von Blackburn Hall tragen würde. Oder derjenige musste sie irgendwo verstauen und dann wieder holen, bevor er sich wieder seiner Gruppe auf dem Golfplatz anschloss."

„Oder er hat jemanden aus seiner Gruppe die Tasche tragen lassen", sagte Jasper.

Ich lehnte mich zurück. „Ganz zu schweigen davon, woher jemand genau wissen sollte, wann Mayhew auf dem Weg von der Hütte sein würde? Mehrere Leute haben erwähnt, wie zurückgezogen Mayhew lebte. Es klingt, als wäre sie eher ein Stubenhocker, nicht der Typ Mensch gewesen, der jeden Tag zur gleichen Zeit einen Morgenspaziergang macht." Ich gab Jasper das Papier zurück. „Es scheint, dass die Golfer als mögliche Verdächtige für eine Beteiligung an Mayhews Tod ein Schuss ins Blaue sind."

Er faltete das Papier wieder zusammen und kam um den Wagen herum, um meine Tür zu öffnen. „Es ist nicht so hilfreich, wie ich gehofft hatte."

Wir gingen zur Haustür, und ich drückte auf die Klingel. „Nein, doch es ist eine gute Idee, nachzusehen, wer in der Gegend war."

Das Zimmermädchen führte uns in den Salon. Ein paar Augenblicke später kam Anna durch die Tür herein, die in den Garten führte. „Hallo, Olive." Ihr kastanienbraunes Haar war mit Kämmen zu einem Stil zurückgekämmt, der ihr dunkles Augen-Make-up betonte. Ihre Augenbrauen hoben sich ein wenig, als sie Jasper sah. „... und Jasper, schön, Sie wiederzusehen. Wie geht es allen in Blackburn Hall nach ... den Ereignissen der letzten Nacht?"

„In Blackburn Hall ist alles wie immer", sagte ich.

Anna verzog das Gesicht. „Ja, natürlich. Was habe ich mir nur gedacht? Es sieht Lady Holt ähnlich, dafür zu sorgen, dass das Leben weitergeht, als wäre kein Mann ermordet worden. Doch es ist schrecklich, egal wie sehr Lady Holt versucht, es zu überspielen." Sie deutete auf eine Sitzgruppe in der Nähe eines erloschenen Kamins. „Wollt ihr nicht Platz nehmen? Ich würde euch in den Garten einladen, doch Papa hat die Korbstühle abholen lassen. Er möchte, dass sie einen neuen weißen Anstrich bekommen."

„Kein Problem." Ich setzte mich auf ein weiches Chesterfield-Sofa.

Jasper nahm am anderen Ende des Sofas Platz, und Anna setzte sich neben mich auf die Kante eines Clubsessels.

Ich blickte durch die Türen in den Garten. „Arbeitest du wieder draußen?"

„Ja, doch ich fürchte, ich mache keine großen Fortschritte. Ich kann mich nicht auf meine Arbeit konzentrieren, bei allem, was passiert ist. Gestern Nacht, als Papa seinen Hausbesuch beendet hatte, sind wir hierher zurückgekommen. Ich wusste nichts von Mr. Pearce' Tod, bis Colonel Shaw heute Morgen mit der Nachricht vorbeikam. Der Colonel sagte, es sei gestern Abend sofort klar gewesen, dass es sich um ein Verbrechen handelte, und er hat den Polizeiarzt und Inspector Longly angerufen." Sie berührte einen ihrer Kämme. „Ich nehme an, Longly wird jetzt auch den Tod von Mr. Pearce untersuchen. Wisst ihr schon, dass Mayhews Tod zu einem Unfall erklärt wurde?" Ich dachte, die Nachricht hätte ihr die Sorgen darüber, dass ihr Vater und sie selbst verdächtigt wurden, genommen, doch ihre Schultern waren vor Anspannung nach vorn gebeugt.

„Doch das sind gute Nachrichten ... nicht wahr?"

„Ja, nur ich –" Ihr Blick wanderte zu Jasper.

Jasper legte seine Hände auf die Knie. „Ich glaube, das ist mein Stichwort, einen Spaziergang zu machen. Die Damen möchten offensichtlich allein plaudern."

Anna errötete. „Nein, das ist es nicht –" Anna sah mich an, ihr Gesicht unentschlossen.

„Du kannst vor Jasper darüber sprechen, wenn du möchtest." Ich beugte mich vor und sagte leise: „Ich habe ihm nichts erzählt, aber er ist absolut vertrauenswürdig. Tatsächlich hat Mr. Hightower versucht, Jasper dazu zu bringen, herunterzukommen und nach Mayhew zu suchen."

Jasper sagte: „Ich konnte damals den Auftrag nicht annehmen, doch jetzt unterstütze ich Olive – bin ihre rechte Hand, könnte man sagen. Doch wenn Sie lieber allein mit Olive sprechen möchten ..."

Annas Wangen wurden tiefer rosa. „Nein. Es ist – gut, nehme

ich an. Wenn Olive für Sie bürgt und Mr. Hightower Ihnen vertraut –"

„Ich bürge für ihn." Ich schenkte ihm ein Lächeln. „Ich kenne ihn seit vielen Jahren, und er hat nie ein Geheimnis verraten."

„Nun, wenn das so ist ..." Anna strich mit den Handflächen über den Rock ihres bedruckten Baumwollkleides. „Ich habe die Nachricht von Mayhew gefunden." Sie nahm ein Blatt Papier aus ihrer Tasche und reichte es mir. Ich zögerte einen Moment, bevor ich es nahm, und sie sagte: „Ich bin sicher, wenn noch andere Fingerabdrücke darauf waren, habe ich sie inzwischen verwischt."

Jasper hob eine Augenbraue. „Fingerabdrücke?"

Das Papier, ein großformatiges Blatt, war in Drittel gefaltet. Ich faltete es auseinander. „Anna hat eine Nachricht von Mayhew erhalten, kurz, nachdem sie gestorben war."

Jasper nickte. „Ah, ich verstehe." Er sah Anna an. „Sie fragen sich, ob sie tatsächlich von Mayhew war."

„Das tue ich jetzt", sagte Anna. „Seit Olive mich danach gefragt hat. Mir war bis dahin nicht in den Sinn gekommen, dass sie jemand anders geschickt haben könnte. Obwohl sie getippt war – Mayhew hat mir normalerweise handgeschriebene Notizen geschickt – habe ich nicht daran gedacht." Anna zuckte die Achseln. „Ich dachte, Mayhew hat es einfach in Eile getippt und in einen Umschlag gesteckt."

Jasper rutschte auf den Platz neben mir und sah mir über die Schulter, während ich las. Das Datum vom letzten Mittwoch stand oben auf der Seite. Ich las laut vor. „Ich gehe in Urlaub. Machen Sie weiter mit dem nächsten Buch. Ich melde mich. Mayhew." Sogar die letzte Zeile, der Name, war getippt.

„Du hast den Umschlag nicht aufbewahrt?", fragte ich.

„Nein, und ich kann mich auch nicht mehr genau erinnern, wann er angekommen ist." Anna rang sich die Hände. „Ich wusste nicht, dass es wichtig sein würde."

„Natürlich nicht", sagte ich. „Ist die Nachricht auf Mayhews Schreibmaschine getippt? Kannst du das sagen?"

Anna nickte. „Ja, ist sie." Sie zeigte auf die letzte Zeile der Notiz. „Siehst du das Y? Dass es ein wenig erhöht ist? So sahen alle getippten Seiten von Mayhew aus. Es ist auf allen Entwürfen, nun ja – auf all den alten Entwürfen, die Mayhew mir immer geschickt hat, bevor ich angefangen habe, sie zu schreiben –" Ihr Blick sprang von mir zu Jasper und dann wieder zu mir. „Oh, ich meine –" Jasper sagte nichts, doch seine Augenbrauen hoben sich zu einer stummen Frage.

Anna zögerte einen Moment, dann sagte sie hastig: „Ich habe Mayhew bei ihren Manuskripten geholfen."

Jasper glättete seinen Gesichtsausdruck zu seiner üblichen Nonchalance, bis auf seine Augen, die vor Interesse leuchteten. „Die Hinweise und so weiter ausarbeiten?", fragte er und gab Anna die Gelegenheit, ihren Ausrutscher zu beschönigen, doch ich war mir sicher, dass er die Bedeutung dessen, was sie gesagt hatte, verstanden hatte.

„So hat es angefangen", sagt Anna. Sie winkte ab. „Doch es ist viel mehr geworden. Ich war ihr Ghostwriter."

Jasper blickte von Anna zu mir. „Ghostwriter, Ghostwriter?" Anna nickte, als ich ihr die getippte Nachricht zurückgab. „Oh." Jasper fuhr sich mit der Hand über den Mund. „Ich verstehe. Ja das ändert die Situation."

Ich deutete auf Annas Tasche, in der sie den Brief verstaut hatte. „Hast du keine anderen Briefe bekommen – weder getippt noch sonst?"

„Nein. Das ist alles. Ich habe am nächsten Buch gearbeitet, genau wie Mayhew mich angewiesen hatte. Ich hatte erwartet, in ein paar Tagen mehr zu hören."

„Wieso? War das die übliche Zeit zwischen eurer – ähm —Kommunikation?"

„Ja. Ich habe bis jetzt noch nie darüber nachgedacht, aber wir hatten ungefähr einmal die Woche eine Interaktion. Entweder habe ich ein neues Kapitel gebracht oder Mayhew hat mir Notizen hinterlassen, Gedanken zu dem, was ich bereits geschrieben hatte."

„Und deshalb bist du in das East Bank Cottage eingebrochen – um die Kapitel zu holen, die du durch den Schlitz in der Tür geworfen hattest", sagte ich.

Annas Auge weitete sich. „Woher weißt du das?"

„Ich habe sie gesehen." Es war an der Zeit, meine kleine Indiskretion einer anderen Person gegenüber zuzugeben. Ich atmete tief durch. „Ich habe mich kurz im East Bank Cottage umgesehen. Es war, bevor wir von Mayhews Tod wussten. Ich wollte versuchen herauszufinden, ob Mayhew Hadsworth verlassen hatte. Ich habe die Umschläge an der Tür gesehen, als ich ins Haus gegangen bin. Ich habe sie nicht angefasst, doch als Mayhews Leiche gefunden wurde, musste ich der Polizei meine Schnüffelei gestehen und erwähnte die Umschläge in meiner Aussage. Später ist Inspector Longly zum East Bank Cottage gegangen, und sie waren weg. Er hat mich beschuldigt, sie genommen zu haben."

Annas Hand wanderte zu der Tasche, in die sie den Zettel gelegt hatte. „Was hast du gesagt?"

„Ich habe ihn korrigiert. Ich habe sie nicht genommen."

Anna sprang auf und ging zur offenen Tür zum Garten. Jasper stand ebenfalls auf, doch sie winkte ihn zurück zu seinem Platz. „Bitte setzen Sie sich. Ich bin zu nervös, um sitzenzubleiben." Jasper setzte sich auf eine Stuhllehne, als Anna zu mir sagte: „Aber du hast herausgefunden, dass ich die Umschläge genommen habe."

„Nachdem ich wusste, dass du die Bücher als Ghostwriter schreibst, schienst du die wahrscheinlichste Kandidatin zu sein." Obwohl Zippys nächtliche Ausflüge immer noch verdächtig waren, konnte ich mir nicht vorstellen, warum er ein Fenster einschlagen sollte, um ein paar Umschläge aus einem verlassenen Cottage zu holen.

Anna betastete nervös den flachen Kragen ihres Kleides. „Und er kommt hierher."

„Wer?", fragte ich.

„Inspector Longly." Anna ging durch das Zimmer. „Wenn ich gewusst hätte, dass Mayhews Tod zu einem Unfall erklärt werden würde, hätte ich nichts gesagt." Ihr Griff an ihrem Kragen wurde fester und weitete den Stoff. Sie ging zum Stuhl zurück. „Ich konnte letzte Nacht nicht schlafen. Ich habe mich hin und her gewälzt, die ganze Nacht, und an die getippte Notiz und die Umschläge gedacht."

Sie ließ ihren Kragen los und ließ sich seufzend in ihren Sessel sinken. „Ich wünschte, ich hätte dieses Fenster nicht eingeschlagen! Ich hatte solche Angst, diese Kapitel zu verlieren. Ich hatte keine Kopie davon. Ich habe nur Kopien des endgültigen Entwurfs gemacht.

Nach dieser schrecklichen letzten Nacht habe ich beschlossen, dem Inspector alles zu gestehen." Sie blickte zur Tür. „Er war weg, doch ich habe ihm heute Morgen eine Nachricht hinterlassen. Er rief später an, und ich erzählte ihm, dass ich die Umschläge genommen habe. Er sagte, dass er heute vorbeikommen würde. Hätte ich nur etwas länger geschwiegen, hätte sich alles in Wohlgefallen aufgelöst."

„Das weiß ich nicht", sagte ich. „Longly scheint ein Liebhaber von Details zu sein. Er hätte den Umschlägen vielleicht trotzdem nachgehen können, obwohl der Tod als Unfall gilt."

Anna starrte mich an. „Könnte er den Fall wieder aufrollen?"

„Ich weiß nicht. Ich habe keine Ahnung, wie das Verfahren ist, aber du solltest ihm einfach genau sagen, was passiert ist. Du hast gesagt, du und dein Vater wart an dem Morgen, als Mayhew getötet wurde, bei einer Patientin –"

Jasper stand auf und ging zur offenen Tür. „Ich glaube, ich habe einen Blick auf einen Gadlington-Spatz erhascht." Er blickte zwischen Anna und mir hin und her. „Ihr habt noch nie davon gehört? Sehr selten. Ungewöhnlich, zu dieser Jahreszeit einen zu sehen. Darf ich?" Er deutete auf den Garten.

„Natürlich", sagte Anna.

Ich runzelte die Stirn hinter seiner gut geschnittenen Jacke, als er nach draußen trat. Jasper hatte schlechte Augen. Sein schlechtes Sehvermögen war der Grund, warum er den Krieg damit verbracht hatte, am Schreibtisch für das Auswärtige Amt zu arbeiten, anstatt an der Front zu kämpfen.

Anna stand auf und setzte sich neben mich auf das Sofa. „Glaubst du wirklich, der Inspector wird mir glauben, wenn ich ihm sage, dass ich die Umschläge genommen und sonst nichts getan habe? Dass er keine weiteren Fragen stellen wird?"

„Ich weiß nicht, was Longly tun wird. Ich weiß nicht, ob er den Fall wieder aufrollen will oder ob er das überhaupt kann. Er ist jedoch ein gründlicher Typ. Er wird wahrscheinlich überprüfen, ob du und dein Vater bei einer Patientin wart."

„Und sie werden ihm bestätigen, dass wir dort waren."

Sie ließ sich gegen die Rückenlehne sinken. „Ja, du hast Recht. Alles wird gut."

Jasper kam zurück ins Zimmer. „Falscher Alarm. Es war nur ein Buchfink."

Anna sagte: „Ich sollte die Umschläge besser holen, bevor Inspector Longly eintrifft."

Ich stand auf. „Und wir sollten gehen."

KAPITEL EINUNDZWANZIG

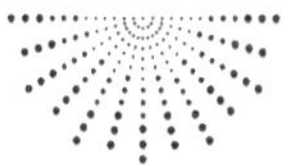

Als Jasper und ich auf dem Weg zurück ins Dorf fuhren, bremste ich und zeigte in den Wald.

„Ist das nicht ein Gadlington-Spatz?"

„Ich fürchte nein."

„Dachte ich mir. Den gibt es gar nicht, oder?"

„Nein." Jasper rutschte auf dem Sitz herum. „Glaubst du, Anna hat gemerkt, dass es eine Finte war?"

Ich schüttelte den Kopf. „Sie war so in ihre eigenen Gedanken versunken, dass sie es nicht bemerkt hat. Du bist nach draußen gegangen, um zu sehen, was sie schreibt?"

Jasper grinste und holte ein Stück Papier aus seiner Tasche.

Ich fuhr den Morris an den Straßenrand. „Du bist gut darin."

„Ich gebe mir Mühe." Er hatte Mayhews Namen in die erste Zeile getippt, dann eine Buchstabenfolge darunter. Der Buchstabe y in Mayhews Namen war perfekt ausgerichtet, und er war in der Reihe zufälliger Buchstaben gleich.

Ich gab ihm das Papier zurück. „Wir wissen also, dass Anna die Nachricht nicht selbst geschrieben hat."

„Oder zumindest hat sie es nicht auf ihrer Schreibmaschine getippt."

„Du findest dich schnell in deiner Assistentenrolle ein", sagte ich und fragte mich, wie schwierig es sein würde, mir die Schreibmaschine im East Bank Cottage noch einmal anzusehen.

Ein weiterer unautorisierter Besuch war wahrscheinlich keine gute Idee, nicht, solange Longly ermittelte, der mir gegenüber ohnehin schon misstrauisch war.

Das Geräusch eines Wagens, der die Straße heraufkam, zerriss die Stille des Waldes. Der Wagen hielt neben uns an. Inspector Longly lüftete den Hut, als er sich über seinen Constable beugte, der am Steuer saß. „Guten Tag, Miss Belgrave, Mr. Rimington. Eine kleine Ausfahrt?"

„Eine Freundin besuchen."

Sein Blick glitt über den Morris. „Ich wusste nicht, dass Sie ein Automobil hier haben, Miss Belgrave. Sie haben nicht vor, nach London zurückzukehren, oder?"

„Nein, ich habe keine Pläne dieser Art."

„Gut. Ich möchte später mit Ihnen sprechen. Werde ich Sie auf Blackburn Hall finden?"

„Ich bin jetzt auf dem Weg dorthin."

„Ausgezeichnet." Er setzte seinen Hut wieder auf und nickte dem Constable zu, weiterzufahren.

„Er klang einigermaßen freundlich, aber ich mag es nicht, dass er schon wieder mit dir reden will. Glaubst du, es geht um Pearce?", fragte Jasper.

Meine Hände fühlten sich zittrig an. Ich umklammerte das Lenkrad fester, als ich die Kupplung trat und losrollte. „Wahrscheinlich. Ich hoffe nur, dass er nicht kommt, um mich zu verhaften."

Als wir am Gasthaus ankamen, stieg Jasper aus dem Morris aus und schloss die Tür, ließ sie aber nicht los. „Ich sollte mit dir nach Blackburn Hall fahren, falls Longly dir Schwierigkeiten macht."

„Du hast keine Einladung zum Abendessen auf Blackburn Hall, und ich könnte Lady Holt keinen unerwarteten Gast aufzwingen." Seine Haltung war entspannt, als er sich gegen die Tür lehnte, doch sein Blick war eindringlich.

„Wenn etwas ... Beunruhigendes passiert, rufe ich dich sofort an." Ich war überrascht von der Wärme, die mich durchströmte, als ich es sagte. Ich genoss meine Unabhängigkeit, doch es war gut zu wissen, dass Jasper sich um mich sorgte.

Dann ruinierte Jasper den Moment. „Tu einfach nichts Überstürztes", sagte er und trommelte mit den Fingern an die Tür. Dann schlenderte er in den Pub.

Ärger brodelte in mir hoch. Ich legte den Gang ein und verdrängte Jaspers laxe Warnung aus meinem Kopf. Ich konnte gut auf mich selbst aufpassen. Außerdem hatte ich Pläne für den Abend, und ich musste mich darauf konzentrieren – solange ich es schaffte, nicht verhaftet zu werden.

Ich hatte den Tee verpasst und ging in mein Zimmer, um mich zum Abendessen umzuziehen, da ich erwartete, dass Longly jeden Moment eintreffen würde. Um mich abzulenken, dachte ich über die maschinengeschriebene Nachricht nach, die Anna erhalten hatte. Obwohl Anna sagte, die Nachricht sei auf Mayhews Schreibmaschine geschrieben worden, wünschte ich, ich könnte das noch einmal überprüfen. Das schiefe Y sollte es leicht machen, die Maschine zu identifizieren, mit der die Nachricht geschrieben worden war, was bei der Eingrenzung der Verdächtigen helfen könnte. Doch die Frage war, wie viele Schreibmaschinen gab es in Hadsworth? Außer Anna hatte die Wache eine, und Anna hatte erwähnt, dass das Traueninstitut die, und Protokolle auf einer eigenen Schreibmaschine schrieb. Und Dr. Finch, hatte er eine in seiner Praxis?

Es war eine ziemlich lange Liste. Anstatt zu versuchen, alle Schreibmaschinen im Ort auszuprobieren, wäre es viel leichter, zuerst Mayhews Schreibmaschine zu untersuchen, doch das könnte sich als schwierig erweisen. Ich musste wieder ins Cottage – lag der Schlüssel noch immer auf dem Fensterrahmen? – und die Schreibmaschine war vielleicht nicht einmal da. Longly hatte sie vielleicht mit Mayhews Habseligkeiten zur Untersuchung weggekarrt.

Ich seufzte, wandte mich vom Fenster ab und sah den Stapel von Mayhews Büchern auf dem Nachttisch. Der getippte Brief aus dem ersten Buch! Hatte ich ihn mitgebracht? Ich nahm die Bücher und fächerte die Seiten auf. Ich hatte den Brief als Lesezeichen benutzt, als ich das erste Buch gelesen hatte. Hatte ich es herausge–?

Ein gefaltetes Blatt fiel aus *Das Geheimnis von Newberry Close* heraus. Nein, ich hatte ihn dorthin zurückgesteckt, wo ich ihn gefunden hatte, zwischen Umschlag und letzte Seite des ersten Buches. Ich schlug die Seite auf und überflog die Titelliste. Der Buchstabe y kam in der Liste und in einigen Zeilen vor. In jedem Fall war er ein Stück höher als die anderen Buchstaben. Dann überprüfte ich das Datum noch einmal. Vor drei Jahren, das war, bevor Anna Mayhews Schreibkraft geworden war. Jemand hatte also Mayhews Schreibmaschine benutzt, um die Notiz an Anna zu schreiben.

Als das Abendessen angekündigt und Longly immer noch nicht erschienen war, begann ich zu hoffen, dass er an diesem Abend überhaupt nicht auftauchen würde. Vielleicht war er durch irgendetwas aufgehalten worden.

Trotz der Tatsache, dass der Tisch beim Abendessen voll war, war es ein ruhigerer Abend. Sogar Mr. Busby wirkte abgelenkt und beschäftigt und schaffte es nur, eine auf mich gerichtete Spitze abzufeuern. Die Unterhaltung war zusammenhanglos, von Lord Holts Beschreibung seiner Golfrunde zu Lady Holts Plänen für das Abendessen am nächsten Abend.

„Ich habe Emily heute besucht", sagte Lady Holt. „Das arme Ding. Sie ist so verzweifelt. Ich habe sie überzeugt, dass sie morgen Abend zum Abendessen kommen muss. Nur eine ruhige kleine Runde, wir selbst, dieser nette Mr. Rimington – er hat wunderbare Manieren – und der Colonel und Mrs. Shaw, denke ich. Emily ist von der Sorte, die grübelt, bis sie krank wird. Sie muss sich ablenken, und einen ruhigen Abend bei uns wird ihr niemand neiden. Es wird ihr guttun."

Ich hätte nicht gedacht, dass eine Witwe, die ein paar Nächte nach der Ermordung ihres Mannes mit Freunden zu Abend aß, etwas wäre, das Lady Holt gutheißen würde. Keine guten Manieren, wie meine neue Stiefmutter Sonia sagen würde, doch Lady Holt schien großzügig zu sein, wenn es um sich selbst und ihre Freunde ging. Irgendwie hätte ich nicht gedacht, dass sie anderen diese Gnade entgegenbringen würde, doch sie war fest entschlossen, eine weitere Dinnerparty zu planen. „Wir könnten genauso gut das Beste aus – nun – einer unangenehmen Situation machen." Sie lächelte in meine Richtung. „Da Sie und Mr. Busby bis zum Ende der Erm – noch länger bleiben müssen, werden wir ein kleines Essen veranstalten, um uns von den jüngsten Ereignissen abzulenken."

„Ich bin sicher, das Abendessen wird sehr schön", sagte ich.

Mr. Busby ignorierte mich und sagte zu Lady Holt: „Ich freue mich darauf, meine Bekanntschaft mit Mrs. Pearce zu vertiefen. Sie scheint eine entzückende Dame zu sein. Ich werde mein Bestes tun, sie abzulenken."

Lady Holt wandte sich Zippy zu. „Und du wirst auch kommen. Ich erwarte, dass du keine anderen Pläne machst."

Es war ein Befehl, keine Bitte. Zippys Lippen wurden flach, eine blasse Nachahmung der oft-gesehenen unzufriedenen Miene seiner Mutter, doch er sagte: „Natürlich, Mutter."

Lady Holt sah Serena an, die den ganzen Abend kein Wort gesagt hatte. „Ich gehe davon aus, dass du auch da sein wirst."

Serena blickte von ihrem Teller auf. „Was?"

„Serena! Du hast kein Wort von dem gehört, was ich gesagt habe, oder?"

„Nein. Ich habe eine Idee, die für den leisen Staubsauger funktionieren könnte. Es braucht nur ein paar Anpassungen und schon –"

„Ich erwarte deine Aufmerksamkeit, Serena. Wir besprechen das Abendessen morgen Abend mit Emily als Gast. Ich erwarte, dass du hier und *aufmerksam* bist."

Das überraschte sie aus ihren Gedanken. „Emily isst auswärts? So früh schon?"

„Es wird ihr guttun und ihr helfen, sich abzulenken."

Serena zog ihre Augenbrauen hoch. „Dann trinken wir nach dem Essen besser keinen Kaffee im Salon."

„Natürlich nicht", schnaubte Lady Holt. „Ich habe vor, ihn auf der Terrasse zu servieren. Im Freien sollte es angenehm sein." Das Gespräch drehte sich um das Wetter, und hielt uns über Wasser, bis die Damen sich zurückzogen. Es war ein verkürzter Abend. Lady Holt schlug kein Kartenspiel vor, also kehrten wir alle ziemlich früh in unsere Zimmer zurück.

Ich schickte Janet weg, als sie kam, um mir beim Umziehen zu helfen, und sagte ihr, dass ich es allein schaffen würde. Anstatt meinen Morgenmantel anzuziehen, nachdem ich mein Kleid ausgezogen hatte, zog ich meine Reithose an. Ich schlüpfte in meine Strickjacke und steckte die Taschenlampe – die ich noch in den Schrank unter der Treppe zurückbringen musste – zusammen mit einer Halfcrown-Münze in meine Tasche, um sicherzustellen, dass ich wieder ins Haus gelangen würde. Und Jasper sagte, ich dachte nicht voraus!

Ich setzte mich auf den Stuhl, um zu warten, lauschte auf das Klicken von Zippys Tür oder sein Pfeifen. Wenn er heute Abend ausging, würde ich ihm folgen. Ich wollte mit eigenen Augen sehen, wohin er ging und was er tat. Ich hatte so viel nervöse Energie, dass ich vom Stuhl aufsprang und im Zimmer auf und ab ging.

Longlys Versprechen – Drohung? –, nach Blackburn Hall zu kommen, um mir zu sprechen, hing über mir wie ein Damoklesschwert. Obwohl Longly an diesem Abend nicht gekommen war, wusste ich, dass es nur eine vorübergehende Atempause war.

Ich ging in meinem Zimmer im Kreis, meine Gedanken auf einer vertrauten Spur. Ich konnte mir nicht vorstellen, wie ich noch mehr überPearce' Tod herausfinden sollte. Die Obduktion war wahrscheinlich geplant, wenn nicht schon im Gange, und mir fiel keine Ausflucht ein, vor Lady Holts Abendessen mit Emily Pearce zu sprechen. Bis dahin musste ich warten und sehen, ob ich bei lockerer Unterhaltung etwas herausfinden konnte. Meine Zeit war jetzt besser damit verbracht, mich auf Mayhew zu konzentrieren. Wenn ich einige der Fragen zu ihrem Tod klären könnte, würde ich sicher auch aufdecken, wer Pearce getötet hatte, denn ich konnte das Gefühl nicht loswerden, dass die Todesfälle zusammenhingen.

Mir fiel nichts ein, was Zippy sowohl mit Pearce als auch mit Mayhew verband, doch Zippys heimliches Telefonat und die nächtlichen Ausflüge störten mich. Es war seltsam. Wie Longly und seine Abneigung gegen unbeantwortete Fragen störten mich Dinge, die von der Norm abwichen. Und Zippy im Auge zu behalten war etwas, das ich tun konnte.

Ich war nicht gut im Warten, denn Geduld gehörte eindeutig

nicht zu meinen Stärken.

Ich konnte mir nicht vorstellen, dass ich schläfrig werden würde, doch nach einer Stunde wurden meine Augenlider schwer. Ich zog die Vorhänge zurück und öffnete ein Fenster, um die schwüle Nachtluft hereinzulassen. Ich atmete tief durch und ging dann wieder auf und ab.

Ich war bei meiner siebten Runde durch das Zimmer – ich zählte, um wach zu bleiben –, als ich ein Flüstern hörte, eine leise gepfiffene Melodie. Ich ging zur Tür, ging in die Hocke und spähte durch das Schlüsselloch. Als die Töne lauter wurden, erkannte ich *Shimmy With Me*. Zippy schritt mit locker schwingenden Armen vorbei. Er trug eine Tweedjacke und einen Trilby, also hatte er definitiv nicht vor, schlafen zu gehen.

Das Pfeifen verstummte, und ich drückte die Tür langsam auf. Ich tastete in meiner Tasche, obwohl ich wusste, dass die Taschenlampe noch drin war. Sie war gegen meine Hüfte geschlagen, als ich durch den Raum gegangen war. Eine Welle der Nervosität überkam mich. Ich holte tief Luft, schloss meine Tür und folgte ihm, blieb aber weit zurück, dass er mich nicht sehen konnte, als er die Treppe hinunterging und zur Haustür ging. Er öffnete sie und trat in einer geschmeidigen, geübten Bewegung nach draußen. Der hohe Raum absorbierte fast den dumpfen Laut der sich schließenden Tür.

Ich huschte die Treppe hinunter und durchquerte den Flur in entgegengesetzter Richtung, um auf die Rückseite des Hauses zu gelangen. Ich hoffte, Zippy nicht zu verlieren, doch ich durfte nicht riskieren, ausgesperrt zu werden, wenn er vor mir zurückkehrte. Die Bibliothek war verlassen, und ich schlich vorsichtig durch den dunklen Raum zu den geschlossenen Vorhängen. Ich zog eine Stoffbahn zurück, öffnete die Fenstertür und fischte die Halfcrown-Münze aus meiner Tasche. Ich hielt sie gegen das Schließblech, als ich die Tür schloss, eine Bewegung, die Fingerspitzengefühl erforderte und schwierig war, weil meine Hände vor Adrenalin zitterten. Ich ließ die Türklinke los und atmete erleichtert auf, als die Münze an Ort und Stelle blieb und nicht klirrend auf die Steinterrasse fiel.

Die Terrasse war dunkel und menschenleer, doch ich fühlte mich selbst im schwachen Mondlicht ungeschützt. Ich trat an die

Wand an der Ecke des Hauses und wartete und lauschte. Hatte ich mich verschätzt? Würde Zippy nicht auf die Rückseite des Hauses kommen? War er durch das Tor hinausgegangen? Die Luft war schwer und still, und die einzigen Geräusche waren das leise Rauschen des Flusses und das Rascheln von etwas im Unterholz – der Küchenkatze, wie ich hoffte.

Ich konnte Zippy nicht folgen, wenn ich ihn verloren hatte, nachdem er die Haustür hinter sich geschlossen hatte. Verdammt seien Jasper und seine albernen Warnungen. Ich hätte mir keine Sorgen machen sollen, vorsichtig zu sein oder was Jasper denken würde. Ich hätte Zippy zur Haustür hinaus folgen sollen, Schlüssel oder kein Schlüssel ...

Der Hauch einer gepfiffenen Melodie schwebte durch die Luft. Ein paar Augenblicke später hörte ich es wieder, diesmal lauter. Sekunden später tauchte Zippys tweedige Gestalt in einer Lücke zwischen den Bäumen auf, für einen Moment im schwachen silbernen Mondlicht hervorgehoben. Er war auf dem Weg, der am Fluss entlang zum East Bank Cottage führte.

Ich schlich durch den Garten und blieb auf dem Gras, das die Kieswege säumte, um keinen Lärm zu machen. Der Weg am Fluss entlang war aus festgestampfter Erde, und als ich ihn erreichte, konnte ich bedenkenlos darauf weitergehen. Ich blieb zurück, damit Zippy mich nicht sehen konnte, falls er über seine Schulter blickte. Er benutzte keine Taschenlampe, und ich brauchte meine auch nicht, solange er auf dem Weg blieb, der sich in Serpentinen durch den Wald wand. Er pfiff jetzt mit voller Lautstärke, doch sein Rhythmusgefühl war ein wenig daneben.

Ich fragte mich, wie viele Drinks er nach dem Abendessen getrunken hatte. Und keiner davon schien Kaffee gewesen zu sein.

Ich ließ mich etwas weiter zurückfallen, als er sich der Stelle näherte, an der der Baum in den Fluss gestürzt war. Ich musste in den dichten Baumgürtel gehen, da der Pfad noch nicht repariert worden war. Ich wollte keinen Lärm machen, als ich durch das Unterholz ging, und bahnte mir meinen Weg durch die tiefere Dunkelheit unter den Ästen, als eine Hand meinen Mund bedeckte und ein Arm sich um mich legte und mich gegen eine feste Brust zog.

KAPITEL ZWEIUNDZWANZIG

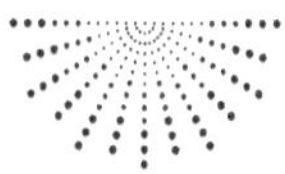

Ich drehte meinen Kopf von der Hand weg und flüsterte: „Jasper, was machst du hier?" Große Kiefern blockierten einen Teil des Mondlichts, doch ich konnte immer noch die Umrisse seines Fedora erkennen.

„Dasselbe könnte ich dich fragen." Er lockerte seinen Griff.

„Ich folge Zippy."

„Ich auch", sagte er. „Nun, technisch gesehen habe ich hier gewartet, um zu sehen, ob du Zippy folgst. Ich war mir sicher, dass du es tun würdest. Woher wusstest du, dass ich es bin?"

„Dein Zitrus- und Zimt-Aftershave. Unverwechselbar." Ich trat zurück. Ich fühlte mich für einen Moment seiner Wärme beraubt und ein wenig kalt, trotz der lauen Sommernacht. Ich ging weiter. „Lass uns gehen."

„Beinahe schade. Das hat mir sehr gut gefallen."

„Lass das Necken." Ich zeigte mit dem Finger auf ihn. „Und wage es nicht, mir zu sagen, dass ich nach Blackburn Hall zurückkehren soll."

„Würde mir nie in den Sinn kommen. Ich bin hier als dein Assistent." Wir verließen die dichten Bäume und gingen weiter, unsere Worte kaum mehr als ein Flüstern. „Natürlich wäre es leichter, dir zu helfen, wenn du mich in deine Pläne einweihen würdest. Oder ist das ein weiteres Geheimnis, das du nicht teilen kannst?"

„Schh." Ich legte eine Hand auf Jaspers Arm, und er blieb neben mir stehen. Zippy war stehengeblieben. Ich hauchte: „Dieser Weg führt zum East Bank Cottage."

Ein Lichtblitz erhellte die Dunkelheit, als Zippy eine Taschenlampe auf seine Armbanduhr richtete. Er löschte das Licht und ging weiter den Pfad entlang, seine Schritte mäanderten hin und her. Wir folgten ihm schweigend ein ganzes Stück. Die einzigen Geräusche waren das Schreien einer Eule und das Rauschen des Flusses. Eine Wolke trieb vor den Mond, und die Baumgruppen zu beiden Seiten des Weges verloren an Tiefe und wurden zu flachen schwarzen Umrissen wie riesige Bühnendekorationen. Wir folgten Zippy weiter. Nach einer Weile verzogen sich die Wolken und die Details der Landschaft wurden ein wenig klarer, als wir Zippy in ein kleines Dorf folgten, dessen Geschäfte und Cottages vom Mondlicht weiß getüncht waren. „Wo sind wir?", fragte ich.

„Sidlingham. Monty und ich sind vor ein paar Tagen hierhergekommen, um mit einem Freund zu Abend zu essen."

„Ich wusste nicht, dass es so nah an Blackburn Hall ist." Ein Schild im Fenster des Pubs verkündete: *Zimmer frei.* „Jemand hätte leicht von hier nach Hadsworth laufen können. Du hast die Gäste des Gasthauses in Hadsworth und die Golfer überprüft, doch ich habe nicht daran gedacht, in den umliegenden Dörfern nachzusehen. Ich frage mich, ob dieser Pub letzte Woche einen Übernachtungsgast hatte."

„Gute Frage", sagte Jasper. „Ich habe auch nicht daran gedacht."

Zippy ging schwankenden Schrittes zur Tür des Pubs. Ein goldenes Glühen und das Gemurmel von Gesprächen ergossen sich nach draußen. Er schloss die Tür hinter sich, und das kleine Dorf war wieder still.

Jasper deutete von mir zu sich und zur Tür. „Wollen wir?"

„Ich bin nicht gerade dafür angezogen."

„Das sehe ich. Hast du erwartet, dass Zippy einen mitternächtlichen Ausritt machen würde?"

Ich schlug mit meinem Handrücken auf Jaspers Arm. „Ich wusste nicht, was Zippy tun würde. Wenn ich mitten in der Nacht durch die Landschaft stapfe, wollte ich auf alles vorbereitet sein – zum Beispiel über Mauern zu klettern oder vielleicht über schlammige Felder zu stapfen. Einen Spaziergang über einen menschenleeren Pfad und einen Besuch in einem Pub habe ich nicht erwartet."

„Eher banal, nicht wahr? Doch andererseits ist Zippy nicht gerade ein Avantgardist."

Ich machte mich auf zum Pub. „Vielleicht bemerkt niemand, wie ich angezogen bin."

Der Pub war ziemlich gut besucht. Ein paar Leute blickten auf, als wir eintraten, doch anscheinend interessierte sich niemand sonderlich für meine Kleidung. Wir setzten uns an einen Tisch auf der anderen Seite des Raumes von Zippy. Er war so vertieft in das Gespräch mit der Frau, die sein Bier brachte, dass er uns nicht bemerkte. Das dichte brünette Haar der Frau war zu einem Bob geschnitten, der über ein Auge fiel, als sie ihren Kopf neigte, um Zippy zuzuhören. Ihre roten Lippen öffneten sich, und sie warf lachend ihren Kopf zurück. Zippy beobachtete sie, wie ich mir vorstellte, dass ein Mann, der sich in der Wüste verirrt hatte, die Fata Morgana einer Oase beäugen würde.

„Nun, ich denke, das erklärt, was Zippy vorhatte", sagte Jasper.

„Ja. Sieht so aus, als hätte Zippy neben Golf endlich ein anderes Interesse."

Jasper sagte: „Möchtest du etwas trinken?"

„Ich nehme ein Ingwerbier."

Jasper ging, um unsere Getränke zu bestellen, und ich behielt Zippy im Auge. Er traf sich hier doch sicher mit jemand anderem? Doch selbst nachdem Jasper zurückgekehrt war und wir mit unseren Getränken am Tisch verweilten, näherte sich niemand sonst Zippys Tisch. An der Art, wie Zippys Blick der Bardame folgte, war klar, dass er nur an ihr interessiert war.

Ich stellte mein Glas ab. „Ich kann es kaum glauben, dass Zippy herumschleicht, um ein Mädchen zu treffen."

„Du wärst überrascht, was Männer tun, um ein Mädchen zu treffen."

„Warum sollte er sich nicht offen mit ihr treffen?"

„Du hast mir gesagt, wie streng Lady Holt ist. Glaubst du, sie würde eine Beziehung ihres Sohnes mit einer *Bardame* begrüßen?" Jasper richtete seinen Blick auf die Frau, die leere Gläser auf ein Tablett stellte und Tische abwischte. Sie sah Zippy immer wieder unter ihren Wimpern hervor an und gab sich alle Mühe, bei jeder Gelegenheit an Zippys Tisch vorbeizukommen.

„Ich bin sicher, Lady Holt wäre entsetzt. Doch warum all das Herumschleichen in der Nacht?"

„Wer weiß? Männer neigen zu unerklärlichem Verhalten, wenn eine Frau involviert ist."

Ich schob meinen Stuhl zurück. „Lass uns ihn fragen."

Hinter meiner Schulter sagte Jasper: „Ich glaube nicht, dass er heute Abend daran interessiert ist, mit uns zu plaudern."

„Wir nehmen nur einen Moment seiner Zeit in Anspruch." Ich schob mich durch die Tische und ergriff die Rückenlehne eines der Stühle an Zippys Tisch. „Zippy, wie geht's dir? Macht es dir etwas aus, wenn wir uns für einen Moment zu dir gesellen?"

Zippy starrte mir lange ins Gesicht, dann blinzelte er langsam. „Äh – Olive?"

Ich zog den Stuhl heraus. „Ja, ich bin's. Und Jasper ist auch hier."

Als wir uns niederließen, sagte Jasper leise. „Das sollte unterhaltsam sein."

Ich warf ihm einen Blick zu. Ich hoffte, er vermittelte, dass er, wenn er nichts Hilfreiches zu sagen hatte, seine Kommentare für sich behalten möge. Er musste aussagekräftig gewesen sein. Jasper wedelte mit der Hand und bedeutete mir, dass ich das Wort hatte, dann fragte er mich, ob ich noch etwas trinken wollte.

„Nein. Ich bin an meiner Grenze." Jasper stellte Zippy nicht dieselbe Frage. Zippy sah aus, als hätte er sein Limit seit etwa fünf Drinks überschritten. Seine Hände waren um sein halb volles Bier geschlungen, als ob jemand versuchen könnte, es ihm wegzunehmen.

Jasper ging zur Bar, und ich wandte mich Zippy zu. In Anbetracht seines Zustands war eine direkte, in einfachen Worten formulierte Frage wahrscheinlich am besten. „Zippy, warum hast du dich heute Nacht aus Blackburn Hall weggeschlichen?"

Er beugte sich vor, als ob er Staatsgeheimnisse preisgeben

wollte, und antwortete flüsternd, schaffte es jedoch trotzdem, mich mit Alkoholdämpfen einzuhüllen. „*Mater* ist nicht einverstanden." Er lehnte sich zurück und schüttelte übertrieben den Kopf. „Gar nicht. Sie hat es mir verboten."

„Sie hat es verboten? Deine Freundschaft mit …" Ich ließ meinen Blick quer durch den Raum zu der brünetten Bardame schweifen.

Zippys Gesicht wurde sanft. „Lucy." Das Wort kam mit einem Seufzer heraus.

„Siehst du Lucy schon lange?"

Zippy antwortete nicht. Er starrte Lucy weiter an. Ich widerstand dem Drang, mit den Fingern vor seinem Gesicht zu schnippen. „Zippy!"

„Hm? Was?"

„Siehst du Lucy schon lange?"

„Eine Ewigkeit! Mindestens zwei Monate."

„Warum kommst du dann nicht tagsüber hierher?"

„Kann nicht. Zu gefährlich."

Jasper kehrte zum Tisch zurück und hörte Zippys letzte Bemerkung, als er Platz nahm. Jasper nippte an seinem Bier und beugte sich vor. „Inwiefern zu gefährlich?"

„Mrs. Fenimore." Zippys Tonfall hatte eine Endgültigkeit, die darauf hindeutete, dass der Name alles erklären sollte. Ich tauschte einen Blick mit Jasper aus, doch er hob eine Schulter.

Ich fragte: „Wer ist Mrs. Fenimore, Zippy?"

Zippy trank einen langsamen Schluck und stellte dann mit großer Konzentration sein Bier ab. Er schwankte leicht von einer Seite zur anderen, selbst während er auf seinem Stuhl saß, und ich nahm an, dass der Tisch für ihn wie ein Schiffsdeck zu schwanken schien. „Mrs. Fenimore lebt direkt – direkt –" Er schluckte. „Auf der anderen Straßenseite." Er nickte zur Tür des Pubs, dann versuchte er, seinen Ellbogen auf den Tisch zu stützen, verfehlte jedoch die Kante und kippte auf mich zu.

Jasper packte Zippys Schulter und richtete ihn auf. „Sie wohnt auf der anderen Straßenseite, gegenüber dem Pub?"

Jasper nickte mit der Ernsthaftigkeit eines Richters, der ein Urteil verkündet. „Ja. Hat den ganzen Tag nichts zu tun, außer auf die Straße zu glotzen. Sie ist *Maters* Bridgepartnerin.

Verpasst kein Spiel. Wenn sie mich oder mein Automobil sehen würde …"

Ich sah Jasper an, und er sagte: „Zippy hat einen Bugatti. Rot. Unverwechselbar."

„Oh, ich verstehe", sagte ich.

Zippy sagte: „Wenn Mrs. Fenimore mich sehen würde, würde sie *so* nach Blackburn Hall fliegen." Er illustrierte seine Worte mit einer schnellen Handbewegung, die mich fast am Hals traf.

Ich lehnte mich zurück, bis er seine zusammengesunkene Haltung wieder einnahm. „Du schleichst also herum, um zu verhindern, dass Lady Holt etwas über Lucy erfährt."

Er versuchte, sich aufzurichten, doch sein Rückgrat war bei weitem nicht so stockgerade, wie die Haltung seiner Mutter. „Das ist es nicht", sagte Zippy. „Ich mag meine Privatsphäre." Er sprach langsam, sprach jede Silbe deutlich aus und grinste ein wenig, als er das letzte Wort herausbrachte, ohne darüber zu stolpern.

Ich seufzte und sagte zu Jasper: „Nun, ich nehme an, das ist wie deine Gästeliste im Gasthaus – gut zu wissen, wenn auch nur aus Gründen der Eliminierung."

„Apropos Listen." Jasper reichte mir ein Stück Papier, das aus einem Notizbuch gerissen worden war, über Zippys Sichtlinie, doch Zippys Blick schwankte nicht. Er schien uns vergessen zu haben. Er hatte einen Ellbogen auf den Tisch und sein Kinn in seine Handfläche gestützt. Sein schwärmerischer Blick war wieder auf Lucy gerichtet.

Das Papier enthielt eine weitere Namensliste – Mr. Timothy Hornby, Mr. und Mrs. Leslie Wellsby, Mr. Benjamin Leighland, Mr. und Miss Collingworth und Mr. Rupert Jones. „Was ist das?" Ich streckte eine Hand aus, um das langsame Abrutschen von Zippys Ellbogen in meine Richtung zu stoppen.

„Ich habe einen kurzen Blick auf das Gästebuch geworfen, als ich unsere Getränke bestellt habe", sagte Jasper. „Es war unbeaufsichtigt, also habe ich die Namen abgeschrieben. Die Länge ihrer Aufenthalte variiert, doch alle diese Namen haben entweder am Dienstag oder Mittwoch letzte Woche hier übernachtet. Ich habe diese Liste mit der Liste der Golfspieler verglichen. Keine Treffer. Bringt uns also auch nicht weiter."

Ich seufzte und steckte die Liste in meine Tasche. „Nun, wenigstens waren wir gründlich." Ich sah Zippy stirnrunzelnd an. Dann konnte ich genauso gut auch mit Zippy gründlich sein. Auch oder gerade weil er ziemlich betrunken war, war er redselig. Ich sollte alles von ihm herausfinden, was ich konnte. Vielleicht könnte ich ihm ein winziges Detail entlocken, das uns helfen würde, alles zu klären. „Zippy, warst du jemals im East Bank Cottage?"

Er wandte seinen Blick von Lucy ab und blinzelte mich an. „Warum sollte ich das tun?"

„Um Mayhew zu treffen? Zum Plaudern? Oder für etwas anderes …?"

„Mayhew habe ich nie gesehen … wie ein Gespenst. Die Leute sagten, dass jemand im East Bank Cottage wohnt, aber Mayhew war nie zu sehen."

„Du hast Mayhew also nie gesehen, auch nicht, wenn du nachts auf dem Weg vorbeigekommen bist, um Lucy hier zu besuchen?"

„Nein."

„Aber deine Mutter dachte, du besuchst das Cottage."

„Ich habe sie im Glauben gelassen. So ist es einfacher, weißt du?"

Zippys Mund verzog sich zu einem Lächeln. Er sah aus wie ein kleiner Junge, der es geschafft hatte, dem Koch mehrere Leckereien abzuschwatzen, ohne dass seine Mutter es wusste. „Wenn sie dachte, ich würde nach East Bank Cottage gehen, musste ich mir keine Sorgen machen, dass sie hiervon erfährt." Er wedelte mit seinem Bier herum.

„Aber Lady Holt war wütend auf Sie, weil sie dachte, du würdest East Bank Cottage besuchen."

„Ja."

„Sie dachte, dass es vielleicht eine … Verbindung gibt … zwischen dir und Mayhew." Zippy runzelte die Stirn. „Verbindung?"

„Eine – ähm – romantische Verbindung?"

Zippy schüttelte den Kopf. „Nein. Ich bin nicht so." Sein Blick wanderte zu Lucy.

„Doch wenn Lady Holt geglaubt hätte, dass es eine Verbindung gibt, was hätte sie dann getan?", fragte ich.

„Sie beendet", sagte Zippy, ohne einen Takt auszulassen.

„Wirklich? Ich kann mir nicht vorstellen, dass Lady Holt so etwas tut." Sie hatte Calder erzählt, dass sie Mayhew noch nie begegnet war – nicht, dass sie nicht gelogen haben könnte, doch es war schwer vorstellbar, dass die überaus korrekte Lady Holt etwas so Vorzeitliches tat, wie jemandem auf den Kopf zu schlagen oder jemanden vom Rand des Weges in der Nähe des Flusses zu stoßen.

„Nicht sie", sagte Zippy. „Sie hätte Mayhew von jemandem warnen lassen."

„Das ist alles, was sie getan hätte? Eine strenge Rüge? Nicht ... mehr?"

Er verstand meine Andeutung nicht. Sein Blick war auf sein fast leeres Bier gerichtet, und er lachte leise. „Sie könnte das Cottage nicht allein finden. Nein. Sie würde jemand anderen schicken."

„Wen?", fragte Jasper.

Zippy leerte sein Bier und stellte es geräuschvoll ab. „Bower. Er würde alles für sie tun."

„Alles?", fragte ich.

„Ja. Er ist seit Jahren bei uns. Er war im Dienst von Mutters Familie, bevor sie Vater geheiratet hat. Er ist einer dieser Bediensteten der alten Schule – treu. Die Art, die es nicht mehr zu geben scheint. Er kümmert sich für sie um alles für sie – alle Probleme."

KAPITEL DREIUNDZWANZIG

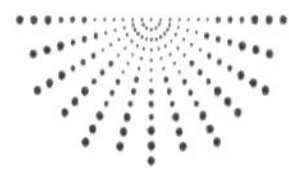

„Denkst du, wir hätten ihn nicht dort lassen sollen?", fragte ich Jasper, als wir den Weg von Sidlingham durch die dunklen Felder in Richtung Blackburn Hall zurückgingen.

„Zippy geht es gut. Und abgesehen davon, ihn mit Gewalt dort wegzuschleppen, hätten wir ihn meiner Meinung nach nicht davon überzeugen können, mit uns zu kommen."

„Aber wird er allein nach Blackburn Hall zurückfinden?"

„Ich habe mit dem Besitzer des Pubs gesprochen. Falls die reizende Lucy Zippy im Stich lassen sollte, habe ich den Wirt des Pubs gebeten, Zippy für die Nacht unterbringen, und ich würde die Kosten übernehmen."

„Das ist sehr philanthropisch von dir."

„Ich wäre untröstlich, ihn auf dem Heimweg in den Fluss stürzen zu sehen."

Wir waren abseits von Sidlingham durch die Felder gegangen, und jetzt wand sich der Pfad in der Nähe des Flusses. Wir konnten das leise Rauschen des Wassers hören, obwohl wir es noch nicht sehen konnten. Bei der Erwähnung des Flusses verstummten wir beide und gingen weiter.

„Egal, was Zippy über seine Mutter und Bower sagt", meinte Jasper, „ich kann mir nur schwer vorstellen, dass Lady Holt oder Bower Mayhew ermorden würden."

„Ich auch." Ich vergrub meine Hände tiefer in die Taschen meiner Strickjacke und dehnte das Gestrick, während ich mit den Schultern zuckte. „Aber ich habe auf Archly Manor gelernt, dass der Schein trügen kann."

Jasper senkte den Kopf. „Wohl wahr."

„Ich muss nur sehen, ob ich herausfinden kann, wo Bower und Lady Holt am Mittwochmorgen waren."

„Meinst du nicht wir? Ich dachte, das ist eine Partnerschaft. Du scheinst diesen Punkt zu vergessen – und ziemlich oft."

Sein Ton war unbeschwert, doch das war Jaspers Art. Er war nicht streitlustig. Er machte einen Schlenker zur Seite und ging schräg auf das Thema los, normalerweise mit entschärfendem Humor oder einer nonchalanten Haltung. Die Tatsache, dass er es zur Sprache gebracht hatte, zeigte, dass er es nicht abtun würde.

„Ich hätte dich wissen lassen sollen, dass ich Zippy heute Abend folgen würde, doch ich dachte, du würdest versuchen, mir das auszureden."

„Und den Spaß verpassen? Das würde ich nie tun. In tiefster Dunkelheit durch die Landschaft zu wandern ist eine meiner Lieblingsbeschäftigungen."

Wir konnten den Fluss sehen, als wir zu dem Teil des Weges gelangten, der abgerutscht war. Die Wolken hatten sich verzogen, und Mondlicht glitzerte auf dem plätschernden Wasser. Unsere Schritte wurden langsamer, und wir sahen zu, wie das Wasser um den massiven Baumstamm wirbelte, der noch immer mitten im Fluss lag. Nach einem Moment fragte Jasper: „Bist du sicher, dass Mayhew nicht bereit war zu gehen?"

„Es hat sich nicht so angefühlt. Nach allem, was ich im Ort gehört habe, ist Mayhew nicht gereist. Und wenn Mayhew das Cottage aus freien Stücken verlassen hat, wohin ist sie dann gegangen?"

„Vielleicht wollte sie Mr. Hightower besuchen?"

Ich schüttelte den Kopf. „Nein, Mr. Hightower sagte, Mayhew hatte eine Abneigung gegen London und weigerte sich, sich mit ihm zu treffen."

„Vielleicht hatte Mayhew vom Tod seines Vaters – ich meine, ihres – Vaters erfahren."

„Gut möglich. Aber würde das Mayhew dazu veranlassen, alles stehen und liegen zu lassen und das Cottage sofort zu verlassen?"

Jasper fragte: „Aber du hast gesagt, dass ein Koffer gefunden wurde."

„Ja, und das deutet entweder darauf hin, dass man sich darauf vorbereitet, die Stadt zu verlassen, ... noch auf eine unglaublich böse Absicht." Ich konnte spüren, wie Jasper mich ansah, als ich sagte: „Wenn ich Recht habe, hatte Mayhew nicht vor, an diesem Tag abzureisen. Die „Abreise" ist eine List, um alle abzulenken und die Entdeckung von Mayhews Tod hinauszuzögern. Die Person, die Mayhew getötet hat, ist zurück zum Cottage gegangen und hat die Nachrichten getippt, eine an Anna, die ihr sagte, sie solle mit dem Manuskript fortfahren, andere an den Lebensmittelhändler und den Milchmann, um die Lieferungen zu stornieren. Ich glaube, genauso ist es passiert."

„Vielleicht wollte Mayhew weggehen, um woanders neu anzufangen, irgendwo, wo sie ohne Maske leben konnte und ohne vorzugeben, ein Mann zu sein."

Ich wandte mich vom Wasser ab zu den Bäumen. „Aber Mayhew hat keine Vorkehrungen getroffen, das Cottage zu verlassen oder Konten zu schließen." Wir gingen in den Wald, um den ausgewaschenen Abschnitt des Weges zu umgehen. „Ich weiß, dass es keine soliden Beweise gibt, aber ich glaube nicht, dass Mayhew vorhatte zu gehen."

„Du bist gut in diesen intuitiven Schlussfolgerungen, das gestehe ich dir ja zu, aber –"

„Du denkst, ich ziehe voreilige Schlüsse", sagte ich.

„Das habe ich nicht gesagt. Du hast das Talent, alle möglichen Zusammenhänge zu finden. Du bist gut darin, Menschen zu lesen und Situationen unter der Oberfläche einzuschätzen. Du spürst Dinge, die anderen entgehen."

„Ich denke, das ist das Schönste, was du je zu mir gesagt hast."

„Ich könnte dir noch viel Schöneres sagen, aber ich muss dich hier verlassen." Die Fenster von Blackburn Hall waren dunkel. „Wie kommst du wieder ins Haus?"

„Ich habe eine Münze in das Schloss der Bibliothekstür

geklemmt. Und wenn das fehlschlägt, hat Zippy die Haustür offengelassen."

„Natürlich hat er das."

Jasper ging mit mir die Stufen zur Terrasse hinauf, als ich sagte: „Ich werde ein bisschen herumstochern und sehen, ob ich herausfinden kann, was Lady Holt am Mittwoch gemacht hat."

„Ich glaube, Grigsby könnte helfen."

„Grigsby ist hier?" Ich hatte Jaspers Kammerdiener bisher überhaupt nicht gesehen und angenommen, dass er in London geblieben war.

„Jetzt ist er hier. Er war für ein paar Tage bei seiner Schwester in Canterbury, doch seit heute ist er wieder bei mir. Ich bin sicher, er und Bower würden sich gut verstehen. Lady Holt hat mich eingeladen, morgen Abend nach der Dinnerparty auf Blackburn Hall zu übernachten. Ich bringe Grigsby mit. Vielleicht findet er einen günstigen Moment, um mit Bower zu plaudern."

„Sag Grigsby bloß nicht, dass es für mich ist." Grigsby hielt nicht viel von mir. Die wenigen Male, in denen ich Grigsby getroffen hatte, hatte er sich wie eine ältere Anstandsdame benommen, die versuchte, Jasper vor einem unwillkommenen Verehrer zu beschützen – mir.

„Ich werde ihm sagen, dass es eine meiner eigentümlichen Ideen ist", sagte Jasper.

„Hast du viele davon?"

„Ständig. Er wird es gelassen hinnehmen. Wir sehen uns morgen früh."

„Da bin ich vielleicht nicht hier. Serena hat mich zu einer Runde Golf überredet. Sie will mir das Spiel zeigen. Ich nehme an, es wird nach dem Mittagessen sein, dass wir zurückkehren."

„Dann also morgen Nachmittag", sagte Jasper, als ich mich der Tür zur Bibliothek näherte. Sie ließ sich leicht öffnen, und ich fing die Münze auf, bevor sie auf die Terrasse fiel.

„Klug ... und ein bisschen durchtrieben", sagte Jasper.

„Danke!"

„Wo hast du so einen Trick gelernt?"

„Das Mädchenpensionat hat eine recht vielseitige Ausbildung geboten. Gute Nacht!"

„Gute Nacht!", sagte Jasper und wartete dann, bis ich in der Bibliothek war, bevor er mit den Schatten der Terrasse verschmolz. Ich vergewisserte mich, dass die Tür zur Terrasse verschlossen war, dann lauschte ich einen Moment, bevor ich die Bibliothek durchquerte. Das Ticken der Uhr auf dem Kaminsims war das einzige Geräusch.

Ich benutzte die Taschenlampe, um durch die Bibliothek zu gehen, schaltete sie aber aus, als ich den Raum verließ, da das Mondlicht, das durch die hohen Fenster drang, die Diele erhellte. Ich schlich an der Treppe vorbei und ging weiter, bis ich den Tagessalon erreichte.

Mit einem Anflug von Schuldgefühlen ging ich zu Lady Holts Schreibtisch. Ich schaltete die Taschenlampe ein und richtete sie auf ihren Kalender. Es war ein Monatskalender und lag dankenswerterweise aufgeschlagen auf dem Schreibtisch. Es kam mir weniger wie Schnüffeln vor, wenn ich nur einen Blick auf etwas auf dem Schreibtisch werfen musste, anstatt in den Schubladen zu wühlen.

Am Mittwoch letzter Woche stand in Lady Holts Schreibschrift „Bridge Lunch" im Kalender. Ein paar Notizen unter dem Eintrag mit Anweisungen für die Vorbereitungen machten offensichtlich, dass Lady Holt den Bridge Lunch auf Blackburn Hall veranstaltet hatte. Als ich in mein Zimmer zurückkehrte, fragte ich mich, wie aufwändig das Mittagessen gewesen war. Hätten die Vorbereitungen dafür den ganzen Tag gedauert, oder wäre jemand wie Bower in der Lage gewesen, sich davonzustehlen und Mayhew zu konfrontieren?

Nachdem ich durch die Landschaft gewandert war, hätte ich tief schlafen sollen, doch ich verbrachte den Rest der Nacht damit, mein Kissen aufzuschütteln und mich von einer Seite zur anderen zu wälzen. Nach gefühlten Stunden, wehten die Töne unbeschwerten Pfeifens durch die Luft. Ich drehte meinen Kopf zur Tür. Hatte ich geträumt?

Nein, da war es wieder. Die Töne wurden lauter, dann

verschwanden sie. Leise hörte ich einen dumpfen Schlag, als eine Tür ins Schloss fiel. Ich hatte meine Uhr aufgezogen und auf den Nachttisch gelegt, bevor ich zu Bett gegangen war, und jetzt neigte ich sie, damit ich das Zifferblatt sehen konnte. Die mit Radium beschichteten Zeiger und Zahlen glühten. Vier Uhr morgens. Zippy hatte es also nach Hause geschafft.

Erst als das Sonnenlicht zwischen die Falten der Vorhänge drängte, spürte ich, wie sich meine Muskeln entspannten. Die schiere Erschöpfung, so viele Stunden nicht geschlafen zu haben, übermannte mich schließlich, und ich fiel in einen tiefen, traumlosen Schlaf.

Ich wurde wach, als Janet mit einer Tasse heißer Schokolade mein Zimmer betrat. Sie öffnete die Vorhänge, und Sonnenlicht strömte in einem Winkel in den Raum, der darauf hinwies, dass es später Vormittag war. „Entschuldigen Sie, Miss Belgrave", sagte sie. „Bower hat mich geschickt, um Ihnen zu sagen, dass jemand hier ist, um Sie zu sehen."

Ich strich mir die Haare aus den Augen, blinzelte ins Licht und stützte mich dann auf einen Ellbogen, während ich nach der heißen Schokolade griff. „Ich habe Jasper gesagt, dass er bis heute Nachmittag nicht kommen soll."

„Es ist nicht Mr. Rimington, Miss. Es ist Inspector Longly."

„Bitte entschuldigen Sie, dass Sie warten mussten, Inspector", sagte ich und wünschte, mein Herzschlag würde sich beruhigen. Es war nicht so, als hätte ich etwas falsch gemacht. Aus der Sicht von Inspector Longly sah es sicher so aus, als könnte ich anPearce' Tod schuld sein, doch ich war nicht schuldig und sollte mich nicht so benehmen, als wäre ich es. Ich setzte einen Ausdruck höflichen Interesses auf.

„Guten Morgen, Miss Belgrave." Langsam deutete er auf einen Platz auf einem Sofa ihm gegenüber, und ich setzte mich. „Ich muss ein paar Punkte klarstellen."

„Natürlich. Ich werde helfen, wo ich kann."

„Ausgezeichnet." Er sah in seinem Notizbuch nach.

„Erzählen Sie mir noch einmal, was Sie und Mr. Pearce besprochen haben, als Sie sich begegnet sind."

„Ich glaube nicht, dass Sie schon einmal danach gefragt haben."

Er blickte auf. „Sehr gut. Nein, habe ich nicht, doch ich muss es jetzt wissen. Worüber haben Sie gesprochen?"

Die heiße Schokolade schien plötzlich sauer in meinen Magen, doch ich kontrollierte meinen Gesichtsausdruck. „Ich erinnere mich nicht genau. Ich weiß, dass ich ihn gefragt habe, ob er einmal für die Firma Mercer, Blackthorne und Thompkins gearbeitet hat. Das hat er bestätigt. Und wir haben über das Hartman-Debakel gesprochen. Er sagte, er habe auch Geld verloren."

„Was sonst?"

„Das ist alles, woran ich mich erinnere." Mein Herzschlag beschleunigte sich wieder, und meine Achseln wurden feucht. Ich hasste es zu lügen, und ich wusste, wohin diese Fragen führten.

Longly legte sein Notizbuch auf das Kissen neben sich und seinen Arm über seine Beine. „Miss Belgrave, lassen Sie uns nicht länger darum herumtanzen. Ich habe Aussagen von den anderen Gästen, dass Sie Mr. Pearce bedroht haben."

„Bedroht?"

„Ja." Er drückte das Notizbuch in das Kissen und neigte es, damit er es lesen konnte. „Ich würde ihm gerne den Hals umdrehen. Ich muss meine Rache haben." Longly sah mich an. „Haben Sie das gesagt?"

Ich hielt einen Moment lang meinen Mund geschlossen und sagte dann: „Ich glaube, ich muss telefonieren, bevor ich noch etwas sage."

Über Longlys Gesicht huschte ein Ausdruck von Enttäuschung. Er schloss das Notizbuch. „Ich schlage vor, dass Sie das tun." Er rutschte vorwärts, hielt jedoch inne, bevor er aufstand. Er schien noch etwas sagen zu wollen.

Ich saß still. Einen Moment später sagte er: „Ich bin mit der Richtung der Ermittlungen nicht zufrieden, aber ich muss sie fortsetzen. Ich schlage vor, dass Sie so schnell wie möglich einen Rechtsbeistand einschalten." Ich öffnete meinen Mund, doch er hob seine Hand. „Nein, sagen Sie nichts. Ich spreche jetzt nicht als Beamter des Gesetzes. Ich weiß, wie sehr sich Ihre Familie um Sie sorgt, und ich fände es ausgesprochen bedauerlich, wenn *irgendjemand* verletzt wird, weil Sie in diese Situation verwickelt sind."

Ich brauchte einen Moment, um die Fülle von Wörtern zu analysieren, aber dann sagte ich: „Sie machen sich Sorgen um Gwen und wie sich das auf sie auswirken wird."

Ein Hauch von Rot überzog seine Wangen. „Ich glaube, ich habe eine … Freundschaft mit Ihrer Familie – also ihrer erweiterten Familie. Ich sage das aus Sorge um Sie … und sie. Ich schlage vor, dass Sie sich zum frühestmöglichen Zeitpunkt an einen Rechtsbeistand wenden."

Mein Herzschlag wurde noch schneller, doch ich hielt meine Stimme ruhig. „Ich sehe nicht, warum ich mir Sorgen machen sollte.Pearce' Tod und Mayhews Tod müssen irgendwie zusammenhängen. Und ich war nicht in Hadsworth, als Mayhew gestorben ist."

Longly schüttelte den Kopf. „Es ist eine falsche Schlussfolgerung, dass die beiden Todesfälle in Zusammenhang stehen."

„Wie können sie nicht zusammenhängen? Zwei Tote in so kurzer Zeit in einem kleinen Dorf wie diesem? Sicherlich müssen sie verbunden sein."

Longly stand auf. „Es gibt keine Beweise, dass Mayhews Tod etwas anderes als ein Unfall war."

„Aber mehrere Leute hatten ein Motiv, Mayhew tot sehen zu wollen – Dr. Finch und An – ähm – und Lady Holt, um nur zwei zu nennen."

Sein Kopf kam hoch. „Lady Holt?"

„Sie wussten nicht, dass Lady Holt Befürchtungen hatte, dass ihr Sohn Mayhew im East Bank Cottage besucht? Dass sie dachte, er könnte … ähm … eine Beziehung mit Mayhew pflegen? Es war nicht wahr", fügte ich hinzu. Ich wollte keine Gerüchte verbreiten. „Zippy hat sich aus dem Haus geschlichen, um eine Bardame in Sidlingham zu besuchen, doch er ließ Lady Holt glauben, er tue etwas anderes, um sein wahres Ziel zu vertuschen."

Longly kniff die Augen zusammen. „Das war mir nicht bewusst. Woher wissen Sie das?"

„Zippy, doch ich habe es zuerst von den Dienstboten gehört." Ich erwähnte nicht, dass es der Klatsch von Hausmädchen war, den ich belauscht hatte, doch Longly schien angestrengt nachzudenken. Er wusste so gut wie ich, dass die Dienstboten über alles, was in einem Haushalt vor sich ging, oft besser informiert waren als die Hausherren.

„Und Sie denken, Lady Holt hat etwas getan, um zu verhindern, dass diese Verbindung weiterging?"

„Nein, wahrscheinlich nicht Lady Holt. Doch ich frage mich, ob sie jemandes Hilfe in Anspruch genommen hat, um es für sie zu tun ... jemand wie Bower. Zippy sagt, Bower würde alles für sie tun."

Longly schüttelte den Kopf und schloss für eine Sekunde die Augen. „Miss Belgrave", sagte er, sein Tonfall war der von jemandem, der es mit einer Person zu tun hatte, die seine Geduld auf die Probe stellte. „Sowohl Lady Holts als auch Bowers Aufenthaltsort am Morgen von Mayhews Tod sind bekannt." Er hob eine Hand, als ich meinen Mund öffnete. „Mehrere Zeugen bestätigen, dass sowohl Lady Holt und Bower als auch der Rest des Personals am vergangenen Mittwoch damit beschäftigt waren, den Bridge Lunch von Lady Holt vorzubereiten. An diesem Morgen hat niemand Blackburn Hall verlassen. Ich bin mir sicher. An Mayhews Tod konnte niemand aus diesem Haushalt beteiligt sein. Und – wieder einmal – haben wir keine soliden Beweise dafür, dass Mayhews Tod etwas anderes als ein Unfall war."

Meine Zuversicht, dass ich einen neuen Blickwinkel auf die Situation gefunden hatte, schwand, als Longly fortfuhr: „Andererseits war Mr.Pearce' Tod zweifellos Mord. Ich schlage vor, Sie lassen diese absurden Theorien sein und konzentrieren sich darauf, einen Anwalt zu finden." Ich schluckte und hob mein Kinn, froh, dass Longly nicht wissen konnte, wie sehr mein Herz pochte. „Ich habe nichts zu befürchten, was Mr. Pearce angeht."

„Wir haben Aussagen, dass Sie Mr. Pearce bedroht haben. Das nehmen wir nie auf die leichte Schulter."

Ich ballte meine Hände. „Ich war frustriert und verärgert, doch ich habe ihn in keiner Weise verletzt."

„Ich rate Ihnen, so schnell wie möglich einen Anwalt zu beauftragen." Longly verließ den Raum, und ein Cocktail aus Wut und Frustration wirbelte durch mich ... zusammen mit Angst. Ich hasste es, es zuzugeben, doch ich hatte Angst. Longly hatte es ernst gemeint, und ich bezweifelte, dass er normalerweise Verdächtige dazu drängte, sich rechtlichen Rat einzuholen. Er hegte eine gewisse Zuneigung für Gwen, und er hatte aus Loyalität und Sorge um sie gesprochen.

Schritte ertönten, und mein Herz pochte lauter. Kam Longly zurück, um mich zu verhaften? Doch es war nur Serena, die an der Tür vorbeiging und dann stehenblieb, als sie mich sah. „Da bist du ja. Wir sollten bald losgehen."

Ich rüttelte mich innerlich aus meinen Gedanken, als ich sah, dass Serena Golfkleidung trug. „Oh ... ja." Ich hatte unsere Pläne völlig vergessen. Golfen war das Letzte, was ich jetzt tun wollte. Doch ein guter Hausgast schlug Pläne nicht so einfach in den Wind, wenn er sich einmal dazu verpflichtet hatte. Ich würde mir auf dem Golfplatz Gedanken machen müssen. „Ich muss telefonieren und mich umziehen."

„Lass uns in einer Viertelstunde in der Diele treffen."

„Wir fangen heute auf den hinteren Neun an", sagte Serena, als wir über den Rasen vom Clubhaus wegmarschierten. „Ich dachte, wir spielen neun Löcher. Das gibt dir eine kleine Einführung in das Spiel und erlaubt mir, heute Nachmittag wieder an die Arbeit zu gehen."

Meine Tasche mit geliehenen Golfschlägern stieß bei jedem Schritt gegen meine Hüfte. „Gute Idee." Die Sonne strahlte von einem Himmel, der ein breiter Streifen ungebrochenen Blaus war, auf uns herab. Es war ein warmer, schöner Tag.

Ich hatte Onkel Leo angerufen und ihm erklärt, dass ich einen Anwalt brauchte. Ihn anzurufen gab mir ein verdrehtes, krankes Gefühl. Ich hasste es, um Hilfe zu bitten, doch ich hatte kein Geld, um einen Anwalt zu bezahlen, und Vater auch nicht. Nach dem Gespräch mit Longly schien es eine gute Idee zu sein, wenigstens jemanden zu kontaktieren, und Onkel Leo war die einzige Person, der ich vertraute, mich mit jemandem in Kontakt zu bringen, der zuverlässig war.

Als wir über das Gras schritten, war ich froh, dass ich mit Serena auf dem Platz war. Auf Blackburn Hall konnte ich nichts mehr tun. Keine meiner Ideen war aufgegangen. Wenn Mayhews Tod wirklich ein Unfall gewesen war – und ich konnte mir immer noch nicht recht einreden, dass dem so war –, dann war all mein Herumlaufen und Fragenstellen völlig nutzlos. Ich hatte viel Zeit und Energie verschwendet. Raus in die Sonne zu gehen und auf dem Golfplatz herumzulaufen, bis ich erschöpft war, war wahrscheinlich das Beste, was ich tun konnte. Es würde mich von meinem anderen Problem ablenken, dass ich eine mögliche Mordverdächtige war.

Es war ein ruhiger Morgen auf dem Platz, und nur Serena und ich spielten. Serena schlug einen schönen Drive vom Abschlag mitten auf dem Platz. Sie bedeutete mir, ihren Platz einzunehmen. „Mach nur. Mach es so, wie wir es geübt haben, und denke nicht zu viel darüber nach."

Serena hatte mir die Grundlagen des Golfschwungs gezeigt, bevor wir uns auf den Weg gemacht hatten. Für meinen ersten Versuch stellte ich mich breitbeinig auf und legte den Schläger hinter den Ball. Ich stieß einen beruhigenden Atemzug aus, zog den Schläger zurück und schlug den Ball. Er segelte durch die Luft. Leider ging er nicht in die Mitte des Grüns. Er endete weit abseits im Rough.

„Ausgezeichnet", sagte Serena.

Ich ließ meine Arme sinken. „Wenn das gut war, dann habe ich so einiges über das Golfspiel falsch verstanden."

„Unsinn. Das war gut gemacht. Ich wusste, dass du keiner dieser halbherzigen, zaghaften Spieler sein würdest. Es ist viel besser, loszulegen und gut zuzuschlagen. Lass uns deinen Ball finden. Er ist nicht zu weit vom Fairway entfernt."

Mein Ball war in einem dicken Grasbüschel vergraben, doch mit Serenas Coaching, wie man den Schlag anging, schlug ich den Ball zurück auf das Fairway und beendete das Loch. Ich fand das Putten viel schwieriger als den Abschlag. Doch schließlich schaffte ich es, meinen Ball in das Loch zu befördern, und griff hinein, um ihn aufzuheben. „Bei diesem Tempo wird meine Punktzahl astronomisch sein. Gut, dass wir nur neun Löcher spielen."

Serena stellte sich auf und schlug ihren Ball mit Leichtigkeit ins Loch. „Kein Problem. Du lernst, also ist die Punktzahl nicht wirklich wichtig." Sie nahm ihren Golfball aus dem Loch, und wir gingen zum elften. Ich verpasste wieder das Fairway. Als ich endlich in Reichweite des Lochs war, war der Ball etwa vierzig Meter vom Grün entfernt.

„Also, was mache ich jetzt?", fragte ich, als ich mich dem Ball näherte. „Er ist zu weit weg, um zu putten, aber wenn ich einen Driver benutze, gehe ich weit am Loch vorbei."

Serena hatte sich für ein Pitching Wedge entschieden. „Halte deinen Rückschwung kurz und schwenke deine Handgelenke." Serena demonstrierte, wie ich meine Handgelenke während des verkürzten Rückschwungs nach oben winkeln sollte. „Dann sei im Abschwung aggressiv und schlage scharf zu."

Ich imitierte Serenas Bewegungen. Der Ball flog durch die Luft, fiel auf das Grün und rollte fast bis an den Rand des Lochs. „Es hat funktioniert!"

„Natürlich hat es funktioniert. Du bist ein Naturtalent", sagte Serena.

„Vielleicht eher Anfängerglück", widersprach ich, als wir weitergingen zum zwölften Loch. Anstatt den Ball direkt zu treffen, toppte ich ihn. Mein Drive hüpfte peinlich über den Platz. „Wenigstens bin ich dieses Mal im Fairway." Serena lachte und schlug ab und schickte ihren Ball weit über meinen hinaus. Als wir das Fairway hinuntergingen, zog eine Lücke in den Bäumen meine Aufmerksamkeit auf sich. Ich konnte über den Fluss zu dem Pfad hinüberblicken, der über das Gelände von Blackburn Hall führte. Ich ging langsamer. „Hast du hier Mayhew auf dem Weg gesehen?"

Serena nickte und zeigte mit ihrem Schläger. „Direkt durch diese Lücke in den Bäumen. Ich habe einen roten Blitz gesehen – die Krawatte, weißt du? Sie war es, die mir ins Auge gestochen ist."

Die Entfernung war nicht sehr groß. Ich konnte mir vorstellen, dass sie jemanden auf dem Weg gesehen haben konnte.

Serena sagte: „Mayhew hat mir zugewinkt."

„Hat sie das normalerweise gemacht?" Nach allem, was ich gehört hatte, ging Mayhew Menschen aus dem Weg.

„Nein, aber ich nehme an, es war nur eine freundliche Geste. Schließlich konnten wir schlecht stehenbleiben und uns unterhalten, nicht mit dem Fluss zwischen uns." Serena wischte ein wenig Gras von ihrem Schlägerkopf, bevor sie ihn in ihre Tasche zurücksteckte. „Unser Vierer ist weitergegangen, und wir haben nicht gehört, wie das Ufer abgerutscht ist. Wahrscheinlich, weil der Wind an diesem Tag so stark war. Ziemlich laut, der Wind."

Ich blieb stehen. „Wie hast du gesagt, dass Mayhew gewinkt hat?"

„Nur kurz die Hand gehoben. Mit der anderen Hand hat sie ihren Hut gehalten." Serena demonstrierte es, hob ihre linke Hand und ließ sie dann wieder auf ihre Seite sinken. „Es war ein stürmischer Tag. Wir haben den ganzen Tag gegen den Wind gekämpft." Sie schüttelte den Kopf. „Es ist schrecklich, wenn ich daran denke. Wir waren so darauf konzentriert, gegen den starken Wind zu spielen, und auf der anderen Seite des Flusses wurde eine Frau verletzt und starb. Wir wussten nichts davon."

Ich hörte Serena kaum zu. Ich war in meinen eigenen aufgewühlten Gedanken verloren.

„Olive?"

Ich blinzelte und erkannte, dass Serena beim Sprechen weitergegangen sein musste. Ich hatte mich nicht von der Stelle bewegt, an der ich stehengeblieben war.

„Was ist?", fragte Serena.

„Nichts. Tut mir leid." Ich beeilte mich, sie einzuholen.

Wir spielten das Loch zu Ende, und Serena notierte unsere Ergebnisse, ihr Kopf gebeugt. „Es ist interessant, den Platz sozusagen rückwärts zu spielen. Bei der hinteren Neun anzufangen gibt dem Ganzen eine ganz neue Perspektive."

Ihre Worte drangen in meine verschwommenen Gedanken ein und hallten dann in meinem Kopf wider. „Das ist es", sagte ich. „Ich habe alles falsch gesehen. Ich habe es rückwärts betrachtet."

Serena blickte von der Scorecard auf. „Was hast du gesagt?"

„Ich führe nur Selbstgespräche. Tut mir leid."

Sie steckte die Karte weg und ging den Weg hinunter zum nächsten Abschlag. „Muss es nicht. Das tue ich die ganze Zeit. Es ist eine hervorragende Möglichkeit, Gedanken zu sortieren."

Ich beeilte mich, sie einzuholen, meine Gedanken drehten sich. „Ja, das ist es."

KAPITEL VIERUNDZWANZIG

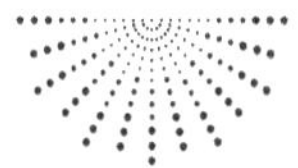

Meine Gedanken waren für den Rest des Spiels nicht beim Golfen. Wir beendeten unsere neun Löcher, nahmen ein schnelles Mittagessen im Clubhaus zu uns, und dann beschloss Serena, weiterzumachen und an ihrem Putt zu arbeiten. Ich konnte mir nicht vorstellen, dass sie in diesem Bereich eine Verbesserung brauchte. Sie hatte jeden Putt innerhalb von zwei oder drei Schlägen versenkt, bestand aber darauf, dass ihre langen Putts nicht so konstant waren, wie sie es gerne hätte. Ich kehrte nach Blackburn Hall zurück und grübelte immer noch darüber nach, was ich über Mayhew herausgefunden hatte.

Bower öffnete mir die Tür. „Guten Tag, Miss Belgrave. Hatten Sie ein angenehmes Spiel?"

„Ja. Ich fand es sehr produktiv."

„Freut mich, das zu hören. Wird Miss Serena bald zurückkehren?"

„Nein, sie ist geblieben, um an ihrem Putt zu arbeiten."

Bower sagte: „Sehr gut. Sie können die Schläger hierlassen." Er warf einem Lakaien, der durch die Diele ging, einen Blick zu. Der Mann machte einen Schlenker und nahm mir die Tasche ab. „Mr. Rimington ist vor kurzem angekommen", fuhr Bower fort. „Soll ich ihm mitteilen, dass Sie zurückgekehrt sind?"

„Nein. Nicht nötig. Ich werde selbst mit ihm sprechen."

„Er ist in der Bibliothek."

Jasper saß auf einem der Sessel am Fenster, doch nur seine gut geschnittenen Hosen und perfekt polierten Schuhe waren zu sehen. Die obere Hälfte seines Körpers war hinter einer aufgeschlagenen Zeitung versteckt.

„Hallo Jasper. Lass Lady Holt nicht sehen, dass du das liest. Sie hat eine Zeitungs-Phobie."

Jasper faltete die Zeitung zusammen. „Oh, ich glaube nicht, dass es ihr etwas ausmachen würde, wenn ich über Mr. Carters Vortrag vor der Royal Geographical Society über das Grab von König Tut lese. Er sagt übrigens voraus, dass es noch Kronen und Insignien zu entdecken gibt. Daran hätte Lady Holt sicher nichts auszusetzen. Keine örtlichen Skandale gemeldet."

„Ich würde es nicht riskieren. Sie ist fanatisch, was Zeitungen angeht. Es ist jedoch seltsam. Ihre Etikette-Kolumne wird in einer Zeitung gedruckt."

„Ich nehme an, sie hält alles andere außer ihrer Kolumne für eine Schande. Keine Sorge, ich werde die Beweise in Kürze entsorgen. Wie war das Golfspiel?"

„Überraschend aufschlussreich."

„Ich habe Leute Golf auf viele verschiedene Arten beschreiben hören, doch nie als *aufschlussreich*. Ich bin übrigens vor kurzem auf Zippy getroffen. Es scheint, dass er letzte Nacht unbeschadet nach Hause gekommen ist."

Ich setzte mich auf eine Stuhllehne. „Ich habe ihn in den frühen Morgenstunden auf dem Rückweg in sein Zimmer pfeifen hören. Wie geht es ihm heute?"

„Er hat dem Trinken für immer abgeschworen. Ich gehe davon aus, dass das noch ein paar Stunden anhalten wird" – Jasper warf einen Blick auf seine Armbanduhr. „Bis heute Abend zur Cocktailstunde."

„Du hast wahrscheinlich Recht. Du kannst Grigsby übrigens absagen."

„Die Informationen selbst herausgefunden?"

„In gewisser Weise. Inspector Longly hat mich heute Morgen besucht. Ich habe ihm von unserem Verdacht erzählt. Er hat mir gesagt, dass sowohl Lady Holt als auch Bower und der Rest des Personals Alibis für den Morgen von Mayhews Tod haben."

Jasper zog die Augenbrauen hoch. „Er ist hergekommen, um den Fall mit dir zu besprechen?"

„Nein. Er hat mir empfohlen, einen Anwalt zu beauftragen. Es scheint, dass es bald eine Festnahme geben wird. Und ich habe das deutliche Gefühl, dass ich es sein werde."

Jasper drehte sich abrupt zu mir um. „Und du hast den Nachmittag mit Golfen verbracht?"

„Ich habe Onkel Leo angerufen. Er beauftragt einen Anwalt für mich. Doch ich glaube nicht, dass ich ihn brauchen werde." Ich rutschte von der Stuhllehne. Ich war zu aufgeregt, um stillzusitzen. Ich ging zu einem Tisch am Fenster mit einem Schachbrett, die Figuren auf beiden Seiten des Bretts aufgereiht.

„Du hast den Fall gelöst?", fragte Jasper.

Ich wiegte meinen Kopf nach links und rechts. „Vielleicht. Ich glaube, ich bin endlich auf dem richtigen Weg." Ich hob den schwarzen Springer auf und schob ihn zwei Felder nach oben, dann eines zur Seite. „Serena und ich haben heute die hinteren Neun gespielt. Als wir zu dem Loch gekommen sind, wo Serena Mayhew gesehen hat, haben wir uns über das unterhalten, was sie gesehen hat. Und dann hat sie eine Bemerkung gemacht, den Platz rückwärts zu spielen – angefangen am zehnten statt am ersten Loch – und alles hat sich zusammengefügt."

Jasper kam herüber und lehnte sich mir gegenüber an die Stuhllehne. „Ich weiß, dass du Englisch sprichst – ich kenne die Worte – aber was du sagst, ergibt keinen Sinn."

„Ich bin dabei, alles zu erklären. Ich glaube, ich weiß jetzt, was passiert ist. Ich habe alles falsch betrachtet – rückwärts. Es ist eigentlich ganz einfach. Serena hat Mayhew nicht auf dem Weg gesehen."

Jasper hatte sich nach vorne gebeugt und bewegte einen weißen Bauern um zwei Felder. Er blickte zu mir auf, seine Hand immer noch auf dem Bauern. „Was meinst du? Ist es zu weit, um jemanden klar zu sehen?"

„Nein, das ist es nicht. Es ist durchaus möglich, jemanden zu sehen. Nicht die Entfernung ist das Problem. Der Punkt ist, dass Serena *Mayhew* nicht gesehen hat."

Jasper nahm seine Hand vom Bauern, verschränkte die Arme

und setzte sich auf die Stuhllehne. „Woher kannst du das wissen?"

„Als Mayhews Leiche entdeckt wurde, hat Serena Calder erzählt, sie habe einen Mann in einer Tweedjacke und einem Hut vom Golfplatz aus gesehen. Heute sagte sie, dass es an diesem Tag extrem windig war. Mayhew hielt mit einer Hand ihren Hut, während sie mit der anderen Serena zugewinkt hat." Ich hüpfte auf meinen Zehen. „Siehst du? Es *kann nicht* Mayhew gewesen sein."

„Ich wünschte, ich könnte sagen, ich spiele nur die Rolle des begriffsstutzigen Freundes, doch ich verstehe wirklich nicht, worauf du hinauswillst."

Ich nahm den Springer, schlug Jaspers Bauern und stellte den Springer auf dieses Feld. „Die Person, die Serena gesehen hat, hatte keinen Koffer."

Jaspers Augenbrauen weiteten sich. „Ah ja. Das macht den Unterschied."

„Ich wusste, dass du es verstehen würdest, sobald ich es erkläre." Ich legte den Bauern auf eine Seite des Brettes. „Serena hat gezeigt, was der vermeintliche Mayhew getan hat." Ich drückte meine rechte Hand an meinen Kopf und hob meine linke Hand zu einem kurzen Winken.

„Also, wo war der Koffer?", fragte Jasper, die Aufregung in seinen Worten stimmte mit meinen überein.

„Genau. Bei der Leiche wurde einer gefunden."

„Könnte Serena lügen?"

„Sie war mit einer Gruppe von Golfern zusammen."

„Ja, das stimmt", sagte Jasper. „Bei der Anhörung sagte Longly, dass die Aussagen der anderen Golfer mit denen von Serena übereinstimmen."

„Du siehst, was das bedeutet, nicht wahr?" Ich beugte mich über das Schachbrett und senkte meine Stimme. „Es ist sehr wahrscheinlich, dass Mayhew zu diesem Zeitpunkt bereits tot war."

„Und jemand hatte sich als Mayhew verkleidet und sich in der Öffentlichkeit gezeigt, um den Zeitpunkt zu verschleiern."

„Genau. Anna sagte, der Gerichtsmediziner hat den Todeszeitpunkt auf fünf bis sieben Tage vor der Entdeckung von

Mayhews Leiche eingeschränkt. Sieben Tage vorher wäre Dienstag, also der Tag, an dem Serena den Betrüger gesehen hat, also muss Mayhew am Dienstag getötet worden sein, wahrscheinlich in der Nacht, entweder im East Bank Cottage oder bei einem seiner abendlichen Spaziergänge. Mayhew ist gerne abends spazieren gegangen, wahrscheinlich weil sie in der Dunkelheit ohne ihre Maske herumlaufen konnte."

„Ich nehme an, dass es logisch ist, dass es abends passiert ist. Wer würde tagsüber eine Leiche herumschleppen wollen?", sagte Jasper.

„Und warum würde jemand sich als Mayhew ausgeben, wenn sie noch am Leben wäre? Das ergibt keinen Sinn."

„Dienstagabend, meinst du?" Jasper sprach langsam und schien die Idee zu überdenken.

„Und in der Dunkelheit muss der Mörder einen Koffer für Mayhew gepackt haben, damit es so aussieht, als wäre Mayhew abgereist. Der Mörder warf Mayhews Leiche an der schwächsten Stelle die Böschung hinunter und den Koffer hinterher. Dann ist entweder die Böschung abgerutscht und hat Mayhew verschüttet, oder der Mörder hat nachgeholfen und dafür gesorgt, dass die Erde Mayhews Leichnam zudeckt. Der Mörder ist dann zu Mayhews Cottage zurückgekehrt, hat die Nachrichten getippt, auch die an Anna, damit Mayhews Verschwinden nicht sofort bemerkt würde. Als es am Mittwoch hell wurde, zog er – oder sie – eine von Mayhews Tweed-Jacken an und ging den Weg entlang, um die Aufmerksamkeit eines Flights auf sich zu ziehen, damit „Mayhew" an diesem Morgen gesehen wurde, um zu beweisen, dass sie noch lebte. Es war weit genug entfernt, dass jemand die Kleidung erkennen würde, aber nicht nah genug, um das Gesicht der Person zu sehen."

„Ziemlich gründlich."

„Erschreckend gründlich. Ich glaube, der Mörder hat sogar daran gedacht, Mayhews Krawatte nachzuahmen. Serena sagte, als sie Mayhew an diesem Morgen auf dem Weg sah, war es die rote Krawatte, die ihre Aufmerksamkeit auf sich gezogen hat – ein roter Blitz – das waren ihre genauen Worte, und ich frage mich, wo war Mayhews Einstecktuch? Sie hätte zweimal Rot sehen sollen, nicht einmal. Mehrere Leute haben erwähnt, dass

Mayhew immer eine Krawatte und ein passendes Einstecktuch in leuchtenden Farben getragen hat."

„Es könnte in die Tasche gerutscht sein." Jasper demonstrierte es und schob sein geschmackvolles cremefarbenes Einstecktuch hinunter, sodass es nicht zu sehen war.

„Oh, tu das nicht. Grigsby wird Herzklopfen bekommen, wenn er dich so sieht." Ich zog es heraus und positionierte es neu.

„Wo du Recht hast ..." Jasper kontrollierte die Ausrichtung des Einstecktuchs und nahm eine kleine Anpassung vor.

Ich verschränkte die Arme und lehnte mich an den Stuhl neben dem Schachspiel. „Oder jemand hat es aus Mayhews Tasche gezogen, bevor der Mörder Mayhew die Uferböschung hinuntergestoßen hat. Später, nachdem die Nachrichten getippt waren, faltete der Mörder das rote Einstecktuch der Länge nach zusammen und band es so, dass es aus der Ferne wie eine Krawatte aussah. Als Mayhews Leiche entdeckt wurde, habe ich nur eine Krawatte gesehen, kein Einstecktuch."

Jasper runzelte die Stirn. „Doch irgendwann hätte es verloren gegangen sein können. Vielleicht hat das Wasser es weggespült."

„Möglich. Doch der Koffer war noch da. Mayhew wurde mit einem Koffer gefunden, doch die Person, die Serena gesehen hat, hatte keinen Koffer bei sich. Der Mörder muss Mayhews Koffer gepackt haben, damit es so aussah, als ob Mayhew verreisen wollte, doch als er den Koffer der Leiche hinterhergeworfen hatte, war kein weiterer Koffer für die Scharade am Fluss da. Der Mörder muss gehofft haben, dass niemand bemerken würde, dass der angebliche Mayhew keinen Koffer bei sich hatte. Oder vielleicht war es ein so komplizierter Plan, dass derjenige den Fehler nicht bemerkt hat."

Jasper sagte: „Möglich, aber was ist die Verbindung zwischen Mayhews undPearce' Tod? Warum wurde Mayhew getötet?"

„Hier kommt der Rückwärts-Teil ins Spiel. Wer hatte kurz vor Mayhews Tod einen Unfall?"

„Der Anwalt. Aber du denkst, es war kein Unfall", sagte Jasper langsam.

„Korrekt." Ich ließ mich auf den Stuhl fallen. „Ich habe mir alles rückwärts angesehen. Ich dachte, Mayhews Tod sei der erste Vorfall in einer Kette von Ereignissen, die zuPearce' Tod geführt haben. Doch was, wennPearce' Tod von Anfang an geplant war?

Was, wennPearce' Sturz – oder der verpatzte Versuch, Pearce zu töten, indem ihn jemand die Treppe hinunterstieß – der Anfang der Kette war, nicht das Ende?"

Jasper warf mir einen langen Blick zu und sagte dann: „Und du denkst, Mayhew war irgendwie darin verwickelt?"

„Genau", sagte ich. „Was, wenn Mayhew etwas wusste oder etwas über einen Plan, Pearce zu töten, gesehen hat?"

Jasper ließ sich mir gegenüber nieder. „Dann würde unser Mörder Mayhew aus dem Weg räumen wollen. Allerdings war Mayhew nicht gerade der gesprächige Typ."

„Doch wenn du vorgehabt hättest, Pearce zu ermorden, würdest du niemanden in der Nähe haben wollen, der die Polizei über deinen Plan informiert. Oder wenn es dir gelungen ist, Pearce zu töten, würdest du nicht wollen, dass jemand der Polizei sagt, dass du vorhattest, Pearce zu beseitigen. Du würdest – könntest – dieses Risiko nicht eingehen."

„*Ich* würde nie planen, jemanden zu ermorden", sagte Jasper und wurde dann ernst, als er auf das Schachbrett starrte. „Deine Theorie stellt alles auf den Kopf."

„Und wirft die Frage auf, wer Pearce tot sehen wollte – außer mir natürlich."

Jasper rieb sich das Kinn. „Lass uns deine Liste von Verdächtigen für Mayhews Tod durchgehen. Hatte einer von ihnen eine Verbindung zu Pearce?"

Ich seufzte. „Ich habe darüber nachgedacht und kann kein Motiv oder auch nur eine Verbindung zwischen Pearce und jemandem finden, von dem ich vermutete, dass er an Mayhews Tod beteiligt sein könnte."

Jasper lehnte sich in seiner typisch nonchalanten Art zurück, doch sein Blick war scharf. „Lass uns die Liste durchgehen." Er stützte einen Ellbogen auf die Stuhllehne und legte die Finger um sein Kinn.

„Gut." Ich begann, die Schachfiguren wieder an ihren Platz auf den jeweiligen Seiten des Brettes zu verschieben. „Wenn wir von der Theorie ausgehen, dass Mayhews Tod ein Mord war und dieselbe Person beide Verbrechen begangen hat, können wir Anna und Dr. Finch ausschließen."

Jasper bewegte seine Finger von seinen Lippen, während er sprach. „Keiner von ihnen war nach dem Abendessen anwesend, alsPearce' Kaffee vergiftet wurde. Mit den Faktoren, die du definiert hast, ist das sinnvoll."

„Emily Pearce muss natürlich ganz oben auf der Verdächtigenliste stehen."

„Emily?"

„Die Ehefrau ist immer eine Verdächtige."

„Oh, zweifellos. Doch aus welchem Grund sollte sie Mayhew – oder ihren Ehemann – ermorden?"

„Ich weiß es in beiden Fällen nicht. Ihr Mann war deutlich älter als sie – mindestens ein oder zwei Jahrzehnte, denkst du nicht? Vielleicht wollte sie frei sein. Sie hatte Gelegenheit. Sie saß mit uns am Bridge-Tisch."

„Aber jeder hätte eine der Asthmazigaretten nehmen und den Inhalt inPearce' Tasse geben können, während die Kartentische aufgebaut wurden."

Ich lehnte mich zurück. „Ich weiß. Es war ein paar Minuten chaotisch, als die Tische aufgestellt wurden. Und ich habe kein skandalöses Getuschel über Mrs. Pearce gehört. Lady Holt sagt, sie habe Mr. Pearce geliebt."

„Doch Mrs. Pearce schien so scheu wie ein Fohlen", sagte Jasper. „Natürlich ist ihr Mann die Treppe hinuntergestürzt und wurde dann vergiftet, also hat sie allen Grund, nervös zu sein."

„Dann ist da noch Zippy", sagte ich. „Ursprünglich habe ich mich gefragt, ob er etwas zu verbergen hat, doch jetzt wissen wir, dass seine desinteressierte Reaktion auf Mayhews Tod nicht gespielt war. Zippy ist so vernarrt in Lucy, dass ich bezweifle, dass er Mayhews Tod, ganz zu schweigen vonPearce', mehr als nur am Rande wahrgenommen hat."

„Scheint so", sagte Jasper.

„Und dann haben wir Lady Holt und Serena. Wenn ich richtig liege und Mayhew bereits tot war, als Serena jemanden auf dem Weg gesehen hat, löscht das sowohl ihr Alibi als auch das von Lady Holt aus."

„Irgendeine Verbindung zwischen den beiden und Pearce?"

„Nichts, wofür sich jemanden zu ermorden lohnt. Zumindest habe ich nichts dergleichen während meines Aufenthalts hier mitbekommen. Die beiden Familien haben miteinander verkehrt, doch Serena sagte, die Pearces seien recht neue Bekanntschaften."

„Vielleicht lügt sie? Vielleicht waren sie und Mr. Pearce … involviert." Jasper zog eine Augenbraue hoch. „Vielleicht wollte sie, dass er sich von Mrs. Pearce scheiden lässt?"

„Du hast nicht viel Zeit in Serenas Nähe verbracht, oder?"

„Nein. Wieso?"

„Sie interessiert sich viel mehr für ihre Arbeit – ihre wissenschaftlichen Studien – als alles Romantische. Ich kann mir nicht vorstellen, dass sie eine Affäre mit einem Nachbarn pflegen würde." Ich hielt inne. „Doch ihre Arbeit. Im Zentrum stehen Verfall und Zersetzung."

„Eher makaber."

„Ja." Ich kippte den Springer hin und her. „Ich habe mich gefragt, ob sie irgendwie an Mayhews Tod beteiligt war … wenn vielleicht – oh, das klingt absurd."

„Wir theoretisieren. Keine Theorie ist zu seltsam."

Ich stellte den Springer ab. „Nun, diese Theorie ist definitiv grausig. Mayhews Leiche zu sehen hat Serena nicht beunruhigt. Tatsächlich hat sie sie studierte – eifrig, dachte ich. Ich musste darauf bestehen, dass wir gehen und die Polizei benachrichtigen."

„Ah, ich verstehe, was du denkst. Hat sie ihr Interesse an Verwesung ein wenig zu weit getrieben?"

„Siehst du, es klingt absurd. Niemand würde jemanden ermorden, nur um den Verfall zu studieren."

Jasper zuckte eine Schulter. „Wenn sie verrückt genug wäre, warum nicht."

Ich schüttelte den Kopf. „Serena ist praktisch und direkt. Wenn sie die menschliche Zersetzung studieren wollte, würde sie – ich weiß nicht, einen Leichnam von einer medizinischen Fakultät oder so etwas anfordern."

„Aber würden sie ihr einen geben?"

„Jetzt spielst du des Teufels Advokat."

„Schuldig im Sinne der Anklage." Jasper grinste kurz. „Aber

du bist diejenige, die es angesprochen hat. Was ist mit Lord Holt?"

„Er scheint sich nur für Golf zu interessieren, aber vielleicht ist das eine Fassade?"

„Wenn ja, sollte er auf der Bühne stehen. Golf scheint sein einziges Interesse zu sein."

„Auch wenn sich die Männer im Salon unterhalten?"

„Vor allem dann." Jasper starrte einen Moment an die Decke, schüttelte dann den Kopf. „Nein, ich kann nicht sagen, dass ich ihn über etwas anderes reden gehört habe. Und er schien nicht mit Pearce befreundet zu sein. Sie hatten nicht viel miteinander zu tun. Was ist mit Lady Holt? Vielleicht hat sie aufPearce' Rat hin in Hartman Consolidated investiert?"

„Nein, das glaube ich nicht. Lady Holt sagte, dass sie sich nie mit Geldangelegenheiten befasst. Ich bin sicher, sie hält es für vulgär." Ich blickte aus dem Fenster auf die andere Seite der Terrasse, wo die Diener Stühle und Tische für diesen Abend aufstellten. „Seltsam, dass man, wenn man viel Geld hat, so tun kann, als sei es vulgär."

Ich schüttelte mich mental. Es würde niemandem nutzen, dem Neid zu erliegen. Ich hatte genug Geld, um über die Runden zu kommen – zumindest für eine Weile. „Es hört sich so an, als ob sie und Lord Holt diese Dinge ihrem Gutsverwalter überlassen", fügte ich hinzu.

„Das denke ich auch", sagte Jasper. „Sie scheinen nicht sehr in die Verwaltung involviert zu sein."

„Selbst wenn ihr Verwalter das Geld unklug investiert hat", sagte ich, „bezweifle ich, dass Lady Holt davon weiß."

„Vielleicht hatte sie eine heiße Affäre mit Pearce."

„Sei vernünftig. Kannst du dir das wirklich vorstellen?"

„Lieber nicht. Schau mich nicht an wie eine Schulmatrone." Jasper richtete sich im Stuhl auf. „Ich werde ernst sein. Nein, unsere Gastgeberin scheint nicht der Typ für solche Tänze zu sein. Doch weißt du, wo wir damit wieder sind?"

„Ja. Bei einer einzigen sinnvollen Verdächtigen – mir."

KAPITEL FÜNFUNDZWANZIG

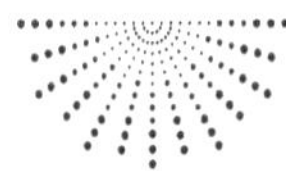

Trotz der ursprünglichen Pläne von Lady Holt, das Abendessen einfach zu halten, war es ein langes und aufwändiges Dinner mit drei Gängen mehr als üblich. Emily Pearce lächelte zur angemessenen Zeit und beteiligte sich an der Unterhaltung, doch sie war zurückhaltend. Ich war froh über Mrs. Shaws Anwesenheit und ihre beruhigende Art. Sie und Lady Holt vereinten ihre Kräfte, um uns durch die gestelzte Atmosphäre des Abendessens zu tragen. Ich denke, die angespannte Atmosphäre war darauf zurückzuführen, dass wir alle auf der Hut waren und uns bemühten, Pearce in keiner Weise zu erwähnen. Mrs. Shaws beruhigender Gesprächsfluss, so stetig wie ein langsam fließender Strom, bildete ein angenehmes Gegengewicht zu Lady Holts diktatorischer Kontrolle der Dialoge am Tisch.

Als Lady Holt die Damen aus dem Speisezimmer führte, führte sie uns zum Eingang, um die Treppe herum, einen kurzen Gang hinunter und dann durch die Fenstertüren, die auf die Terrasse führten, wo Tische und Stühle zusammen mit Kaffee aufgestellt waren und Getränke nach dem Abendessen. Es war warm, doch nicht mehr so schwül wie letzte Nacht. Eine sanfte Brise zerzauste die Blätter der Bäume und ließ die um die Terrasse aufgereihten Papierlaternen schaukeln.

Ich setzte mich neben Emily Pearce in der Hoffnung, dass ich das Gespräch lenken konnte und sie etwas über Pearce enthüllte, das ich nicht wusste. Ich hatte beim Essen am anderen Ende des Tisches gesessen und hatte noch nicht die Gelegenheit gehabt, mit ihr zu reden.

„Hadsworth ist so ein malerisches Dorf", sagte ich. Mrs. Pearce lächelte. „Ja."

„Leben Sie schon lange hier?"

„Fast ein Jahr." Ihre Antwort war vollkommen höflich, vermittelte aber auch, dass sie lieber nicht über Hadsworth reden wollte.

Ich versuchte ein anderes Thema. „Stammen Sie aus der Gegend?"

„Nein. Ich habe mein ganzes Leben in London verbracht." Sie verstummte.

Ich unterdrückte einen Seufzer. Das war schwer. Wenn ich sie kaum dazu bringen konnte, über sich selbst zu sprechen, wie sollte ich ihr dann Informationen über ihren Mann entlocken? War Emily Pearce zum Essen gekommen, weil Lady Holt darauf bestanden hatte? Mrs. Pearce schien nicht hier sein zu wollen oder den Abend zu genießen.

In diesem Moment kamen die Männer zu uns, und Mr. Busby schlenderte herüber, die Hände in den Taschen. Ich spannte mich an, bereit, einen abfälligen Kommentar über mich oder meine Arbeit bei Hightower Books abzuwehren, doch er sagte nur: „Schöner Abend heute." Wir hatten also einen Waffenstillstand – zumindest, solange wir uns in Gesellschaft befanden. „Ja, ist es", sagte ich. „Eine perfekte Nacht, um draußen zu sein."

„Ich glaube, ich hole mir eine Tasse Kaffee", sagte Mr. Busby. „Möchten Sie einen, Mrs. Pearce?"

Sie hatte in den dunklen Garten gestarrt und den Kopf gedreht, als er ihren Namen sagte. „Tut mir leid. Was haben Sie gesagt?"

Mr. Busby ließ ein paar Münzen in seiner Tasche klirren. „Möchten Sie eine Tasse Kaffee? Ich hole mir eine."

„Ja, danke."

Mr. Busby sah mich an. „Für mich nicht, danke." Ich wollte nichts trinken, was ich mir nicht selbst eingeschenkt hatte.

Mr. Busby kam schnell wieder zurück und reichte Mrs. Pearce ihre Tasse, bevor er Platz nahm. Er hob seine eigene Tasse Kaffee, die randvoll war, an die Lippen. Mrs.Pearce' Tasse war halb voll und der Kaffee blassbraun. Sie stellte sie auf den Tisch, ohne zu trinken. Vielleicht war Mrs. Pearce auch vorsichtig mit ihren Getränken. Sie drehte den Winkel des Henkels der Tasse in der Untertasse, nahm sie aber nicht hoch.

Eine kleine Alarmglocke klingelte in meinem Kopf, als ich auf ihre Tasse starrte ... irgendwas über Kaffee ...

Dann fiel es mir ein. Als ich nach der letzten Dinnerparty Kaffee für mich und Mrs. Shaw holen wollte, hatte Mrs. Pearce vor mir am Tisch gesessen. Sie hatte ihre Kaffeetasse nur bis zur Hälfte gefüllt, bevor sie Sahne hinzugefügt hatte. Und während des Bridge-Spiels, als Pearce ihr noch eine Tasse Kaffee gebracht hatte, hatte er ihre Tasse auch nur halb gefüllt.

Mein Blick wanderte von ihrer halbvollen Tasse hellbraunen Kaffees zu Mr. Busby, zu Mrs. Pearce und dann wieder hinunter zum Kaffee. In diesem Moment dachte ich an die Namensliste, die Jasper aus dem Gästebuch des Pubs in Sidlingham kopiert hatte. Ich konnte mich nicht an alle erinnern, doch ich wusste, dass einer von ihnen ein Mr. Leighland gewesen war. Hatte Mr. Busby, Mr. *Leland* Busby, zur Zeit von Mayhews Ermordung im Sidlingham Pub übernachtet? Hatte er sich unter einer abweichenden Schreibweise seines Vornamens Leland anstelle von Mr. Busby registriert?

Mrs. Pearce bemerkte, dass ich ihren unberührten Kaffee betrachtete. Ich wandte den Blick ab und suchte nach etwas, das ich sagen konnte. „Mr. Busby, haben Sie das Manuskript, das ich Ihnen gegeben habe, zu Ende gelesen?"

„Ja. Es ist ausreichend. Ich muss einiges stark bearbeiten, doch ich nehme an, die Liebhaber der Serie werden zufrieden sein."

Mrs. Pearce starrte auf ihre Kaffeetasse, eine Falte zwischen den Augenbrauen.

Ich schob meinen Stuhl zurück. „Entschuldigung, ich habe meine Meinung geändert. Ich glaube, ich gehe mir einen Kaffee holen." Als ich aufstand, erhob sich Mr. Busby halb. Er und Mrs. Pearce tauschten einen Blick aus, der mich erschreckte. Es war ein vielsagender Blick, und nur Leute, die sich gut kannten, tauschten solche Blicke aus.

Ich goss mir eine Tasse schwarzen Kaffee ein, wobei der Ausguss gegen die Kaffeetasse klapperte, dann schlenderte ich die Terrasse entlang, bis ich in der Nähe der Fenstertüren des Hauses war. Ich hatte Longly früher am Abend nicht sprechen wollen, doch jetzt wünschte ich mir, er wäre hier. Ich musste mich sofort mit ihm in Verbindung setzen.

Ich schlüpfte durch die Tür und ging den kurzen Gang hinunter zur Diele, wo das Telefon neben der Treppe stand. In der dunklen Diele war alles still. Die Täfelung schien alle Geräusche aus dem Rest des Hauses zu absorbieren. Die Diener mussten das Speisezimmer räumen, doch das war auf der anderen Seite von Blackburn Hall, und ich konnte sie nicht hören. Meine Kaffeetasse klapperte auf der Untertasse, als ich sie neben dem Telefon auf den Tisch stellte. Ich setzte mich auf die Kante des Ohrensessels, nahm den Hörer und bat die Telefonistin, mich mit der *Crown* zu verbinden.

War das ein Schritt auf dem Parkett? Ich nahm den Hörer vom Ohr und drehte mich mit einem Ruck um.

Schatten füllten die tiefsten Ecken des kurzen Gangs, der zur Terrasse führte. Die Terrassentüren standen offen, doch niemand stand im Türrahmen. Von draußen drang leises Gemurmel herein.

Ich ließ meinen Blick durch die Diele schweifen, doch sie war auch leer – zumindest soweit ich sehen konnte. Elektrische Wandlampen im Treppenhaus erhellten nur den teuren Läufer auf den Stufen und durchdrangen nicht die höhlenartige Weite der Diele.

Sei kein Feigling, ermahnte ich mich selbst. Doch ich rutschte auf dem Stuhl herum, damit ich die Fenstertüren im Auge behalten konnte. Aus dem Hörer drang ein Knistern. Ich drückte ihn an mein Ohr.

Eine raue Stimme sagte: „*The Crown*".

„Inspector Longly, bitte." Ich hatte das Gasthaus angerufen, nachdem ich heute Nachmittag mit Jasper gesprochen hatte, in der Absicht, Longly zu erzählen, was ich über Mayhews undPearce' Tod vermutete, doch der Inspector war unterwegs gewesen. Er hatte mich nicht vor dem Abendessen zurückgerufen, doch sicherlich musste er zwischenzeitlich zurück sein.

Hinter mir ertönte ein scharfer Atemzug. Ich drehte mich um und sah eine Bewegung aufblitzen. Schmerz raste durch meinen Kopf. Ich spürte, wie ich nach vorne fiel, doch ich konnte meine Arme nicht ausstrecken, um meinen Sturz abzufangen. Dann war alles dunkel.

Das Zischen geflüsterter Stimmen drang durch den dunklen Tunnel, in dem ich mich befand. Mein Kopf fühlte sich an, als wäre er der Abendessen-Gong und jemand hämmerte begeistert darauf ein, um anzukündigen, dass das Abendessen serviert war. Gleichzeitig hatte ich das definitive Gefühl, auf einem Boot zu sein, einschließlich Seekrankheit. Doch das konnte nicht stimmen. Es roch nicht nach Meer, kein Windhauch regte sich. Ich öffnete meine Augen, doch alles war schwarz. Ich lag auf der Seite auf etwas Kaltem und Hartem. Die Stimmen fuhren fort, und die widersprüchlichen Laute ordneten sich zu Worten.

„… natürlich bin ich mir sicher. Sie weiß es."

„Wie kann sie es wissen? Wir haben seit Wochen kaum ein Wort miteinander gesprochen." Die zweite Stimme war tiefer, männlich. Vorsichtig neigte ich den Kopf. Das Pochen wurde intensiver. Ich hielt inne, und der Schmerz ließ nach.

Die höhere Stimme der Frau antwortete. „Es war der Kaffee. Du hast mir nur eine halbe Tasse eingeschenkt – das hat uns verraten. Du hättest mir eine volle Tasse einschenken sollen. Jemand, den ich erst vor ein paar Tagen kennengelernt habe, kann nicht wissen, dass ich nur eine halbe Tasse trinke."

Der Nebel in meinem Kopf lichtete sich. Eine halbvolle Tasse Kaffee, Emily Pearce und Leland Busby. Ich blieb bewegungslos liegen und konzentrierte mich auf die Stimmen, bis das aufgewühlte Gefühl in meinem Magen nachließ. Die tiefere Stimme, die von Mr. Busby, sagte: „Du überreagierst, Emily."

„Das tue ich nicht." Mrs. Pearce' Stimme wurde höher. „Sie weiß es. Streite nicht mit mir. Wir haben keine Zeit"

Ich neigte meinen Kopf langsam, um zu verhindern, dass sich

der Gong verschlimmerte. Der Schmerz pulsierte auf niedrigem Niveau weiter, nicht dem markerschütternden Donnern, das ich anfangs gespürt hatte. Das widerliche Gefühl kehrte nicht zurück, doch ein Band schien sich um meine Brust zu spannen, das erste Anzeichen für einen meiner Asthmaanfälle. *Tief durchatmen. Ein. Aus. Immer weiter.* Ich redete mir zu und tat, was mich in der Vergangenheit so oft beruhigt hatte. Ich drehte meinen Kopf und sah einen Lichtstreifen auf Augenhöhe. Ich blinzelte und konzentrierte mich auf die Linie, die über den Parkettboden fiel. Der Anblick beruhigte mich, obwohl ich mir nicht erklären konnte, warum. Mein Kopf fühlte sich durcheinander an, doch das Atmen fiel mir leichter.

„Wir müssen etwas tun." Es war die Stimme der Frau, Mrs. Pearce, immer noch schrill und panisch.

Das Licht schmerzte. Ich schloss meine Augen und rieb sie, dann betastete ich meinen Hinterkopf. Ich hatte eine riesige Beule an der Basis meines Schädels. Ich öffnete meine Augen und kniff sie zusammen, während ich meine Finger in das Licht hielt. Sie waren trocken. Kein Blut.

„Ich konnte es in ihren Augen sehen, als sie mich angesehen hat", sagte Mrs. sagte Pearce. „Sie weiß, was du getan hast."

Ich musste weg. Sie sprachen über mich. Ich konnte nicht hierbleiben – wo auch immer *hier* war.

Mrs. Pearce fuhr fort: „Was werden wir tun? Ich kann das nicht fassen. Wenn du nicht so unüberlegt gehandelt hättest, wären wir nicht in dieser Situation."

Ich rappelte mich auf. Für einen kurzen Moment hatte ich das Gefühl, als würde sich die Dunkelheit wieder um mich herum drehen. Ich hielt inne, und das Gefühl verschwand.

„Was meinst du? Du wolltest deinen Mann loswerden, und wir waren uns einig, es zu tun." Mr. Busbys Stimme war ruhig und überhaupt nicht angespannt. „Ich habe eine Gelegenheit gesehen und sie genutzt."

Ich nahm eine sitzende Position ein. Es war ein Glück, dass ich mich langsam bewegte, denn meine Stirn stieß gegen etwas Hartes. Ich hielt inne, bis die Vibrationen des Schmerzes nachließen. Gott sei Dank hatte ich mich langsam bewegt. Wenn ich mich schnell aufgesetzt hätte, hätte ich mich wahrscheinlich selbst k.o. geschlagen.

Mrs. Pearce fuhr fort, ihr Tonfall hoch und wütend. „Aber du hast es in *meiner* Gegenwart getan. Nach Mayhew waren wir uns einig, nichts mehr zu tun."

„Du wolltest Pearce genauso gerne loswerden wie ich", sagte Mr. Busby.

„Ja, aber ich wollte nicht, dass du es in einem Raum voller Leute tust – und vor mir. Deinetwegen sind wir beide verdächtig. Ich habe dir gesagt, nach Mayhew war es zu früh."

Ich hatte also Recht gehabt – der Tod von Mayhew und der von Pearce hingen zusammen. Ich hätte den Triumph, Recht zu haben, mehr genossen, wenn ich nicht im Dunkeln eingesperrt gewesen wäre und gegen Übelkeit hätte ankämpfen müssen, nachdem ich auf den Kopf geschlagen worden war.

Mr. Busbys Stimme war barsch. „Vergiss es. Das spielt jetzt keine Rolle. Was tun wir mit ihr? Warum musstest du ihr auf den Kopf schlagen?"

„Sie hat den Inspector angerufen. Ich habe dir gesagt, sie weiß es. Ich musste etwas tun."

„Du konntest den Anruf nicht einfach trennen?"

Ich streckte die Hand in die Dunkelheit um mich herum. Meine Finger berührten die niedrige Decke. Es war die Unterseite der Treppe. Also war ich im Schrank unter der Treppe. Deshalb war mir das Parkett vertraut vorgekommen. Ein Teil meines verschwommenen Verstands hatte das Muster des Holzes erkannt. Ich wusste, wo ich war. Bei diesem Gedanken ließ die Enge in meiner Brust nach. Ich war nicht in einer guten Situation, doch immerhin war ich noch auf Blackburn Hall. Ich rückte näher an den Lichtstreifen heran und erkundete die Kanten der Tür auf der Suche nach einem Riegel.

„Oh, warum ist das jetzt überhaupt noch wichtig?" sagte Mrs. Pearce. „Was getan ist, ist getan. Lass uns überlegen, was zu tun ist, wie wir ... sie loswerden können."

Ich hielt in meiner Erkundung inne. Mich loswerden? *Das* gefiel mir gar nicht.

Ich strich mit den Händen auf und ab, an der Türkante

entlang, suchte nach einer Türklinke, fand aber nur eine winzige Naht, die breit genug für einen Fingernagel war. Natürlich gab es keinen Griff an der Innenseite einer Schranktür.

Wenn ich schreien würde, würde mich jemand hören? Ich konnte die Stimmen des Gesprächs auf der anderen Seite der Tür kaum verstehen. Die dicke Holzvertäfelung an den Wänden der Diele und der Treppen würde wahrscheinlich den größten Teil des Lärms ersticken, den ich machen konnte. Schreien würde Mrs. Pearce und Mr. Busby nur darauf aufmerksam machen, dass ich wach war.

Nein, besser abwarten. Ich konnte lärmen, wenn die Tür aufging – das war ein besserer Plan.

„Und du hättest gut daran getan, Mayhew in Ruhe zu lassen", sagte Mrs. Pearce und kehrte zu einem offensichtlich wunden Punkt zurück. „Mayhew hat nie mit jemandem gesprochen."

„Du vergisst, er hat Bücher geschrieben."

Mrs. Pearce fuhr fort, als hätte Mr. Busby nichts gesagt. „Ich denke immer noch, dass du überreagiert hast. Vielleicht hat er uns überhaupt nicht gehört. Und du hättest warten und Don nicht vergiften sollen, bis diese Olive nach London zurückgekehrt ist. Sie hat im ganzen Ort Fragen gestellt. Sie ist eine dieser lästigen, hartnäckigen Frauen, die sich festbeißen. Sie ist nicht der Typ, der aufgibt, das sehe ich."

Hartnäckig? Wut brandete in mir auf. Mrs. Pearce hatte mich angegriffen und dann in einen Schrank gesperrt, und sie nannte mich hartnäckig? Nun gut. Emily Pearce hatte keine Ahnung, wie hartnäckig ich sein konnte. Ich tastete leise im Schrank herum, um etwas zu finden, womit ich mich verteidigen konnte.

„Um sie müssen wir uns keine Sorgen machen", antwortete Mr. Busby. „Es ist der Inspector. Mayhews Tod ist offiziell ein Unfall, erinnerst du dich? Also hör auf, dir deswegen Sorgen zu machen. Konzentrieren wir uns nun auf das, was wir hier tun müssen. Ich habe gehört, wie sich Miss Belgrave und Pearce über eine fehlgeschlagene Investition gestritten haben. Miss Belgrave war Pearce gegenüber sehr feindselig. Das könnte gut funktionieren – sie stirbt und nimmt die Schuld anPearce' Tod auf sich, was uns vollkommen heraushält. Ja, das könnte viel besser funktionieren, als ich zuerst dachte. Die Frage ist nur, wie wir es tun."

Meine Finger ertasteten kratzende Wolle – Fäustlinge oder Schals – und glitschigen Gummi von Stiefeln. Ich berührte eine etwas längliche Form aus Leinwand und strich mit meiner Hand an den Rändern entlang. Ein Teil davon hob sich ab. Ein Riemen, wurde mir klar. Es war eine Golftasche, wahrscheinlich die, die ich mit auf den Platz genommen hatte.

Ich ließ meine Finger über die Schläger gleiten, bis ich einen schweren fand, dann zog ich ihn aus der Tasche, vorsichtig, um ihn nicht gegen die Decke zu stoßen.

Mrs.Pearce' Stimme sprach jetzt laut, und die Tonhöhe reichte bis in den Sopranbereich. „Es muss so aussehen, als wäre es ein Unfall gewesen. Nach dem, was mit Don passiert ist, können wir keine Fragen mehr gebrauchen – überhaupt keine! Und wir müssen es schnell tun. Die Dienerschaft ist im Speisezimmer beschäftigt, doch es könnte jeden Moment jemand hier vorbeikommen."

„Die Diener benutzen die Tür am anderen Ende der Terrasse. Sie kommen hier nicht durch. Wir haben ein paar Minuten, bevor jemand bemerkt, dass wir von unserem Spaziergang durch den Garten noch nicht zurückgekommen sind. Wo ist der Türstopper, mit dem du sie geschlagen hast? Hast du ihn noch?"

„Hier."

Ich kroch zur Tür und richtete mich auf. Ich konnte aufrecht stehen, musste aber meinen Kopf unter eine der Treppenstufen stecken. Einen Moment lang drehte sich alles, doch ich drückte meine Hand gegen das raue Holz der Treppe. Ich hielt mich dort fest, atmete tief durch, bis mein Kopf klar wurde und ich nicht das Gefühl hatte, in die Dunkelheit davonzuwirbeln.

„Gut. Ich denke, dass es die Treppen sein müssen", sagte Mr. Busby. „Wir können nichts anderes tun, was wie ein Unfall aussieht. Erwürgen kann ich sie nicht. Das würde Spuren hinterlassen. Und wir können ein Messer auf keinen Fall wie einen Unfall aussehen lassen."

Ich nahm die Haltung ein, die Serena mir heute Morgen gezeigt hatte, mit leicht gespreizten Beinen. Mr. Busby sagte: „Ich werde sie zum oberen Ende der Treppe tragen und sie hinunterwerfen. Falls sie unten noch lebt, benutzen wir wieder den Türstopper. Du sorgst dafür, dass niemand von der Terrasse hereinkommt."

Schritte entfernten sich.

Meine Handflächen lagen feucht um den Schaft des Golfschlägers, und mein Herz hämmerte. Der Riegel klickte.

Als sich die Tür öffnete, zog ich den Schläger zurück, drehte meine Handgelenke und schwang durch. Der Schlangenkopf traf auf Mr. Busbys Kinn, und ich stieß einen Schrei aus, der den Gong in meinem Kopf wieder auslöste.

Mr. Busby brach zusammen, und ich stieß die Tür ganz auf. Ich stieg über ihn hinweg, den Schläger bereit für den Fall, dass Mrs. Pearce mich mit dem Türstopper angreifen würde. Doch sie stand wie erstarrt in der Tür zur Terrasse und zeichnete sich im schwachen Licht der Papierlaternen ab.

Jasper kam in die Diele und schob sie vor sich her. Er streckte die Hand aus, um sie zu stützen, doch ich bemerkte, dass er ihre Schulter nicht losließ.

Jasper sah von mir zu Mr. Busby am Boden und zu Mrs. Pearce. Ich zeigte mit dem Schläger von Mrs. Pearce auf Mr. Busby. „Sie waren es. Zusammen."

Mrs. Pearce trat zurück, ein Versuch, sich von Jasper zu lösen, doch er packte ihren Oberarm und führte sie zum Ohrensessel am Telefon. „Sie setzen sich besser, Mrs. Pearce", sagte Jasper. „Sie sehen geschockt aus." Er drückte sie auf den Stuhl und legte eine Hand auf ihre Schulter, als er sich zu mir umdrehte. „Geht es dir gut?"

„Nie besser."

„Eher schön, wenn man Recht hat, nehme ich an", sagte Jasper. „Da lohnen sich die Kopfschmerzen fast. Aber nur fast."

Mr. Busby stöhnte und versuchte, sich auf die Seite zu rollen. Ich drückte den Schläger auf seinen Adamsapfel. „Keine Bewegung, Mr. Busby. Ich bin sicher, Inspector Longly wird sich mit Ihnen unterhalten wollen."

Mrs. Shaw erschien in der Tür. „Oh mein Gott", sagte sie, während sie die Szene überblickte, dann wandte sie sich wieder

der Terrasse zu und rief: „Rodney, mein Lieber, es ist so, wie ich gesagt habe. Inspector Longly braucht den Haftbefehl für Miss Belgrave nicht. Das kluge Mädchen hat das alles für dich erledigt."

KAPITEL SECHSUNDZWANZIG

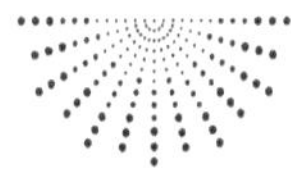

„Guten Morgen, Bower", sagte ich, als ich am nächsten Morgen das Frühstückszimmer betrat. „Obwohl es erschreckend spät ist. Ich könnte fast sagen *guten Nachmittag.*"

„In der Tat", sagte Bower. „Soll ich den Koch anweisen, Ihnen Rührei zuzubereiten?"

„Nein, danke. Mr. Rimington und ich haben vor, gleich abzureisen. Ich trinke eine Tasse Kaffee und warte auf der Terrasse auf ihn." Ich hatte Janet bereits angewiesen, meine Tasche zu packen und sie von einem Diener herunterbringen zu lassen. Ich hatte mich schon von Lady Holt verabschiedet, die alle richtigen Worte gemurmelt hatte, dass mein Besuch eine Freude war, doch ich wusste, dass sie sich freute, mich gehen zu sehen. Ich hatte heute Morgen einen Blick in ihr Gesicht geworfen und eine Welle der Enttäuschung unterdrücken müssen. Sie würde anderen Gesellschaftsdamen nicht mein Lob singen, also hatte ich keine Hoffnung, von ihr Empfehlungen zu bekommen.

Bower hob ein Tablett auf. „Mr. Rimington wurde weggerufen." Ein cremefarbener Umschlag mit meinem Namen darauf lag mittig auf dem Tablett. „Er hat Ihnen das hier hinterlassen, damit ich es Ihnen gebe, sobald sie herunterkommen."

Es fiel mir schwer zu glauben, dass Jasper vor mir aufgestanden war. Es war in den frühen Morgenstunden gewesen,

"

bevor Longly uns erlaubt hatte, uns zurückzuziehen. Als wir endlich alle Fragen beantwortet hatten, hatte Jasper mich gefragt, ob ich ihn nach London mitnehmen würde.

„Er ist weg?" Ein merkwürdiges Gefühl überkam mich. Konnte es ... Enttäuschung sein? Nein, natürlich nicht. Jasper war nicht verpflichtet, hier zu bleiben, bis ich ging. Doch wenn er sich bei Tagesanbruch davonmachen wollte, würde ich keinen Moment darauf verschwenden, mich zu fragen, wohin – oder warum er so plötzlich gegangen war. Das Bild in der Zeitung von Jasper mit der gertenschlanken Bebe Ravenna kam mir in den Sinn.

„Er hat heute sehr früh einen Anruf erhalten und ist kurz darauf abgereist", sagte Bower. „Soll ich Ihren Kaffee auf die Terrasse bringen?"

Und Jasper behauptete, ich sei diejenige, die impulsiv davonflatterte. „Ja, danke." Ich ging durch die offenen Türen hinaus und schüttelte das gereizte Gefühl ab.

Die Tische vom gestrigen Abend standen noch da, und ich entschied mich für einen im Schatten, während ich den Umschlag aufriss. Jasper hatte die Notiz vielleicht in Eile geschrieben, doch seine Handschrift war so präzise wie immer.

Olive,

tut mir leid, dich im Stich zu lassen, altes Mädchen. Hoffentlich hält Inspector Longly sein Wort und hat keine weiteren Fragen mehr an dich – oder mich – da ich wegen dringender Angelegenheiten weggerufen wurde. Ausgezeichnete Show gestern Nacht. Herzlichen Glückwunsch, dass du deinen Mann und deine Frau erwischt hast. Es war eine Freude, mit dir nach Hinweisen zu suchen ... wenn du dich zufällig daran erinnert hast, dass du einen Watson hattest. Ich werde vielleicht eine Weile weg sein, doch ich melde mich bald.

Dein Komplize, Jasper

Während ich die letzten Zeilen las, stellte Bower meinen Kaffee ab und schmolz davon.

Der Kaffee war kochend heiß und hatte eine bittere Note. Dringende Angelegenheiten. Was hatte Jasper so dringend zu tun? Entweder war es die Blonde, oder sein Schneider brauchte ihn für eine Anprobe.

Schritte knirschten in schnellem Tempo über den Kiesweg im Garten. Ich schob die Nachricht unter den Rand der Untertasse und versuchte, durch die Lücken im Gebüsch zu sehen. Anna rannte durch den Garten, und als sie sah, dass ich aufgeblickt hatte, riss sie ihre Baskenmütze ab und schwenkte sie. „Es ist offiziell", rief sie. „Ich werde Schriftstellerin."

Ich stand auf, als sie die Stufen hinauf trottete. „Aber du bist bereits Schriftstellerin."

Sie bedeutete mir, mich wieder zu setzen, und ließ sich neben mir auf den Stuhl fallen. „Doch jetzt wird es kein Geheimnis mehr sein." Sie fächelte sich mit der Baskenmütze zu. „Mr. Hightower" – sie schnappte nach Luft – „Er ist hier, im Ort. Er ist heute Morgen angekommen und direkt zu Papas Praxis, um mich zu suchen."

„Weiß er von Mr. Busby?"

„Inspector Longly hat ihn gestern Abend kontaktiert. Mr. Hightower hat sich sofort auf den Weg gemacht, um „aufzuräumen", wie er es ausgedrückt hat."

„Und es gibt einiges aufzuräumen", sagte ich.

„Ja, und ich will alles darüber hören, was letzte Nacht passiert ist."

Bower kam näher und bot Anna Kaffee an.

„Nein, danke. Mir ist viel zu heiß. Vielleicht ein Glas Limonade?"

Als Bower sich zurückzog, fragte ich: „Mr. Hightower hat dir einen Vertrag angeboten?"

„Das hat er", sagte sie auf dieselbe Weise, wie manche Frauen über einen Mann sprechen würden, der ihnen einen Antrag gemacht hatte. Sie lächelte breit, ließ sich in den Stuhl zurücksinken und warf ihren Hut auf den Tisch. „Ich kann es immer noch nicht glauben. Ich habe Inspector Longly erzählt, dass ich

Mayhews Ghostwriterin war, und Inspector Longly hat es Mr. Hightower erzählt."

„Oh nein. Ich weiß, du wolltest, dass es geheim bleibt."

Sie hüpfte auf ihrem Stuhl herum. „Aber es ist gut so! Mr. Hightower sagte, er wolle, dass *Mord auf dem neunten Grün* erscheint. Er hat vorgeschlagen, dass mein Name zusammen mit dem von May auf dem Titel erscheinen sollte und" – sie beugte sich vor – „er hat gefragt, ob ich die Serie unter meinem eigenen Namen fortsetzen würde. Er lässt seine Anwälte daran arbeiten und sagt, wir können die Verträge in ein paar Tagen unterschreiben."

„Brillant! Ich hatte mich gefragt, was mit der Serie passieren würde."

Bower kam mit Annas Limonade zurück, und sie trank einen Schluck, bevor sie fortfuhr. „Mr. Hightower besitzt die Rechte an den Hauptfiguren der Serie und kann jeden beauftragen, die nächsten Bücher zu schreiben. Ich habe zugestimmt, zwei weitere Lady-Eileen-Bücher zu schreiben, dann möchte ich mich an etwas anderem versuchen. Er ist daran interessiert, alles zu sehen, was ich schreibe."

„Das ist wunderbar. Ich freue mich so für dich." Ich hob meine Kaffeetasse. „Herzlichen Glückwunsch."

Sie hob ihr Glas. „Danke. Es ist ein besserer Ausgang als alles, was ich mir erträumt habe. All die Sorge um die Manuskripte und die Entwurfsseiten. Doch das ist jetzt Gott sei Dank erledigt." Sie stellte ihre Limonade auf den Tisch und rutschte auf ihrem Stuhl herum, sodass sie mich direkt ansah. „Jetzt erzähl mir alles, was passiert ist. Stimmt es, dass Mrs. Pearce versucht hat, den Inspector davon zu überzeugen, dass sie nichts mit den Todesfällen zu tun hat?"

„Das hat sie. Inspector Longly war kaum durch die Tür gekommen, als sie Mr. Busby die ganze Schuld zuschob und behauptete, er sei geistesgestört."

„Aber dem ist nicht so?"

„Nein, und Inspector Longly ließ sich nicht täuschen. Mrs. Pearce und Mr. Busby haben alles von Anfang an zusammen geplant. Der Inspector hat Mrs. Pearce und Mr. Busby getrennt befragt. Longly sagte, sie hätten sich gegenseitig die Schuld gegeben und ihm genug Informationen gegeben, um das Geschehene zusammenzusetzen."

„Und das war?" Anna stützte ihren Ellbogen auf den Tisch und das Kinn in ihre Hand. „Ich will alle Details – als Recherche, weißt du?"

Ich schmunzelte. „Natürlich. Mayhew war nicht die Einzige, die gerne nach Sonnenuntergang unterwegs war. An den meisten Freitagen kam Mr. Busby aus der Stadt herunter, um eine Runde Golf zu spielen, doch er hat im Pub in Sidlingham übernachtet. Er ging auch gerne spätabends auf Wanderungen."

„Genauso wie Mrs. Pearce?"

„Korrekt. Viele Nachtwanderer hier. Mr. Busby und Mrs. Pearce trafen sich auf dem verlassenen Golfplatz. Mayhew hat mitgehört, wie sie über ihren ersten Versuch sprachen, Mr. Pearce zu beseitigen."

Anna setzte sich aufrecht hin. „Erster Versuch? Du meinst nicht seinen Sturz die Treppe hinunter, oder?"

„Kein Sturz. Ein Stoß."

„War es Mrs. Pearce?"

„Sie sagt, es war Mr. Busby. Und aus dem, was Inspector Longly sagt, entnehme ich, dass Mr. Busby behauptet, es sei Mrs. Pearce gewesen."

„Meine Güte!", sagte Anna. „Es ist schwer, sich das vorzustellen. Emily Pearce schien immer ein so scheues kleines Ding zu sein." Anna schüttelte den Kopf. „Erstaunlich, was sie getan haben. Was wird jetzt passieren?"

„Die Ermittlungen zu Mayhews Tod werden wieder aufgenommen", sagte ich. „Und dann, angesichts dessen, was ich gehört habe …" Ich zuckte die Achseln. „Ich bin sicher, Inspector Longly ist damit beschäftigt, eine Anklage gegen sie aufzubauen. Ich weiß, dass er Constables geschickt hat, um ihre Häuser durchsuchen und ihre Bewegungen verfolgen zu lassen. Ich bezweifle nicht, dass er genug Beweise finden wird, um vor Gericht zu gehen."

Anna verschränkte ihre Arme vor der Brust, als wäre ihr kalt. „Ich kann kaum fassen, dass Mrs. Pearce und Mr. Busby sich kannten. Als Lady Holt sie auf der Dinnerparty vorgestellt hat, haben sie sich auf jeden Fall so benommen, als ob sie sich noch nie zuvor begegnet wären."

„Inspector Longly sagte, Mrs. Pearce habe ihm erzählt, dass sie sich tatsächlich Anfang des Jahres kennengelernt haben. Mr. Pearce war geschäftlich unterwegs, und Mrs. Pearce blieb allein in London. Sie besuchte eine Veranstaltung von Hightower Books und traf Mr. Busby. Irgendwann danach beschlossen Mrs. Pearce und Mr. Busby, Pearce loszuwerden, und vermieden es, öffentlich zusammen gesehen zu werden. Es war nur Pech, dass Mayhew in ihre Pläne geraten ist."

„Entsetzlich schade. Und wie fühlst du dich heute?" Anna musterte mich kritisch. „Es hört sich an, als hätten sie Papa rufen sollen, um dich zu untersuchen. Ich habe gehört, dass du bewusstlos warst."

„Es geht mir gut."

„Siehst du doppelt? Brechreiz? Du solltest wirklich –"

Ich schüttelte den Kopf. „Nein. Es geht mir gut. Nur eine Beule." Ich hatte keine Lust, noch mehr Zeit in Hadsworth zu verbringen.

„Ich würde mit dir streiten, aber ich kann sehen, dass es nutzlos wäre."

Die Uhr im Salon schlug, und Anna sah auf ihre Armbanduhr. „Schon Mittag? Ich muss weiter. Ich habe Papa gesagt, dass ich ihn nach dem Mittagessen zu einem Hausbesuch fahren würde." Anna leerte ihr Glas und stellte es ab. „Und dann muss ich schreiben." Sie blinzelte zu den Blumenbeeten auf der anderen Seite des Gartens. „Ich muss einen Weg finden, einen weiteren Verdächtigen auf die Yacht zu bekommen …"

„Vielleicht gibt es einen blinden Passagier."

„Oh, das gefällt mir …", murmelte sie, während sie ihre Baskenmütze auf den Kopf setzte und ihren Stuhl zurückschob.

Ich ging mit ihr zur Treppe in den Garten. „Besuch mich das nächste Mal, wenn du in London bist. Ich bin sicher, du wirst ziemlich oft dort sein und Hightower Books besuchen."

„Ja, das werde ich wohl", sagte Anna, als wäre ihr der Gedanke erst in diesem Moment gekommen. Nachdem wir uns verabschiedet hatten, nahm ich Jaspers Nachricht und drehte mich um, um hineinzugehen, doch Bower kam mit Mr. Hightower heraus.

„Mr. Hightower, guten Tag! Ich habe gerade mit Anna gesprochen. Sie könnte immer noch irgendwo auf dem Gelände sein." Ich drehte mich um und suchte den Garten ab. „Nein, sie ist schon weg. Sie ist begeistert von dem neuen Arrangement."

„Wir sind es auch. Bower hat mir mitgeteilt, dass Sie in Kürze abreisen wollen. Haben Sie ein paar Augenblicke für mich?"

„Natürlich." Ich bedeutete ihm, Platz zu nehmen, und kehrte zu meinem Stuhl zurück. Ich fragte Mr. Hightower, ob er etwas trinken wolle.

„Danke, aber nein." Mr. Hightower machte es sich auf dem Stuhl bequem. „Als der Inspector mich kontaktiert hat, wusste ich, dass ich sofort herkommen und sowohl mit ihm als auch mit Miss Finch sprechen musste. Hightower Books muss die Serie fortsetzen, und wir freuen uns, dass Miss Finch weitere Lady Eileen-Bücher schreiben wird."

„Ich verstehe. Es ist eine für beide Seiten vorteilhafte Vereinbarung."

„Genau. Genauso wie unser Arrangement." Er holte einen Umschlag aus einer Innentasche seiner Jacke und reichte ihn mir. „Ich glaube, das wird Ihre Auslagen decken. Es gibt auch einen Bonus. Ich versichere Ihnen, dass der Scheck angesichts der kommenden Bücher von Miss Finch nicht platzen wird."

Ich steckte den Umschlag in meine Tasche. „Danke! Das hätte ich auch nicht erwartet."

Mr. Hightowers Gesichtsausdruck wurde düster. „Ich muss mich für die Handlungen von Mr. Busby entschuldigen. Ich hatte keine Ahnung, worin Leland verwickelt war, und ich hoffe, Sie haben sich schon wieder ganz erholt."

„Ja, mir geht es gut. Anfangs Kopfschmerzen, doch die sind weg."

„Großartig. Ich bin froh, das zu hören." Er räusperte sich. „Ich hoffe, dass Sie keine – äh – Feindseligkeit gegenüber Hightower Books hegen."

„Natürlich nicht. Die Handlungen von Mr. Busby waren seine eigenen."

Mr. Hightower lehnte sich ein wenig zurück und stieß einen erleichterten Seufzer aus. „Ich freue mich zu sehen, dass Sie die Tortur relativ unbeschadet überstanden haben. Ich versichere Ihnen, ich hätte Sie nie hierhergeschickt, wenn ich von Lelands Plänen gewusst hätte. Zu denken, dass er derjenige war, der Mayhew getötet hat – es ist unfassbar. Schwer zu verstehen. Es erklärt jedoch, warum er immer wieder gefragt hat, ob Mays verspätetes Manuskript angekommen ist." Seine Stimme wurde leiser, und er sagte mehr zu sich selbst als zu mir: „Das hätte mir auffallen sollen."

„Mr. Busby hat danach gefragt?"

„Oh ja." Mr. Hightowers Stimme wurde wieder voll. „Leland hat nie viel Interesse an Mays Büchern gezeigt." Er blickte über die Gärten hinaus. „Er kannte natürlich den Veröffentlichungsplan – das war kein Geheimnis – also wusste Leland, dass wir das Manuskript bald brauchten. Leland wusste jedoch nicht, dass Mr. Pearce Mayhews gesamte Kommunikation mit Hightower Books abwickelte. Leland wusste nicht, dass eine Verletzung von Mr. Pearce die Ankunft des Manuskripts verzögern würde."

„Mr. Busby wusste also, dass Mayhew der Autor der Lady Eileen-Bücher war?"

Mr. Hightower schüttelte den Kopf. „Nein, das glaube ich nicht. Die einzigen, die Mayhew kannten, waren die Autorin selbst, ich und Mr. Pearce. Der Inspector fragte, ob Mr. Pearce es Mrs. Pearce vielleicht gesagt haben könnte, doch ich glaube nicht, dass er es getan hätte. Mr. Pearce war nicht der Typ, der Geschäftsgeheimnisse mit seiner Frau teilte – und auch nicht mit seiner Sekretärin. Übrigens haben wir endlich Mayhews Originalmanuskript bekommen. Es kam am Samstag mit der Post an. Mr. Pearce hat es mit einem Begleitschreiben geschickt, in dem er sich für die Verzögerung entschuldigte. Zu diesem Zeitpunkt war Leland bereits hier in Hadsworth."

Ich runzelte die Stirn und versuchte, das Timing nachzuvollziehen. „Aber Mr. Busby muss Mayhews Identität als Autorin entdeckt haben", sagte ich.

„Ich glaube schon", sagte Mr. Hightower. „Ich höre, Busby hatte Zugang zu Mayhews Cottage ...?"

„Ja, so muss Mr. Busby es herausgefunden haben." Ich dachte an die Notizen und Manuskripte in Mayhews Schreibtisch. „Er hat wahrscheinlich etwas in Mayhews Schreibtisch gefunden, das darauf hindeutete, dass Mayhew die Lady Eileen-Bücher geschrieben hat, also benutzte er Mayhews Schreibmaschine, um Nachrichten zu tippen und Mayhews Verschwinden zumindest für eine Weile zu vertuschen."

„Ja, das scheint der Fall zu sein", sagte Mr. Hightower. „Zu diesem Zeitpunkt muss Leland gedacht haben, dass das Manuskript zu *Mord am neunten Grün* bereits auf meinem Schreibtisch liegt. Es muss Leland erschreckt haben, als er herausfand, wer Mayhew war, und erkannte, dass er seinen Lebensunterhalt vernichtet hatte."

„Doch dann muss Mr. Busby herausgefunden haben, dass Anna die Bücher als Ghostwriterin schreibt, und er hat ihr die Nachricht mit der Anweisung geschickt, weiterzumachen", sagte ich. „Es gab viele Beweise für ihre Zusammenarbeit in den Entwürfen."

Lady Holts Stimme drang aus dem offenen Fenster des Salons. Mr. Hightower warf einen Blick über die Schulter und fuhr schneller fort. „Schockierend. Das Ganze ist schrecklich. Wie ich schon sagte, ich weiß, dass es nicht möglich ist, rückgängig zu machen, was Sie durchgemacht haben, doch dieser Umschlag enthält mehr, als wir vereinbart haben." Er warf einen Blick auf meine Tasche. „Ich finde es nur fair, dass wir Ihre Vergütung erhöhen, wenn man bedenkt, was passiert ist."

„Das ist nett von Ihnen und unerwartet, doch ich weiß es sehr zu schätzen."

Er schob seinen Stuhl zurück. „Ich sollte mich verabschieden."

Ich stand auf und streckte meine Hand aus. „Es war mir ein Vergnügen, Geschäfte mit Ihnen zu machen, Mr. Hightower."

Er schüttelte mir die Hand. „Wenn ich in Zukunft einen diskreten Ermittler benötige, melde ich mich bei Ihnen."

„Ich würde mich freuen."

Als ich mit ihm in die Diele ging, fragte ich: „Was wird aus Lady Holts Etikette-Leitfaden?"

„Oh, wir werden ihn veröffentlichen", sagte Mr. Hightower. „Wir haben den Vertrag unterschrieben. Hightower Books hält seine Versprechen."

Lady Holt kam mit wehenden Armen durch die Diele. „Mr. Hightower! Ich freue mich, dass Sie nach Blackburn Hall kommen konnten. Sie haben ja keine Ahnung, was Ihr Angestellter angerichtet hat. So eine Schande. Ich fürchte, wir werden Blackburn Hall auf keinen Fall aus diesen grässlichen Klatschblättern heraushalten können. Doch ich versichere Ihnen, dass es meine Gefühle gegenüber Hightower Books nicht beeinflusst. Ich bin immer noch entschlossen, das Beste aus der Situation zu machen und alles zu tun, um sicherzustellen, dass der Etikette-Leitfaden erfolgreich wird."

„Sehr gut, sehr gut. Freut mich, das zu hören." Mr. Hightower zog die Augenbrauen einen Zentimeter hoch, als er Bower ansah, der mit Mr. Hightowers Hut neben der Tür stand. Auf das Signal von Mr. Hightower hin machte sich Bower auf den Weg zu ihm. „Es ist mir eine Freude, Sie zu sehen, Lady Holt, doch ich kann nicht bleiben. Ich muss –"

Lady Holt hielt Bower mit einer Geste auf, dann legte sie eine Hand um Mr. Hightowers Arm. „Sie müssen zum Mittagessen bleiben. Es ist so ein Glück, dass Sie hier sind. Ich habe ein paar kleine Details, die angesprochen werden müssen."

Bower machte kehrt, und Lady Holt wirbelte Mr. Hightower in die Bibliothek. Er warf einen letzten Blick über seine Schulter. Ich hob eine Hand und formte lautlos *viel Glück* mit den Lippen. Ich hoffte, dass er noch vor dem Abendessen entkommen konnte, sonst würde Lady Holt ihn tagelang in Blackburn Hall festhalten.

Ich kehrte in mein Zimmer zurück, um meinen Hut und meine Handschuhe zu holen, doch bevor ich sie nahm, riss ich den Umschlag von Mr. Hightower auf. Er enthielt einen Scheck über hundert Pfund.

Ich drückte das Papier an meine Brust. *Einhundert Pfund.* Unglaublich. Ich würde meine Miete viele, viele Monate lang bezahlen können. Und echte Mahlzeiten zum Abendessen anstelle von krümeligen Brötchen essen. Und vielleicht sogar einen Wintermantel kaufen.

Ich faltete den Scheck feierlich zusammen und steckte ihn in meine Handtasche, dann zog ich meine Mütze und Handschuhe an. Auf dem Weg die Treppe hinunter kam ich an Serenas Arbeitszimmer vorbei und blieb stehen, um an die Tür zu klopfen. Sie blickte von ihrem Platz an einem der Tische auf und winkte mich herein. „Schau! Ich glaube, ich habe es geschafft." Ihre Hände waren mit schwarzer Tinte befleckt.

„Deine Hände zu färben?"

„Nein. Ich habe eine neue Art von Stift erfunden. Der Filz funktioniert wunderbar. Hier, versuch es."

„Es sieht aus wie ein Füllfederhalter ohne Feder."

„Genau das ist es. Doch ich habe ihn modifiziert und die Tinte ist anders. Benutze besser das, um ihn zu halten." Sie wickelte einen Lappen um die tintenfarbene Außenseite des Stiftes, dann räumte sie Tintenfässer, Stoffreste und mehrere zerlegte Stifte aus dem Weg. Sie schob mir einen Stapel Papier über den Tisch zu. Ich schrieb meinen Namen. „Sehr schön."

„Siehst du, wie der Filz den Tintenfluss ausgleicht? Er muss nicht nachgefüllt werden und die Tinte trocknet schnell", sagte Serena. „Jetzt muss ich nur noch eine Kappe dafür machen, damit der Stift nicht austrocknet."

Ich berührte einen der Buchstaben mit einer behandschuhten Fingerspitze. Die Tinte war bereits getrocknet. „Das ist eine Verbesserung. Wie wirst du ihn nennen?"

„Ich weiß nicht. Vielleicht Filzstift? Mit Filz funktioniert es am besten."

Ich gab den Stift zurück. „Herzlichen Glückwunsch!"

„Danke! Und auch dir herzlichen Glückwunsch! Für die Überführung von Mrs. Pearce und Mr. Busby. Wer hätte gedacht, dass es in unserem stillen Ort eine leidenschaftliche Affäre gab?" Sie fing an, die Deckel wieder auf die Tintenfässer zu setzen. „Gib mir meine vorhersehbare und methodische Wissenschaft. Nichts ist jemals so chaotisch wie menschliche Beziehungen."

Wenn ich an Jaspers Verschwinden am frühen Morgen dachte, musste ich zustimmen. „Das stimmt leider oft."

„Was wirst du jetzt machen?", fragte Serena.

„Ich weiß nicht." Vielleicht hatte Jasper Recht, dass ich mich zu sehr auf den Moment konzentriert und nicht vorausgedacht hatte. „Nach London zurückkehren und mir einen neuen Klienten suchen, nehme ich an." Ich hatte Geld auf der Bank und konnte wählerisch sein, für wen ich arbeitete – zumindest für eine Weile.

„Nun, lass mich wissen, wenn du noch eine Runde Golf spielen willst. Du hast Talent gezeigt."

„Dank deines Unterrichts. Der hat sich als sehr praktisch erwiesen."

„Schön, dass er nützlich war." Sie ging mit mir zur Tür.

„Wo ist Zippy heute Morgen?", fragte ich. „Ich sollte mich von ihm verabschieden, bevor ich gehe."

„Er ist in Sidlingham, und er hält es nicht mehr vor Maria geheim. Heute Morgen beim Frühstück sagte er, wenn Blackburn Hall den Skandal um einen Doppelmord und eine Affäre überleben konnte, sollte sein Interesse an einer Bardame völlig harmlos sein."

„Und wie hat Lady Holt reagiert?", fragte ich, als Serena mit mir die Treppe hinunterging.

„Sie hat ihm natürlich verboten zu gehen. Doch Zippy hat sich zur Wehr gesetzt, Wunder über Wunder. Er sagte, er sei volljährig und könne tun und lassen, was er wolle. Maria hat natürlich gedroht, ihm seine monatliche Zahlung zu kürzen, doch Zippy sagte, das sei in Ordnung, dann würde er seinen Bugatti verkaufen, um Geld zum Leben zu haben."

„Wirklich? Ich dachte, er liebt ihn."

„Oh, das tut er. Da hat Maria eingesehen, dass sie nichts tun kann. Sie war klug genug, an dieser Stelle aufzuhören. Später sagte ich ihr, sie solle ihm ein paar Tage geben. Wenn sie ihn unter Druck setzt, wird Zippy sich sicher auf die Hinterbeine stellen. Wenn sie nicht mehr darüber spricht, wird er wahrscheinlich das Interesse verlieren und sich jemand anderem zuwenden. Die Hälfte der Verlockung einer solchen Beziehung ist der Nervenkitzel der Geheimhaltung."

„Das ist wahrscheinlich wahr."

Serena hob eine Schulter, als wir die Diele erreichten. „So ist die menschliche Natur. Vertrackt, aber wie gesagt oft vorhersehbar."

Bower erwartete uns, als wir in die Diele traten. Er hielt ein Tablett mit einem Brief. „Für Sie, Miss Belgrave."

Serena sagte: „Ich hoffe, es sind keine schlechten Nachrichten."

„Wann ist er angekommen?", fragte ich Bower und betrachtete den Umschlag. Er war an meine Adresse in London adressiert, doch ich erkannte die Linkshänderschrift meiner Vermieterin, die den Brief hierher weitergeleitet hatte.

„Mit der Morgenpost."

Ich riss den Umschlag auf und spürte, wie meine Augenbrauen in die Höhe schossen, als ich die Unterschrift las. „Er ist von Lady Agnes Wells."

„Der Fluch", keuchte Bower. Sowohl Serena als auch ich drehten uns zu ihm um.

Die übliche teilnahmslose Leere war aus seinem Gesicht verschwunden. Er sah mich mit unverhohlener Neugier an, und hatte sich vorgebeugt, um einen Blick auf den Brief zu werfen. Er räusperte sich und trat zurück. „Entschuldigung."

„Schon gut, Bower", sagte ich. „Was ist das mit einem Fluch?" „Es war in allen Zeitungen. Die – äh – niederen Hausangestellten waren sehr interessiert."

„Fahren Sie fort", sagte ich. „Was sagen die Zeitungen dazu?"

„So wie ich das verstehe, war Lord Mulvern, der Onkel von Lady Agnes, Ägyptologe. Er hat eine Ausgrabung finanziert und Relikte mitgebracht."

„Einschließlich einer Mumie?", fragte Serena.

Bower nickte. „Scheinbar mehrere."

„Und jetzt gibt es einen Fluch?", fragte ich.

„Die Zeitungen behaupten zumindest, dass es ein Fluch war, der ihn getötet hat."

„Du lieber Himmel!" Ich überflog die Nachricht.

Liebe Miss Belgrave,

ich befinde mich in einer schwierigen Lage, und mein Freund Sebastian Blakely hat mir vorgeschlagen, mich mit Ihnen in Verbindung zu setzen. Er sagt, Sie sind eine Detektivin, und das ist genau das, was ich brauche. Vielleicht haben Sie kürzlich in den Zeitungen von unserer Familie gelesen. Ich versichere Ihnen, dass die wahre Geschichte nicht so gruselig ist, wie sie dargestellt wird, doch sie ist höchst beunruhigend. Ich würde die Situation gerne mit Ihnen besprechen. Vielleicht

*könnten Sie mich am Montag um zehn Uhr morgens in Mulvern House
besuchen?*

*Mit freundlichen Grüßen
Agnes Curtis*

„Klingt, als hättest du einen neuen Fall", sagte Serena. „Wenn du
dich für Flüche und Mumien und so weiter interessierst."

„Wer interessiert sich nicht für Ägyptologie? Eine faszinierende Wissenschaft." Mein Blick flog zu dem Datum. „Montag.
Das ist morgen." Ich steckte den Brief in meine Handtasche und
wandte mich Bower zu. „Lassen Sie mein Automobil vorfahren.
Ich muss sofort zurück nach London."

Lassen Sie uns in Kontakt bleiben! Melden Sie sich für *Saras Notes
and News* unter SaraRosett.com/signup an, um Updates zu
Neuerscheinungen sowie exklusive Inhalte zu erhalten.

DIE GESCHICHTE HINTER DER GESCHICHTE

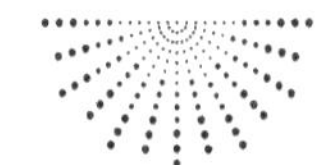

Ich hoffe, Ihnen hat Olives zweiter Fall gefallen. Es hat Spaß gemacht, dieses Buch zu schreiben. Ich liebe es immer, mich in Recherchen über die 1920er-Jahre zu stürzen, und mit den zusätzlichen Aspekten von Ghostwriterin und Autorin als Themen war ich eine sehr glückliche Schriftstellerin!

Die Liste der Schriftstellerinnen, die männliche Pseudonyme verwenden, ist lang und reicht von viktorianischen Autorinnen wie George Elliot und allen drei Brontë-Schwestern bis hin zu modernen Autoren wie J.K. Rowling, die Krimis unter dem Namen Robert Galbraith schreibt. Eine Autorin, die in den 1920er-Jahren veröffentlicht wurde, hat sich tatsächlich als Mann verkleidet, um ihren Verleger zu täuschen. Ich bin auf die Geschichte in Martin Edwards' Sachbuch *The Golden Age of Murder* gestoßen. Die Autorin Lucy Beatrice Malleson glaubte, sie würde ernster genommen, wenn ihr Verleger sie für einen Mann hielt, und hat ihre Manuskripte unter männlichen Namen eingereicht, darunter Anthony Gilbert. Als ihr Verleger sie um ein Foto bat, schickte sie laut Edwards ein Foto von sich „verkleidet als alter Mann mit Bart". Malleson schrieb fast siebzig Krimis unter dem Pseudonym Gilbert. Ihre Kurzgeschichten und Romane wurden für Fernsehen und Filme adaptiert.

Mallesons Geschichte wurde meine Inspiration für die Figur der Ronnie Mayhew, doch da Mayhew so zurückgezogen lebt und eine Gesichtsprothese benutzt, um ihr Aussehen im Dorf selbst zu verbergen, brauchte sie einen noch weiteren Grund, sich zu verstecken. Als ich einen Artikel über die Cottingley Fairies gelesen habe, wusste ich, dass ich die Inspiration für Mayhews Hintergrundgeschichte gefunden hatte.

1917 fotografierten sich zwei junge Cousinen, Elsie Wright und Frances Griffiths, mit Papierfeen, die sie aus einem Buch nachgezeichnet hatten. Sie benutzten eine Kamera, die Elsies Vater gehörte. Ihr Vater entwickelte die Bilder und erkannte, dass es sich um einen Streich handelte – und erlaubte den Mädchen nicht mehr, seine Kamera zu benutzen. Seine Frau hingegen interessierte sich für außersinnliche Phänomene und zeigte die Bilder bei einem Treffen Gleichgesinnter. Von dort aus breitete sich das Interesse an den Feensichtungen aus und erregte die Aufmerksamkeit der Öffentlichkeit, einschließlich Sir Arthur Conan Doyles, der ein Spiritualist war. Er schrieb einen Artikel über die Feen für das Magazin *The Strand*, in dem er erklärte, dass die Existenz der Feen den Menschen helfen würde, an andere Phänomene zu glauben. Die Mädchen spielten mit den Ermittlern der außersinnlichen Phänomene. In einem Interview von 1983 gaben die Cousinen zu, die Fotos gefälscht zu haben. Als Doyle ein Teil der Geschichte wurde, hatten sie das Gefühl, die Wahrheit nicht enthüllen zu können. Laut dem Wikipedia-Eintrag zu den Cottingley Fairies sagten die Mädchen: „Zwei Dorfkinder und ein brillanter Mann wie Conan Doyle – nun, da konnten wir nur schweigen."

Ich habe die Cottingley-Geschichte als Ausgangspunkt für Mayhews Hintergrundgeschichte genommen, sie jedoch ziemlich verändert und eine Situation geschaffen, in der ein skrupelloser Vater sich mehr um Geld sorgte als um seine Tochter, was Mayhew dazu veranlasste, sich in einem ruhigen englischen Dorf zu verstecken.

Ich recherchierte über Asthma und las einen Artikel über Asthmazigaretten, den ich als Krimi-Autorin unglaublich faszinierend fand. Krimi-Autoren sind immer auf der Suche nach einem guten Gift, und als ich erfuhr, dass die Zigaretten Belladonna und *datura stramonium* enthielten und jeder sie in einer Apotheke kaufen konnte, wusste ich, dass ich eine Mordwaffe gefunden hatte. So seltsam es heute auch klingen mag, Asthmazigaretten waren eine beliebte und akzeptierte Behandlung für Menschen mit Atemproblemen.

Es hat Spaß gemacht, den Charakter von Serena Shires zu schreiben. Ich wollte, dass sie eine leidenschaftliche Wissenschaftlerin ist und sich für Innovationen interessiert, doch es fiel mir schwer, etwas zu finden, das sie erfinden konnte. Serena ist ein praktischer Typ und wäre an etwas interessiert, das die Effizienz zu Hause oder am Arbeitsplatz verbessert. Ich war überrascht, als ich erfuhr, dass viele der Erfindungen, von denen ich annahm, dass sie Anfang des 20. Jahrhunderts gemacht haben, tatsächlich viel früher passiert sind. Zum Beispiel wurden Büroklammern, Hefter, Trinkhalme, Kugelschreiber, Radiergummis, Staubsauger, durchsichtiges Klebeband und Kühlschränke lange vor 1923 erfunden. Der Filzstift jedoch nicht, weshalb Serena so interessiert ist an Stiften und Tinte. Der wahre Erfinder des Filzstifts war Walter J. De Groft, der sie 1944 zum Patent angemeldet hat. Yukio Horie entwickelte 1962 den modernen Filzstift. Sehen Sie sich mein Pinterest-Board an, um mehr über Charakter- und Standortinspiration zu erfahren.

Olives nächster Fall ist *Der Mumienmord*. Wenn Sie Neuigkeiten zu kommenden Büchern, exklusive Inhalte und Giveaway-Aktionen mögen, melden Sie sich unter SaraRosett.com/signup für meine Updates an. Ich bleibe gerne mit Ihnen in Kontakt!

ÜBER DEN AUTOR

USA Today Bestsellerautorin Sara Rosett schreibt unterhaltsame Kriminalgeschichten für unbeschwerte Lesestunden für LeserInnen, die interessante Schauplätze, skurrile Charaktere und Rätsel mögen.

Publishers Weekly lobt Saras "gekonnten Schreibstil" und bezeichnet ihre Werke als "erfrischend" und "schillernd".

Sara freut sich über jeden neuen Stempel in ihrem Pass und egal, wohin die Reise geht, dunkle Schokolade ist stets mit im Gepäck.

Erfahren Sie mehr unter: www.SaraRosett.com

BÜCHER VON SARA ROSETT

Registrieren Sie sich unter *SaraRosett.com/signup* für Saras Newsletter, um exklusive Inhalte sowie weitere Informationen über Neuerscheinungen zu erhalten.

Detektivin mit Stil

Mord auf Archly Manor

Mord auf Blackburn Hall

Der Mumienmord

Murder in Black Tie

Old Money Murder in Mayfair

Murder on a Midnight Clear

Murder at the Mansions

Murder on Location

Death in the English Countryside

Death in an English Cottage

Death in a Stately Home

Death in an Elegant City

Menace at the Christmas Market (novella)

Death in an English Garden

Death at an English Wedding

On the Run

Elusive

Secretive

Deceptive

Suspicious

Devious

Treacherous

<u>Ellie Avery</u>

Moving is Murder

Staying Home is a Killer

Getting Away is Deadly

Magnolias, Moonlight, and Murder

Mint Juleps, Mayhem, and Murder

Mimosas, Mischief, and Murder

Mistletoe, Merriment, and Murder

Milkshakes, Mermaids, and Murder

Marriage, Monsters-in-law, and Murder

Mother's Day, Muffins, and Murder

www.ingramcontent.com/pod-product-compliance
Lightning Source LLC
Chambersburg PA
CBHW050824190726
48286CB00007B/1978